Nelly

Au feu du désir

Un parfum d'interdit

SARA ORWIG

Au feu du désir

éditions Harlequin

Titre original : SCANDALS FROM THE THIRD BRIDE

Traduction française de ROSA BACHIR

HARLEQUIN®
est une marque déposée par le Groupe Harlequin

PASSIONS®
est une marque déposée par Harlequin S.A.

Photos de couverture
Couple : © LISA SPINDLER / GETTY IMAGES
Fleur : © BOTANICA / JUPITER IMAGES

83/85 boulevard Vincent-Auriol 75646 PARIS CEDEX 13.
Service Lectrices — Tél. : 01 45 82 47 47

ISBN 978-2-2808-3748-4 — ISSN 1950-2761

- 1 -

Après un bref roulement de tambour, le maître de cérémonie, Lance Wocek, s'avança.

— Et voici la magnifique Katherine Ransome, annonça-t-il en lui prenant la main. Une talentueuse artiste, une femme d'affaires à la réussite éclatante, et une superbe célibataire.

Dans la salle du Oak country club de Forth Worth, sur la scène, Katherine salua la foule sans viser personne en particulier, et sourit sous les vives lumières des projecteurs. Les convives en smokings et robes haute couture faisaient de la soirée de bienfaisance en faveur des enfants sans-abri un événement chic. Katherine avait de la sympathie pour la cause. Mais pour la énième fois ce soir, elle regretta d'avoir donné de sa personne au lieu de simplement signer un chèque.

— Messieurs, pour une soirée avec la belle et séduisante miss Ransome, qui lance la première enchère ? demanda Lance au micro. Qui commence ?

— Mille dollars, clama une voix masculine, alors que des invités applaudirent.

Katherine observa les visages flous qui se tournaient dans sa direction et tenta de distinguer l'enchérisseur sous les lumières. Sans doute un homme qu'elle connaissait depuis toute petite.

— Mille dollars ! Excellent début ! Qui dit mieux ? fit Lance, souriant à son auditoire.

— Deux mille, cria une voix.

Katherine reconnut le procureur de la ville, Wes Trentwood. Elle était contente que des hommes enchérissent pour elle. Pour plaisanter, ses frères lui avaient dit que personne ne la choisirait, tant elle s'était montrée froide envers les hommes de la région ces dernières années.

— Deux mille dollars, répéta Lance. Nous avons une enchère à deux mille dollars. Qui ira jusqu'à trois mille pour une soirée avec une des plus belles femmes du comté ?

— Trois mille !

L'enchère fut tout de suite suivie par une autre à quatre mille. Puis, une voix grave se détacha.

— J'offre cinq cent mille dollars.

Des murmures vibrèrent dans toute la salle, et les regards furent braqués sur l'enchérisseur. Stupéfaite que quelqu'un veuille payer une telle somme pour une simple soirée avec elle, Katherine se tourna en direction de la voix.

Elle vit un homme se lever, et des applaudissements fusèrent pour saluer son enchère. Il se fraya un chemin au milieu des tables. A cause de la lumière, elle ne put distinguer clairement ses traits, mais vit qu'il avait les cheveux noirs et de larges épaules. Il n'était pas de la région, pourtant elle avait l'impression de le connaître. Elle le regarda avancer, abasourdie.

Malgré les lumières aveuglantes, elle constata qu'il était grand, et qu'il se mouvait avec la grâce d'un félin.

Tandis qu'il réduisait la distance entre eux, son cœur se mit à battre plus fort, ses oreilles bourdonnèrent. C'était impossible… Et ce fut comme si elle revenait neuf ans en arrière. Pendant une seconde infinitésimale, elle n'eut qu'une envie, se jeter dans ses bras. Il était immobile comme elle, et la tension électrique entre eux était palpable. Puis son esprit se remit à fonctionner, et elle revint à la réalité. L'attirance s'évanouit, laissant place à la surprise.

Vêtu d'un smoking noir et d'une chemise blanche, il s'arrêta devant elle et la regarda avec solennité.

— Tu es plus belle que jamais.

Elle connaissait bien ce timbre de voix, ces yeux bruns. Même s'il avait changé d'apparence et de manières, sa voix était la même, et provoqua des picotements dans tout son corps, comme s'il l'avait touchée.

Désemparée, elle le fixa, étourdie, son cœur battant si fort qu'elle n'entendit plus rien. L'espace d'un instant, elle crut qu'elle allait s'évanouir.

— Cade, murmura-t-elle.

Cade Logan, l'homme qu'elle aurait dû épouser, se

tenait devant elle, assez près pour la toucher. C'était la première fois depuis neuf ans qu'elle le revoyait. Depuis la semaine précédant leur mariage.

Lance dit quelques mots. A Cade ou à elle, elle n'en avait aucune idée. Quelqu'un appela Lance à l'autre bout de la scène, et il s'excusa, les laissant seuls sans qu'aucun des deux lui ait répondu.

Katherine était hypnotisée par un regard qui anéantissait le reste du monde. Neuf ans sans lui, et soudain, Cade était là, devant elle. Elle avait vécu cet instant des tas de fois, en avait imaginé de multiples versions dans son esprit. Pourtant, maintenant qu'il arrivait enfin, elle n'y était pas préparée. Et ce moment ne ressemblait en rien à ce qu'elle avait rêvé.

Tout en elle se révolta. Mais, le plus déroutant, c'était que sa première pensée fut que Cade était encore plus beau qu'avant. Elle méprisait sa réaction, sans pouvoir la contrôler. Cela la bouleversa. Elle avait cru, ces dernières années, avoir oublié Cade. Elle avait cru qu'elle ne ressentirait rien le jour où elle le reverrait. Or c'était tout le contraire ! Ses nerfs étaient à vif, et son cœur battait à se rompre.

Il lui tendit la main. Elle tendit la sienne de façon machinale, comme engourdie. La paume chaude de Cade enveloppa la sienne avec une surprenante douceur, et le contact lui fit l'effet d'une décharge électrique.

Soudain, elle retira vivement sa main et plissa les

yeux, tandis que sa colère émergeait et prenait le dessus sur ses autres émotions.

Une fureur pure et profonde la secoua, provoquant des frissons dans tout son corps. Elle avait envie de hurler, de marteler de ses poings le torse de Cade. Mais elle se contenta de lever le menton et de le toiser avec dédain, comme si elle ne l'avait même pas reconnu.

— Nous sommes vendredi, dit Cade. Je crois avoir acquis le privilège de t'inviter à dîner demain soir.

Elle brûlait de l'envoyer paître. Mais elle avait pris un engagement, et des enfants dépendaient d'elle.

— Comment oses-tu ! Comment oses-tu te montrer et parader ici ? fulmina-t-elle.

Elle savait qu'ils étaient sur la scène, sous les projecteurs, mais c'était plus fort qu'elle. Elle serra les poings et trembla.

— Tu ne t'attends tout de même pas à ce que je sorte avec *toi* ? dit-elle avec rage.

— Non seulement je m'y attends, mais je viens de payer une petite fortune pour passer une soirée en ta compagnie, dit-il d'un ton placide.

Il ne la quittait pas des yeux, ce qui ne fit qu'accroître la fureur de Katherine.

— Il y a d'autres femmes qui seraient bien plus enchantées que moi de dîner avec toi. Choisis quelqu'un d'autre.

— Non, Katherine. C'est toi que je veux, répliqua-t-il d'une voix décidée.

Malgré sa colère, Katherine remarqua que Cade était un homme bien plus sûr de lui que par le passé. Il devait posséder une fortune faramineuse pour avoir lâché un demi-million de dollars en échange de quelques heures avec elle. De temps à autre, elle avait lu des articles sur lui, vu des photos dans les magazines, et elle savait qu'il était devenu un homme d'affaires brillant. Mais elle n'avait pas soupçonné l'étendue de sa richesse. Comment avait-il réussi à gagner tant d'argent en si peu de temps ? Pourquoi était-il revenu ? Les questions se bousculaient dans son esprit.

Lance revint, et sa voix l'atteignit enfin à travers le brouillard de ses émotions. Il serra la main de Cade.

— Merci, monsieur, pour votre donation immense à cette noble cause. Votre générosité va changer la vie de nombreux enfants. Et en retour, vous gagnez une soirée avec une des plus belles femmes de Forth Worth. Mais je ne me suis pas présenté, je suis Lance Wocek. Votre don est le plus important que nous ayons jamais reçu. Merci, merci encore, monsieur… ?

— Lance, vous vous connaissez, intervint Katherine d'une voix tendue.

Les deux hommes avaient grandi dans le comté de Cedar et avaient fréquenté le même lycée, à Rincon, quatre ans avant elle.

— Tu te souviens de Cade Logan ? Cade, je suis sûre que tu te rappelles Lance.

Lance eut l'air stupéfait, et il dévisagea Cade avec des yeux ronds.

— Cade Logan ? Du lycée ? Tu… tu as changé, balbutia-t-il. Je ne t'avais pas reconnu.

Et Katherine se souvint du jeune homme mince et sauvage qui avait gagné son amour.

Elle revoyait avec clarté ses cheveux longs en bataille, ses T-shirts difformes et ses jeans délavés. Pour sûr, il avait une allure très différente aujourd'hui. Elle-même ne l'avait pas reconnu au début. Elle inspecta les différences. Maintenant, il remplissait son mètre quatre-vingt-dix avec de larges épaules. Ses cheveux noirs étaient soigneusement coupés et coiffés. Il y avait un subtil changement dans son attitude, une présence nouvelle, qui indiquait une personnalité de meneur.

Mais les yeux ombrés d'épais cils étaient toujours les mêmes. Il pouvait encore lui décocher ce regard pénétrant qui lui donnait l'impression qu'il connaissait ses moindres pensées. Ses lèvres bien dessinées étaient toujours pleines et sensuelles.

— Oui, c'est bien moi, dit Cade. Ça fait un bail.

— Aucun de nous…

Tout à coup Lance s'interrompit et regarda tour à tour Katherine et Cade.

— Vous deux…

Sa voix s'éteignit, et il sembla gêné.

— Je vais prendre mes dispositions pour ma soirée avec Katherine, dit Cade d'une voix ferme. Dois-je établir le chèque à l'ordre de la fondation ? dit-il en sortant son chéquier et un stylo.

— C'est parfait, dit Lance en regardant Cade, jusqu'à ce que quelqu'un l'appelle et qu'il doive partir de nouveau.

Katherine ne pouvait croire ce qui était en train de se passer. Pourvu que ce ne soit qu'un cauchemar qui disparaîtrait quand elle se réveillerait !

Sauf qu'il ne disparaissait pas. Cade la fixait de ses yeux noisette insondables, et elle n'avait pas la moindre idée de ce qui se passait dans sa tête.

— Pourquoi fais-tu ça ? dit-elle. Tu ne peux tout de même pas sortir avec moi !

— J'ai montré que je tenais à sortir avec toi, il me semble. Je veux te voir, et c'était le moyen le plus rapide et le plus simple d'atteindre mon objectif.

— Plutôt onéreux !

— Je ne voulais pas batailler avec quelqu'un d'autre, pas plus que je ne tenais à ce que tu esquives la soirée. C'est bien plus difficile de changer d'avis et de manquer à ta promesse quand il y a tant en jeu pour les enfants.

— Ta donation est une grande chance pour la fondation.

— Je suis content de soutenir cette cause. Où est-ce que je passe te prendre ? Six heures, ça te va ?

— Six heures, c'est bien trop tôt, dit-elle, espérant dîner tard et rentrer tôt. Tu peux passer me prendre à cette adresse, dit-elle en sortant de sa pochette de cuir noir une carte de visite qu'elle lui tendit.

Une fois de plus, ses doigts effleurèrent les siens et provoquèrent en elle une nouvelle onde d'électricité.

Il jeta un coup d'œil à la carte, puis il la fixa d'un air curieux. Katherine mourait d'envie de savoir ce qu'il pensait, mais au lieu de le lui demander, elle le regarda avec froideur, tout en espérant qu'il ne remarquerait pas son pouls affolé, sa respiration saccadée ou toute autre réaction provoquée par le fait de le voir.

Pourquoi était-il là ? Certes, la vraie question, au fond, était de savoir pourquoi il était parti neuf ans plus tôt. Mais à cet instant, connaître la raison de son retour lui semblait bien plus important.

— Tu as dîné ? demanda-t-il.

— Non, pas encore, mais si tu veux que nous dînions ensemble ce soir, ce sera la soirée pour laquelle tu viens de remporter l'enchère.

— Ça me paraît juste, dit-il. Peut-on partir tout de suite ?

— Maintenant ? Un dîner raffiné va être servi ici. Ensuite, il y aura un bal.

Elle était pourtant incapable de s'imaginer danser avec lui.

— Je préférerais t'emmener autre part, un endroit où nous pourrions être seuls. Je ne tiens pas à être interrompu sans arrêt. Est-ce qu'en tant que participante, tu es obligée de rester ?

— Non, pas du tout. Ma contribution à l'enchère est terminée. Je vais prévenir de mon départ et je te rejoins à la porte, dit-elle, à la fois soulagée de se débarrasser aussi vite de sa promesse, et nerveuse de se retrouver seule avec lui.

Elle avait toujours été persuadée que si elle le revoyait un jour, elle éprouverait pour lui de la haine. Or, ce n'était pas ce qu'elle ressentait. La fureur dominait, mais son corps réagissait comme celui d'une femme devant un homme sexy et séduisant. L'idée de passer du temps seule avec lui l'excitait, bien malgré elle.

Après avoir informé de son départ un des coordinateurs de la soirée, Katherine se hâta vers le vestiaire des célibataires qui avaient participé aux enchères. Elle se regarda dans le miroir, inspecta sa robe sans manches, au col V bordé de perles, et ses talons hauts assortis.

Prenant une profonde inspiration, elle se dépêcha de rejoindre la sortie, et ressentit une nouvelle décharge d'électricité quand son regard fut happé par celui de Cade. Quelques heures avec lui, et la soirée serait finie, se rappela-t-elle. Elle pourrait protéger son cœur et ses émotions pendant ce laps de temps, non ?

Il lui tint la porte puis glissa le bras autour de sa taille, pendant qu'ils plongeaient dans une froide soirée d'octobre. Le contact lui fit l'effet d'une brûlure.

Devant le club, près de la porte cochère, une limousine était garée. Le chauffeur leur ouvrit la portière, et Cade vint s'asseoir à côté d'elle.

En l'observant, Katherine eut presque l'impression d'être avec un étranger. Elle ne connaissait plus Cade. Il n'avait plus qu'un lointain lien avec le garçon d'autrefois. Pourtant, il lui était impossible d'effacer ses souvenirs, sa souffrance, ou sa colère.

— Pourquoi es-tu là ? demanda-t-elle sans ambages.

— C'est une question légitime. Parce que j'étais curieux à propos de toi et de mon passé. Mais ce n'est pas la principale raison.

— Alors, quelle est la vraie raison ?

— Je sais par expérience que la plupart du temps, quand tu achètes quelque chose, mieux vaut payer plus cher pour avoir ce qu'il y a de mieux.

— Donc tu es à Forth Worth pour obtenir le meilleur de ce que tu veux ?

— C'est juste. Et toi, pourquoi as-tu participé à l'enchère des célibataires ?

— La fondation Slade Home est un des projets qui me tiennent le plus à cœur. Les jeunes enfants ne devraient pas vivre dans la rue. Tu nous as apporté une aide immense ce soir, dit-elle, consciente qu'il méritait des remerciements pour son geste.

— Mais, en même temps, tu aurais préféré que je n'enchérisse pas.

— Non. L'argent est plus important, et cela permettra de mener des actions essentielles.

Elle songea à quel point leur conversation était plate, alors que des étincelles s'allumaient entre eux, et elle lutta contre l'attirance qui la submergeait. C'était comme s'il ne l'avait jamais quittée, et que leur passé n'était pas empli de souffrance.

— Tu aurais pu envoyer un chèque à la fondation, donc je te repose la question : pourquoi as-tu participé ? insista-t-il.

— C'est ce que je me suis demandé toute la journée, avoua-t-elle.

Elle avait toujours l'impression de parler à un étranger, hormis pour la voix. Même ses mains étaient différentes — plus larges, moins rugueuses.

— Les hommes qui ont fait des enchères ne signifiaient rien de particulier pour toi ?

— Non. J'ai reconnu l'un d'entre eux, nous sommes juste amis. Où est-ce que tu vis ? demanda-t-elle, la curiosité l'emportant sur le fait de vouloir ignorer Cade.

— A Los Angeles, la majeure partie de l'année. Le reste du temps, à Pebble Beach, et en Suisse. En ce moment, je fais construire une maison à Houston.

— Tu as bien réussi, dis-moi. D'ailleurs, j'ai lu quelques articles sur toi, dans les journaux : tu es dans les investissements et la finance, c'est ça ?

Elle omit de lui préciser que chaque fois qu'elle avait lu des lignes sur lui, elle s'était demandé comment quelqu'un sans le sou, qui avait abandonné ses études au lycée — un mécanicien dont la spécialité était les motos et les voitures — pouvait avoir des fonds d'investissement, mais elle ne voulait pas lui donner la satisfaction de lui poser des questions sur sa vie.

— Katie, dit-il, revenant au nom par lequel il l'appelait autrefois.

— C'est Katherine, le reprit-elle vivement. Je ne supporte pas que l'on m'appelle Katie.

— Très bien, Katherine, dit-il d'une voix neutre qui ne donnait aucune indication sur ce qu'il ressentait vraiment.

Troublée, elle baissa les yeux et se mit, malgré elle, à observer les mains de Cade. Il ne portait pas d'alliance. Par le passé, cet homme était un rebelle, un mauvais garçon notoire. Les amis de Katherine l'avaient prévenue qu'il ne se fixerait jamais, qu'il n'irait pas jusqu'à la cérémonie de mariage. Et leurs prédictions s'étaient avérées exactes.

— Toi aussi, tu as réussi, remarqua-t-il.

— J'adore mon travail, dit-elle.

Comment savait-il ce qu'elle faisait ? Ils arrivaient dans le centre de Forth Worth à présent. Elle leva les yeux vers le grand immeuble où se trouvait son agence de publicité, Ransome Design. S'étendant sur deux étages, elle comptait soixante employés, et Katherine rêvait d'ouvrir de nouveaux bureaux. Sa compagnie s'agrandissait vite, et d'habitude, en voyant l'immeuble de son bureau, une vague de plaisir la traversait. Mais aujourd'hui, ses émotions tournaient autour de Cade, et elle ne ressentit pas sa satisfaction habituelle. Alors que c'était en partie à cause de l'homme assis face à elle que son travail était devenu l'essentiel de sa vie…

Elle se tourna et vit qu'il l'observait.

— A quoi songes-tu ? dit-il d'un ton calme.

— Je regardais l'immeuble qui abrite mes bureaux.

— Ransome Design a connu une spectaculaire croissance de vingt pour cent l'année dernière. Tu t'es fait un prénom, toi aussi.

— Mon travail, c'est toute ma vie. Je suppose que tu peux comprendre ça.

Il haussa une épaule avec décontraction.

— Il y a d'autres choses plus importantes, dit-il, son regard semblant la sonder.

— Pas pour moi.

Elle se détourna pour regarder par la vitre. Elle pouvait sentir le regard de Cade sur elle. Si seulement elle ne ressentait pas ces picotements, cette folle attirance ! Elle n'avait aucune envie de faire la conversation avec lui. Elle restait sur ses gardes, et se raccrochait à sa colère et à toutes les récriminations qu'elle avait accumulées au cours des années.

Elle ne voulait pas se retrouver seule avec lui. Rectification : elle ne voulait pas être avec lui tout court.

Après quelques minutes, ils s'arrêtèrent près d'un autre immeuble. Katherine découvrit alors que leur destination était le prestigieux et très fermé Millington Club ; son propre père appartenait à ce country club, de même qu'il était membre du Petroleum Club, et elle était surprise que Cade le connaisse. Quand il était lycéen à Rincon, il n'avait jamais dû y mettre les pieds, elle en était certaine.

Ils empruntèrent l'ascenseur et arrivèrent dans une salle de réception, décorée d'un épais tapis bleu marine et de meubles en acajou. A sa grande surprise, Katherine constata que Cade avait réservé. Elle l'observa pendant qu'il parlait au maître d'hôtel. Tandis que les deux hommes conversaient brièvement, elle détailla Cade de haut en bas. Elle se souvenait avec exactitude de ce que c'était que d'être dans ses bras, pressée contre son corps ferme et puissant, leurs jambes entremêlées. Une onde de chaleur naquit en elle, et elle serra les poings, essayant d'ignorer ses sentiments, de bannir ses souvenirs et son désir.

Il portait une montre simple, avec un bracelet de cuir, mais dans la limousine elle avait vu que c'était une des marques les plus chères. Il pensait sans doute ce qu'il disait, quand il affirmait vouloir le meilleur. Dans ce cas, se demanda-t-elle malgré elle, à quoi pouvait bien ressembler la femme qui était dans sa vie maintenant ? Car, elle en était certaine, Cade n'était pas du genre à rester seul.

Quand il se retourna pour lui prendre le bras, sa main sur sa peau fut aussi électrisante que tous les autres contacts de ce soir. Essayant d'ignorer tout de lui, et échouant inlassablement, Katherine marcha à côté de lui, jusqu'à une table près d'une baie vitrée qui dominait la ville. De douces notes de piano flottaient dans l'air, et quelques couples dansaient déjà sur la piste. Une fois installée, elle plongea le regard dans les yeux ténébreux de Cade.

— Si je me souviens bien, dit-il, tu aimes les entrecôtes bleues, sans sauce, et elles figurent au menu.

Elle retint son souffle. Le fait qu'il se souvienne de ce détail suscita tout à la fois de la douleur, de la colère et de la surprise.

— Mes goûts ont changé, et ce soir, je vais commencer par une tasse de café noir, dit-elle.

Elle voulait garder l'esprit clair face à Cade, autant que possible. Elle vit une lueur d'amusement dans ses yeux quand il commanda un verre de vin blanc.

— Tu es un entrepreneur, alors quel est ton dernier projet ? demanda-t-elle.

Elle se moquait de sa réponse, c'était juste pour amener la conversation sur un sujet impersonnel.

— Je viens d'acquérir des studios de cinéma. La nouvelle est devenue publique hier.

Elle se souvint avoir vu un article auquel elle n'avait jeté qu'un bref coup d'œil, sans faire le lien avec Cade. Elle se souvenait qu'il s'agissait d'une des plus anciennes compagnies du pays, et l'une des dernières encore possédées par la famille du fondateur.

— Je savais que le studio avait été vendu, mais j'ignorais que tu étais l'acheteur. Tu te lances dans le show-business, alors. Parce que tu sors avec une actrice ?

— Non. C'était un bon investissement et la compagnie était sur le point de couler. Et, il n'y a pas de femme dans ma vie en ce moment, si tu veux savoir.

— Je ne veux rien savoir du tout, se défendit-elle d'un ton qu'elle souhaitait indifférent, c'est juste que c'est difficile à imaginer, c'est tout.

Il sourit, un sourire qui lui coupa le souffle et lui fit oublier sa souffrance. Les souvenirs l'assaillirent. Pour échapper à ses pensées pénibles, elle s'empara de l'épais menu qui était posé sur la table et se mit à le parcourir des yeux.

— Pourtant c'est la vérité, il n'y a personne, affirma-t-il. Et toi, qui est l'homme dans ta vie, Katherine ?

— Il n'y en a pas. Je n'aurais pas participé à cette vente aux enchères si je fréquentais quelqu'un. Je passe le plus clair de mon temps au travail.

— J'aurais pu te faire la même réponse. Nous sommes pareils.

— N'en tire pas de conclusions hâtives, asséna-t-elle d'un ton tranchant.

Il l'étudia de son regard intense, et elle se demanda ce qu'il pensait. Pouvait-il percevoir sa colère ? Si oui, cela ne semblait pas le perturber… Mais d'ailleurs, se demanda-t-elle avec un sentiment croissant d'amertume, pourquoi cela le perturberait-il ? Cela ne l'avait pas dérangé de la quitter sans une explication, sans un mot, une semaine avant leur mariage.

— Je n'arrive pas à croire que tu reviennes au Texas.

Quand je te regarde, Cade, tout ce que je ressens, c'est de la souffrance, de la colère, et de la haine !

Les mots s'étaient déversés tout seuls, pourtant une petite voix intérieure hurlait qu'elle éprouvait autre chose, aussi. L'attirance était bien réelle, et impossible à ignorer.

Elle se tut quand le sommelier vint servir son verre à Cade, tandis qu'un serveur déposait devant elle un café fumant et une bouteille d'eau.

Quand ils furent de nouveau seuls, Cade leva son verre.

— A nos efforts conjugués, ce soir, pour le bien des enfants.

Ses yeux sombres la sondèrent, ce qui attisa son désir. Il lui fallut un effort pour détourner le regard.

— A nos efforts, dit-elle, levant son verre d'eau et le faisant cliqueter contre celui de Cade.

La main de Cade effleura la sienne, et il l'observa tandis qu'ils sirotaient leurs breuvages.

— C'est fou ce que nous sommes civilisés, dit-elle d'une voix tendue, incapable de contenir sa fureur. Alors que tout ce que je voudrais, c'est hurler après toi.

— Je te comprends, Katherine. Nous nous sommes fait du mal, concéda-t-il, le ton sérieux.

Nous ? Elle tressaillit imperceptiblement. Comment aurait-elle pu lui faire du mal ? Il n'y avait absolument rien qu'elle ait fait à l'époque pour le faire souffrir !

Elle voulut lui renvoyer ce fait à la figure, mais serra les dents.

— Alors pourquoi es-tu revenu rouvrir les anciennes blessures ? se contenta-t-elle de dire sèchement.

— Le passé est derrière nous, Katherine. Nous avons tous les deux tourné la page, je m'attendais à te retrouver avec un mari et des enfants.

— Je suis mariée à mon travail, asséna-t-elle encore plus sèchement. Tu m'as donné une réponse vague quand je t'ai demandé pourquoi tu as voulu passer une soirée avec moi. Si tu m'avouais la vraie raison ?

- 2 -

— J'ai vu quelques-unes des tes œuvres, dit Cade. Elles sont fabuleuses. En fait, j'aimerais que tu réalises des fresques dans ma maison de Houston, et j'espère que tu accepteras.

Elle le toisa froidement.

— Comment oses-tu refaire surface et espérer louer mes services ? N'y pense même pas, Cade, je ne travaillerai jamais pour toi !

Il la contempla un instant sans rien dire, puis, d'une voix désinvolte qui l'énerva au plus au point, il déclara :

— J'aurais pu envoyer quelqu'un sous le nom d'une de mes sociétés, et tu n'aurais jamais rien su. Tu aurais accepté le job. En fait, jusqu'à il y a quelques jours, c'était ce que je comptais faire. Au début, j'ai pensé qu'il valait mieux que nos chemins ne se recroisent pas. Je n'étais pas plus disposé à te revoir que toi.

— Qu'est-ce qui t'a fait changer d'avis ?

La question avait fusé avant même qu'elle puisse la retenir.

— Je me suis rendu compte que dès que tu apprendrais à qui appartenait la maison, tu pourrais abandonner le projet en route. Bien sûr, j'aurais pu faire en sorte que tu ne saches rien, mais enfin…

— Eh bien maintenant que je le sais, ma réponse est toujours non. Choisis une autre agence, ce n'est pas ce qui manque.

Il la fixa au fond des yeux avec une intensité qui la troubla et l'agaça.

— Elles ne proposent pas toutes des fresques murales, dit-il, et ce n'est pas ton agence que je veux, c'est toi.

— N'insiste pas, Cade, c'est non !

— Plusieurs personnes, que ce soit à Houston, à Chicago ou à Los Angeles, m'ont dit que tu étais la meilleure pour les fresques murales.

— Eh bien, ça fait plaisir à entendre.

Mais au fond, elle ne se souciait pas de ce qu'il avait appris sur elle ou sur sa société. Non, la seule chose qui lui importait, c'était de comprendre pourquoi il la troublait autant. Pourquoi diable fallait-il qu'il soit si beau, si sûr de lui ?

— Et ces personnes ne savaient pas que je te connaissais, poursuivit-il. Tu m'as été recommandée par des galeristes, des conservateurs de musées, et des anciens clients. J'ai vu tes œuvres, elles sont excellentes. Or je te l'ai dit, je préfère avoir le meilleur.

— Je suis flattée, mais il y a d'autres artistes qui

pourraient faire aussi bien que moi, répliqua-t-elle, certaine qu'il ne parviendrait pas à la convaincre.

— Ce n'est pas ce qu'on m'a dit.

— Je t'assure, tu peux trouver quelqu'un d'autre. Graham Trevor par exemple, il est génial. Une fresque, ce n'est pas compliqué à réaliser.

— Exact, si on est doué pour ça. Sinon, c'est un défi difficile.

Cade recula sur sa chaise, une main sur la hanche.

— Je ne veux pas de Graham Trevor, ni de personne d'autre. C'est toi que je veux. Nous sommes adultes, nous pouvons dépasser ce qui s'est produit entre nous il y a neuf ans, tu ne crois pas ?

— Non, je ne peux pas ! s'écria-t-elle. Et je ne veux pas. Je te déteste pour ce que tu m'as fait, et je refuse de travailler avec toi ! En quelle langue dois-je le dire ?

Elle souffrait, et il remuait le couteau dans la plaie. Le pire, c'était que, malgré tous leurs différends, elle rêvait toujours qu'il la prenne dans ses bras.

— J'avais cru que tu aurais oublié le passé aujourd'hui. C'est fini depuis longtemps entre nous, dit-il, et ses mots la tailladèrent comme la lame d'un couteau acéré.

Comment pouvait-il tirer un trait sur le passé avec tant de facilité, alors qu'elle avait tant souffert ? Peut-être parce que lui n'avait pas souffert du tout, se rappela-t-elle.

— Je suis sûre que pour toi, c'est oublié. De toute

évidence, c'était fini pour toi avant même que tu ne quittes le Texas, il y a neuf ans !

— Nous n'avons pas besoin de sortir ensemble pour que tu me prennes comme client. Je te paierai bien.

Elle le dévisagea, interloquée. Avait-il entendu ce qu'elle venait de dire ? C'était comme si ses mots n'avaient aucun poids, comme si tout ce qu'elle disait ne comptait pas.

— Je ne veux pas de ton argent, je ne veux pas travailler avec toi, je ne veux rien avoir à faire avec toi !

Sa voix était montée dans les aigus au fur et à mesure, et elle s'interrompit quand elle se rendit compte qu'elle était presque en train de crier. Heureusement, le serveur vint prendre leur commande, et la sauva d'une situation délicate. Car, elle en était sûre, il n'aurait pas hésité à continuer à la harceler s'il n'y avait pas eu cette interruption.

— Je vais prendre la truite en croûte aux noix de pécan, annonça-t-elle au serveur.

De fait, elle préférait toujours les entrecôtes, mais il était hors de question de donner à Cade la satisfaction de penser qu'elle n'avait pas changé.

Elle jeta un coup d'œil vers lui, qui la regarda avec surprise avant de commander un homard. Dès que le serveur fut parti, Cade se pencha vers elle.

— Alors, l'entrecôte n'est plus ton premier choix ?

— Non, la plupart de mes premiers choix ont changé avec les années.

Il l'observa, dubitatif.

— Il n'y a pas de raison de se disputer toute la soirée, dit-il. Réglons ça tout de suite.

Sans la quitter des yeux, il prit son téléphone portable et parla si doucement qu'elle put à peine l'entendre. Il rangea le téléphone et, à sa grande surprise, se leva.

— Laisse-moi te montrer quelque chose, dit-il en venant reculer sa chaise.

Qu'avait-il donc en tête ? Il lui prit le bras, et avant qu'ils quittent le restaurant, Cade alla dire au maître d'hôtel de repousser leur dîner jusqu'à leur retour. Sa curiosité allait grandissant. Ils sortirent de l'immeuble, et traversèrent la rue pour rejoindre l'un des meilleurs hôtels de Forth Worth.

— J'ai pris une chambre ici, dit-il. C'est pour ça que nous dînons au Millington club au lieu du Petroleum Club, c'est plus près. Je veux te montrer quelque chose, que j'avais prévu de te montrer après le dîner.

Elle ralentit puis s'arrêta net.

— Ta chambre ?

— Oui, c'est là que nous allons. J'ai des plans de la maison que je fais construire. Ça ne t'engage à rien d'y jeter un œil, ensuite nous retournerons au restaurant.

— Je n'ai pas besoin de voir des plans, insista-t-elle. Nous n'avons rien à nous dire là-dessus.

— Si, au contraire. Je veux discuter de fresques pour ma maison.

— Je ne travaillerais pas pour toi même pour tout l'or du monde, s'énerva-t-elle, en pointant son index contre son torse. C'est non, Cade.

Elle avait chaud, et la transpiration perla sur son front. Elle voulait s'éloigner de Cade. A tout moment, elle craignait de perdre le ferme contrôle qu'elle exerçait sur ses émotions, et de laisser filer tous les griefs qu'elle avait nourris pendant neuf longues années. Et ce dernier jour avec Cade était aussi frais dans son esprit que si cela s'était produit hier.

A sa grande surprise, la réapparition de Cade avait ramené à la surface l'infini chagrin dont elle avait cru être libérée.

— Il doit bien y avoir un prix que tu accepterais, dit-il avec calme. Au moins, jette un coup d'œil à ce que je veux.

— Non ! cria-t-elle. Ça ne sert à rien. Rien ! Je ne travaillerai pas pour toi, et je ne rouvrirai pas d'anciennes blessures, je ne m'infligerai pas ça. Tu m'as fait assez de mal comme ça, bon sang !

— C'est une affaire professionnelle, que je te propose, pas privée, répliqua-t-il d'une voix parfaitement calme. Il se trouve que tous les gens que j'ai questionnés s'accordent à dire que tu es la meilleure. Sois la grande professionnelle que je sais que tu es, ordonna-t-il. Nous avons toute la soirée devant nous, alors viens voir mes plans, dit-il en la tirant légèrement par le bras. C'est toi l'experte.

Que pouvait-elle répondre à cela ? A contrecœur, elle opina et récolta un sourire chaleureux. Cade s'arrêta à la réception pour prendre un grand rouleau de feuilles de papier.

En silence, ils prirent l'ascenseur pour gagner une suite au dernier étage de l'hôtel. Quand Cade ouvrit la porte, Katherine découvrit un grand salon au décor beige et blanc, adjacent à une salle à manger où trônaient une table et huit chaises. A travers une double porte ouverte, elle vit deux chambres, et au-delà de portes vitrées, un balcon avec une table et des chaises en fer forgé.

Lorsque Cade ôta son manteau, elle se souvint des fois où il s'était déshabillé avant de lui faire l'amour. Sa bouche devint sèche quand il posa le vêtement sur une chaise. Plus jeune, il était élancé, musclé et fort. Cela n'avait sans doute pas changé.

Cade enleva un vase de fleurs fraîches de la table, et elle le rejoignit tandis qu'il posait les plans. Il n'était qu'à quelques centimètres d'elle. Elle observa ses belles mains quand il étala le papier rigide. En fait, songea-t-elle avec un sentiment d'angoisse et d'excitation mêlées, il était encore plus séduisant que par le passé. Mais ses sentiments passés pour lui altéraient sans doute son jugement.

Elle reporta son attention sur les croquis — un autre rappel de sa réussite — qui présentaient une demeure à trois étages, de style grec ancien, avec deux immenses ailes. Surprise, elle plongea les yeux dans les siens qui, comme si souvent autrefois, l'hypnotisèrent, et lui firent oublier ce qu'elle s'apprêtait à dire. Il haussa les sourcils, l'air interrogateur.

— Qu'y a-t-il, Katherine ?

Pas question d'avouer qu'elle avait perdu le fil de ses pensées.

— Tu as quitté le Texas sans un sou. Sacrée réussite, Cade.

— J'ai eu de la chance, dit-il d'une manière désinvolte, comme s'il avait fait quelque chose que n'importe qui aurait pu faire. Voici ma maison. Elle est en construction, je n'y vis pas encore. Je veux des fresques pour six des pièces.

— Cade, tu perds ton temps, dit-elle, exaspérée.

Comment imaginer travailler pour lui, alors qu'elle avait tant de mal à gérer une seule soirée avec lui ?

— Donne-moi ton prix, la pressa-t-il.

Son calme et sa persistance mirent la patience de Katherine à bout.

— Non et non ! Tu ne comprends donc pas que je t'ai haï de m'avoir abandonnée avant notre mariage ? As-tu la moindre idée de la souffrance que j'ai endurée ?

Elle tremblait d'avoir laissé échapper un peu de sa retenue. Le silence patient de Cade l'irrita encore plus.

— Tu m'as humiliée et tu m'as brisé le cœur ! J'étais

anéantie. Jamais je n'aurais cru que souffrir autant que j'ai souffert était possible !

Les mots venaient en cascade, et maintenant qu'elle avait commencé, elle ne pouvait plus s'arrêter.

— Tu ne m'as donné aucune explication, ni un début d'avertissement. Tu as disparu du jour au lendemain, en m'abandonnant de la façon la plus terrible et la plus cruelle qui soit.

Il tressaillit, et pâlit sous son hâle doré, mais son expression était impénétrable.

Soudain, elle lâcha prise, et toute sa fureur remonta à la surface. Elle leva le bras pour le gifler.

Rapide comme l'éclair, il lui attrapa le poignet, et le tint fermement, mais pas assez fort pour lui faire mal.

— Tu ne vas pas me frapper alors que tu ignores ce qui s'est passé, dit-il.

Tous deux avaient le souffle court, et la tension était palpable. Il serrait toujours son poignet, et un éclair passa dans ses yeux noirs. Il serra la mâchoire, comme s'il retenait des mots durs, ce qui était exactement ce qu'elle essayait de faire. Ils s'observèrent un moment, puis Katherine sentit sa colère se muer en autre chose.

Pendant qu'elle plongeait dans les profondeurs de ses yeux bruns, il regarda sa bouche. Et sous son regard, ses lèvres la picotèrent. Depuis le premier jour, ses baisers l'avaient toujours fait fondre, et avaient toujours effacé toute résistance contre lui.

Une douce chaleur monta en elle. Tous deux respiraient fort. Pendant un instant, le monde s'évanouit autour d'eux. Elle se pencha presque vers lui, puis prit conscience de ce qu'elle était en train de faire. Alors elle rejeta la tête en arrière et secoua les épaules.

— Maudit sois-tu, Cade ! Tout ça pour ne pas m'expliquer pourquoi tu es parti !

— Je ne suis pas revenu au Texas pour déterrer de vieilles douleurs et lancer des accusations. C'est du passé, dit-il, lâchant son poignet. Je ne veux pas m'aventurer sur ce terrain-là, car nous pourrions nous faire encore plus de mal. Tu as été blessée et j'en suis désolé.

Il avait dit cela avec un calme qui ne fit qu'accroître sa colère. Pourtant, elle le sentait, Cade était tendu.

— Désolé ? Tu ne crois pas que c'est un peu faible ! s'écria-t-elle, retirant vivement son bras et tournant les talons pour aller à la fenêtre.

Les larmes menaçaient de couler, et elle lutta pour se reprendre. Il était hors de question de verser une seule larme pour lui. Et surtout pas devant lui. Pas après tout ce temps, et tout le contrôle qu'elle avait réussi à exercer sur elle-même. Où était donc passée toute la retenue qu'elle avait maintenue à travers les années ?

Elle croisa les bras sur sa poitrine et releva le menton vers lui.

— Je ne veux rien avoir à faire avec toi, Cade, dit-elle.

— Tu peux regarder les plans de ma maison une minute. Ça ne t'engage à rien. Reviens, Katherine.

Il se leva, attendant impassiblement, jusqu'à ce que cela semble ridicule et puéril de refuser de regarder ses plans. Elle traversa la pièce pour se retrouver à quelques centimètres de lui.

En regardant le dessin de la maison, elle fut de nouveau impressionnée par la réussite de Cade, qui était encore plus éclatante que ce que les articles de journaux ou les magazines avaient indiqué.

— C'est la salle à manger, et je souhaite une fresque sur ce mur, dit-il, pointant son index sur le papier. Un des autres murs aura des fenêtres à meneaux qui empêcheront d'avoir une vue claire sur l'extérieur, alors je veux un paysage.

Elle examina le dessin de la pièce, avec un plafond cathédrale et une énorme cheminée en pierre de style médiéval, où elle aurait bien vu une scène de paysage européen sur un mur. Cade voulait six fresques. Son prix habituel lui vint à l'esprit, et elle soupçonnait qu'elle pourrait facilement obtenir plus de Cade. Elle tenta d'étouffer la pensée de l'incroyable somme qu'elle pourrait gagner avec un tel projet, et de comment elle pourrait l'utiliser pour sa société. Une vraie aubaine, ce travail, si le client avait été quelqu'un d'autre !

Cade déplaça les papiers, et elle contempla ses mains. Elle se souvint de ces mains sur son corps, des mains magiques qui l'avaient embrasée. Le moindre de ses gestes provoquait des souvenirs trop vivaces.

Essayant de se focaliser sur ses plans, elle se pencha au-dessus de la table pour regarder les dessins. Cade approcha d'elle et prit une autre feuille.

— Voici la cuisine et un coin dîner, je veux une peinture ici.

— Pourquoi me montres-tu ces croquis ? La réponse est non, répéta-t-elle, en se demandant si quelqu'un osait lui dire non à présent qu'il était richissime.

— Tu laisses tes émotions orienter ton jugement, et tu refuses une belle opportunité. Ma maison attirera l'attention, et cela te ferait de la publicité.

Il n'était qu'à quelques centimètres d'elle. Pourquoi ne pouvait-elle rester insensible quand il était près d'elle ? Le fait d'être toujours incroyablement attirée par lui la contrariait, parce qu'elle était furieuse après lui.

— Pour une fois, je ne veux pas d'une belle opportunité, dit-elle, tout en priant pour que son pouls ralentisse.

— Laisse-moi te montrer les autres pièces, dit-il, tournant les feuilles.

Il se pencha au-dessus de la table.

— Je veux une fresque sur ce mur. Tu pourras choisir le sujet. Bien sûr, je dois te donner mon aval.

— Et en plus, tu ne me fais pas confiance ! s'exclama-t-elle.

— Si. Mais je veux voir ce que tu as en tête. C'est moi qui vais vivre avec ton œuvre. Donne-moi un prix, Katherine, dit-il doucement. Tu dois être assez professionnelle pour regarder ce que je te propose, et proposer un tarif. Ne dis pas non à cause des blessures du passé. Il y a sûrement un montant pour lequel ça vaudrait la peine.

— Non, il n'y en a pas, car je ne veux travailler pour toi en aucune manière.

Pendant une seconde fugace, elle fut tentée de lui réclamer un prix impossible, comme un demi-million pour chaque fresque, et voir s'il reculerait. L'argent était une tentation, car elle était ambitieuse, mais elle se sortit cette hypothèse de la tête.

Elle marcha jusqu'à la porte du balcon, l'ouvrit et sortit, sans se permettre de penser à ce que ce travail signifierait pour elle. Une froide bouffée de vent l'enveloppa et elle croisa les bras autour de sa taille.

— D'accord.

Elle se retourna, et vit Cade appuyé contre le cadre de la fenêtre.

— Je vais te faire une offre, dit-il.

— C'est inutile, dit-elle en secouant la tête.

— Je t'ai dit que je voulais six œuvres. Que dis-tu de huit millions de dollars pour l'ensemble ?

Sonnée, elle le dévisagea.

— Huit millions de dollars ?

Elle ne pouvait imaginer pareille extravagance.

— C'est trop !

Les mots lui avaient échappé.

— Non, ce n'est pas trop, si ça me permet d'obtenir ce que je veux, dit-il doucement. Et bien sûr, je paierai toutes tes dépenses.

Une nouvelle fois, il venait de lui causer un grand choc. Jamais elle n'avait exigé un tel tarif pour ses peintures. La tête lui tourna, à cause du montant et de ce qu'elle pourrait en faire.

— Tu peux sans doute utiliser ce revenu pour quelque chose, dit-il d'un ton placide.

— Oui, c'est vrai, dit-elle, pouvant à peine prononcer les mots. Cade, je ne peux pas croire que tu paies autant pour mes œuvres. Tu peux engager des peintres qui feront un excellent travail pour beaucoup moins d'argent.

— Peut-être que j'ai une dette envers toi, Katherine, dit-il avec calme.

— Un dédommagement, fulmina-t-elle, c'est ça que tu me proposes ?

Sa colère montait, mais impossible de se sortir de l'esprit le prix que Cade avait proposé ! Ses plans pour l'avenir de son agence de publicité assaillaient son esprit. Les fresques de Cade lui permettraient de réaliser ce qu'elle voulait, avec des années d'avance.

— Huit millions pour l'ensemble, répéta-t-elle, comme si elle ne pouvait y croire.

Il vint la rejoindre sur le balcon et posa les mains sur ses épaules.

Si son pouls s'emballa, elle secoua tout de même la tête.

— Non, non. Mon corps n'est pas compris dans ton offre.

— Je n'ai fait que poser les mains sur tes épaules,

dit-il d'une voix rauque qui lui fit oublier les fresques, l'argent, et tout le reste, tout ce qui n'était pas Cade.

Le vent souleva quelques-unes de ses mèches noires, et elle se souvint des fois où elle avait plongé les doigts dans sa chevelure. Ses mains étaient chaudes et il les laissait glisser le long de ses bras, une caresse légère et provocante.

— Tu es plus belle que jamais, murmura-t-il.

— Arrête, Cade, ordonna-t-elle.

Mais son cœur cognait et elle tremblait, comme si son désir de lui était aussi fort qu'avant.

Il passa un doigt sur sa lèvre.

— Si belle, Katherine…

Des picotements la parcoururent, et elle entrouvrit les lèvres. Au moment où elle se rendit compte de sa réaction, elle se détourna.

— Allons à l'intérieur, lança-t-elle.

Il lui emboîta le pas et ferma la porte-fenêtre.

— Tu peux prendre l'argent, investir, et prendre ta retraite, dit-il.

— Jamais ! s'écria-t-elle tandis qu'il la rejoignait à la table. Mon travail est toute ma vie. Je m'épanouis dans ma peinture et je n'envisagerai jamais d'arrêter.

Il pencha la tête et la regarda d'un air un peu étonné.

— Je sais que tu as fait les beaux-arts, mais je ne me souviens pas que tu aies jamais eu une ambition ardente.

Ah non ? Eh bien figure-toi que je me suis jetée

à corps perdu dans le travail quand tu m'as quittée, et que j'ai découvert que j'aimais la réussite ! Toute ma vie, j'ai été en compétition avec mes frères, et je veux gagner plus d'argent qu'eux. Je sais maintenant que je pourrais atteindre mon objectif.

— Tu devras travailler encore pour surpasser ton frère Nick. Mais si tu acceptes mon offre, tu pourrais battre Matt.

Elle étudia les dessins étalés devant elle.

— En voici d'autres, dit-il, se penchant légèrement au-dessus de la table pour dérouler d'autres dessins. Voici toutes les pièces où j'aimerais avoir une fresque. Je n'ai aucune idée de ce que je veux mettre. C'est à toi de choisir le thème.

— Les trois quarts du temps, c'est moi qui suggère les idées. Parfois, un client me dit exactement ce qu'il souhaite, dit-elle sans vraiment y penser.

La somme colossale d'argent la stupéfiait. Elle se tourna vers lui.

— Tu peux te permettre de dépenser huit millions de dollars pour obtenir ces fresques ?

— Oui, je le peux. J'ai eu de la chance.

Elle avait affirmé catégoriquement qu'elle ne travaillerait pas pour lui, mais son offre était impossible à décliner. Elle serait folle de refuser. Elle pourrait réaliser ses fresques sans succomber à son charme, se promit-elle. Pourtant, elle le devinait, la tâche ne serait pas facile. Il avait fait fondre son cœur auparavant, quand il était un jeune homme rebelle et sans le sou. Maintenant, il risquait d'être irrésistible.

Elle longea la table, étala les papiers et étudia des lignes précises des plans, mais c'était juste une excuse pour gagner du temps pendant qu'elle réfléchissait à sa proposition. Pourrait-elle faire les fresques tout en résistant à Cade ? Peut-être retournerait-il en Californie pendant ce temps, là où il travaillait le plus souvent ? Non, c'était peu probable. Quoi qu'il en dise, il superviserait le projet, c'était certain.

Huit millions de dollars pour ses fresques. L'offre était plus que tentante. Pas moyen de refuser. Pourtant, elle ne pouvait s'empêcher de se demander à quel point Cade la voulait. La curiosité la tenta. Le cœur battant, elle leva les yeux vers lui, se demandant si elle pouvait hausser le prix. S'il refusait, elle reculerait immédiatement.

— Je ferai tes fresques pour dix millions.

Retenant son souffle, effrayée par sa propre audace, elle vit une lueur d'amusement passer dans les profondeurs de ses yeux sombres. Elle s'était préparée à une réaction de sa part, mais pas à celle-là.

— Il y a quelques minutes à peine, tu me disais que huit, c'était trop.

— J'étais sous le choc. Maintenant, je pense à mes affaires.

— Alors, marché conclu, dit-il. D'accord pour dix millions.

Elle expira. Dix millions ! Sa réputation serait faite

rien que par ce tarif. Bientôt, elle pourrait réaliser les ambitieux projets dont elle n'avait jusque-là que rêvé.

— Comment veux-tu être réglée ? La moitié maintenant, et l'autre à la fin ?

Elle inspira profondément.

— Je vais de surprise en surprise avec toi, avoua-t-elle. Pourquoi paierais-tu une telle somme dès le départ ?

— Je suis sûr que tu finiras ton travail, alors pourquoi pas ? Tu peux te servir de l'argent tout de suite. Je peux te faire un chèque, ou alors, lundi matin, nous pouvons aller faire un virement sur ton compte.

— Je choisis la deuxième solution, dit-elle, incapable de croire à ce qui était en train de se passer.

— Laisse-moi te montrer le reste, dit-il. Voici une salle de jeux. J'aurai un billard. Comme c'est une pièce intérieure, je veux un dessin qui évoque l'extérieur. Je souhaite que la fresque s'étale sur tout le long de ce mur, dit-il, suivant de l'index une ligne sur le plan. Quelque chose de gai.

— Je sélectionnerai plusieurs thèmes, et s'ils ne te plaisent pas, j'en trouverai d'autres.

— D'accord.

Elle comprit soudain qu'elle travaillerait avec lui en permanence, jusqu'à ce qu'il approuve ses choix de thèmes.

— Et puis celle-là, dit-il, attrapant une autre feuille et effleurant son bras au passage. C'est une salle de sport. Trouve-moi quelque chose pour la réveiller. Quelque chose de joyeux. Rien n'est plus monotone qu'un tapis de course, alors il me faut une peinture que je puisse apprécier.

Elle huma une bouffée de son après-rasage, et vit la légère ombre de sa barbe quand il se pencha près d'elle. Avait-il remarqué qu'ils s'étaient touchés ? Le faisait-il exprès ou non ? Elle ne put s'empêcher de frissonner, comme si ce contact avait été une vraie caresse.

— N'y a-t-il pas une femme qui a son mot à dire ? demanda-t-elle, regrettant la question personnelle au moment où elle la posa.

Il se redressa et la regarda droit dans les yeux.

— Je te l'ai dit, il n'y a pas de femme dans ma vie. La seule personne qui ait son mot à dire, c'est moi.

Il posa de nouveau la main sur son épaule, mais cette fois, il la caressa doucement, touchant une boucle de ses cheveux.

— Mais puisque tu abordes le sujet…

— Cade, j'accepte cette mission alors que je ne l'avais jamais envisagé, mais je veux que nous laissions le passé en dehors de ça. Travaillons ensemble comme si nous étions deux étrangers qui se rencontrent pour la première fois ce soir.

— Si je venais de te rencontrer, je flirterais avec toi chaque minute de la soirée, dit-il d'un ton sérieux.

Son regard se promena nonchalamment sur ses traits. Ses doigts s'attardèrent le long de ses joues.

Katherine feignit l'indifférence et retourna aux plans.

— Donc, il y aura la salle à manger, la salle de jeux et celle d'entraînement.

— Il y a aussi ma chambre, la buanderie et le coin-repas de ma cuisine. Ça devrait suffire.

Sa chambre. Son estomac se noua à cette seule pensée. S'il pouvait retourner travailler dans une autre ville, au lieu de rester dans sa maison de Houston, cela l'arrangerait. Mais il allait sûrement rester dans les parages pour surveiller son travail. Si seulement la chambre pouvait ne pas faire partie des pièces concernées !

— Quand pouvons-nous commencer ? demanda-t-il. J'aimerais que tu t'y mettes tout de suite.

— J'ai un travail en cours, mais mon agence pourra s'en charger.

— Ne confie pas mon projet à quelqu'un d'autre. Je ferai établir un contrat, et je ne veux que toi.

— Je suis la seule à réaliser des fresques. C'est ma spécialité, et j'adore ça, donc bien évidemment, c'est moi qui ferai les esquisses et les dessins. Mais le travail ira plus vite si quelqu'un m'aide pour la peinture.

— Non, à moins que ce ne soit pour faire des courses ou monter du matériel, ce genre de choses. Sinon, je ne paie que pour toi, dit-il d'un ton ferme.

— D'accord.

Il la regarda si intensément qu'elle frissonna. Puis il fit un pas vers elle et posa les mains sur sa taille.

— J'ai vu ton travail, et tu es douée. J'adore l'œuvre que tu as réalisée à San Francisco, dans le magasin Haywind, et j'en ai vu d'autres à Kansas City et San Antonio.

— Je suis contente que ça t'ait plu, répondit-elle mécaniquement.

Elle avait conscience des mains de Cade sur elle. Ils étaient trop près l'un de l'autre, songea-t-elle en conjurant les souvenirs d'autre temps, quand ils étaient encore plus proches.

— Tu peux commencer tout de suite ? demanda-t-il.

Sa voix était un ton plus bas, la seule indication qu'il avait remarqué l'étrange tension qui montait entre eux.

— Oui, je peux, dit-elle, en reculant. Est-ce que ta maison est loin ?

— Oui, dit-il en remettant son manteau. Nous pourrons en discuter pendant le dîner. Retournons au club.

Elle alla chercher son sac à main, soulagée qu'ils quittent l'hôtel et se retrouvent en public, où la situation ne risquait pas de devenir trop... personnelle.

Ils étaient installés à leur table depuis quelques minutes à peine quand des gâteaux de crabe poêlés leur furent servis.

— Nous sommes si civilisés, fit-elle remarquer. J'ai

envie de hurler et de te jeter des choses à la figure, et voilà que je vais travailler pour toi ! En fait, tu as acheté la paix, parce que je ne peux pas assouvir ma colère si je travaille pour toi.

Il la regarda d'un air interrogateur.

— Katherine, tu ne crois pas que nous pourrions mettre le passé de côté ? Au moins pour l'instant ? Et même si nous n'y parvenons pas, ça vaut la peine d'essayer.

Elle inspira, songea au prix qu'il était prêt à payer et à ce qu'elle pourrait faire de cette fortune. Toute sa vie, elle s'était sentie en compétition avec ses frères, et même avec son père. A présent, ses gains égaleraient les leurs. Les fresques lui offraient l'opportunité d'une réussite spectaculaire.

Si seulement elle pouvait s'accrocher à ces pensées, elle pourrait finir cette mission sans lâcher sa fureur contenue, qui s'accroissait chaque fois que Cade indiquait qu'il avait des raisons de lui en vouloir pour le passé.

Il n'avait aucune raison de nourrir le moindre grief contre elle, et cela la déconcertait quand il affirmait le contraire. Mais elle ne voulait pas s'étendre sur la question, elle avait déjà perdu le contrôle une fois ce soir. Et c'était déjà trop.

— Demain matin, si tu es disponible, nous pouvons prendre l'avion pour Houston, et revenir dans l'après-midi.

— Ça me va, dit-elle tandis que le serveur leur apportait deux salades vertes.

Ainsi, songea-t-elle, elle allait passer la journée avec lui... Son appétit s'envola, et elle sirota son verre d'eau.

— Dans ta chambre, dit-elle, la peinture devrait être plaisante et relaxante, quelque chose que tu aimes vraiment. Qu'est-ce que tu préfères ?

— Je doute que tu veuilles peindre ce que je préfère sur mon mur, dit-il d'un ton traînant, et elle ne put s'empêcher de rire malgré son irritation.

S'il pouvait cesser de lui faire du charme ! Il ne fallait pas qu'elle baisse sa garde, se rappela-t-elle.

— Quelles sont tes passe-temps préférés ? demanda-t-elle. Avant, c'étaient les motos, et le base-ball.

— Je n'ai pas beaucoup changé. Ma fascination pour les motos s'est reportée sur les voitures. J'aime toujours le base-ball. Et puis je peux faire des choses qu'à l'époque, il m'était impossible de m'offrir. J'aime pêcher, skier, jouer au golf, faire de l'escalade et du snow-board. Un sujet pour la fresque de ma chambre... Il faudra que j'y réfléchisse.

— Je te proposerai des thèmes de mon côté. Ça fait partie de mon travail.

Tandis qu'ils parlaient affaires, elle remarqua que lui non plus n'avait pas grand appétit. Ils évitèrent tout sujet personnel pendant leur conversation. Elle s'évertua à songer à son travail et aux changements qu'elle pourrait faire grâce à tout cet argent injecté dans sa société, mais son esprit revenait sans cesse à Cade. Pourquoi ne s'était-il jamais marié ? Pourquoi n'y avait-il pas de femme dans sa vie ?

Elle mit ses questions de côté. Elle voulait que leur relation demeure aussi impersonnelle et professionnelle que possible. Il était son client à présent, et elle devait oublier le passé tant qu'elle travaillerait pour lui. Accomplir son travail, et éviter de ressasser leur histoire — combien de fois aurait-elle à se rappeler ça ? L'avait-il jamais aimée, tout cela avait-il été un mensonge ?

Elle prit une profonde inspiration, et avala une gorgée d'eau, essayant de se calmer et de cesser de ressasser le passé. Mais bientôt, les souvenirs furent de retour. Elle essaya de prêter attention à ce que Cade disait tandis qu'ils parlaient de généralités, mais son esprit vagabondait. Quand son attention se reporta sur la bouche de Cade, elle se souvint de ses baisers, enfiévrés et possessifs.

— Tu n'as presque rien mangé, remarqua-t-il, la ramenant brutalement au présent.

Elle sentit ses joues s'empourprer. Bon sang, pourquoi ne pouvait-elle contrôler son émotion ?

— Toi non plus, rétorqua-t-elle. Je suis toujours tendue avant un nouveau contrat, et peut-être encore plus ce soir.

— Détends-toi, dit-il, en lui prenant la main. Je ne suis pas un ogre, et je sais que tu es une artiste.

Il tint sa main, son pouce allant et venant doucement

sur sa main puis son poignet, et elle sut qu'il avait sans doute perçu son pouls affolé. Ses yeux sombres la sondèrent, et tout, autour d'elle, cessa d'exister, sauf Cade.

— Katherine, murmura-t-il d'un ton enjôleur.

L'espace d'un instant, elle eut envie de se pencher vers lui, avant de prendre conscience à quel point elle était réceptive.

— Arrête, ordonna-t-elle. C'est sans doute parce que je ne vois personne depuis un moment, mais je suis plus vulnérable que je ne le voudrais. Fais preuve de retenue, ou ça ne marchera pas.

— Mais si, ça marchera, dit-il doucement.

Ils laissèrent leur dîner presque intact. La soirée était un calvaire, et elle était prête à y mettre un terme, avant de perdre contenance de nouveau.

— Tu veux danser ? demanda-t-il alors, l'air neutre.

— Non, Cade. Restons-en à des relations strictement professionnelles.

— Tu sais que j'ai payé une somme royale pour passer la soirée avec toi, dit-il d'un ton détendu. Ça fait longtemps que je n'ai pas dansé. Selon moi, la soirée devrait inclure au moins une danse.

Il se leva et vint reculer sa chaise. Elle tenta de ravaler ses répliques.

— Tu es vraiment habitué à obtenir ce que tu veux, dit-elle en se levant à son tour.

Son sang pulsait dans ses veines, à l'idée de danser

avec lui. Tout ce qui concernait Cade était ambivalent chez elle. Elle était constamment partagée entre l'attirance et la rancœur.

Il la conduisit sur la piste de danse, et au moment où elle fut dans ses bras, son cœur fit un bond. Pourquoi cela semblait-il si naturel ? Il la tint serrée contre lui, et elle huma une bouffée de son après-rasage. Elle sentit l'étoffe douce de son smoking contre ses jambes, la caresse de ses cuisses contre les siennes.

Alors, elle dansa avec lui comme si le temps avait disparu et qu'ils se retrouvaient neuf ans en arrière. Chaque pas était familier, chaque mouvement était fait pour séduire. Son cœur battit la chamade et une onde de chaleur la parcourut. Ils dansaient en parfaite harmonie, comme s'ils avaient dansé ensemble chaque soir de ces neuf dernières années.

— C'est si bon, Katherine, de te tenir contre moi, murmura-t-il, et son souffle était chaud contre son oreille.

Elle enroula le bras autour de son épaule mais prit soin de garder la main sur sa veste pour éviter de toucher son cou. En silence, elle dansa avec lui, fermant les yeux seulement pour être de nouveau transportée dans le passé.

Il serra sa taille, et l'attira plus près de lui. C'était un pur supplice, car ils s'accordaient trop bien, et se mouvaient dans un rythme trop parfait. Chaque pas remuait de pénibles souvenirs de danses passées… de séduction… de Cade qui l'embrassait.

Au moment où la danse s'acheva, elle retourna à leur table. Tout son corps était en émoi. Danser avec Cade avait ravivé trop de souvenirs et avait attisé son désir.

Elle voulait l'embrasser, et lui faire l'amour… Elle poussa un gémissement, mais se reprit et toussa, espérant couvrir le son qu'elle venait d'émettre.

— Je sais que tu as payé une fortune pour cette soirée, dit-elle, mais j'aimerais rentrer chez moi maintenant. Après tout, tu as obtenu ce que tu voulais, j'ai accepté de travailler pour toi.

— C'est vrai, dit-il en lui prenant le bras. Allons-y.

Dans la limousine, il s'assit à côté d'elle, plus près cette fois, se tournant pour lui faire face.

— J'ai donné ton adresse au chauffeur. J'ai supposé que tu vivais au ranch.

— Non, j'ai déménagé il y a neuf ans. Maintenant, je possède une maison en ville. Toutefois, j'ai toujours une maison au ranch. Mes frères aussi, et papa nous a donné des terrains. Nous nous réunissons deux fois par mois, quand c'est possible.

— Nick m'a dit qu'il te voyait souvent.

Surprise, elle observa Cade.

— Tu parles comme si tu connaissais Nick.

— A cause de mes affaires, nos chemins se sont croisés quelques fois.

Nick ne lui avait jamais parlé de Cade, et elle se demanda pourquoi. Sans doute son frère avait-il pensé que ce serait trop douloureux pour elle…

— Je m'étonne qu'il t'adresse la parole, dit-elle. Quand tu es parti, mes frères ne vivaient plus au ranch. Tu te souviens, ils étaient tous les deux à l'université. Quand ils ont découvert ce que tu avais fait, ils sont allés à ta poursuite, mais ta famille et toi aviez quitté l'Etat et ils n'ont pas pu te retrouver, ce qui fut un soulagement pour moi.

— Pas étonnant.

Essayant d'éviter le passé, elle songea à son nouveau travail.

— J'ai réfléchi, à propos des fresques, Cade : si tu veux, je peux me libérer pour commencer tout de suite.

— Tu as une personne de confiance à qui confier tes affaires si tu t'absentes longtemps ?

— Oui. J'ai déjà effectué de nombreux voyages d'affaires. Mais Forth Worth et Houston ne sont pas si éloignées, alors je peux revenir si besoin est.

— Bien, dit-il d'un ton détaché, tout en la regardant avec intensité.

Il ne la touchait pas, mais il était encore capable de l'exciter avec ses yeux bruns sexy et sa présence charismatique.

— Je peux passer te prendre à 7 heures pour aller à Houston dans mon jet privé, si ce n'est pas trop tôt pour toi.

— Non, 7 heures, ça me va. Et puis ça me laissera le temps, une fois là-bas, de trouver un motel dans le coin où je pourrai installer mon bureau et dormir.

— Non, ce ne sera pas nécessaire, dit-il d'un ton détendu.

— Comment ça ? Je ne vais pas faire les allers-retours tous les jours.

— Non, bien sûr. Tu vivras chez moi.

- 3 -

— Non, je ne peux pas vivre avec toi ! s'écria-t-elle, s'agitant sur la banquette pour le regarder en face, furieuse qu'il ait fait cette suggestion.

— Bien sûr que si, dit-il doucement en ôtant son manteau. Tu ne vivras pas « avec moi », tu résideras dans ma maison. Il y a plus de trente chambres. Tu seras sur place pour travailler. Tu auras une voiture à ta disposition. Il n'y a aucune raison pour que tu ne séjournes pas chez moi.

Il y avait une bonne dizaine de raisons de ne pas séjourner chez lui. La première, c'était que Cade était trop séduisant. Qu'elle le veuille ou non, elle ne pourrait jamais le considérer comme un client normal. Ses caresses l'embrasaient, et son regard pouvait la figer sur place. Rien que d'être près de lui dans la limousine, son cœur battait à tout rompre. Elle était trop sensible à son charme, et bien trop vulnérable.

Chaque minute avec lui renforçait son attirance, et mettait tous ses sens en alerte.

— Cesse de t'inquiéter, Katherine, dit il calmement. Je ne suis pas un ogre. Je serai souvent absent, et l'endroit est immense.

— Je ne m'attendais pas à te revoir un jour, et voilà que je vais travailler pour toi ! Je suis désolée, Cade, mais l'idée que nous vivions sous le même toit me perturbe. Laisse-moi autant d'espace et de solitude que possible, tes fresques n'en seront que meilleures, crois-moi.

— Est-ce une menace détournée pour que je te laisse seule ?

— Pas du tout. Je dis simplement que je travaillerai de manière plus efficace dans ces conditions.

Il effleura sa main, et elle en eut des picotements.

— Nous n'allons pas nous battre à chaque stade de ce projet, dit-il. Je te paie une fortune, et en retour, j'attends un peu de coopération de ta part.

— Personne ne te dit jamais non, n'est-ce pas ?

— Si, ça m'arrive. Et s'il y a une raison logique, j'en tiens compte. Peux-tu me donner une raison sensée de ne pas demeurer chez moi pour travailler ?

Elle plongea les yeux dans son regard sombre.

— Tu es en train de m'en donner une. Tu es trop près, et tu n'arrêtes pas de me toucher.

— Est-ce mal ?

— Je suis sensible à ton charme, bon sang, et ça m'ennuie. Voilà, tu es content ? Laisse-moi respirer.

Il recula, le regard intense.

— Je te laisserai respirer, Katherine, si tu emménages

chez moi. C'est bien assez grand, tu le constateras toi-même demain.

Pouvait-elle refuser de coopérer quand lui se montrait raisonnable ? se demanda-t-elle.

— D'accord, Cade, concéda-t-elle avec un haussement d'épaules. Il faudra que je prenne les mesures des murs. Je voudrai voir toutes les pièces, mais je ne travaillerai que sur une fresque à la fois. Je vais préparer un dossier, et nous pourrons en discuter à mon bureau.

— Très bien.

Ils arrivèrent devant chez elle. Le chauffeur de Cade passa les hautes portes de métal blanc, et s'arrêta devant la maison de briques rouges à un étage, entourée de chênes.

— C'est une belle maison, Katherine, dit Cade en la raccompagnant à sa porte.

— Merci encore pour ta donation, pour le dîner, et pour ta proposition. Tu as aidé beaucoup d'enfants ce soir, et tu m'as offert une merveilleuse opportunité professionnelle.

Il lui jeta un regard lourd de signification.

— J'en aurai pour mon argent.

— J'espère qu'il n'y pas de sous-entendu dans ta phrase, répliqua-t-elle d'un ton réprobateur. Tu auras tes six fresques, et rien de plus. Mon corps n'est pas inclus dans le contrat.

— Je ne m'attendais pas à ce qu'il le soit.

Il était trop près, et son regard était trop intense.

Pendant quelques secondes, ils se regardèrent. Son pouls s'accéléra, et elle se souvint de toutes ces fois où il l'avait embrassée pour lui dire bonsoir. A la hâte, elle se détourna pour ouvrir la porte. Une fois à l'intérieur, elle éteignit son alarme et quand elle se retourna, elle découvrit qu'il attendait dans l'entrée. Mais il était hors de question de l'inviter à prendre un verre.

— Bonne nuit, Katherine. Je suis impatient de te voir travailler, dit-il en lui tendant la main.

A contrecœur, elle lui serra la main, et ressentit une décharge électrique à son contact. Pourquoi diable réagissait-elle de façon si intense avec lui ? Il n'y avait rien à faire, c'était plus fort qu'elle.

Elle le regarda remonter dans la limousine. Fermant la porte, elle s'y adossa. Allait-il lui briser le cœur une seconde fois ?

Elle allait vivre dans la maison de Cade, et il serait là, à surveiller son travail. Toute la soirée, la question de savoir comment lui résister l'avait taraudée. Pourrait-elle vivre près de lui sans succomber ?

Mais après tout, tenta-t-elle de se raisonner, pourquoi était-elle si sûre qu'il essaierait de la séduire ? Peut-être avait-elle tort. Toutefois, il l'avait touchée à plusieurs reprises ce soir…

Elle n'avait pas non plus la certitude de pouvoir contenir sa colère. Cade suscitait en elle des sentiments contradictoires. Une minute, elle était attirée, craignant de retomber amoureuse, et celle d'après, elle luttait pour ne pas perdre le contrôle de ses nerfs.

Elle songea au moment où elle s'était mise en colère ce soir. Au moins, l'explosion avait été brève. Quand elle emménagerait chez lui, espérait-elle, elle resterait professionnelle, et éviterait Cade en dehors des heures de travail.

Elle se sentait à la fois épuisée et euphorique. Cade était de retour… Elle aurait voulu se le sortir de l'esprit, mais c'était impossible. Après neuf interminables années, Cade était là !

Puis elle songea aux fresques, et à la rétribution qu'elle obtiendrait, et un vent d'espoir s'éleva en elle. Dix millions de dollars ! Elle tourna sur elle-même, laissant son sac voler, sans se soucier qu'il heurte la porte et tombe sur le parquet de chêne poli. Elle pourrait ouvrir de nouvelles agences. C'était son rêve, et aujourd'hui, elle pourrait faire tout ce qu'elle avait projeté, sans attendre.

Certaine qu'elle ne réussirait pas à dormir, elle ôta ses chaussures et se hâta vers son bureau. La pièce était bordée d'étagères pleines de livres, de dessins et de prix. Deux ordinateurs étaient posés sur le bureau, et un autre sur une table.

Elle prit quelques livres pour consulter des images susceptibles de lui donner des idées. Mais pendant qu'elle feuilletait les pages, ses pensées revenaient sans cesse vers Cade et la soirée qu'elle venait de passer avec lui. Elle se revit danser avec lui, entre ses bras, chose qu'elle n'aurait jamais crue possible.

Comment avait-il fait fortune ? Pourquoi était-il en colère après elle ? Pourquoi avait-il insisté pour l'engager elle, et pas un autre artiste ? Il aurait pu en engager un tout aussi bon qu'elle, pour un prix bien moindre. Pourquoi était-il toujours célibataire, alors qu'il était très beau, et très riche ? Les questions l'assaillaient, et elle se souvint de l'instant où elle avait vu ses yeux bruns et l'avait reconnu — elle aurait voulu se jeter dans ses bras. Cette seule pensée lui donna des palpitations. La maison de Cade était un palais, mais même si elle avait fait cinq fois la taille d'un hôtel, elle ne serait jamais assez grande pour empêcher les étincelles du désir d'exploser entre eux.

Tôt ou tard, le passé remonterait, et tout l'argent du monde ne pourrait pas l'empêcher. Fermant les yeux, elle se remémora leur première rencontre.

Comme si c'était hier, elle se souvint de ce chaud après-midi de juillet, l'été de ses vingt ans. Elle rentrait de l'université et rejoignait le ranch, radio à fond, au volant d'un pick-up bosselé, le plus vieux du ranch Ransome. En fredonnant, elle roulait un peu trop vite sur une route de campagne d'habitude déserte.

Un camion l'avait dépassée, conduit par un cow-boy qui avait klaxonné et lui avait fait un signe. Elle ne l'avait pas reconnu, mais lui avait répondu d'un geste de la main, car la plupart des gens qui empruntaient cette route vivaient quelque part dans le coin.

Puis elle avait entendu une moto, et vu un type sur une Harley arriver derrière elle. Ses cheveux noirs et décoiffés flottaient au vent. Il portait un bandeau rouge, un T-shirt difforme et un jean effiloché. Il avait roulé à sa hauteur et avait klaxonné.

Elle lui avait jeté un coup d'œil. Comme il était séduisant, elle lui avait souri, avant de reporter son attention sur la route. Il avait encore klaxonné, et elle lui avait lancé un nouveau regard, plus attentif cette fois.

Depuis ses douze ans, elle avait attiré l'attention des hommes, aussi était-elle habituée aux klaxons, aux sifflements, aux gestes de la main et aux types qui la draguaient ouvertement.

Le motard lui était inconnu. Mais il avait persisté, et comme il n'obtenait guère de réaction de sa part, il était passé devant elle et avait ralenti, l'obligeant à ralentir à son tour pour ne pas le percuter. Quand elle avait mis son clignotant pour le dépasser, il avait agité le bras avec frénésie, et quand elle avait voulu le doubler, il s'était déporté pour l'en empêcher.

Ennuyée, elle avait bifurqué à droite pour le dépasser mais il en avait fait de même, tout en continuant d'agiter le bras, désignant quelque chose sur sa droite avec son index. S'il voulait qu'elle s'arrête, il rêvait !

Non pas qu'elle ait peur de lui, elle connaissait la plupart des gens du comté. Et en cas de besoin, son téléphone portable était à portée de main.

A ce moment-là, il avait ralenti et lui avait barré le passage.

Elle avait klaxonné, bien déterminée à ne pas s'arrêter, si bien qu'il avait fini par s'écarter de son chemin. Elle avait accéléré et l'avait dépassé, en lui tirant la langue.

Dans son rétroviseur, elle avait alors vu le jeune homme s'arrêter sur le bas-côté et désigner sa droite avec insistance. Intriguée malgré elle, elle avait fini par s'arrêter sur l'accotement de la route déserte. Après tout, elle était assez loin de lui, et s'il lui voulait du mal, elle pourrait toujours s'enfuir. Elle était descendue de son véhicule et s'était dirigée vers le motard. Ce fut alors qu'elle avait aperçu le chargement du pick-up. Et elle avait poussé un juron.

Le jeune homme roulait dans sa direction. A présent, elle savait qu'il avait juste voulu l'aider, aussi ses inquiétudes à son sujet s'étaient-elle évanouies tandis qu'elle inspectait la route.

Il était descendu de sa moto et avait marché vers elle.

Avec ses yeux bruns, ses cheveux noirs et épais, sa mâchoire ferme et ses pommettes saillantes, il était le plus beau jeune homme qu'elle ait jamais vu, et elle n'avait pu s'empêcher de le contempler. Elle avait passé en revue son short taille basse en jean délavé, son T-shirt qui s'arrêtait quelques centimètres au-dessus de sa taille étroite. Le jeune homme l'avait détaillée aussi, avec un regard d'admiration viril, qui lui avait donné des picotements dans tout le corps. Elle avait posé le regard sur ses lèvres pleines et sensuelles. Ses épaules étaient larges, ses muscles saillants, et son torse puissant. Elle avait détaillé son ventre plat, sa taille étroite et ses longues jambes.

Quand elle s'était rendu compte qu'elle l'observait avec beaucoup trop d'insistance, elle avait levé les yeux pour découvrir un regard enfiévré et un sourire en coin.

Son cœur avait cogné dans sa poitrine quand il s'était avancé pour ne s'arrêter qu'à quelques centimètres.

— Je suis Cade Logan. Et vous…

— Katherine Ransome, avait-elle dit, troublée, se demandant ce qui lui arrivait.

Elle n'avait jamais eu une réaction aussi primaire avec aucun homme, avait-elle songé en s'efforçant de ne pas le regarder.

— Vous êtes la sœur de Matt Ransome ?

— Oui. Vous connaissez Matt ?

Il avait haussé les épaules, avec une nonchalance aussi sensuelle que le reste de sa personne.

— Nous sommes allés au lycée ensemble. J'avais un an de plus que Matt. J'ai vingt-quatre ans, et vous ?

— Je suis assez âgée pour savoir ce que j'aime faire, avait-elle répondu avec un sourire,

Voilà qu'elle flirtait avec lui !

Il avait poussé un long soupir, et l'avait fixée avec un regard sexy et songeur.

— Il faudra que je découvre ce que vous aimez

exactement, avait-il alors dit d'une voix rauque. Mais ce sera pour plus tard. Vous avez des balles de…

— Le foin ! s'était-elle exclamée, se souvenant que son pick-up ne contenait plus que la moitié de son chargement de foin.

Il avait haussé un sourcil malicieux.

— Je vous ai fait oublié le foin, n'est-ce pas ? dit-il d'une voix traînante.

— Peut-être bien. Le foin n'est pas ce qu'il y a de plus fascinant, avait-elle dit d'une voix tout aussi traînante, ce qui avait fait naître une lueur dans le regard de son interlocuteur. Il y a d'autres choses que je trouve bien plus excitantes.

— Et qu'est-ce qui vous excite, Katherine ? avait-il dit, déguisant à peine le sous-entendu.

Le pouls de Katherine s'était accéléré. Tandis que la question planait entre eux, elle avait regardé ses lèvres.

— Beaucoup de choses, mais je ne les partage pas avec des étrangers. Et je n'en discute pas non plus.

— Alors, il faut d'abord vous connaître. Je suis d'accord.

Elle avait souri, et il lui avait rendu son sourire en lui effleurant la joue.

— Je n'avais pas compris pourquoi vous me faisiez des signes et klaxonniez, avait-elle dit.

— Vous êtes sans doute si habituée à ce qu'on klaxonne sur votre passage que vous ne faites plus attention.

Elle avait inspiré, et elle avait vu le jeune homme poser son regard sur ses seins qui se soulevaient sous son T-shirt.

— Vous semblez du genre à klaxonner les jolies filles.

— Oui, j'aime les belles femmes, avait-il dit d'une voix grave. Nous pourrons poursuivre cette conversation plus tard, mais pour l'instant, vous feriez mieux de ramasser les balles de foin sur la route, avant que quelqu'un n'ait un accident.

— Oh, mon Dieu ! Merci ! avait-elle fait en se précipitant vers son pick-up.

— Je vais vous aider, avait-il dit en enfourchant sa moto.

Elle avait grimpé dans son véhicule et avait repris la route en sens inverse, en éteignant cette fois l'autoradio qui l'avait empêchée d'entendre les balles tomber. Bientôt, elle avait repéré la première balle, puis quelques autres éparpillées sur la route à quelques centaines de mètres.

Elle s'était arrêtée sur le bas-côté, et il était venu la rejoindre. Avant qu'elle ait pu descendre du véhicule, il l'avait arrêtée d'un geste.

— Vous, vous roulez sur la bande d'arrêt d'urgence, et moi je ramasse les balles et je les charge dans votre pick-up.

— C'est le plus vieux véhicule du ranch. D'habitude, on ne s'en sert pas en ville, mais ma voiture est en révision, alors je l'ai pris. Je savais qu'il était plein de foin, mais je ne pensais pas que les balles allaient sauter.

— Vous devriez fermer le hayon comme il faut.

— Il est cassé.

— Cette route est cahoteuse et remplie de nids-de-poule, alors ça ne vous a pas aidée. Et rouler à plus de quatre-vingt non plus… Vous êtes une rapide, Katherine Ransome.

Le sous-entendu avait mis ses sens en alerte. Elle avait relevé le menton.

— Seulement quand je le veux bien.

— Alors, qu'est-ce qui vous donne envie de l'être ? avait-il demandé en souriant. Il faudra que j'explore le sujet. Mais pour l'instant, je vais ramasser ces balles.

Cade avait couru sur la route et avait ramassé une balle qu'il avait lancée à l'arrière du pick-up. Katherine s'était remise au volant et avait roulé lentement pendant qu'il récoltait les autres balles. Elle en avait profité pour l'observer dans son rétroviseur. Ses muscles ondoyaient sous son T-shirt. Il était grand, musclé, et séduisant.

Quand il n'y avait plus eu de balles en vue, il était revenu à sa vitre.

— Je pense qu'il en reste un peu plus bas. Vous en avez perdu un paquet. Chaque fois que vous heurtiez une bosse, une balle sautait. Je vais mettre ma moto dans les buissons, et je monte avec vous.

— Et si on vous la vole ?

— Je prends le risque. Attendez-moi ici, avait-il dit.

Il était parti cacher sa moto sous des feuillages. Katherine avait été tentée de démarrer, mais encore plus tentée de l'attendre, pour passer davantage de temps avec lui.

Quand il s'était assis à côté d'elle sur la banquette, elle s'était alors engagée sur la route, troublée de sentir son regard sur elle.

— Vous êtes sûr de vous, n'est-ce pas ?

— Parfois, avait-il dit avec un haussement d'épaules.

— En voilà d'autres, avait-elle dit en apercevant des balles sur la route. J'ignore combien il y en avait quand j'ai démarré. Dieu merci, il y a très peu de circulation. Nous avons dépassé une seule voiture, qui a dû zigzaguer entre celles-là.

— D'où êtes-vous partie ce matin ? avait alors demandé Cade.

— De Rincon.

— Moi aussi. Ce sont les premières balles que vous avez perdues, car je n'en ai pas vu d'autres avant ce pont.

Elle avait ralenti, s'était garée sur la droite et était descendue.

— Je vais vous aider.

Mais avant de soulever une balle, elle avait sorti un bandana de sa poche. Rassemblant ses cheveux blonds dans une main, elle les avait noués avec le foulard, et

Cade l'avait regardée faire, s'attardant sur ses seins qui pointaient sous son T-shirt.

— Voilà, je suis prête.

— Moi aussi, je suis prêt.

Il avait dit cela d'une voix rauque, qui conférait un double sens à sa déclaration. Il était beau et sexy, une combinaison fatale pour le cœur d'une femme. Qui était-il, où vivait-il ? s'était-elle demandée de nouveau. Le nom de Cade Logan ne lui disait rien du tout.

Quand le pick-up avait enfin été chargé, Cade était revenu lui parler par la vitre du conducteur.

— Maintenant, si vous ralentissez, faites attention aux bosses et aux nids-de-poule, et gardez un œil sur votre chargement. Vous devriez rentrer sans problème. Je peux vous suivre pour m'en assurer.

— Merci pour votre aide, avait-elle dit.

— Pas de quoi. Vous voulez aller manger un hamburger avec moi demain ?

Elle avait hésité une fraction de seconde. Il émanait de lui une sexualité brute, et si elle déjeunait avec lui, cela la mènerait sans doute plus loin.

— Vous avez peur ? avait-il demandé en la fixant d'un œil brûlant.

Elle avait soutenu son regard.

— Non, je n'ai pas peur, avait-elle dit en relevant le menton. Je vous retrouve à midi chez Judd's.

— Alors à demain, Katie, avait-il dit en lui effleurant le bras.

Il avait ensuite fait vrombir son moteur, et s'était éloigné.

La tête pleine de souvenirs, Katherine fut de nouveau sidérée en songeant à tout le chemin que Cade avait parcouru depuis ce jour-là. A l'époque, orphelin de père, il vivait avec sa mère et ses quatre frères, dans une maison de deux chambres délabrée, située dans le quartier le plus pauvre de Rincon.

Il avait quatre ans de plus qu'elle, et avait quitté le lycée avant qu'elle n'y entre. Ayant abandonné les études en terminale, il travaillait comme mécanicien, et arrondissait ses fins de mois en revendant des voitures qu'il retapait pendant son temps libre.

Cade… Le premier jour de leur rencontre, elle avait pensé qu'il était l'homme le plus sexy qu'elle ait jamais rencontré. Aussi fit-elle le vœu, avec chaque once de sa volonté, de ne pas retomber amoureuse de lui, et de ne pas s'exposer ainsi à la souffrance.

Fixant l'horizon, elle rejoua dans son esprit les heures passées. Elle voulait appeler ses frères, pour leur faire part des derniers développements, mais elle le ferait demain avant de partir pour Houston. Tous deux étaient des lève-tôt et elle pourrait leur téléphoner à partir de 6 heures.

Elle travailla jusqu'à tard dans la nuit, avant d'aller se coucher. Mais ce fut pour rêver de Cade, de ses baisers et de leurs étreintes, et quand elle se réveilla au matin, elle était encore plus agitée.

Elle prit une douche, revêtit un tailleur bleu marine,

et coiffa ses cheveux blonds en un chignon bien serré pour avoir l'air aussi professionnel que possible, et ériger ainsi un mur entre Cade et elle.

Environ un quart d'heure avant que Cade passe la prendre, elle appela son frère Nick.

— Nick, c'est Katherine. Je quitte la ville et je voulais te prévenir.

— Comment s'est passée la soirée d'enchères ?

— Très bien. Ils ont récolté beaucoup d'argent.

— Génial ! Ça fera plaisir à Julia aussi. Qui a enchéri pour toi ? demanda-t-il d'une voix amusée. Je parie que c'est Hank Monroe.

— Plusieurs hommes ont enchéri, dit-elle d'un ton neutre. Cade Logan est de retour en ville. Il a remporté l'enchère, et la soirée avec moi. Nous sommes allés dîner hier soir.

Elle éloigna le combiné de son oreille quand son frère s'emporta.

— Pourquoi diable es-tu sortie avec Cade Logan ?

— Parce que c'était le meilleur enchérisseur, Nick, dit-elle patiemment.

— Tu as l'air sacrément heureuse, rugit Nick. Ce n'est pas reparti entre vous deux, j'espère ?

— Non, mais je vais travailler pour lui. Il m'a fait une proposition que je ne pouvais pas refuser, dit-elle, son cœur battant plus vite quand elle songea à l'annonce qu'elle allait faire.

— Ça doit être très élevé, dit-il d'une voix bourrue. J'aimerais l'écrabouiller, Katherine.

— Eh bien, retiens-toi. Tu irais en prison, et moi je perdrais un contrat juteux, qui va faire prospérer ma société comme je ne l'aurais pas cru possible.

— D'accord. Combien ? demanda Nick.

— Cade a une nouvelle maison à Houston, et il veut que je réalise six fresques…

— Et ? Allons, il doit te payer une fortune pour que tu acceptes le job et que tu aies l'air si enthousiaste.

Elle aurait adoré voir sa tête lorsqu'elle lui annonça que Cade allait la payer 10 millions de dollars.

Elle décolla son oreille de l'écouteur pendant que Nick poussait un juron, et appelait sa femme Julia. Puis, il lui passa sa femme, et Katherine dut lui répéter le montant du contrat. Enfin, Nick reprit la communication.

— Tu as passé un pacte avec le diable ! s'écria-t-il. Mais pour cette somme, je ne te blâme pas. Je savais qu'il avait réussi, mais pas à ce point. Comment a-t-il donc fait pour amasser une telle fortune ?

— Et c'est toi qui me demandes ça ? dit-elle, amusée.

Nick n'était-il pas lui aussi devenu richissime en l'espace de quelques années ?

— Moi j'avais un capital de départ. Papa et ses millions, un peu d'argent de côté, de l'éducation, etc. Cade n'avait rien. Et même moins que rien, puisqu'il venait d'un milieu social défavorisé.

— Tu noircis le tableau, dit-elle d'un ton sec.

— Bon sang, il va encore te briser le cœur. Est-ce qu'il est marié ?

— Non, il ne va pas me briser le cœur et non, il n'est pas marié. C'est le contrat d'une vie ! Je serai prudente.

— Oui, c'est ça. Et on te ramassera à la petite cuillère.

— C'est ridicule ! Je ne ressens plus rien pour Cade, dit-elle, mais les mots sonnaient creux. Ce matin, il m'emmène à Houston pour que je voie sa maison. Tu peux me joindre sur mon portable en cas de besoin.

— Pour dix millions, il n'en veut pas qu'à ton art. Je sais que tu es douée, Katherine, mais il essaie de te récupérer.

— Non. Il pense juste que j'excelle dans les fresques.

— Je sais que tu es sacrément douée, mais tu ne factures pas de tels prix.

— Je pourrai, maintenant, jubila-t-elle.

Elle ressentait une pointe de compétition avec ses frères, même si elle les aimait profondément.

— J'espère que le jeu en vaut la chandelle.

— Ça le vaudra. Je sais ce que je fais.

— Sois prudente, et promets-moi de m'appeler si tu as le moindre problème.

— A t'entendre, on dirait que je vais me jeter dans la gueule du loup.

— C'est juste que je me souviens de ce que tu as traversé, dit son frère d'une voix plus douce.

S'efforçant de ne pas remarquer les papillons désagréables qui semblaient avoir envahi sa poitrine, Katherine consulta sa montre.

— Il faut que je te laisse. Merci, Nick, d'être le frère que tu es. J'aimerais parler à papa et à Matt de mon contrat.

— Je te comprends, mais laisse-moi le temps d'aller chez papa. Je pars dans une demi-heure. Ça lui fera un tel choc qu'il pourrait avoir une crise cardiaque.

— Mais non, inutile d'aller là-bas. Je lui apprendrai la nouvelle en douceur, dit-elle en souriant. Allez, je te laisse.

Elle prit congé de Nick et téléphona à Matt pour tout lui raconter et écouta sa colère se muer en choc quand il apprit la somme qu'elle allait percevoir. Elle laissa Matt tenter de la convaincre de les laisser Nick et lui annoncer la nouvelle à leur père. Et finalement, comme elle savait à quel point ce dernier méprisait Cade, elle accepta la proposition de son frère aîné.

Quelques minutes plus tard, le carillon retentit et elle se hâta d'aller ouvrir. En polo noir et pantalon de toile gris anthracite, Cade était plus beau que jamais. De plus, son polo révélait des épaules puissantes et des biceps saillants qui allumèrent la flamme de son désir.

Et pour accentuer sa réaction, Cade posa un lent regard approbateur sur elle.

— Bonjour, dit-il d'une voix rauque qui provoqua chez elle une tension malvenue. Tu as bien dormi ?

— Oui, très bien, dit-elle d'un ton un peu trop appuyé.

Elle mentait, ce qui n'était pas son habitude. Mais elle n'avait aucune intention de l'informer qu'il avait détruit son sommeil et sa paix d'esprit.

— Tu es très belle, mais tu aurais pu porter une tenue plus décontractée et lâcher tes cheveux, dit-il en effleurant une boucle de la tête.

— Merci. Tu es un de mes clients à présent, et c'est un voyage d'affaires, alors je me suis vêtue en conséquence, dit-elle. Il faut que je verrouille ma porte pour activer mon alarme, et ensuite je serai prête.

Il posa une main contre le cadre de la porte et se pencha vers elle, ce qui donna un nouveau coup d'accélérateur à son rythme cardiaque.

— Moi aussi je suis prêt, dit-il d'une voix traînante qui lui fit tout oublier.

— Ne flirte pas, Cade, dit-elle d'une voix essoufflée. On ne va pas recommencer.

— Avec toi, c'est difficile de m'en empêcher, dit-il, le ton soudain sérieux, avant de lui tourner le dos.

Elle l'observa, et comprit que comme elle, il éprouvait un mélange de colère et d'attirance.

L'alarme activée, elle ferma sa porte à clé. Cade la prit par le bras et l'accompagna jusqu'à sa limousine. Encore un contact physique qui ravivait le feu de son désir. Troublée, elle s'assit et croisa les jambes, puis leva les yeux et le surprit en train de la regarder.

— Dis-moi, pourquoi fais-tu construire une maison à Houston ? demanda-t-elle tandis qu'ils s'éloignaient de sa maison.

— J'ai acheté une compagnie pétrolière qui a son siège là-bas. Houston m'offre beaucoup de possibilités.

— D'après ce que je sais, tu achètes et tu revends des sociétés. Est-ce que tu déménages toujours quand tu investis ?

— Non.

Il se frotta la nuque, comme s'il luttait contre un tourment intérieur, si bien qu'elle cessa les questions, et ils roulèrent en silence.

— Le Texas, expliqua-t-il après un temps, c'est là que j'ai grandi, et je voulais revenir pour voir ce qui avait changé en neuf ans. Je dois avouer que je n'ai pas pu résister à l'envie de faire savoir aux gens de la région que j'avais réussi dans la vie.

— Avec la donation astronomique que tu as faite hier, je suis sûre que tu vas impressionner tout le monde. On parle de la soirée d'enchères dans le journal de ce matin, et tu as montré à tous ton immense réussite.

— Ce n'était pas le but, dit-il sèchement. C'était pour te voir et pouvoir te faire mon offre.

— Non seulement je suis sortie avec toi, mais tu m'as persuadée de te prendre comme client.

— Peu de gens auraient décliné ma proposition, fit-il remarquer. Si le gala figure dans le journal, les médias pourraient s'intéresser à mon enchère et à notre histoire passée.

— J'espère que non ! Je ne veux pas que le passé resurgisse de nouveau. La soirée des célibataires a eu droit à un petit encart ce matin dans les pages mondaines, parce que le gala était un événement chic. Il y a quelques photos, mais pas la nôtre, Dieu merci.

— Ça pourrait ne pas s'arrêter là, si un journaliste qui a bonne mémoire s'empare de cette histoire.

Elle tourna la tête et le regarda.

— Alors, tu es revenu pour montrer à tous à quel point tu avais réussi ?

— Non, je suis venu pour affaires. Néanmoins, je l'avoue, j'espère que certains des gens avec qui j'ai grandi à Rincon seront au courant pour ma nouvelle maison. C'est puéril, mais une part de moi veut prouver quelque chose. J'ai connu des moments pénibles.

— Oui, je sais, dit Katherine calmement.

Elle ne voulait pas qu'il suscite sa sympathie, mais elle savait trop bien qu'il avait vécu des années difficiles durant son adolescence.

— J'imagine que c'est mon ego, Katherine, continua-t-il. Sinon, j'aurais sans doute acheté un appartement. C'était suffisant pour mes affaires. Comme tu dois t'en souvenir, tout le monde pensait que j'allais mal tourner.

— Moi je ne l'ai jamais pensé, déclara-t-elle, et il la fixa avec un regard débordant de fureur qui la fit sursauter.

— Tu prétendais que non, rétorqua-t-il avec tant de cynisme qu'elle fut déroutée.

Elle le dévisagea d'un air incrédule.

— Tu penses qu'en réalité, je pensais que tu tournerais mal ? Tu crois que j'avais l'intention d'épouser quelqu'un dont je pensais qu'il était un raté ? Pourquoi aurais-je fait une chose pareille ?

— Par esprit de révolte, dit-il sur un ton calme.

— C'est absurde, Cade ! Révolte contre quoi ?

— Contre ton père. Tu t'opposais souvent à lui.

— Si je t'avais épousé pour prendre ma revanche sur lui, je me serais fait du mal à moi-même.

— Tu n'aurais pas été la première. Tu m'as raconté comment tes frères et toi étiez en constant conflit avec lui. Ne m'as-tu pas dit toi-même que c'est pour cette raison que Nick est parti dès sa majorité ?

— C'est vrai, dit-elle en fixant ses yeux sombres, je me suis disputée avec mon père car il ne voulait pas que je te fréquente. Mais je ne suis pas sortie avec toi pour le contrarier. Jamais de la vie !

— Tu te souviens de ce que tu ressentais à vingt ans ? demanda-t-il sur un ton sarcastique.

— Je m'en souviens avec précision ! s'exclama-t-elle.

Qu'essayait-il d'insinuer ?

La limousine s'arrêta, interrompant leur conversation qui n'avait rien fait pour apaiser sa colère envers Cade. A l'aéroport de Forth Worth, un jet privé blanc les attendait. Cade voulut l'aider à descendre de la voiture, mais elle ignora sa main tendue. Elle voulait éviter les contacts physiques qui mettaient ses sens en émoi. Pourquoi fallait-il qu'elle le trouve si attirant ? Chaque regard, chaque contact étaient électrisants. Et dire qu'elle allait vivre chez lui ! Une grande fresque pouvait prendre deux semaines. Aussi devrait-elle peut-être passer plus de deux mois avec lui. Il fallait qu'elle résiste, se sermonna-t-elle.

Pour éviter de prendre le bras de Cade, elle marcha devant lui et monta l'escalier menant au jet. Au moment où il pénétra dans le luxueux avion, Cade posa la main sur son épaule.

— Assieds-toi où tu veux. Je vais voir le pilote et je reviens.

Prenant une grande inspiration, elle le regarda traverser l'avion. Impossible de calmer son cœur. Est-ce que renouer avec Cade valait tout l'argent qu'elle gagnerait ?

Elle détourna le regard et choisit un fauteuil près d'un hublot. Quelques minutes plus tard, Cade vint s'asseoir face à elle, étendant ses longues jambes qui touchaient presque les siennes.

— Le voyage durera une heure et demie, alors tu peux te détendre.

Pourrait-elle jamais se détendre en sa présence ? Le portable de Cade sonna, et elle regarda par le hublot pour ne pas sembler s'intéresser à son appel. Mais quand elle jeta un coup d'œil à Cade, elle fut surprise de constater qu'il la regardait. Aussitôt, elle se retourna de nouveau vers le hublot.

Elle voulait le sommer de lui dire pourquoi il l'avait quittée. Et en même temps, elle préférait qu'il le lui avoue sans qu'elle ait à le demander. Pourquoi avait-elle attendu, bêtement, des excuses et une explication ? Elle avait cru l'avoir oublié, jusqu'à hier soir, quand elle avait regardé dans ses yeux. Le temps avait passé, mais elle avait alors su que, au fond, les années ne comptaient pas. La douleur et l'attirance étaient toujours là, et bien là. L'oubli et l'indifférence étaient impossibles. D'ailleurs, lui aussi semblait en colère contre elle, et elle ne voyait pas du tout pourquoi.

Le pilote annonça leur décollage imminent. Katherine et Cade bouclèrent leur ceinture, et elle se cramponna à son siège tandis qu'ils gagnaient de la vitesse et prenaient de l'altitude. Quand ils eurent atteint leur vitesse de croisière, elle se décida à rompre le silence qui devenait pesant.

— Tu as réussi de façon admirable en neuf ans, observa-t-elle, songeuse. Tu es parti sans un sou en poche.

Un éclair passa dans ses yeux sombres. Elle avait sans doute dit quelque chose qui l'avait mis en colère, songea-t-elle, déroutée. Mais elle ignorait quoi.

— Comment es-tu arrivé à une telle réussite ?

- 4 -

— Quand j'ai quitté la ville, nous sommes allés en Californie. Aussi loin que nous pouvions dans ce pays.

— Qui ça, « nous » ? demanda-t-elle, même si elle connaissait la réponse. Tu veux dire toute ta famille ?

— Oui. Nous sommes partis tous ensemble.

Sa curiosité grandit. Pendant neuf ans, elle avait élaboré des hypothèses sur les raisons de son départ, mais elle n'avait jamais pu en trouver une qui justifie qu'il l'ait quittée sans un mot.

— Nous avons traversé le pays, et nous nous sommes installés à Los Angeles. Pendant quelques mois, j'ai fait des petits boulots, puis j'ai eu la chance de travailler pour Edwin Talcott, un multimillionnaire de la finance. Je suis devenu son chauffeur, et j'ai aussi rempli les fonctions d'homme à tout faire et de mécanicien pour ses voitures. De temps en temps, j'assistais son jardinier.

Katherine ne put s'empêcher d'observer les mains de Cade. Ce n'était pas celles d'un jardinier.

— Tu as fait du chemin depuis, remarqua-t-elle.

— Edwin m'a trouvé intelligent, et il m'a enseigné son savoir, avant de m'envoyer à l'université. J'y ai obtenu une bourse comme footballeur, et quand je ne jouais pas au football, je travaillais pour Edwin, dans ses bureaux. J'ai bien retenu ce qu'il m'a appris, et avec son aide, j'ai commencé à investir. Comme j'ai rapidement gagné de l'argent, j'ai continué. Ça marchait si bien que je n'ai pas terminé l'université.

— Tu ne t'es pas arrêté là, dit-elle, soupçonnant qu'il ne lui disait pas tout.

— J'ai monté ma société, et j'ai fait encore mieux. J'ai eu de la chance. Edwin n'avait pas de famille, et il m'a légué sa fortune. J'ai hérité il y a trois ans, et depuis, j'ai doublé mes revenus. L'argent appelle l'argent.

— Alors, tu as bien fait de partir, n'est-ce pas ?

Elle observa ses yeux insondables. Impossible de deviner ses pensées, mais elle fut surprise qu'il ne lui réponde pas tout de suite par l'affirmative.

— Tout dépend d'où l'on place ses valeurs, dit-il enfin.

Son cœur fit un bond. Voulait-il dire qu'il aurait été plus heureux s'il était resté ? Avait-il des regrets ? Non, improbable. Si tel avait été le cas, il serait revenu entre-temps.

— Et quelles sont tes valeurs ?

— Pour moi, la famille est plus importante que l'argent, dit-il, et elle le regarda, incrédule.

— Depuis ton départ, tu as acquis une éducation, et tu as amassé une fortune en étant très jeune. Si tu étais resté, tu te serais marié. D'ailleurs, je m'étonne que tu ne le sois pas déjà. Pourquoi ne t'es-tu jamais marié ? Ou est-ce que ma question est trop personnelle ?

— Je n'ai trouvé personne que je veuille épouser, dit-il d'une voix grave.

Il lui adressa un regard perçant, qui la troubla et lui donna l'impression que d'une certaine manière, sa déclaration lui était destinée directement.

— Et toi, pourquoi ne t'es-tu jamais mariée ?

— Je suis mariée avec mon travail. Je lui consacre tout mon temps et toute mon attention.

A sa grande surprise, il se pencha vers elle, lui caressa la joue puis la nuque, et laissa sa main sur sa gorge.

— Le travail ne prend pas toute ton attention. A cet instant, ton pouls bat fort, Katherine. Tu es passionnée et sensible. Tu es une femme splendide, et tu as dû connaître d'autres hommes. Il y a bien plus que le travail dans la vie.

— Et tu me proposes de reprendre où nous en étions restés pour me montrer ce que j'ai manqué ? Non merci, dit-elle, s'efforçant de s'accrocher à sa colère contenue, contrariée qu'il puisse sentir battre son pouls.

— Non, je n'ai pas l'intention de reprendre notre histoire. Nous avons vécu trop de moments douloureux. Je suis simplement surpris que tu ne sois pas mariée.

Il était trop près d'elle, et son regard sombre était trop pénétrant. Elle sentait ses doigts pressés doucement contre sa gorge. Elle ne put s'empêcher de regarder sa bouche, avant de se reprendre et de lever les yeux.

— Si tu essaies de me faire dire que j'ai attendu ton retour, Cade, tu perds ton temps.

— Non, bien sûr. Je suis juste étonné de constater que tu n'as personne dans ta vie. Tu es trop belle pour rester seule tous les soirs.

— Merci du compliment, mais quand je peux rester seule chez moi le soir, c'est un soulagement de n'avoir rien à faire. Je suis célibataire, oui, et ça me va très bien. Toi non plus tu n'as personne dans ta vie, alors dis-moi, pourquoi aurais-je besoin de quelqu'un ?

Pendant qu'elle parlait, Cade contempla lentement son visage, ce qui lui donna des picotements. Il passa un index sur sa lèvre inférieure.

— Pas de gestes intimes, Cade !

Il recula en souriant.

— Je n'avais pas l'intention de te troubler.

— Tu ne me troubles pas !

Il la considéra, amusé.

— Ah oui ? dit-il, se penchant de nouveau pour poser la main sur son bras. Ça ne te cause pas des palpitations ? A moi oui, je l'avoue.

Il posa de nouveau la main sur sa gorge.

— Laisse-moi voir si tu as tort, et si je te trouble…

— Bon, d'accord, bien sûr que tu me troubles ! admit-elle en se dégageant, ce qui lui valut un sourire moqueur de Cade. N'en fais pas tout un plat. Je suis une femme, et tu es un homme séduisant.

— Et ça te met en colère ? Tu devrais savourer cette attirance…

— Non merci ! Je ne veux pas de relation, qu'elle soit sexuelle ou amicale. Les deux seraient tout à fait impossibles.

Il la regarda d'un air sérieux, et opina.

— Tu es magnifique, dit-il, et je…

Il s'interrompit brusquement.

— Il y a des moments où j'oublie notre passé, reprit-il, mais tu as raison.

Il serra les dents et se détourna, puis se plongea dans le silence jusqu'à la fin du vol.

Et jusqu'à la fin du vol, Katherine ne put s'empêcher de se demander ce qu'il avait failli dire.

A l'aéroport de Houston, ils atterrirent en douceur sous un ciel nuageux. Quand la porte s'ouvrit, Cade lui prit le bras pendant que le vent s'engouffrait dans l'avion, l'orage grondant au loin.

Au lieu d'une limousine, un chauffeur sortit d'une berline noire et tendit les clés à Cade, qui conduisit Katherine côté passager et lui ouvrit sa portière.

Dès qu'elle fut installée, Cade se mit au volant. Elle attacha sa ceinture et se tourna légèrement pour le regarder. Il se faufila dans la circulation dense du centre-ville, puis se dirigea vers un quartier résidentiel, où les maisons étaient de plus en plus grandes. Elle garda le silence, mais ses nerfs étaient mis à mal. Elle ne parvenait toujours pas à oublier ce qu'il lui avait dit dans l'avion.

Enfin, ils passèrent des portes de métal noires, et un gardien fit signe à Cade. Ils suivirent une route sinueuse à trois voies, bordées de quelques maisons entourées de pelouses bien entretenues. Un autre portail menait à l'allée privée de Cade, et ils passèrent devant une pelouse immaculée, ombragée par de hauts chênes et entourée de magnolias. Quand le chemin serpenta une dernière fois devant eux, une demeure encerclée de sapins se profila devant eux.

Stupéfaite, elle contempla l'édifice, qui l'impressionna par sa beauté et sa taille, qui n'avaient pas été rendues à leur juste valeur sur les lignes de ses plans. Une fois de plus, Cade la surprenait.

— Mais c'est un palais !

Elle considéra la maison en pierre de trois étages, aux fenêtres à meneaux et aux immenses ailes qui allaient d'est en ouest. Des camions étaient garés près de l'aile ouest, inachevée. Des ouvriers s'affairaient sur des échafaudages.

Devant l'élégante fontaine, au centre de jardins à la française, Katherine songea qu'elle et Cade ne se croiseraient jamais, tant le lieu était vaste, et une vague de soulagement l'envahit.

— Comment peux-tu vivre ici tout seul ?

Tout de suite, elle regretta sa question.

— Désolée. C'était déplacé de te demander ça. Et puis tu ne vis pas ici depuis longtemps, non ?

— Tes questions ne me dérangent pas. Non, je n'ai pas beaucoup vécu ici. Les bâtiments sont finis, à l'exception d'une aile et de la maison d'invités. Le décorateur a terminé une partie de la maison, et l'endroit est habitable. Quant à ce qui est de vivre seul, je me sens plus à l'aise quand j'ai beaucoup d'espace. Souviens-toi, j'ai partagé ma chambre avec trois frères.

— Oui, je sais, dit-elle, sans ajouter qu'elle se souvenait de tout ce qui le concernait.

— Toutes mes maisons sont spacieuses, j'imagine que c'est à cause de mon passé. Et puis, c'est un bon investissement. Peut-être que les grandes maisons sont en partie une sécurité, et en partie un baume pour mon ego. Tu sais, ajouta-t-il d'une voix plus douce, tu es la seule personne à qui j'avoue ça. Je ne dis pas ça pour m'attirer ta compassion, parce que tu sais d'où je viens, mais je ne veux plus jamais avoir faim ou me sentir à l'étroit.

Elle inspira, regrettant de les avoir entraînés sur un sujet personnel, parce que en effet, et bien malgré elle, elle éprouvait de la compassion pour lui.

— Puisque c'est ta première visite, nous allons passer par la porte d'entrée, dit-il en arrêtant la voiture.

— Monsieur essaie de m'impressionner ?

— Bien sûr, dit-il avec un sourire, et elle ne put s'empêcher de lui sourire en retour.

— Garde la conversation sur un terrain neutre,

murmura-t-elle tandis qu'il venait lui ouvrir sa portière. Ne me confie pas tes sentiments et tes motifs, ajouta-t-elle en sachant qu'il ne pouvait pas l'entendre.

L'immense porche et les imposantes colonnes corinthiennes étaient superbes. C'était une demeure conçue pour épater la galerie. Prenant une grande inspiration, elle marcha aux côtés de Cade jusqu'au porche, où il appuya sur le bouton d'un Interphone.

— Tu n'as pas de clé ? dit-elle.

— Pas celle des portes d'entrée, pour aucune de mes maisons. Si je portais toutes mes clés, je carillonnerais toute la journée.

Quand la porte s'ouvrit, une domestique en uniforme salua Cade avec un large sourire.

— Bonjour, monsieur Logan.

— Bonjour, madame Wilkson. Voici Mlle Ransome, qui va bientôt s'installer ici pour peindre des fresques. Katherine, je te présente Mme Wilkson.

— Je suis ravie de faire votre connaissance, dit Katherine, en entrant dans l'entrée immense et élégante aux sols de marbre et aux plafonds voûtés.

— Enchantée, mademoiselle, répondit la domestique en fermant la porte.

Katherine fut soulagée de découvrir qu'il y aurait d'autres personnes dans la maison. Elle aurait dû deviner que dans une propriété aussi immense, Cade aurait des domestiques.

— Je vais te présenter à mon personnel, dit Cade

en l'entraînant vers le hall. Si tu as besoin d'eux, leurs emplois du temps sont affichés dans le cellier.

Combien de personnes travaillaient pour lui ? Plus il y en avait, mieux c'était. Ainsi, elle ne serait jamais seule avec lui.

— Où vivent-ils ? demanda-t-elle, supposant qu'ils avaient leurs quartiers dans la maison, sans doute au dernier étage.

— Ils ont chacun leur propre maison sur la propriété.

— Ah oui ? fit-elle en levant les yeux vers lui. Tu aurais pu leur donner des chambres ici, sans qu'ils soient sur ton chemin. Quand j'étais petite, nous avions une nounou, une cuisinière et une bonne. Elles vivaient toutes les trois à l'étage.

— J'aurais pu, oui, mais je veux que mes employés aient leur propre logement, et leur intimité. Je veux qu'ils aiment leur travail, et je les traite comme j'aimerais être traité à leur place.

— C'est à cause de ton passé, observa-t-elle.

— Oh que oui ! J'ai été pauvre, j'ai fait pas mal de boulots subalternes. Je sais ce que c'est que d'être traité comme un moins que rien. Je ne ferais jamais subir ça à quiconque de manière intentionnelle. Je suis convaincu que le respect engendre de meilleures relations.

— Je ne peux qu'approuver, dit-elle, se souvenant des minuscules chambres octroyées aux domestiques du ranch.

Une odeur alléchante de pain chaud et de viande grillée flottait dans l'air, lui rappelant qu'elle n'avait avalé que quelques bouchées de son petit déjeuner.

Ils pénétrèrent dans une cuisine moderne aux meubles en chêne poli et au plan de travail en granit. De larges fenêtres laissaient la lumière se répandre dans la pièce spacieuse, qui donnait sur un espace de vie avec une cheminée, un canapé, des chaises et une longue table de bois poli qui pouvait accueillir dix personnes. Près du four se tenait un homme trapu au crâne dégarni et au large sourire.

— Katherine, je te présente Creighton, qui travaille pour moi depuis plusieurs années. C'est un des meilleurs chefs du monde. Creighton, je vous présente Mlle Ransome.

Ils devisèrent poliment pendant un instant, puis Cade la prit par le bras pour la reconduire dans le hall.

— Allons voir ta chambre, et ensuite nous pourrons visiter la partie achevée de ma maison.

— Combien de personnes travaillent pour toi ?

— Il y a mon jardinier et son équipe. L'un d'eux est aussi chauffeur quand il m'en faut un. J'ai deux femmes de ménage, dont l'une est Mme Wilkson. Il y a Creighton, et puis un homme à tout faire. Tiens, voilà ta suite, ajouta-t-il en désignant la pièce à gauche d'un vaste escalier tournant.

Quand elle y pénétra, Cade annonça :

— J'ai pensé que tu aimerais séjourner ici. Les

chambres près du hall peuvent te servir de bureau et d'atelier.

— C'est parfait, dit-elle, prêtant à peine attention à la chambre car Cade se tenait très près d'elle. Et où est-ce que tu dors ?

— Juste à coté.

Elle se tourna vivement et le dévisagea.

— Dans cette immense demeure, tu me mets à côté de toi ?

— Ne t'inquiète pas, Katherine. Je te laisserai tranquille, affirma-t-il, tandis qu'un éclair passait dans ses yeux. L'aile ouest est en construction, donc je ne peux pas y vivre. Dans celle-ci, il n'y a que deux suites avec salle de bains. Si tu ne veux pas être à côté de moi, il y a d'autres chambres plus petites au fond du couloir.

— Non, ça ira, dit-elle, consciente qu'elle ne pourrait pas toujours l'éviter. C'est juste que nous nous verrons souvent, du coup…

— Est-ce que ça te pose problème ? demanda-t-il.

Posant les mains sur les hanches, il étudia son visage. Il avança, et elle sentit son pouls s'accélérer.

— Pourquoi est-ce un problème ? demanda-t-il.

— Cade, tu m'as engagée pour effectuer un travail, et j'ai bien l'intention d'honorer mon contrat. J'essaie de contrôler ma colère à ton égard. Or je ne suis pas sûre d'y parvenir si nous sommes constamment ensemble.

— C'était il y a neuf ans, lui rappela-t-il, ce qui aggrava sa fureur.

— Tu t'attends à ce que *j'oublie* ? s'écria-t-elle, assaillie par la douleur. Tu es parti sans un mot…

Elle serra les lèvres. Non, il ne fallait pas replonger dans le passé. Car si elle commençait à lancer des accusations, elle dirait des choses qu'elle regretterait. Elle songea au travail pour lequel il l'avait engagée. Il fallait qu'elle se concentre totalement sur cet objectif, et qu'elle oublie tout le reste.

— Bon sang, Katherine ! On dirait que tu es la seule à avoir souffert dans cette histoire ! s'emporta-t-il.

— Il n'y a rien qui justifie la façon dont tu t'es enfui, cria-t-elle, tremblante de colère. Tu m'as blessée de la pire façon qui soit !

— Et toi, étais-tu amoureuse de moi, ou est-ce que tu te servais de moi pour te venger de ton père ?

— Je te l'ai dit, contrarier mon père n'a jamais été un motif pour me fiancer avec toi. Et je n'ai jamais cru que tu tournerais mal. Je ne t'ai jamais vu comme un raté.

— Oh, je t'en prie ! Au début, tu n'as dit à personne que tu me fréquentais. Tu l'as caché à tes frères, ça j'en suis sûr.

— D'accord, admit-elle, je l'ai caché au début, parce que tu étais un rebelle et que tu avais abandonné le lycée. Mais ce n'était pas grand-chose !

— Pour moi c'était important, Katherine.

— Je savais que tu étais sauvage, mais c'était tout.

Et je ne suis jamais sortie avec toi pour faire enrager mon père. Tu n'as pas l'air de me croire, ajouta-t-elle, sa fureur grandissant.

Il haussa les épaules.

— Nous aurions peut-être dû avoir cette conversation il y a neuf ans, mais j'étais sous le coup de la colère, et il est vrai que le plaidoyer était on ne peut plus convaincant. J'étais…

— Mon père ! s'exclama-t-elle. Qu'est-ce que mon père a à voir là-dedans ?

— Tout. A l'époque, j'étais un gamin, mal dans sa peau. Ton père m'a dit que tu ne t'intéressais à moi que par rébellion, et que tu ne m'aimais pas ! rugit Cade.

— Tu ne m'as jamais dit qu'il t'avait parlé, dit-elle, abasourdie.

— Oh, il m'a beaucoup parlé, dit Cade, la fureur brûlant dans ses yeux sombres.

— Et sans m'interroger, tu l'as cru ?

— Oh, oui. Pourquoi ne l'aurais-je pas cru ? Il n'était pas le premier à me le dire. Il m'a affirmé que tes frères pensaient la même chose. Ils ne vivaient plus au ranch, donc je n'ai pas pu les questionner. Mais je savais à quel point tu t'opposais à ton père.

— Mais enfin, Cade, tu savais que mon père ferait toutes sortes de choses pour obtenir ce qu'il voulait !

— Exactement comme sa fille…

Prise d'un accès de rage, elle tendit le bras pour

le gifler. Aussi facilement que la dernière fois, Cade attrapa son poignet et la plaqua contre lui, en lui coinçant le bras derrière lui. Tous deux respiraient par saccades.

— Tu as toujours été soupe au lait, Katherine.

— Lâche-moi !

— Regarde-moi dans les yeux et dis-moi que tu ne voulais pas m'épouser pour contrarier ton père.

— Non ! Sois maudit pour l'avoir cru, et lui pour t'avoir dit un pareil mensonge !

De sa main libre, elle repoussa Cade, mais ce fut comme pousser un rocher. Sauf qu'elle ne repoussait pas un rocher, mais des muscles chauds et solides. Il relâcha son poignet et la serra dans ses bras, si fort qu'elle put à peine respirer.

— Je t'aimais ! cria-t-elle.

— Alors, bon sang, pourquoi n'as-tu pas répondu à mes coups de fil ou à mes lettres ?

— A quoi bon, puisque tu m'avais quittée sans un mot ? Je ne voulais plus jamais te revoir !

Elle regarda ses yeux enfiévrés. Et sans qu'elle puisse rien faire, elle sentit sa colère s'éteindre, laissant la place au désir.

— Non, murmura-t-elle, en se raidissant, mais sa protestation était presque inaudible.

— Ne bouge pas, Katherine, ordonna-t-il.

Il regarda sa bouche, et elle sentit son cœur s'emballer.

— Je me souviens très bien de la saveur de tes lèvres, dit-il.

Son cœur battait la chamade, et une onde de chaleur l'envahit, car elle aussi se rappelait très bien la saveur de ses lèvres. Elle regarda sa bouche, puis ses yeux, et sut qu'elle était perdue.

Quand il posa les lèvres sur les siennes, le désir monta en elle. Ce fut comme si les années et le ressentiment disparaissaient d'un coup.

Cade plongea une main dans sa chevelure, et libéra son poignet pour lui encercler la taille. Elle passa les bras autour de son cou, et s'abandonna à son étreinte. Il se pencha sur elle, et la pressa contre lui, sa bouche se faisant plus possessive.

Le désir pulsait en elle, et elle plaqua ses hanches contre lui. La force de son désir refoulé pendant neuf longues années la choquait, mais elle ne pouvait plus la contrôler.

Brûlante d'envie, elle fut secouée de frissons. Son monde vacilla et sa raison fut anéantie.

Elle sentit ses cheveux tomber sur ses épaules. Cade lui caressa le bas du dos, puis elle sentit sa main dériver sur ses fesses, et remonter doucement vers sa poitrine.

A travers sa chemise de soie bleu marine, il caressa ses seins et titilla son téton, dans un supplice exquis.

Elle frémit. Il fallait qu'elle ralentisse, sinon ils arriveraient au point de non-retour et elle se retrouverait embourbée dans une série de complications. Mais sa raison n'était plus qu'une faible petite voix qu'elle voulait ignorer. Elle passa les mains sur les épaules larges de Cade et un sanglot éclata dans sa gorge, qui fut étouffé par son baiser — un baiser dont elle avait rêvé, et qu'elle avait tenté d'oublier pendant toutes ces années. Elle désirait Cade, plus que jamais.

Il avait les mains sous sa chemise, prenant ses seins dans ses paumes, ses doigts traçant sans relâche des cercles sur ses tétons. En gémissant, elle agrippa ses poignets, et recula pour le regarder dans les yeux.

— Arrête ça tout de suite, dit-elle dans un souffle.

Le feu du désir brillait dans ses yeux presque noirs et elle en eut le souffle coupé.

Etait-ce ce qu'il avait prévu depuis le début ? La séduire ? Revenait-il dans sa vie juste pour lui briser le cœur comme la dernière fois ? Allait-elle le laisser faire ?

Elle reprit sa respiration, et remarqua que lui aussi respirait avec difficulté. Ses lèvres étaient rouges de leur baiser, et son regard avide ne laissait pas de doute sur la force de son désir.

— Tu me réduis en cendres, murmura-t-il en jouant avec une boucle de ses cheveux, et le cœur de Katherine se mit à battre de plus belle. C'était le baiser d'une vie, dit-il.

Si elle était d'accord avec lui, elle n'allait pas le lui avouer. Car sa fureur était toujours là, latente, maintenant renforcée par la colère qu'elle éprouvait contre elle-même d'avoir succombé. Brûlant de goûter de nouveau à la chaleur de ses lèvres, elle serra les poings.

— Nous ne recommencerons pas, Cade. Plus jamais.

— Chut, dit-il en plaçant un doigt sur ses lèvres.

— Non, Cade, dit-elle, reculant la tête. Si c'est ce que tu attendais…

— Ne dis pas « jamais » à propos de quelque chose d'aussi excitant que ce baiser.

Tout en la scrutant, il passa la main dans ses cheveux lâchés.

— Tes cheveux sont doux, murmura-t-il tandis que les dernières épingles de son chignon tombaient à ses pieds.

Elle lui saisit le poignet.

— Tu sais que je ne peux pas refuser un contrat de plusieurs millions, mais je ne veux pas de ça. Je ne veux pas de tes baisers…

— Ce n'est pas ce qu'il m'a semblé il y a une minute, dit-il d'une voix traînante.

— Oui, je suis sensible à ton charme, et alors ? fulmina-t-elle. Ce n'est que du désir primaire. Je ne sors pas souvent avec des hommes. Je suis vulnérable sur ce plan, mais je ne veux pas t'embrasser, dit-elle, rentrant sa chemise dans sa jupe. Regarde-moi ! J'ai l'air…

— L'air de quelqu'un qu'on vient d'embrasser avec fougue, dit-il d'une voix de velours qui provoqua une onde de chaleur en elle. Tu es encore plus belle qu'avant.

— Merci, dit-elle rapidement en tentant d'ignorer la vague de plaisir qui accompagna ce compliment. Je ne veux pas de cette intimité entre nous, tu as détruit ma confiance, et si tu croyais que je ne t'aimais pas, eh bien tu avais tort ! Et tu aurais mieux fait de me poser la question, plutôt que de croire ce que d'autres t'en disaient ! Et maintenant, laisse-moi tranquille.

Elle commença à s'éloigner, mais il la rattrapa par les épaules et la fit pivoter vers lui.

— Bon sang, Katherine ! Tu ne sais même pas jusqu'à quelles extrémités ton père est allé, ni pourquoi je suis parti, et tu n'as jamais cherché à savoir la vérité quand je t'ai écrit ou téléphoné !

— Tu ne cesses de parler de mon père. D'accord, il t'a peut-être dit des choses, mais tu l'as cru sans même recueillir ma version des faits !

— Il a fait bien plus que parler, Katherine.

Surprise, elle le regarda sans répondre. Disait-il la vérité ? Par le passé, Cade s'était toujours montré honnête envers elle. Pourquoi mentirait-il aujourd'hui ? Il avait déjà obtenu ce qu'il voulait d'elle — la promesse de réaliser ses fresques.

— Quoi d'autre ? finit-elle par demander. Qu'est-ce que mon père aurait pu faire de plus pour que tu me quittes à une semaine de notre mariage ?

- 5 -

— S'il t'avait menacé physiquement ou qu'il t'avait frappé, ça n'aurait fait que renforcer ta détermination, persista-t-elle.

— Tu as raison, et je suis sûr qu'il le savait.

— Alors quoi ? demanda-t-elle, incapable d'imaginer son père faire quoi que ce soit pour influencer Cade, qui était du genre buté.

— A plusieurs reprises, il m'a proposé de l'argent pour que je disparaisse de ta vie.

Sous le choc, elle recula et dévisagea Cade, qui planta ses mains sur ses hanches.

— Je ne te crois pas, dit-elle. Mon père peut aller loin pour obtenir ce qu'il veut, mais il n'a jamais fait de mal à ses enfants. Il ne me ferait pas souffrir de cette façon.

— Eh bien, il t'a fait souffrir pourtant. Ou du moins, il a contribué à ce que je te brise le cœur. Même si les premières fois, j'ai décliné son offre.

— Mais pourquoi ne m'as-tu rien dit ?

— Je ne voyais pas de raison de te monter davantage contre lui.

— Je ne te crois pas ! répéta-t-elle en se dirigeant vers la porte pour s'éloigner de lui.

— Au début, il m'a proposé deux cent cinquante mille dollars pour que je quitte le Texas.

Elle s'arrêta, le dos tourné. Elle aurait voulu coller ses mains contre ses oreilles et courir à toutes jambes, pour éviter d'entendre ces mensonges, mais elle ne put bouger.

— Ensuite, il est passé à quatre cent mille. Il voulait vraiment que je sorte de ta vie. Une des conditions, tu t'en doutes, était que tu ne sois jamais au courant. Je suis en train de briser cette condition.

Elle se tourna vivement.

— Tu as pris l'argent ? demanda-t-elle, presque incapable de parler, réalisant que Cade disait la vérité.

Elle était abasourdie. Comment son père aurait-il pu lui faire du mal de cette façon ?

— Je ne peux pas croire que cette somme valait plus que notre amour. C'est la plus grande des souffrances, Cade. Je ne peux pas croire que mon père m'aurait fait tant de mal, dit-elle sans se rendre compte qu'elle avait prononcé cette dernière phrase à voix haute.

— Il pensait sans doute qu'il faisait ce qui était le mieux pour toi. Il m'a répété plusieurs fois que je n'étais pas assez bien pour toi, que je n'avais rien à t'offrir. Et aussi, que je n'avais pas d'avenir, et que je te tirais vers le bas.

— Mais tu savais que je ne voyais pas les choses ainsi !

— Ton père a pointé du doigt le fait que j'avais un frère en délicatesse avec la justice, et que je n'avais pas de père. J'avais abandonné le lycée. J'étais un rebelle sans éducation. Il m'a fait comprendre de façon très claire que si je t'aimais, je devais sortir de ta vie.

Des frissons la parcoururent quand, ébahie, elle acquit la certitude que Cade disait la vérité.

— Je t'aimais, murmura-t-elle, et je voulais devenir ta femme.

— Tu sais bien que ton père avait en partie raison à cette époque. Et moi, je pensais qu'il avait raison sur toute la ligne. Je n'espérais pas réussir dans la vie, ni m'enrichir. Rien ne me prédisposait à cela.

— Mais tu aurais dû m'en parler ! cria-t-elle, prise dans un tourbillon d'émotions contradictoires.

— Tu m'aurais contredit et prétendu que ses accusations ne comptaient pas. A cette époque, je t'aimais vraiment, Katherine, et je souffrais de penser que tu ne m'épousais que par esprit de rébellion. C'était facile de croire ton père, car tu donnais toutes les indications d'une jeune fille en pleine révolte. Tu te disputais souvent avec ton père. Tu lui avais caché notre relation. Tu faisais des choses qu'il t'interdisait, comme prendre la voiture, passer des appels longue distance pour me joindre, ou porter des tenues qu'il n'approuvait pas. Est-il besoin que je continue ? Tu sais bien que c'est vrai.

— C'est pour cette raison que tu es parti ? dit-elle en le fixant, comme hébétée.

Que se serait-il passé s'ils avaient confronté leurs griefs mutuels à l'époque ?

— Et tu as pris quatre cent mille dollars, en échange de ton départ…

Incrédule, elle le dévisagea. Cade n'avait sans doute pas eu de mal à croire son père, puisqu'à l'époque, il vivait mal le fait d'être pauvre et sans éducation. Certes, quatre cent mille dollars, cela avait dû lui sembler une fortune colossale. Mais en ce qui la concernait, elle n'aurait jamais accepté de le quitter pour de l'argent, quelle que soit la somme.

— Moi je ne t'aurais pas quitté pour tout l'or du monde, dit-elle enfin.

— Oh, ce n'était pas pour l'argent, dit-il d'un ton amer. J'ai refusé, alors il m'a fait une autre offre que je ne pouvais rejeter.

— Quoi ? dit-elle, torturée par les vieilles blessures qui se rouvraient.

— Ton père était très fort pour savoir comment m'atteindre. J'avais peu d'expérience dans tant de domaines, Katherine. Nous en manquions tous les deux.

— Quoi d'autre ? le pressa-t-elle, les genoux chancelants.

— Ton père a augmenté la somme, mais ce n'est pas ce qui m'a décidé. Il a offert de sauver mon frère.

— Comment ça ?

— Mon frère aîné, Luke, était en détention provisoire, et devait passer en jugement pour vol avec effraction et coups et blessures. Il avait été entraîné dans une bagarre entre un gardien de nuit et deux autres types qui essayaient de dévaliser un magasin de motos. Luke avait déjà eu des ennuis avant, alors il était bon pour la prison. Avec toute son influence et ses relations, ton père savait qu'il pouvait faire abandonner les charges contre mon frère.

— Non ! hurla-t-elle. Mon père n'aurait jamais fait ça. Il était furieux que tu aies disparu comme tu l'as fait.

— Ce n'était qu'une comédie, Katherine. Qu'est-ce que tu crois ? Qu'il allait admettre son acte ?

— Tu mens, dit-elle d'un ton raide, incapable d'accepter que son père ait pu faire quelque chose de si sournois à l'un de ses enfants.

— C'est la vérité, insista Cade. J'ai fait la promesse de ne jamais t'en parler, mais je romps cette promesse à cet instant. Je me souviens très bien des paroles qu'il m'a dites : si je quittais l'Etat avec ma famille, toutes les charges contre mon frère seraient abandonnées.

— Comment aurais-tu pu refuser…, fit-elle, abasourdie et bouleversée.

— En plus de ça, ton père m'a donné un demi-million de dollars. Je n'allais pas faire un mariage qui ne t'aurait fait que souffrir dans l'avenir, et je n'aurais pas pu supporter de voir mon frère en prison en sachant que j'aurais pu l'empêcher. Et surtout, il y avait ces doutes qui ne me quittaient pas : est-ce que tu m'aimais vraiment ou est-ce que tu m'épousais par esprit de révolte ? Combien de temps un tel mariage aurait-il pu durer ?

Il traversa rapidement la pièce pour la rejoindre, et la tint par les bras.

— Mets-toi à ma place, dit-il. Qu'aurais-tu fait ? Quand je n'ai plus pu supporter d'être loin de toi, et de savoir que je t'avais fait souffrir, je t'ai appelée. Mais tu refusais de me parler, ou de répondre à mes lettres.

— Je ne peux pas croire que mon père m'ait fait ça, dit-elle, désorientée.

— J'ignore s'il avouerait la vérité. Demande-lui, Katherine. Tu connais ton père. Mais s'il nie, c'est qu'il ment. Pourquoi inventerais-je tout ça ?

C'était bien ce qu'elle se demandait.

— Je suis prête à rentrer à Forth Worth, dit-elle enfin d'une voix blanche après quelques minutes de silence.

— Bien, mais avant de partir, allons voir les pièces qui te serviront d'atelier et de bureau. Quand tu les auras vues, tu pourras me dire de quoi tu as besoin.

Sous le choc de ce qu'elle venait d'apprendre, elle le suivit dans le hall et découvrit une pièce avec un bureau de verre et d'acier, des placards en chêne, un ordinateur, une photocopieuse, un fax et d'autres gadgets électroniques. Le soleil se répandait à travers les portes-fenêtres et les larges fenêtres au plafond.

— Ton atelier est par là, dit-il, passant une porte qui menait à une autre pièce.

Elle découvrit un pupitre à dessin, des chevalets, des fournitures de toutes sortes, une table de travail et des meubles de rangement. Il y avait un vaste bac pour les peintures, et une salle de bains juste à côté.

— C'est parfait, dit-elle, sans vraiment regarder en détail, traversée qu'elle était par tant de sentiments contradictoires.

Elle ne voyait pas pourquoi Cade lui mentirait, mais il lui était impossible de penser que son père avait détruit son futur mariage…

Cade parcourut la pièce du regard.

— Tu peux appeler mon architecte, dis-lui ce qu'il te faut et ce sera réalisé en priorité.

— Merci, dit-elle, laconique.

— Nous y allons ? Tu ne veux pas visiter la maison ?

— Une autre fois. Je veux rentrer et parler à mon père.

— Si tu vas le voir, Katherine, j'aimerais être présent, dit-il tandis qu'ils descendaient l'escalier.

— Pourquoi ça ?

— Je veux entendre ce qu'il va dire. Et puis j'ai brisé ma promesse, alors je veux lui rendre son argent. Je ne veux pas un sou de lui.

— S'il nie, ce sera ta parole contre la sienne, Cade, et c'est lui que je croirai.

Mais elle n'en était pas si sûre. Car son père était

capable d'aller à toutes sortes d'extrémités pour obtenir ce qu'il voulait. Sauf qu'elle n'avait jamais pensé qu'il en était capable avec ses enfants. Ils s'étaient tous opposés à lui, surtout à l'adolescence, mais il n'avait jamais commis un acte aussi terrible et cruel que ce dont Cade l'accusait. Du moins, pas à sa connaissance.

Bouleversée et inquiète, elle garda le silence jusqu'à ce qu'ils atteignent le hall du rez-de-chaussée.

— Notre mère est partie quand nous étions petits, dit-elle. Elle est tombée amoureuse de quelqu'un d'autre.

— Peut-être que tu devrais vérifier ça, suggéra Cade d'un ton sérieux.

— Non, je suis sûre que papa nous a dit la vérité à ce sujet. Il nous a élevés seul. Il était parfois rude, et il s'immisçait dans nos vies quand nous étions adolescents. Le seul qui ne se battait pas avec lui, c'était mon frère Jeff.

— Il est mort d'une chute en montagne, n'est-ce pas ? Je l'avais lu dans les journaux.

— Oui. C'était une forte tête, un enfant gâté, et papa le laissait faire presque tout ce qu'il voulait. Ils n'étaient pas en conflit ouvert comme avec Matt. Matt est davantage comme mon père, et ils avaient des disputes terribles, mais papa n'a jamais rien fait pour blesser l'un d'entre nous, sauf…

Sa voix s'affadit.

— Je ne peux pas y croire, dit-elle, à elle-même plus qu'à Cade.

— Sauf quoi ?

— Il a essayé d'acheter Olivia pour qu'elle n'épouse pas Matt…

Le cœur déchiré, elle commençait à accepter la version de Cade.

— Je dois l'entendre me dire qu'il m'a fait ça, dit-elle.

— Franchement, dit Cade avec un haussement d'épaules, je suis sûr qu'il niera. Mais si c'est le cas, j'ai la preuve du dépôt d'un demi-million de dollars que j'ai placé sur un compte en Californie quand nous avons déménagé là-bas. Où est-ce que nous aurions pu obtenir tout cet argent sinon ?

Elle se raidit, retournant tous les éléments dans sa tête.

— Je te crois, Cade, déclara-t-elle enfin. Pourtant, même si je sais qu'il a toujours voulu contrôler son monde, je n'arrive pas à croire qu'il ait pu me faire autant de mal.

— Katherine, ne comprends-tu pas ? Il croyait te protéger. Il m'a dit que j'allais gâcher ta vie et ton avenir.

— C'était mon choix, je voulais t'épouser.

— Ça ne me dit pas pourquoi tu ne voulais pas répondre à mes appels téléphoniques.

— J'étais folle de rage. Je ne voulais plus te parler.

— Tu aurais dû savoir que j'appelais pour te donner ma version des faits.

— Une fois que tu m'avais quittée, je me moquais de ta version. Il n'y avait rien que tu aurais pu dire qui aurait adouci ma peine. Même si tu m'avais raconté ce que tu viens de me dire, et que tout était vrai, je n'aurais pas voulu revenir avec toi. Certaines blessures sont trop profondes, Cade. Mais maintenant, je veux entendre mon père avouer.

— Alors allons-y, dit-il.

— Comment allons-nous faire pour travailler ensemble ? dit-elle en soupirant tandis qu'ils passaient la porte d'entrée.

Il posa une main légère sur son épaule.

— Tout se passera bien. Nous avons traversé cette épreuve, et nous nous parlons toujours. Ma maison est assez grande, et nous avons un arrangement professionnel. Nous y arriverons. Peut-être que j'irai en Californie, comme ça tu auras la maison pour toi toute seule.

Quand ils grimpèrent dans la voiture, l'orage éclata, et Cade sortit son portable de sa poche.

— J'appelle mon pilote. Il m'a dit que nous pourrions avoir un orage cet après-midi, mais que le temps s'éclaircirait en fin de journée. Comme je ne pensais pas retourner à Forth Worth aussi vite, je n'ai pas vraiment pensé à la météo.

Katherine était silencieuse, ses pensées retournant à son père, pendant que Cade parlait au téléphone. Quand il eut fini, il se tourna vers elle.

— Il y a un orage qui avance et ce n'est pas le meilleur

moment pour décoller. Je t'emmène déjeuner, ensuite nous verrons si nous pouvons partir. Qu'en dis-tu ?

— Ça me va, dit-elle.

Elle n'avait plus très faim. Après les révélations de Cade, ses émotions étaient entremêlées, et ses nerfs à vif, à cause du baiser dont elle savait déjà qu'elle ne l'oublierait jamais.

Il démarra la voiture. Avant qu'ils tournent dans l'allée, Katherine regarda par-dessus son épaule. Ebahie, elle songea que dans quelques jours, elle vivrait dans la demeure de Cade. Et elle mesura soudain combien, ce matin, sa vie avait changé. Car si Cade disait vrai, rien ne serait plus jamais pareil entre son père et elle.

Or elle avait le sentiment que Cade lui avait dit la vérité.

Cade les conduisit jusqu'à un petit restaurant italien, et quand il arriva sur le parking, la pluie battante se transforma en grêle. Il s'arrêta sous un avant-toit.

— Attendons un peu, dit-il en coupant le moteur. Quand ça se calmera, je te conduirai à la porte.

Débouclant sa ceinture, elle se tourna pour le regarder, et il fit de même. Il déroula un bras derrière la banquette. La grêle s'était muée en averse et elle eut soudain l'impression que Cade et elle étaient seuls au monde, enfermés dans cette voiture couverte de buée.

— J'aime quand tu lâches tes cheveux, dit-il en attrapant une de ses boucles.

Il la regarda un instant sans parler, puis il enchaîna :

— Alors, que veux-tu dans la vie ?

— Réussir ma carrière, dit-elle sans hésiter.

— C'est déjà fait.

— Pas autant que je ne le voudrais. Je dois l'avouer, papa a inculqué l'esprit de compétition à ses enfants, hormis Jeff. Moi j'étais la petite sœur, et j'essayais de me mettre au niveau de Matt et de Nick. Je pense que nous avons tous l'impression d'être en compétition avec papa.

— Bon sang. Ton père…

— … nous a appris à atteindre les buts que nous nous sommes fixés. Il y a du bon dans tout ça.

— Et comment définis-tu la réussite ?

— Je veux ouvrir des succursales dans cinq autres villes, et avec tes fresques, j'aurai les moyens financiers pour le faire. Je veux devenir la meilleure et toucher une plus grande clientèle. Pour être honnête, je veux gagner plus d'argent que Matt ou Nick. Ou du moins, autant qu'eux.

— Alors tu sais combien tu dois gagner ? Sais-tu seulement quel est leur revenu ? demanda-t-il, amusé.

Elle sourit et secoua la tête.

— Non, mais je le saurai quand ils commenceront à me prendre au sérieux.

— Je pense qu'avec ton cachet de dix millions de dollars, ils vont te prendre au sérieux. Et ton père aussi.

— C'est peut-être déjà le cas. Mes frères semblaient impressionnés.

— L'argent est un réconfort froid, Katherine. Il ne peut pas tout acheter.

Comment pouvait-il dire cela avec son passé ? songea-t-elle, étonnée.

— Curieux que tu dises ça, vu d'où tu viens et l'argent que tu as gagné. Tu sais ce que c'est qu'être sans le sou, et ce que ça signifie d'être riche.

— L'argent et le succès, c'est fabuleux, mais ça ne remplace pas la famille.

— Je suis surprise que tu voies les choses ainsi, Cade.

— Et moi, je suis étonné que tu ne fasses pas passer la famille en premier. Tu es pourtant proche de la tienne.

— Je les adore, c'est vrai, mais le succès est ce qu'il y a de plus important dans ma vie.

— Alors, de quoi as-tu peur dans la vie, Katherine ? Je veux dire, les vraies peurs. Pas les ogres ou les souris. Qu'est-ce qui t'effraie ? Tu ne peux même pas imaginer être pauvre, donc ce n'est pas ça.

Elle réfléchit un instant.

— L'échec. J'ai horreur d'échouer. Je ne crains pas d'être pauvre, c'est vrai, parce que je n'ai jamais connu ça. J'imagine que la peur de manquer, c'est ce qui te motive et ce qui te fait peur.

— Non. J'ai vaincu la pauvreté. Bien sûr, ç'a influencé ma vie, et c'est pourquoi aujourd'hui j'aime les grandes maisons, les voitures de luxe et les celliers bien garnis.

— Combien de voitures possèdes-tu ?

— Oh, dit-il en souriant, j'ai des voitures un peu partout. J'ai même un entrepôt de voitures anciennes et de prototypes. Je dois en avoir une cinquantaine en tout.

— Si tu as acquis toutes ces voitures, c'est que tu as peur de la pauvreté, dit-elle. Quoi d'autre ? Y a-t-il autre chose dans le monde qui te fasse peur ?

— De rester seul toute ma vie, dit-il sans hésiter. Ce serait le pire.

Surprise par sa réponse, elle leva les yeux vers lui.

— Alors, je m'étonne que tu ne sois pas marié et père d'une ribambelle d'enfants. Ce serait une assurance contre la solitude, non ?

— Je n'ai pas trouvé la femme qu'il me faut. Je veux une famille certes, mais je veux aussi une femme que j'aime et que j'apprécie. Je ne cherche pas à simplement remplir un vide. Et toi ? Quelle est la vraie raison pour laquelle tu ne t'es pas mariée ? dit-il en la regardant avec intensité.

— J'ai eu trop mal quand tu m'as quittée. Je ne veux plus jamais revivre pareille douleur. Je ne pourrai plus jamais faire assez confiance à quelqu'un pour tomber amoureuse, et le laisser me briser le cœur une seconde fois. De toute façon, je te l'ai dit, je veux réussir ma carrière plus que tout.

Il se pencha et lui prit le menton entre le pouce et l'index. La pluie tombait dru contre la voiture, et ils étaient enfermés dans un espace réduit. Elle prit conscience de leur proximité, de ses yeux sombres et de sa bouche tentante.

— Quel gâchis, Katherine, dit-il doucement. Tu es belle, aimante et passionnée. Tu es faite pour vivre la vie pleinement, pour donner de l'amour et pour avoir des enfants. Pas pour les conseils d'administration, les longues heures de travail et les bilans comptables.

— Mais c'est ce que je veux, dit-elle, inspirant et reculant la tête pour se libérer. Et toi, Cade ? Que veux-tu ?

— Une famille, dit-il aussitôt. Je n'ai jamais espéré gagner une fortune, jusqu'à ce que je travaille pour Edwin Talcott. Pendant mes premières années en Californie, gagner de l'argent était mon objectif premier, mais aujourd'hui je pourrais cesser de travailler et devenir rentier. A quoi bon gagner toujours plus d'argent ?

— Je ne peux pas concevoir qu'on voie les choses ainsi. Moi je veux la reconnaissance qui accompagne le succès. Je veux le respect de mon père, et celui de mes frères.

— Je pense que tu l'as déjà, et tu as aussi leur amour.

Elle détourna les yeux.

— Tu sais, je crois que nous sommes encore plus opposés que par le passé. Nos priorités sont très différentes. Mais ça n'a plus d'importance…, conclut-elle dans un souffle.

Comme il la regardait sans répondre, elle ajouta :

— Il y a une chose que je ne comprends pas, Cade : si tu veux une famille, ce devrait être la chose la plus facile au monde à acquérir. Tu es riche, séduisant, et sexy…

— Mais ? Car il y a un mais, n'est-ce pas ?

— Il doit y avoir des flopées de jeunes femmes qui seraient ravies de devenir Mme Cade Logan, dit-elle, ignorant sa remarque. Et de te donner des enfants.

— Je n'ai jamais eu de relation sérieuse en neuf ans. En Californie, j'étais occupé à survivre, à m'éduquer, à prendre soin de mes frères et de ma mère. Puis j'ai été pris par les affaires, je me suis battu pour amasser une fortune et apprendre à la gérer. Et surtout, je n'ai jamais trouvé personne que j'aime. A part toi.

— Eh bien, c'est du passé, et c'est fini, déclara-t-elle, s'efforçant d'ignorer le trouble que sa déclaration avait provoqué. Il y a eu trop de moments difficiles et de blessures entre nous. Ce qu'il reste, c'est du désir sexuel, et je ne suis pas intéressée.

— Tu ne prends jamais le temps de te poser, et de te détendre ? demanda-t-il alors.

— Si, mais non merci si c'est une proposition pour coucher avec toi.

— Je t'en prie, je suis un peu plus subtil que ça !

Elle essuya la vitre et regarda dehors.

— Je crois que la pluie s'est calmée.

— Alors allons-y, dit-il en reprenant le volant.

Il la conduisit devant la porte et sortit pour lui ouvrir sa portière. Elle vit les reflets dans ses cheveux noirs. Ses bras effleurèrent sa taille, et son visage ne fut qu'à quelques centimètres du sien.

Lorsqu'il la regarda dans les yeux, son cœur tressauta, et elle fut hypnotisée, incapable de bouger ou de détourner le regard. Il était si près. Et ses lèvres…

— Cade, laisse-moi tranquille, murmura-t-elle sans s'en rendre compte, jusqu'à ce qu'il plisse les yeux.

— Je ne t'ai même pas touchée, dit-il d'une voix rauque.

— Tu n'en as pas besoin, et tu le sais. Je suis trop sensible à ton charme, Cade, ne me pousse pas…

— Katherine, je ne te pousse en aucune façon. Et je ne comprends pas comment tu peux être sensible à mon charme alors que tu débordes de colère.

— Laisse-moi passer, fit-elle alors, à bout de souffle.

Il ouvrit la portière et elle se hâta d'entrer dans le restaurant sans regarder en arrière tandis qu'il allait se garer. Dans le hall, elle regarda sans les voir des photos de Naples qui y étaient accrochées, en tentant de retrouver une contenance. Puis Cade passa la porte, et son pouls s'accéléra de nouveau.

Ils s'installèrent dans une banquette dans un coin,

à une table de bois recouverte d'une nappe à carreaux rouges et blancs, et ils commandèrent des pâtes et des gressins.

— Maintenant, si on signait la trêve ? demanda-t-il.

— Bien sûr, Cade, dit-elle avec bien plus de calme qu'elle n'en ressentait.

— Pour revenir sur un terrain neutre, parlons de ton bureau. As-tu vu des éléments qui manquaient ?

— Tu as dû penser à tout en ce qui concerne les meubles, l'éclairage, et les équipements électroniques. Je prendrai mon ordinateur portable, et un des mes PC, pour les logiciels dont j'ai besoin.

Il opina et resta silencieux pendant qu'ils avalaient leur déjeuner dans le calme. Mais la tension était palpable. Tout ce que Cade lui avait révélé tournait dans sa tête en boucle, et chaque fois qu'elle se demandait si son père avait tenté d'acheter Cade, elle avait l'angoissante sensation que la réponse était oui.

Elle avait peu d'appétit, et bientôt, elle regarda par la fenêtre.

— Je crois qu'il ne pleut plus. Appelle ton pilote pour savoir si nous pouvons partir tout de suite.

— Inutile de le lui demander. Je sais que nous pouvons décoller si l'orage est passé. Je vais le prévenir que nous arrivons.

En moins d'une heure, ils étaient dans le ciel, en route pour Forth Worth. Elle appela son père et lui annonça qu'elle voulait le voir, ce qu'il accepta avec une voix enthousiaste. Puis elle lui annonça que Cade était avec elle.

Quand elle rangea son portable, elle vit que Cade la regardait.

— Je n'ai pas pu m'empêcher d'écouter, dit-il. Il ne veut pas me voir, n'est-ce pas ?

— Non, mais il te verra quand même. Tu viens avec moi, sauf si tu as changé d'avis.

— Je viens. Je te l'ai dit, je veux lui rendre son argent. Je l'ai préparé, il est dans l'avion.

— Tu transportes une somme pareille avec toi ?

— J'ai un chèque. J'avais l'intention d'aller le lui porter ce week-end. Mais rassure-toi, je ne m'attends pas à ce qu'il m'accueille à bras ouverts, loin de là.

— Sa santé s'est dégradée ces dernières années. Quoi qu'il ait fait, c'est mon père. Je ne veux pas le perturber.

— Moi non plus, rassure-toi. Je vais juste lui donner un chèque d'un demi-million de dollars — exactement la somme qu'il m'a donnée ce soir-là, il y a neuf ans.

Elle secoua la tête et se tourna vers le hublot. Si seulement elle avait pu éviter cette confrontation ! Mais il fallait qu'elle sache.

Le vol se poursuivit en silence. Pourtant Cade était tout près d'elle, les jambes tendues, avec juste un souffle d'espace entre leurs jambes. Assez pour ne pas être en contact, mais trop près pour oublier qu'il serait facile de le toucher.

— Parle-moi de ta famille, Katherine, fit-il au bout d'un certain temps. Je vois Nick de temps en temps.

— Il est marié à présent, et plus occupé que jamais, avec sa société qui se développe. Il s'épanouit dans son travail, comme moi. Matt est celui qui est resté au ranch et qui a repris les affaires de papa. Il vit dans sa propre maison, et il est marié. En janvier, ils ont eu un petit garçon qu'ils ont prénommé Jeff.

— En mémoire de ton frère. C'est génial, Katherine, tu es tata !

— Oui. Je me suis occupée de Jeff à quelques reprises, et bien sûr, je le trouve adorable. J'ai même sa photo sur moi.

Elle la sortit de son sac pour la tendre à Cade, qui la fixait avec un regard moqueur.

— Quoi ? demanda-t-elle.

— Toi, dont le but principal dans la vie est le succès professionnel, tu gardes sur toi la photo de ton neveu…

— J'adore ma famille, je n'ai jamais dit le contraire. C'est juste que je ne veux pas me marier ni avoir une famille à moi.

— Mais oui, dit-il, incrédule, en prenant la photo du petit Jeff. C'est un beau bébé.

— Et toi ? Ta famille ? demanda-t-elle, surtout pour éviter de penser au moment où elle verrait son père.

— J'ai une maison à Los Angeles, comme chacun de mes frères. Nous vivons dans notre domaine familial, alors nous nous voyons souvent. Je fais construire une maison pour maman. Et j'ai aussi un appartement.

Katherine se souvenait de la mère de Cade comme d'une femme simple, qui paraissait plus que son âge.

— Maman est très heureuse, et je suis content. Nous prenons tous soin d'elle. Elle s'est trouvé des passions, et elle court sur la plage tous les matins.

Il sortit son portefeuille et se pencha en avant, ses genoux touchant les siens, et elle retint son souffle.

Il sortit une photo et la lui tendit.

— Nous voilà, dit-il. Voilà Luke, l'aîné, Micah, et Quinn, le benjamin.

Elle considéra les quatre beaux jeunes hommes, tous accompagnés de jolies femmes, excepté Cade. Il prit une autre photo.

— Et voilà maman.

— C'est ta mère ? demanda-t-elle, stupéfaite. Elle a complètement changé ! Elle a l'air plus jeune, et elle est très belle.

— Merci, dit-il, reprenant les photos. Elle va chez le coiffeur, elle porte des lentilles de contact. Des petites choses qui changent tout. Elle a fait de son mieux pour nous élever.

Katherine était encore émerveillée par l'évolution de sa famille.

— Que font tes frères ?

— Ils travaillent pour moi. Deux sont diplômés en

finances. Micah en marketing, et il a un garçon de deux ans.

— Alors, tu es oncle.

— Oui. Nous nous réunissons aussi souvent que possible.

— C'est super, Cade. Je suis contente que les choses se soient bien passées pour toi, et ta famille. Nous aussi, nous nous voyons régulièrement.

Elle resta silencieuse un long moment puis leva les yeux et vit que Cade l'observait.

— Tu es inquiète, n'est-ce pas ?

— Oui. Je déteste perturber papa, sa santé est fragile.

— Alors laisse tomber.

— Non. J'ai le droit de savoir s'il a fait ce que tu prétends.

— Il l'a fait, Katherine. Et toutes les dénégations qu'il pourra m'opposer ne changeront pas la vérité.

Elle serra les lèvres et se tourna vers le hublot. Son anxiété augmentait à chaque heure qui passait, et quand enfin ils furent dans la maison de son père, elle était tendue comme un arc, et redoutait de le voir. Bien trop consciente de la présence de Cade, un chèque dans la poche, elle arpenta le large hall. La porte du salon était ouverte. Elle savait qu'il l'attendrait là-bas.

— C'est ta dernière chance de renoncer, dit-elle à Cade avant d'entrer.

— Non, je veux le voir. J'ai attendu neuf ans pour ça.

- 6 -

En entrant dans la pièce, Katherine salua son père. Debout, Duke Ransome sourit jusqu'à ce qu'il s'aperçoive qu'elle n'était pas venue seule. Il fronça les sourcils.

— Katherine, je t'avais dit de venir seule, il me semble.

— Je voulais vous voir, monsieur Ransome, intervint Cade d'une voix calme.

Il passa devant Katherine pour faire face à son père. Aucun ne fit un geste pour serrer la main de l'autre.

— Katherine, tu devrais nous laisser seuls, dit Duke en fixant Cade.

— Je veux rester, dit-elle, et son père afficha une mine encore plus maussade.

Duke se tourna vers Cade.

— Je croyais avoir passé un accord avec toi, nous ne devions plus jamais nous revoir. Puisque tu es là, j'en conclus que tu as rompu ta promesse et que tu as tout révélé à Katherine.

Elle sentit son ventre se nouer. A cet instant, elle

sut, sans aucun doute possible, que Cade lui avait dit la vérité. Son père avait chassé Cade de sa vie, puis lui avait menti durant des années.

Blessée, elle voulut crier après son père, mais à quoi bon ? Rien ne pourrait jamais réparer le passé, alors elle serra les dents. Elle fut prise de tremblements, de vertiges, pourtant elle n'était pas du genre à s'évanouir. Elle avait mal, si mal ! Cade l'avait trahie, et son père aussi.

Cade sortit son chèque.

— Je vous rembourse, monsieur Ransome. Voici votre chèque de cinq cent mille dollars. Payé intégralement, dit-il d'un air grave. J'en ai fait bon usage, et avec les investissements que vous m'avez permis de faire, je suis arrivé là où j'en suis aujourd'hui. En fait, je vous dois ma gratitude pour m'avoir permis d'atteindre la richesse.

Cade jeta le chèque sur une chaise.

— Papa, comment as-tu pu me blesser et me mentir de cette façon ? hurla Katherine, incapable de contrôler ses émotions plus longtemps.

Avant qu'il puisse répondre, elle se tourna vers Cade.

— Et toi, comment peux-tu le rembourser si poliment, alors qu'il a détruit nos vies et notre avenir ?

Cade haussa les épaules.

— C'est la vérité, Katherine. J'ai réussi grâce à ton père et à son argent. Absolument, et directement, dit-il d'un ton appuyé en se tournant vers Duke, dont le visage était rouge.

— Va au diable ! cria Duke à Cade. Tu n'as toujours causé que des ennuis ! Nous avions un marché !

— Oui, monsieur, mais je brise ma promesse de ne jamais revenir au Texas. En m'empêchant d'épouser votre fille, vous avez eu ce que vous vouliez, et maintenant, vous récupérez votre argent. Ne me cherchez pas d'histoires, monsieur Ransome. Je peux acheter tout ce que vous possédez, dit-il calmement. D'ailleurs Katherine a accepté de peindre quelques fresques pour moi. Vous avez une fille très douée, qui a une brillante carrière, et je pense qu'elle vous doit une part de son succès aussi.

Il se tourna vers Katherine.

— Katherine, j'attendrai dans la voiture. Je n'ai plus rien à faire ici.

Cade ferma la porte derrière lui, et Katherine se tourna vers son père.

— Comment as-tu pu me faire ça ?

— Je l'ai fait pour ton bien. Si Cade était resté, il ne serait jamais devenu ce qu'il est aujourd'hui.

— Papa, je ne comprendrai jamais comment tu as pu me faire souffrir comme tu l'as fait !

— J'ai fait tout ça pour toi. Cade était un raté. Il ne serait jamais parvenu à quoi que ce soit dans la vie, s'il était resté ici. Son frère était bon pour la prison. Aucun de nous ne savait comment il allait tourner.

— Ce n'était pas un raté, dit-elle d'un ton sec.

— Tu es naïve, ma fille… Et ne va surtout pas travailler pour lui. Tu vas retomber amoureuse et tu seras de nouveau blessée parce que tout ce qu'il cherche, c'est à se venger.

— S'il voulait se venger, est-ce qu'il t'aurait rendu tout ton argent ?

— Il a sans doute apprécié chaque minute quand il m'a remboursé, dit Duke d'un ton rageur.

Elle ne tenait pas à en entendre davantage, et elle se dirigea vers la porte. Elle entendit son père l'appeler à plusieurs reprises, mais elle continua sa route. Jamais, durant ces neuf années, il ne lui était venu à l'esprit que son père avait pu être à l'origine de la disparition de Cade. A l'époque, elle savait que son père n'appréciait pas son fiancé, mais elle avait cru qu'il avait accepté son mariage imminent.

Elle sortit, et vit Cade appuyé contre la voiture, qui l'attendait. Quand il la regarda approcher, elle oublia un peu de sa colère et de sa peine.

— Allons dîner quelque part, dit-il, enroulant un bras autour de ses épaules.

— Je ne peux rien avaler.

— Peut-être que ton appétit sera revenu quand nous serons arrivés à Forth Worth.

Il sortit son téléphone portable et elle l'entendit réserver une table.

— Je t'emmène dans un endroit tranquille, et nous pourrons avoir la soirée pour laquelle j'ai enchéri.

— Nous l'avons déjà eue hier soir, dit-elle tandis qu'il lui ouvrait sa portière.

— Nous avons clarifié beaucoup de choses depuis hier soir, dit-il. Nous pouvons tout recommencer et cette fois, ce sera peut-être plus agréable.

— Je croyais que c'était agréable hier…

— Ce sera encore mieux ce soir, Katherine. Tu verras, dit-il d'une voix un ton plus grave qui la fit frissonner.

— Cade, garde tes distances. Je suis encore bouleversée par tout ce que je viens d'apprendre.

— Oui, je sais bien, dit-il avec douceur. Mais il n'y a aucune raison de rester chez toi toute seule à ruminer tout ça. Allons, une seule soirée, qui sera meilleure que celle d'hier, insista-t-il. C'est facile.

Il donnait l'impression que ce serait facile, mais elle savait bien que leur passé entremêlé serait toujours un nuage noir qui planerait sur eux, et que cette attirance constante pourrait compliquer leur vie.

— Allez, juste une soirée. Il faut bien que tu manges.

— Tu sais être persuasif, dit elle enfin en soupirant.

Mais Cade avait raison, songea-t-elle. Si elle restait seule, elle souffrirait davantage, laisserait sa colère fermenter, et ressasserait ce qu'elle avait appris aujourd'hui. Elle grimpa dans la voiture.

— Je sais qu'il pensait faire ça pour mon bien, mais

j'ai si mal, murmura-t-elle, et Cade serra doucement son épaule.

Quand ils retournèrent à Forth Worth, à sa grande surprise, Cade s'arrêta devant son hôtel.

— Monte avec moi, je vais me changer. Je t'emmène dans un restaurant où il faut porter une cravate.

— Une autre visite dans ta chambre d'hôtel ? le taquina-t-elle.

— Il ne se passera rien, comme la dernière fois, à moins que tu ne le veuilles.

— Et que se passera-t-il si toi, tu veux qu'il se passe quelque chose ?

— Nous verrons bien, dit-il, une lueur de malice dans le regard, et elle ne put s'empêcher de sourire.

Ils prirent l'ascenseur jusqu'au dernier étage.

— Je ne serai pas long, dit-il en entrant dans sa suite. Mets-toi à l'aise.

Elle se dirigea vers le balcon. Un peu d'air lui ferait du bien. Mais elle ne parvint pas à ouvrir la porte-fenêtre.

— La porte coince, cria-t-il, sortant de sa chambre pour la rejoindre.

Il avait ôté son polo et était en train d'enfiler une chemise blanche. A la vue de son torse musclé et bien dessiné, elle eut soudain la bouche sèche et son pouls s'emballa. Elle ne put s'empêcher de le contempler. Elle se revit en train de caresser ce torse, de l'embrasser.

— J'ai oublié d'appeler la réception pour que l'on vienne réparer cette porte, dit-il.

Elle l'entendit à peine, l'observant, le souffle court, tandis qu'il secouait la porte et parvenait à l'ouvrir.

— Voilà…

Il s'interrompit et elle leva les yeux, se rendant compte qu'elle était en train de le fixer sans vergogne.

— Tu te souviens, dit-il, attrapant ses deux mains et les plaquant contre son torse.

Cade était plus fort, plus musclé qu'avant. Il avait toujours un ventre plat, ferme et doux. Encore plus attirant qu'autrefois…

Elle retira vivement ses mains, comme s'il les avait posées sur des charbons ardents.

— Non, Cade !

— Pourquoi pas ?

Il passa une main dans ses boucles soyeuses, et l'attira doucement vers lui, vers sa bouche, bien trop près de sa bouche…

— Tu te souviens quand tu me caressais ? murmura-t-il. Pourquoi pas maintenant ? Pourquoi veux-tu éviter de me toucher ? Tu l'as souvent fait par le passé.

— Cade, il ne faut pas, non… Je t'ai déjà dit ce que je voulais éviter…

— Et moi je sais ce que je ne veux pas éviter. Je veux tes baisers, et je veux tes mains sur moi, maintenant. Quand tu me regardes comme ça, je perds la tête. Tu ne le sais peut-être pas, mais un seul regard de toi suffit à enflammer mon désir.

Sa voix n'était presque plus qu'un souffle rauque à présent.

— Remets tes mains sur moi, Katherine.

— Non, murmura-t-elle.

Le mot était aussi faible qu'un soupir. Elle plongea les yeux dans son regard assombri, ce qui ne fit qu'accélérer le rythme de son pouls.

— Laisse-moi partir, Cade. Je t'ai dit que…

Il l'interrompit en posant la bouche sur la sienne. Sa langue se glissa entre ses lèvres, réveillant son désir. Elle voulut poser les mains sur son torse pour le repousser, mais quand elle fut de nouveau en contact avec sa peau, la passion prit le dessus.

Ses mains dérivèrent sur ses épaules puissantes, son torse sculpté, jusqu'à son ventre plat et ferme. Mais soudain, elle retira sa bouche de la sienne.

— Non ! Cade, nous n'allons pas…

— Si. Tu en as envie autant que moi.

Il l'embrassa encore, sa bouche devenant plus pressante, et toute sa résistance s'évanouit. Elle remit les mains sur lui, et explora son dos lisse et musclé, et elle ne protesta pas quand il commença à la déshabiller. Puis, lorsqu'il lui eut ôté son soutien-gorge de dentelle, il la plaqua contre son torse nu, et elle sentit les souvenirs l'assaillir, la ramenant aux heures de passion avec lui.

Alors, tremblante, déchirée entre la raison et le désir, elle l'embrassa. C'était Cade qui était dans ses bras, tout droit sorti de ses rêves. Entremêlant sa langue à la sienne, elle gémit. Quand elle plaqua ses hanches contre lui, elle sentit son sexe raidi contre elle.

— Non, dit-elle dans un souffle, en reculant. Cade, nous sommes deux personnes différentes à présent, et nous ne pouvons pas reprendre là où nous en étions restés…

Le regard de Cade était brûlant tandis qu'il fixait ses seins et les prenait entre ses mains. Quand ses pouces encerclèrent ses tétons, elle ne put retenir un petit gémissement.

Il se pencha pour prendre un sein dans sa bouche, ses dents mordillant légèrement son téton et sa langue encerclant sa pointe tendue. Haletante, elle s'accrocha à ses épaules et ondula des hanches, en rythme avec les vagues de plaisir qui montaient en elle, intenses, irrésistibles. Quand il tira sur sa jupe et glissa les doigts sous son string de dentelle pour la caresser, elle ne put retenir un cri et elle plongea les mains dans ses cheveux, stupéfaite par la force des sensations qui la submergeaient. Une minute de plus et elle serait au point de non-retour…

Soudain, comme si la réalité de ce qu'elle était en train de faire la frappait, elle repoussa Cade et recula d'un pas.

— Nous ne pouvons pas faire ça, Cade.

— Si, nous pouvons. Il n'y a pas de raison de ne pas le faire, quand nous voulons tous les deux nous caresser, nous embrasser, et faire l'amour.

— Il y a un million de raisons, s'exclama-t-elle, et tu le sais bien. Tu m'as déjà brisé le cœur une fois. Pas deux !

Elle enfila sa chemise, saisit son soutien-gorge et le fourra dans son sac puis ramassa à la hâte sa veste.

Quand elle se retourna, il l'observait.

— De quoi as-tu peur ? demanda-t-il.

— Je viens de te le dire. Que tu me brises le cœur une seconde fois. Je n'étais pas sûre de survivre la première fois. Je sais que je ne veux plus jamais revivre ça.

— Mais aujourd'hui, nous n'avons aucun engagement.

— Si nous faisons l'amour, Cade, moi je serai engagée. Mon cœur le sera, et je n'y tiens pas. Nous ne reviendrons pas en arrière. Il y a trop de blessures, trop de choses qui se sont passées.

— Mais enfin, Katherine, le passé est loin !

— Non, il ne l'est pas. Et cette dernière heure l'a fait revivre. Et tu cherches à fonder une famille, non ? Eh bien, cherche ailleurs.

Il la dévisagea avec une telle intensité qu'elle crut qu'elle allait se consumer sur place. Qu'y avait-il derrière ce regard ? Qu'avait-il en tête à cet instant précis ? Mais il ne rompit pas le silence. Sans un mot, il remit sa chemise et se détourna, après l'avoir détaillée une dernière fois de la tête aux pieds.

A la minute où la porte de la salle de bains se referma derrière lui, elle laissa échapper un soupir. Comment pourrait-elle travailler pour lui ?

Devant le miroir, elle se recoiffa avec les doigts et observa son reflet. Sa bouche était rougie, son visage empourpré et ses cheveux décoiffés. Elle avait tellement envie de Cade qu'elle en avait mal, et cette souffrance se lisait sur son visage. Mais ce n'était que du désir physique, tenta-t-elle de se rassurer, tout en s'efforçant de retrouver une tête présentable.

Au bout de quelques instants, le reflet dans le miroir lui parut à peu près acceptable. Elle allait pouvoir prendre un taxi pour rentrer chez elle, où elle pourrait être au calme. Mais alors qu'elle se dirigeait vers la porte, une voix s'éleva derrière elle.

— Katherine, attends.

Quand elle se retourna, son cœur tressauta. Dans son costume anthracite, sa chemise blanche et sa cravate, Cade était incroyablement beau, et il lui fallut recourir à toute sa volonté pour ne pas se jeter dans ses bras.

— Ne t'en va pas sans moi, dit-il. Allez, nous allons partager un dîner agréable.

Incapable de lui résister, elle s'arrêta.

— Tu es très beau.

Et encore, c'était un euphémisme. Il était magnifique, et il l'éblouissait. Et nu, ne put-elle s'empêcher de penser, il lui faisait encore plus d'effet…

— Merci, dit-il. Tu es prête ?

Elle acquiesça. Dans l'ascenseur, ils gardèrent le silence.

Cade les conduisit dans un restaurant tranquille, aux lumières tamisées, avec un piano et une petite piste de danse.

Quand elle s'aperçut qu'on les avait installés dans

un coin retiré et confortable, Katherine s'empressa de ramener la conversation sur un terrain professionnel.

— Cade, après le dîner, nous pourrons aller à mon bureau, pour que je te montre les fresques que j'ai faites. Je ne peins jamais deux fois la même chose, donc tu sauras surtout ce que tu ne pourras pas avoir, mais ainsi je saurai quel genre de peintures tu préfères.

— D'accord. Mais seulement après avoir dansé. J'ai payé cinq cent mille dollars pour une soirée avec toi. J'estime que j'ai bien droit à au moins cinq danses avec toi — ça équivaudrait à cent mille dollars la danse. Ce n'est pas trop demander, non ? conclut-il d'un ton anodin.

— Cade, dit-elle en riant, à ce prix-là, je suis disposée à faire beaucoup de choses pour te faire plaisir !

— Ah oui ? fit-il d'une voix soudain assombrie. Il me semble pourtant que tout à l'heure, tu as refusé avec véhémence de me faire plaisir.

— Il y a une limite. Danser avec toi, c'est sur la liste des possibles.

— Et qu'est-ce qui est sur la liste des impossibles ?

— Faire l'amour.

— Alors, si j'ai bien compris, dit-il en lui caressant la main, danser, c'est possible ?

— C'est juste.

— Et embrasser ? demanda-t-il, regardant sa bouche.

Elle sentit qu'elle rougissait, tandis que des picotements d'excitation la parcouraient.

— C'est possible, fit-elle, tout en se demandant pourquoi elle disait cela. Mais rien de plus qu'un baiser…

— Je crois que je vais arrêter de demander, et découvrir ce que je peux faire en essayant et en me trompant.

— Bien, dit-elle en souriant. A cet instant, tu fais déjà quelque chose.

— Je ne fais que te tenir la main, dit-il, l'air innocent. Ce n'est rien. C'est une merveilleuse soirée, je suis en compagnie d'une magnifique jeune femme blonde, alors pourquoi ne pas nous tenir la main et nous embrasser ?

— Souviens-toi que nous sommes en public.

— Si ce n'est que ça, je peux y remédier tout de suite. Mon hôtel est à deux pas.

— Tu es insupportable, Cade ! Tu ne peux pas t'arrêter de flirter cinq minutes ?

— Avec toi, je ne peux pas m'en empêcher. Tu es irrésistible. Pendant que nous attendons notre dîner, si nous dansions ? dit-il, se levant et la prenant par la main.

Elle rejoignit la piste de danse, et quand ils commencèrent à danser, son cœur battit plus vite. Comme cela semblait naturel d'être dans ses bras !

— Avant, tu riais beaucoup, dit-il doucement.

— La vie n'est pas aussi facile qu'à l'époque,

répondit-elle. Et maintenant, entre nous, il y a peu de raisons de rire.

— Détends-toi, Katherine. Il y a des tas de raisons de sourire entre nous. Nous sommes en meilleurs termes qu'hier soir. Tu sais ce qui s'est passé entre nous autrefois, et maintenant je sais pourquoi tu ne voulais pas répondre à mes lettres ou à mes coups de fil. Nous pouvons tourner la page.

Il lui sourit, et elle sentit son cœur cogner dans sa poitrine.

— Si tu me racontais comment tu as commencé dans les affaires, Katherine ?

— C'est difficile d'entretenir une conversation amicale et anodine quand je suis encore sous le choc. La souffrance et la colère ne sont pas très loin.

— Essaie, dit-il calmement, son souffle chaud contre sa tempe.

Ils dansaient dans une harmonie parfaite, sans aucun faux pas.

— Allez, dis-moi comment tu as commencé, insista-t-il, resserrant son étreinte autour de sa taille et l'attirant contre lui pendant qu'ils dansaient un slow sans presque bouger.

— J'ai déjà dû te dire que j'ai suivi des cours d'art au lycée. J'ai commencé à peindre des fresques à cette époque, mais c'était surtout dans les chambres de mes amis. De temps en temps, une de leurs mères me payait pour faire une fresque dans un cellier ou une chambre d'enfant. A l'université, j'ai commencé à en faire sur des immeubles, et j'ai décroché de plus en plus de contrats. J'étudiais l'informatique, alors j'ai combiné cela avec ma peinture. Puis j'ai travaillé pour une agence de publicité. Je travaillais aussi de mon côté, les week-ends, et quand cela m'a davantage rapporté que mon emploi régulier, j'ai démissionné, monté mon entreprise, et la suite, tu la connais.

— Et tu dis que tu n'as eu personne dans ta vie depuis neuf ans ?

— Non, personne. Ça te fait plaisir de savoir ça ?

— Infiniment, dit-il, et ils sourirent tous les deux.

— Et toi, enchaîna-t-elle, personne de sérieux dans ta vie pendant tout ce temps ? J'ai du mal à le croire.

— C'est pourtant la vérité. Aucun de nous ne s'est impliqué dans une relation. Tu crois que ça signifie quelque chose ?

— Ça signifie que nous sommes très occupés, et très difficiles, dit-elle d'un ton léger.

— Ou…

— Il n'y a pas de « ou ». Oublie ça.

— Tu as changé, dit-il. Tu es plus belle, plus sérieuse.

— Bien sûr que j'ai changé. Le monde a changé. Et toi aussi, c'est évident.

— Comment ça ? dit-il, reculant légèrement pour la regarder.

— Tu es plus sûr de toi. Plus sophistiqué, plus séduisant.

— Merci, dit-il en la regardant intensément.

Danser dans ses bras, et contempler ses yeux sombres, fit s'emballer son pouls. Le désir était toujours latent entre eux, et il suffisait d'un regard ou d'un simple contact pour provoquer des ondes de chaleur en elle. Ils dansaient sur place, leurs pieds bougeant à peine, et se regardaient. Elle ne pouvait détourner les yeux. Cade était tout ce qu'elle avait dit, et plus encore. Il restait l'homme le plus séduisant qu'elle ait jamais rencontré. Elle avait faim de ses baisers, qui avaient le pouvoir de l'exciter et de mettre ses sens en émoi, plus que ceux d'aucun autre homme.

Etait-elle stupide de protéger son cœur, de refuser une relation avec lui ?

Il l'attira contre lui et pencha la tête vers elle.

— J'ai envie de toi, murmura-t-il, et son cœur battit la chamade.

— Ça n'est pas inclus dans le contrat, dit-elle en reculant. Nous en avons déjà parlé.

— Bien sûr que ça ne fait pas partie du contrat. Pas une seconde, je n'ai pensé que je te payais pour coucher avec toi, Katherine. Ce que je ressens pour toi n'a rien à voir avec ta peinture.

Elle leva les yeux vers lui, et ne put déchiffrer son expression.

— Je peux oublier le passé plus facilement que toi, dit-il.

— Eh bien tu as de la chance.

La musique prit fin et ils retournèrent à leur table.

— Au moins, observa-t-elle, mon père ne se mêlera plus de ma vie maintenant.

— En ce qui me concerne, il ne le peut plus, mais ton père a l'habitude de contrôler son monde, et ça ne changera pas.

Quand ils eurent dégusté leur homard, le serveur vint leur apporter la carte des desserts, mais avant que Katherine ait eu le temps d'ouvrir la bouche pour refuser, Cade se leva et déclara, tout en la prenant par la main :

— Je suis sûr qu'une troisième danse sera le plus délicieux des desserts.

Sur la piste, il la tint serrée tandis qu'ils dansaient un slow.

— C'est si bon, Katherine. J'aime t'avoir dans mes bras.

— Cade, dit-elle avec un sourire, tu es un grand séducteur.

— Non, Katherine. Quand je jouerai les séducteurs, tu le sauras. Je ne faisais qu'un commentaire.

— D'accord, dit-elle, secouant la tête. Si nous mettions le fait de parler de choses personnelles sur la liste des impossibles ?

— Non, dit-il. J'aime danser avec toi, et j'aime parler de choses personnelles avec toi. J'aime t'embrasser…

— Cade ! le reprit-elle, exaspérée.

— D'accord, dit-il avec un sourire en coin. On évite les sujets personnels. Quelle est ta fresque préférée ?

— Eh bien, si tu viens dans mon bureau, je te la montrerai.

— Dans ce cas partons tout de suite, dit-il d'un ton léger en lui prenant la main. Je réclamerai les autres danses une autre fois.

Une autre fois. Les mots résonnèrent dans la tête de Katherine. Combien de fois pourrait-elle lui résister ?

Il ne leur fallut que quelques minutes pour rejoindre les bureaux de Ransome Design, au dixième étage de l'immeuble Renaissance. Elle alluma la lumière de son bureau et Cade passa la pièce en revue.

— Joli, Katherine.

La pièce contenait un bureau, une table et des chaises en acajou, des fauteuils, des étagères, des peintures à l'huile accrochées aux murs et de hautes plantes en pots.

—Je vais prendre les dossiers, dit-elle.

Comme elle tendait le bras vers une haute étagère, Cade vint l'aider.

— Dis-moi lesquels, et je les descends pour toi, dit-il.

Il avait retiré son manteau, et dès qu'ils eurent posé les classeurs sur le bureau, il desserra sa cravate et déboutonna le haut de sa chemise. Se détournant, elle ôta sa veste et quand elle regarda de nouveau vers Cade, elle le surprit en train de l'observer.

— Tu ne portes rien sous cette chemise, dit-il d'une voix rauque.

— Cade…

Son bureau était chaleureux, légèrement étouffant. Alors elle n'allait pas remettre sa veste, ce serait ridicule. Mais elle ne tenait pas non plus à attiser le désir de Cade. Oubliant sa remarque, elle s'assit à la table et ouvrit un classeur.

— Assieds-toi, dit-elle d'une voix qu'elle voulait professionnelle. Ce que je voudrais, c'est préparer la présentation pour la première fresque, avoir ton accord et commencer à travailler. Je préfère me concentrer sur une fresque à la fois.

— Ça me va.

Il s'assit à côté d'elle, et ils regardèrent les classeurs pendant qu'il faisait des commentaires, et elle s'efforça de ne pas se troubler quand leurs mains s'effleurèrent à plusieurs reprises. Heureusement, elle constata bientôt qu'il serait facile de satisfaire Cade, car il aimait presque tout ce qu'elle lui montrait.

Perdant la notion du temps, elle eut enfin assez d'idées pour faire des suggestions, et des esquisses.

A sa grande surprise, il choisit tout de suite ce qu'il aimait. Il se pencha pendant qu'elle esquissait un croquis d'une scène d'extérieur vue d'un balcon, qui ressemblerait à une extension de la pièce. Au-delà du balcon, un paysage européen se profilait, avec des lits de fleurs, des arbres et au-delà, une rivière surmontée d'un pont.

— Je vais peindre cette scène en petit format. Sélectionnes-en encore deux autres pour que je les peigne et tu pourras choisir entre les trois.

— Inutile. J'aime celle-ci, et tu sais exactement ce qui me plaît.

Sa voix avait changé, et elle oublia son dessin.

— Est-ce que tu vas flirter sans cesse avec moi ? dit-elle.

— Chaque fois que je le pourrai.

Son épaule et son bras touchèrent les siens, et il passa un doigt le long de sa joue.

— Tu n'as pas besoin de peindre une ébauche pour moi. Je peux te dire rien qu'avec cette esquisse que c'est ce que je voudrais pour la salle à manger.

— Alors, je la peindrai pour moi, pour voir comment elle rend. Tu es facile à contenter, Cade, dit-elle, songeant plus à lui qu'à la fresque.

— Dommage que toi tu ne sois pas facile, dit-il, lui titillant le lobe de l'oreille.

— Bon, dit-elle tandis que des frissons la parcouraient, quand puis-je m'installer et commencer à travailler ?

— Dès que possible, dit-il en la fixant avec intensité.

Elle tenta de garder les idées claires, détourna les yeux et lutta pour revenir au travail.

— Je pense que je peux commencer jeudi prochain.

— Lundi, nous irons à ta banque.

Elle recula sa chaise et se leva. La pièce semblait avoir rétréci, l'air était chargé. Elle avait besoin de mettre de l'espace entre eux, avant de commettre un faux pas.

— Tu n'as qu'à laisser les classeurs ici, dit-elle. Je les rangerai plus tard.

Avec un sourire, il les rassembla pour les remettre en place, mais alors qu'elle était sur le point de remettre sa veste, il s'approcha d'elle et l'attira vers lui.

— Avant que tu ne mettes cette veste, viens là, Katherine, lui enjoignit-il d'une voix rauque.

Le désir brillait dans ses yeux assombris, et elle tressauta.

— Cade…

Il l'enlaça et se pencha pour lui donner un de ces baisers qui arrêtaient toujours ses protestations.

Il prit possession de sa bouche, et son cœur battit quand il glissa la langue entre ses lèvres. Elle enroula les bras autour de son cou. Toutes ses pensées s'évanouirent, et elle fut perdue dans la magie de son baiser, qui réveillait chacun de ses sens et attisait les flammes du désir qu'elle essayait de contenir.

Cade glissa les mains sous sa jupe et sa chemise pour explorer sa peau nue, caresser un de ses seins, et frotter son téton avec sa paume, dans un délicieux contact qui la fit plaquer ses hanches contre lui.

— Cade…

Elle répéta son nom, et de nouveau il couvrit sa bouche de la sienne, possessive et exigeante, tandis qu'elle ondulait contre son sexe gonflé de désir. Il était prêt, il la désirait autant qu'elle le désirait.

Sa jupe tomba à terre, et il lui maintint les hanches, reculant pour la regarder, la faisant trembler. Elle ne portait que ses bas et un string, et le regard brûlant de Cade se posa sur elle comme une caresse.

— Tu es si magnifique, murmura-t-il.

Il la pressa contre lui, et l'embrassa, en se penchant pour qu'elle épouse son corps et s'accroche à lui. Elle sentit sa chemise de crêpe contre elle, son pantalon à l'étoffe soyeuse, et la boucle de sa ceinture qui appuyait contre son ventre.

Il posa les mains sur ses fesses nues puis s'aventura entre ses jambes, sous son string, pour caresser le centre de son plaisir. Elle s'accrocha à lui, ondulant des hanches, gémissant de désir tandis qu'elle caressait son sexe durci à travers l'étoffe de son pantalon.

Mais soudain, avec un sanglot, elle le repoussa. Il se redressa et elle recula.

— Nous ne ferons pas l'amour ! cria-t-elle. Tu ne me séduiras pas !

Les mains tremblantes, elle rassembla ses vêtements, percevant le regard brûlant de Cade sur elle pendant qu'elle ramassait sa jupe et l'enfilait.

Reprenant son souffle, elle se tourna vers lui.

— Tu ne gagneras pas mon cœur une seconde fois. Nous nous ferions du mal.

Il l'observait, sa chemise à moitié sortie de son pantalon. Il haletait, le visage rougi, et si elle était sûre d'avoir pris la décision la plus sage, une part d'elle voulait retourner dans ses bras pour lui faire l'amour.

— Je n'ai jamais voulu te faire du mal, dit-il, sortant les mots d'une voix rauque. Ni à l'époque, ni aujourd'hui.

— Ne dis pas ça ! A l'époque, quand tu m'as quittée, tu as peut-être pensé que c'était le mieux pour mon avenir, mais tu savais que tu me faisais souffrir, et tu l'as fait pour sauver ton frère.

— Alors, j'aurais dû revenir, et le laisser aller en prison ? fulmina-t-il.

— Non, bien sûr. Ce n'est pas ce que je voulais dire. Tu as fait ce que tu avais à faire, mais tu savais que tu me faisais du mal. Et nous sommes à des pôles opposés aujourd'hui, avec des vies différentes…

— Nous en avons déjà parlé, trancha-t-il, et elle se tut.

Elle remit sa veste, telle une armure, et la serra contre sa poitrine. Sa chemise n'était qu'en partie boutonnée, et un pan sortait de sa jupe, mais elle s'en moquait.

— Nous pouvons partir, dit-elle.

Il traversa la pièce et marcha à côté d'elle sans la toucher. Elle éteignit les lumières, observant sa table de travail. Combien de temps cela prendrait-il avant qu'elle puisse de nouveau regarder cette table sans y voir Cade à côté, les cheveux en bataille, excité, prêt à faire l'amour ?

Ils retournèrent à la voiture et roulèrent en silence

pendant qu'elle tentait de reprendre contenance. Mais son désir était toujours là, plus fort que jamais.

Chez elle, devant la porte d'entrée, Cade lui fit face.

— Fais-moi savoir quand tu seras prête à t'installer chez moi, et j'enverrai quelqu'un pour prendre tes affaires.

— Je n'aurai pas grand-chose, dit-elle en secouant la tête. Je peux les charger dans ma voiture.

— Prends de quoi tenir pour un long séjour. Six fresques, ça prendra du temps.

Elle opina.

— Je suis contente que tu m'aies raconté ce qui s'est passé il y a neuf ans, dit-elle calmement.

— Mais ç'a créé un fossé entre ton père et toi.

— J'aime mieux savoir. En un sens, c'était le moment le plus important de ma vie. Fossé ou pas, je préfère la vérité.

— Je suis heureux que tu voies les choses ainsi, dit-il, le regard intense.

A cet instant, elle sut avec certitude que, si elle ne bougeait pas, elle pourrait se retrouver dans ses bras de nouveau.

— Bonsoir, dit-elle, avant de refermer la porte derrière elle sans se retourner.

Elle poussa un long soupir et gagna sa chambre. Les événements de la journée se bousculaient dans sa tête, mais les images prédominantes étaient celles de Cade dans son bureau, en train de l'embrasser et de la caresser.

Mardi, elle emménagerait chez lui. Comment son cœur allait-il survivre au défi de vivre avec lui ?

- 7 -

Tandis que Cade arpentait le hall pour rejoindre la salle à manger de sa maison, il ralentit le pas. Depuis dix jours, Katherine avait emménagé chez lui. Deux jours à peine après son arrivée, il avait dû se rendre en Californie. Cela faisait maintenant une semaine qu'il n'avait pas revu Katherine, et il lui semblait que cela faisait un mois. Son impatience augmentait à chaque pas.

S'arrêtant devant la porte ouverte, il regarda à l'intérieur de la pièce. Un échafaudage s'étendait tout le long d'un mur ; les meubles avaient été déplacés dans un coin de la pièce, et recouverts de draps pour éviter toute projection de peinture. Des morceaux de toile étaient étalés sur le sol, sous l'échafaudage et les échelles. Katherine était installée sur une plateforme et dessinait.

Quand il posa le regard sur elle, son pouls s'emballa. Elle portait un T-shirt et un short en jean, et une longue tresse tombait au bas de son dos. Prenant son temps, il observa ses longues jambes fuselées, puis son postérieur rebondi, et il s'imagina aussitôt en train de lui retirer son short…

Le cœur battant, il s'appuya contre le chambranle et continua de la détailler. Elle l'avait toujours excité, aujourd'hui plus que jamais. Elle était plus belle encore qu'à vingt ans. Il songea aux baisers échangés dans son bureau. Rien que d'y penser, il en eut une érection.

Il aimait la regarder travailler. La vitesse à laquelle elle dessinait, l'assurance de ses gestes, le fascinaient. Quand il était revenu au Texas, se rappela-t-il, ses émotions étaient ambivalentes. Il avait eu envie de la revoir, avait espéré l'engager, tout en lui en voulant de n'avoir pas répondu à ses lettres ou à ses coups de fil. Et puis, quand il l'avait vue à la soirée caritative, sa beauté lui avait coupé le souffle, et il l'avait désirée plus que jamais. Il n'avait pas eu l'intention de s'impliquer sur le plan émotionnel, à cause de leur passé tumultueux, mais maintenant, les accusations et les motifs étaient clarifiés, et sa résolution s'affadissait.

Cade la regarda dessiner. Même si leur passé était derrière eux, restait la maudite ambition de Katherine, et sa soif de succès. Il ne voulait pas tomber amoureux d'une femme qui était dévouée corps et âme à sa carrière. Ce n'était pas ce qu'il attendait de la vie. Mais il voulait Katherine dans son lit. Elle l'excitait, et la nuit, il ne dormait plus parce qu'il pensait à elle et que son désir restait inassouvi. Jamais il n'avait désiré une femme comme il désirait Katherine. Et il n'avait connu personne qui embrasse ou fasse l'amour comme Katie. Elle était belle, sexy, et inaccessible.

Enfin, pas si inaccessible, songea-t-il en se remémorant leurs baisers dans son bureau. Elle ne pouvait résister à la passion. Il la détailla du regard. Il la voulait dans son lit. Et vite.

Essayant de se reprendre et de se calmer, il songea à la soirée qui s'annonçait. Il avait quelque chose à lui dire. Or il se demandait s'il devait le lui avouer ou non. Comme toujours quand il lui fallait prendre une décision, il se mit à la place de la personne concernée. Et dans cette situation, il aurait voulu connaître la vérité, quelle qu'elle fût.

Elle regarda par-dessus son épaule, le vit et s'interrompit.

— Je ne t'ai pas entendu arriver.

— Je ne voulais pas te faire peur. J'admire la vue.

Elle fronça le nez. Il avait envie de la faire descendre de sa plateforme pour l'embrasser, mais il savait qu'elle ne serait pas d'accord. Posant sa veste bleu marine et sa cravate assortie sur une chaise, il traversa la pièce. S'arrêtant près d'elle, il mit les mains sur les hanches et observa son œuvre.

— Depuis combien de temps est-ce que tu m'observais ?

— Pas longtemps. C'est fascinant. Magnifique.

Il fit un pas vers l'échelle. Son regard se porta de nouveau sur ses jambes nues.

— Parfait, commenta-t-il.

— Tu n'es pas en train de parler de mon travail, n'est-ce pas ?

— Non, en effet. Je m'extasie sur ton corps. Descends me rejoindre.

— Sans façon, dit-elle d'un ton amusé. Sinon, ce pourrait être la fin de ma journée de travail, et je veux avancer.

— Si je ne pensais pas que nous tomberions de cette plateforme, je viendrais te chercher pour t'embrasser.

— Reste où tu es. Comme je dois te le rappeler une fois de plus, les baisers ne font pas partie du contrat.

— Comme si tu ne les appréciais pas !

Elle reprit son dessin et il observa ses gestes sûrs.

— Ça ne te fait pas peur de dessiner sur mon mur ? demanda-t-il.

— Non. J'ai fait ça des tas de fois. Et, dessiner sur ton mur, c'est exactement ce pour quoi tu me paies, dit-elle en retournant à son œuvre.

— On dirait que tu fais beaucoup de progrès. Tu es rapide, Katherine.

— Pourquoi ai-je le sentiment que tu m'as sans cesse répété cela depuis notre première rencontre ?

Il sourit.

— Descends et redis-moi ça, dit-il d'une voix cajoleuse.

— Jamais de la vie.

— Tu veux faire une pause ?

Elle consulta sa montre.

— 5 heures et demie ! Je n'arrive pas à le croire. Je croyais qu'il était 3 heures.

— Même si nous sommes en octobre, c'est une journée chaude et humide. La piscine sera parfaite. Ça te dirait de me rejoindre ?

— Je continue de dessiner, dit-elle en secouant la tête.

— Tu as peur de nager avec moi ?

— N'essaie pas de me mettre au défi. Je vais poursuivre mon travail.

— Je repars demain après-midi en Californie. Je serai absent jusqu'à la semaine prochaine. Tu crois que tu pourras te débrouiller sans moi ? demanda-t-il, et quand elle regarda par-dessus son épaule, elle souriait.

— J'y arriverai, Cade. Quand tu n'es pas là, c'est très calme et je peux avancer.

— J'ai saisi le message, dit-il avant de tourner les talons.

Il alla dans sa chambre et se changea pour aller se baigner.

Plus tard, il alluma le barbecue et cuisina des crevettes marinées. Quand il entendit Katherine approcher, il se retourna et resta bouche bée.

Elle avait coiffé ses cheveux en arrière et les avait noués avec un ruban bleu. Toute habillée de bleu, Elle portait une chemise de coton cintrée à la taille, une jupe courte, et des sandales. Elle était magnifique.

Posant la spatule qu'il avait dans la main, il lui accorda toute son attention. Il traversa le patio pour la rejoindre. Quand ses grands yeux bleus se posèrent sur lui, il voulut l'étreindre et l'embrasser. Mais il se contenta de dire :

— Tu es plus belle que jamais. Et ton parfum est délicieux.

— Merci. Tu n'es pas mal non plus.

— J'ai presque fini.

— Où est Creighton ?

— Parti. Je leur ai tous donné leur soirée. Nous avons la maison pour nous tout seuls, et c'est moi qui cuisine.

— Je ne sais pas si c'est une bonne ou une mauvaise chose — je veux dire, le fait que tu sois aux fourneaux. Avoir la maison pour nous, c'est tenter le destin.

— Donc, dit-il avec un sourire, tu admets que je suis une tentation ?

— Tu le savais déjà. Tu es une tentation depuis le jour où tu t'es arrêté près de mon pick-up cet après-midi-là. Maintenant tu ferais mieux de surveiller mon dîner, ou il va brûler.

— Tu as raison. Moi aussi je meurs de faim.

L'air frais du soir était agréable, et Cade appréciait la compagnie de Katherine. Et il appréciait encore plus le fait de la contempler.

Ce ne fut qu'après le dîner qu'il alla s'asseoir à côté d'elle.

— J'ai à te parler, annonça-t-il.

L'air surpris, elle attendit, pendant qu'il appuyait ses coudes sur ses genoux et se penchait vers elle. Pendant une seconde, il oublia ce qu'il allait dire. Elle était si belle qu'il aurait pu la contempler pendant des heures… Sa peau était douce, parfaite, ses lèvres pleines invitaient au baiser, et ses yeux bleus et ses joues roses ajoutaient à sa beauté. Brûlant de la toucher, il garda ses mains près de lui.

— J'ai quelque chose à te dire.

Il essaierait d'annoncer cela avec autant de douceur que possible. Faisait-il le bon choix ? se demanda-t-il une fois de plus. Mais il était trop tard pour reculer à présent.

Elle fronça légèrement les sourcils.

— J'ai l'impression que je ne vais pas aimer ce que je vais entendre, et que tu me prépares à la nouvelle. Ma famille va bien, n'est-ce pas ?

— Oui, bien sûr. Excuse-moi, je ne voulais pas t'effrayer.

Il serra doucement son épaule et sa main s'attarda sur elle. Il avait envie de descendre jusqu'à son sein doux et rond. Au lieu de cela, il la regarda dans les yeux et essaya de se concentrer sur ce qu'il allait lui révéler.

— Il y a longtemps, Katherine, commença-t-il, tu m'as parlé de ta mère, qui vous avait abandonnés.

Quand Katherine retint son souffle, ses seins gonflèrent sous sa chemise bleue et il ne put s'empêcher de les regarder.

— Je ne suis pas certaine de vouloir entendre ça, dit-elle.

— C'est à toi de décider, mais j'ai pensé que je devrais te donner le choix. Je sais ce qui lui est arrivé. Si tu ne veux pas savoir, j'arrête là, et je n'aborderai plus jamais le sujet. Ce n'est pas facile à entendre, la prévint-il.

Caressant doucement l'épaule de Katie, il attendit. Il ne voulait pas la blesser, mais il pensait qu'elle avait le droit de savoir, comme ses frères d'ailleurs. Pourquoi aucun d'eux n'avait fait de recherches, il n'en avait pas la moindre idée. Sans doute avaient-ils grandi en étant convaincus par les mensonges de Duke Ransome à propos de leur mère.

Katherine le dévisagea, et malgré la tension du moment, son désir pour elle le bouscula. Il songeait toujours à elle comme Katie, et non Katherine, et cela lui demandait un effort de l'appeler par son prénom entier. Il enroula une mèche de ses cheveux autour de son index. Il se souvenait d'avoir plongé les mains dans ses boucles soyeuses.

— Raconte-moi, dit-elle enfin.

— Est-ce que tu savais qu'elle avait eu une liaison avec un autre homme ?

— C'est ce que j'ai entendu dire quand j'étais adolescente. Avant cela, je ne savais rien, hormis le fait qu'elle nous avait abandonnés et qu'elle ne reviendrait jamais. Papa nous a toujours dit qu'elle ne voulait voir aucun d'entre nous.

Cade approcha et laissa son genou toucher celui de Katherine.

— Ton père a découvert sa liaison, et il était si furieux qu'il l'a chassée de la maison et lui a ordonné de ne jamais revenir.

— Non ! Il a dit qu'elle ne voulait rien avoir à faire avec aucun d'entre nous.

— Peut-être pas avec lui, mais pour ses enfants, il a menti.

— Non, non !

Fermant les yeux, elle prit la tête entre ses mains.

— Toutes ces années — notre mère… Est-ce qu'elle a épousé cet autre homme ?

— Non. C'était une brève liaison. Ton père lui a interdit de rentrer en contact avec vous de quelque façon que ce soit. Il l'a menacée des pires représailles, et elle l'a cru, alors elle est restée en dehors de vos vies, mais elle habite à Houston.

— Houston ! Toutes ces années, elle vivait au Texas ?

— Oui, mais c'est à l'autre bout de l'Etat.

Il se garda de lui révéler que sa mère avait toujours gardé un œil sur ses enfants, et qu'elle était allée les observer dans des lieux publics sans qu'ils la voient.

— Cade, je ne connais pas du tout mon père, dit

Katherine, l'air accablé. Comment a-t-il pu faire ça à ses propres enfants ?

— Elle a eu une liaison, et ton père n'est pas du genre à pardonner. Il est dur, et obstiné. Tu sais bien qu'il se met en colère quand il n'obtient pas ce qu'il veut.

— Nous séparer d'elle pendant tout ce temps ! Nous aurions dû pouvoir la voir de temps en temps !

— Je suis d'accord, Katherine, et je suis navré. Mon père est mort quand j'étais jeune enfant, et j'étais en colère de l'avoir perdu, j'ai souffert pendant des années. En un sens, ce qui s'est passé avec ta mère, c'est pire, parce que cela aurait pu être évité.

— La femme de Matt, Olivia, m'a posé des questions sur elle par deux fois, et elle en a parlé à Julia. Elles nous ont incités à rechercher notre mère, mais que ce soit Matt, Nick ou moi, aucun ne voulait le faire à cause de ce que notre père nous a martelé depuis que nous étions petits. Pour nous, elle était partie de son plein gré, et ne voulait plus jamais nous revoir. C'est terrible !

— Oui, j'imagine.

— Ça me fait mal de découvrir que mon père a un côté si sombre. Je savais qu'il faisait du mal aux gens, mais jamais je n'aurais cru qu'il puisse être si cruel avec sa propre famille. Toutes ces années, il nous a menti et trompés. Je le déteste !

— Attends, commença Cade d'une voix ferme. Tu as voulu savoir pour ta mère, alors je t'en ai parlé. Mais je ne t'ai pas dit d'être vindicative envers ton père.

Je ne déteste pas ton père, Katherine. Ce n'est pas ce qu'il avait prévu, mais il nous a aidés, ma famille et moi, à nous sortir du trou. C'est lui qui nous a donné l'argent que j'ai utilisé pour commencer à investir. Nous étions très pauvres, alors nous avons pris cet argent et l'avons utilisé au mieux. A l'époque, je détestais ton père, mais après quatre ans, cette haine s'est muée en simple antipathie. Je ne l'apprécierai jamais, mais je ne le déteste pas, et je ne ressens pas le besoin de me venger. Je pensais ce que je disais en affirmant qu'il avait ma gratitude pour ce qu'il a fait pour nous.

— Je comprends, fit-elle après un silence. En fait, Cade, même si je ne sais plus très bien où j'en suis, je suis contente que tu m'aies parlé de ma mère. Il faut que j'en parle à mes frères, maintenant… Mais ce que je leur ai raconté sur nous, et sur ce que papa m'a fait subir en te chassant loin de moi, les aura peut-être préparés à cette nouvelle…

— Tu leur as tout raconté ? Et ils t'ont crue ?

— Oh, oui ! Ils ont eu plus de querelles avec mon père que moi, et ils n'étaient pas surpris. En revanche, ils étaient étonnés que tu l'aies remboursé. Surtout Nick. Il a un côté impitoyable, mais je crois qu'il s'est adouci depuis sa rencontre avec Julia.

— Je ne veux plus de son argent.

— Cade, est-ce que tu as parlé à ma mère ?

— Oui. Si tu veux la rencontrer, tu le peux. Vous le pouvez tous, dit-il, posant la main sur la nuque de Katherine.

Il ne pouvait pas s'empêcher de la toucher, et, à cette minute, quand il regardait ses lèvres pleines, il songeait à quel point elles étaient douces, et comment elles pouvaient le brûler comme une flamme.

— Oui, j'aimerais la rencontrer, et j'imagine que Nick et Matt aussi. Surtout quand ils apprendront la vérité. Comment as-tu découvert tout ça ?

— Ce n'était pas difficile. J'ai pensé qu'aucun de vous n'avait essayé de connaître son histoire.

— Non, en effet, dit Katherine d'un ton légèrement coupable. Olivia trouvait que nous aurions dû essayer de la retrouver, et d'entendre sa version de l'histoire. Ma belle-sœur n'aime pas beaucoup mon père, mais il faut dire qu'il a tenté de l'acheter, elle aussi.

— Le pot-de-vin a fonctionné pour moi, à cause de mon frère. Ton père n'avait sans doute rien d'autre que de l'argent à proposer à Olivia.

— Non, c'est vrai. Tu as dit que ça avait été facile de retrouver ma mère. Comment se fait-il que tu aies cherché ?

Cade appuya ses coudes sur ses genoux.

— J'allais revenir ici pour faire construire cette maison, et quand j'ai décidé que je te voulais pour mes fresques, j'ai engagé un détective privé pour mener une enquête. Je voulais savoir où vous en étiez, toi et ta famille. Le sujet de ta mère est venu sur le tapis, et je lui ai demandé de faire des recherches sur elle aussi, on n'est jamais assez informé. Quand j'ai su qu'elle vivait à Houston, j'étais curieux et je suis allé la voir. Ç'a été une visite longue et intéressante.

— Comment est-elle ?

— C'est une très belle femme. Elle a repris ses études, et a obtenu un diplôme de droit. Elle peint aussi. Elle s'est montrée très aimable.

— Est-ce qu'une femme s'est déjà montrée désagréable avec toi ?

Il sourit en guise de réponse.

— Je veux la rencontrer. Mais avant cela, fit-elle en levant la tête pour étudier son expression, dis-moi depuis combien de temps tu es au courant pour elle.

— C'était quelques mois avant de choisir le terrain pour ma maison, l'année dernière.

— L'année dernière ! Pourquoi ne m'as-tu rien dit le premier soir ? C'est ma mère, tout de même.

— Ça ne me semblait pas être le bon moment. Et plus tard, tu as été sous le choc d'apprendre ce que ton père nous avait fait. Je ne voulais pas rajouter ça par-dessus tout ce que tu venais d'apprendre.

— Alors tu as gardé cela pour toi. Qu'est-ce que tu as encore en réserve me concernant ?

— Je n'ai plus de secrets de famille. La seule chose que je ne t'ai pas encore avouée, c'est à quel point j'ai envie de coucher avec toi, dit-il, incapable de contrôler le tremblement de désir dans sa voix.

Les yeux bleus de Katherine s'écarquillèrent, et il regarda sa bouche pleine et sensuelle, qui était faite pour embrasser. Il la prit dans ses bras et la fit s'asseoir sur ses genoux.

Comme elle se débattait, il serra sa taille tout en lui embrassant le cou.

— Reste tranquille. Je suis parti depuis plus d'une semaine, et je n'ai pensé qu'à toi.

— Cade, ne joue pas de ton charme, dit-elle, gigotant pour échapper à son emprise.

Il la voulait, et il savait comment mettre fin à ses protestations. Il se décala un peu, resserra son étreinte, et l'embrassa. A la minute où sa bouche couvrit la sienne, il fut en érection.

Elle lutta une seconde, le repoussant et remuant, mais ensuite elle mit un bras autour de son cou et se pressa contre son torse.

Cade sentit son cœur battre de plus en plus vite, et il trembla d'un désir qui ne serait assouvi qu'après avoir fait l'amour à Katherine pendant des heures. Elle était prête pour l'amour, s'abandonnait dans ses bras, frissonnait, gémissait et lui rendait ses baisers avec passion.

Comme s'il pouvait chasser avec ses baisers son ambition et sa soif de succès, il l'embrassa avec autant de fièvre qu'il put. Sa main glissa sur sa gorge, puis plus bas, sur son sein. Il déboutonna sa chemise puis dégrafa son soutien-gorge. Il prit son sein dans sa paume. Douce et chaude, Katherine était irrésistible.

Il la désirait si fort qu'il en avait mal. Il glissa la

main sous sa jupe. Sa peau était douce. Elle était toute en courbes, à la fois douce et passionnée.

— J'ai envie de toi, dit-il, la voix râpeuse, en prenant son visage entre ses mains.

Son cœur battait à se rompre, et il regarda ses yeux bleus assombris de désir. Ses lèvres rouges étaient gonflées d'avoir embrassé, et ses cheveux tombaient en cascade, le ruban ayant disparu.

— Je te veux, Katherine, et tu seras mienne. Je veux te faire l'amour pendant des heures.

— Non, Cade ! protesta-t-elle, nous n'allons pas compliquer nos vies de nouveau…

Pourtant, malgré tout ce qu'elle pouvait dire, il sentait son pouls rapide, et voyait un désir brûlant luire dans ses yeux.

— Tu as envie de moi, murmura-t-il. Tu m'embrasses comme si tu embrassais pour la dernière fois.

Il brûlait d'envie de retirer ses vêtements et de la couvrir de baisers. Personne ne l'avait jamais excité comme Katherine. Il n'avait jamais réussi à l'oublier, et maintenant qu'elle était là, dans ses bras, c'était comme si les neuf dernières années n'avaient jamais existé.

— Je donnerais tous mes millions pour redevenir cet adolescent miséreux sur sa moto, et pour que tu me fasses l'amour comme avant.

— Nous ne pouvons pas revenir en arrière…

— Nul besoin de revenir en arrière quand il s'agit de faire l'amour, murmura-t-il, et il l'embrassa.

Elle s'était raidie quand elle avait protesté, mais maintenant, elle perdait sa résistance et se collait contre lui, lui arrachant un gémissement de plaisir.

— Je vais te faire l'amour, déclara-t-il, et t'aimer jusqu'à ce que tu oublies ta société et ta carrière.

Et il l'embrassa pour empêcher toute réponse de sa part. Il la tint serrée, puis la fit s'asseoir à califourchon, pour pouvoir glisser sa main entre ses cuisses et la caresser tout en l'embrassant.

Il gémit encore, quand elle tira sur sa ceinture. Alors il remonta sa jupe et lui retira sa chemise sans cesser ses baisers, puis il prit ses seins entre ses paumes, savourant leur douceur, leur rondeur. Glissant jusqu'à sa taille fine, il parcourut son corps, puis retourna sous son slip de dentelles pour explorer son intimité pendant que son autre main épousait la courbe de ses fesses.

Ses caresses la firent onduler des hanches, et il la porta jusqu'à l'extase. Quand elle frissonna de plaisir, il crut qu'il allait exploser tant son désir était fort.

— Je veux te pénétrer, chérie, murmura-t-il. Je veux te prendre, te faire mienne et t'aimer pendant des heures.

Il l'assit sur une chaise, puis s'agenouilla entre ses jambes, se penchant pour caresser son intimité avec sa langue. Il voulait la voir atteindre les cimes du plaisir.

— Non ! cria-t-elle en le repoussant, se débattant pour se lever.

Sa jupe retomba, mais pas avant qu'il ait un aperçu qui le troubla au plus haut point. Tout en elle était magnifique. Il reprit son souffle et entendit Katherine haleter quand elle regarda autour d'elle et ramassa sa chemise pour la remettre.

— Cade, nous ne devons pas faire ça, dit-elle.

Mesurait-elle un tant soit peu à quel point il la désirait, se demanda-t-il, et à quel point elle était belle en cet instant ? Elle était décoiffée, ses cheveux blonds et soyeux se répandant sur ses épaules, et ses lèvres étaient rouges. Sa jupe était froissée, sa chemise encore ouverte.

— Nous ne deviendrons pas amants ! Ça ne fait pas partie du marché.

— Je te veux, Katherine. Et ça, ça ne fait pas partie du marché. C'est juste un homme qui déclare à une femme qu'il a envie d'elle.

— Nous n'avons pas d'avenir ensemble, dit-elle en fermant le dernier bouton et en remettant sa chemise dans sa jupe. Aucun avenir. Nous sommes trop différents. Tu veux une famille, et moi je veux une carrière qui ne soit pas encombrée par une famille. Fin de la conversation.

Elle releva la tête.

— Fin du flirt, dit-elle. C'est assez clair, je pense.

Se levant de la chaise, il marcha vers elle. Elle ouvrit grand les yeux et recula.

— Tu m'entends ? dit-elle, reculant d'un pas encore.

— Je t'entends parfaitement, dit-il calmement. Je sais ce que je veux. Je l'ai toujours su. Combien de temps cela m'a-t-il pris pour décider de la première fresque ?

Elle avait reculé jusqu'au mur de briques qui encerclait un côté du patio. Il posa les mains de chaque côté d'elle pour l'empêcher de s'enfuir.

— Ecarte-toi de mon chemin, dit-elle, à bout de souffle, en ayant l'air de ne pas penser ce qu'elle disait.

— Je sais ce que je veux, je fais tout pour obtenir ce que je veux, et la plupart du temps, j'obtiens ce que je veux, dit-il d'un ton calme. Quel gâchis, Katherine, que tu donnes la priorité à ta carrière plutôt qu'à un foyer et une famille ! Tu n'en rêves même pas, contrairement à la plupart des femmes.

Ses grands yeux bleus étaient assombris par la colère, mais ses lèvres étaient entrouvertes, et il soupçonnait qu'elle n'était qu'à moitié furieuse contre lui, et qu'elle le désirait.

— Je ne changerai pas plus que toi tu ne changeras, asséna-t-elle.

— Ça ne signifie pas que nous ne pouvons pas faire l'amour. Tu en as envie, et moi aussi.

Quelque chose vacilla dans les profondeurs de ses yeux azur, mais elle secoua la tête.

— Non. Je ne peux pas faire l'amour de manière inconséquente, en sachant que ce sera temporaire. Je ne veux pas de complications.

Il la désirait. Mais il ne voulait pas la faire fuir et passer la soirée tout seul.

— Assieds-toi, se résolut-il à dire. Je vais chercher des boissons fraîches. Voyons si nous pouvons laisser les choses se calmer et discuter. Allons, Katherine, parler, ça ne risque rien.

— Avec toi, si, dit-elle d'une petite voix.

— Assieds-toi, insista-t-il. Que veux-tu boire ? Un soda ?

— C'est très bien. Cade, reprit-elle d'une voix troublée, je voudrais téléphoner à mes frères pour leur parler de notre mère. Et comme tu la connais, est-ce que tu voudrais bien l'appeler et lui dire que j'aimerais la voir ?

— Bien sûr. Tu verras que c'est une personne très ouverte.

Il prit son portefeuille, sortit le numéro de Laura Ransome et le composa sur son téléphone portable.

Quand elle décrocha, il parla avec douceur, et une minute plus tard, il se tourna vers Katherine.

— Elle dit que tu peux passer ce soir. Nous sommes dans la même ville.

— Maintenant ? demanda Katherine, les yeux écarquillés.

— Oui, je t'emmène, et je t'attendrai dans la voiture.

Katherine opina, et il prit ses dispositions avec Laura. Quand il raccrocha, il lui jeta un coup d'œil.

— Je lui ai dit que nous partions maintenant.

— Non ! Laisse-moi me changer et me coiffer avant, dit-elle en se précipitant à l'intérieur de la maison.

Il la regarda marcher au pas de course. Les trois enfants Ransome seraient sans nul doute heureux de retrouver leur mère, mais après ce soir, Duke Ransome serait un ennemi pour toujours. Cade s'en moquait. A présent, Duke ne pouvait plus l'atteindre.

Il alla se préparer puis revint dans le patio attendre Katherine, qui apparut au bout de quelques minutes.

Il regarda sa robe noire simple qui s'arrêtait au-dessus du genou et soulignait ses hanches. Elle avait relevé ses cheveux d'un côté, et elle était belle à couper le souffle.

— Vous êtes en beauté, mademoiselle Ransome.

— Merci, Cade. Je me sens nerveuse et anxieuse, dit-elle en lui prenant le bras.

Un geste inhabituel chez elle. Il la prit par les épaules pour la rassurer.

— Tout se passera bien, et tu vas l'aimer, Katherine. Ensuite, tu pourras faire un compte rendu à tes frères.

Ils rejoignirent sa voiture à la hâte, et roulèrent jusqu'à un quartier résidentiel, où se trouvait une maison de briques rouges entourée de sapins.

— Je vais attendre dans la voiture, comme ça vous pourrez vous retrouver seules toutes les deux.

— Surtout pas. Tu la connais, tu viens avec moi. S'il te plaît, Cade.

— Voilà des mots que je n'aurais jamais cru entendre, observa-t-il d'un ton placide en allant lui ouvrir sa portière.

Il la prit par le bras et attendit avec elle devant la porte d'entrée jusqu'à ce qu'une femme aux cheveux noirs, aux immenses yeux bleus, et à la peau toujours parfaite, vienne leur ouvrir. Cade savait d'où Katherine tenait sa beauté.

- 8 -

Katherine fut stupéfaite quand elle découvrit des yeux bleus identiques aux siens. Cade serra doucement son bras.

— Madame Ransome, voici votre fille, Katherine.

Laura Ransome saisit tout de suite les mains de sa fille, et Katherine les serra fort. Puis, elles s'étreignirent longuement.

— J'ai souvent rêvé de toi, et j'imaginais ce moment, dit Katherine.

— C'est merveilleux, dit Laura en la relâchant. Entrez, entrez.

— Katherine, dit Cade, si toutes les deux…

— Viens, Cade, fit-elle en essuyant ses larmes et en lui prenant la main. Sans toi, je ne serais jamais venue jusqu'ici.

Il la suivit et ferma la porte derrière lui.

— Allons dans le salon, dit Laura. C'est là que je passe le plus clair de mon temps.

Katherine observa la maison chaleureuse qui était magnifiquement meublée et ornée de peintures à l'huile. Sur le parquet verni trônaient des plantes vertes en pots. Ils entrèrent dans une pièce avec une cheminée de pierre, un sofa et des fauteuils tapissés, un piano et des étagères, sur lesquelles étaient posées des photos d'enfants et de bébés. Katherine se reconnut, ainsi que ses frères. Elle traversa la pièce pour prendre un cadre, et regarda sa mère avec surprise.

— C'était lors la remise des diplômes au lycée !

— J'espère que tu ne m'en veux pas d'avoir pris cette photo sans que tu le saches, dit Laura.

— Comment se fait-il que je ne t'aie pas vue ? demanda Katherine.

— Tu ne m'aurais pas reconnue, même si tu m'avais eue en face de toi, dit Laura avec douceur.

Katherine reposa le cliché sur l'étagère. Et passa en revue les autres photos. Dans une certaine mesure, songea-t-elle, sa mère avait fait partie de sa vie, durant toutes ces années.

— J'aurais aimé savoir que tu étais là.

— On ne peut pas revenir sur le passé. Viens t'asseoir et parle-moi de toi.

Katherine jeta un coup d'œil vers Cade.

— Cade t'a sans doute déjà dit beaucoup de choses.

Elle s'assit à côté de sa mère sur le sofa et raconta

sa vie. Durant tout le temps de la discussion, elle observa sa mère.

Laura Ransome avait une belle peau claire et de grands yeux bleus lumineux, aux cils épais. Ses cheveux noirs ne portaient que quelques reflets gris, et quand elle souriait, une fossette se creusait sur sa joue.

Katherine l'aima d'emblée, et s'efforça de ne pas songer aux années perdues. Tout ce qu'elle pouvait faire à présent, c'était aller de l'avant, et remercier Cade d'avoir retrouvé sa mère.

Enfin, elle se tourna vers lui.

— Tu ne t'ennuies pas trop avec toutes ces histoires de jeunesse ? demanda-t-elle, et il secoua la tête en souriant.

— Non, bien sûr. Vas-y, continue. J'aime entendre parler de ta famille.

Elle se tourna vers sa mère et pencha la tête sur le côté.

— Comment dois-je t'appeler ?

— Comme tu veux. C'est maman, Katherine, mais si tu te sens plus à l'aise en m'appelant Laura, je peux comprendre.

Katherine rit.

— « Maman », répéta-t-elle en riant. Je n'arrive pas à le croire, maman. Ma mère, maman.

Les deux femmes se regardèrent et s'étreignirent en même temps.

Une heure plus tard, Laura apporta des tasses de chocolat chaud et ils s'installèrent autour de la table de la cuisine. Katherine continua à parler d'elle et de ses frères, et sortit des photos de son sac pour les montrer à Laura.

Quand il fut presque minuit, Cade prit le bras de Katherine.

— Il est tard, Katherine. Nous devrions rentrer. Vous pourrez vous revoir bientôt.

— Oh, je ne m'étais pas rendu compte de l'heure ! Je suis désolée de t'avoir ennuyée si tard.

— J'ai savouré chaque minute, et de toute façon, je suis une couche-tard, dit Laura en se levant pour les accompagner à la porte.

— Nous nous retrouverons tous ensemble. Demain j'appellerai Matt et Nick, et tu auras sûrement bientôt de leurs nouvelles. « Maman », dit-elle en se tournant vers elle. Je ne peux pas croire que le moment dont j'ai rêvé durant des années soit enfin arrivé.

— Oh, Katherine ! s'exclama Laura en serrant sa fille contre elle.

Katherine étreignit sa mère en retour, et la joie de l'avoir enfin retrouvée la submergea de nouveau.

Puis Cade et elle prirent congé, et Laura se tint sur le porche, faisant un signe de la main en les regardant s'éloigner. Dès qu'ils furent dans la voiture, Katherine jeta ses bras autour de Cade et le serra fort.

— Hé ! s'exclama-t-il en s'arrêtant sur-le-champ. Tu vas nous causer un accident, dit-il en riant.

— Merci, Cade. Merci de l'avoir retrouvée, et de m'avoir emmenée la voir ce soir. Merci, merci !

— Katherine, peux-tu mettre ta gratitude de côté et me la témoigner tout à l'heure quand nous serons à la maison ?

Elle rit et lui embrassa la joue, et il la prit par la taille pour la faire venir sur ses genoux pour l'embrasser avec fougue. Surprise, elle ne réagit pas, puis son désir s'enflamma sous l'effet de son baiser, et elle mit les mains autour de son cou pour l'embrasser, jusqu'à ce qu'il cherche la fermeture de sa robe. Aussitôt, elle se redressa et se dégagea.

— Nous sommes en public, dans ta voiture ! s'exclama-t-elle en revenant à la place du passager.

— C'est toi qui as commencé, rétorqua-t-il, le souffle court et le regard intense.

Elle agita la main vers lui.

— Contente-toi de nous ramener à la maison. Je vais reprendre mes esprits. Je voulais juste te remercier.

— Y a-t-il la moindre chance pour que tu me remercies encore, une fois rentrés ?

— Absolument aucune, dit-elle, amusée. Enfin, peut-être une petite, mais pas le genre de remerciement que tu as en tête.

— C'est drôle, ça ne m'étonne pas.

— Cade, dit-elle en riant, je suis heureuse de l'avoir retrouvée. Elle est tout ce que j'avais rêvé.

— Ça, tu ne peux pas le savoir. Tu n'as passé que quelques heures avec elle.

— C'est la deuxième fois que tu la voies, et tu l'aimes bien, alors ne joue pas les rabat-joie.

— Ce n'était pas mon intention. Elle semble géniale, je suis d'accord, dit-il d'un ton grave. Je suis heureux que tu sois si contente, parce que j'hésitais à te parler d'elle. C'était un vrai dilemme.

— Tu t'es fait un ennemi juré : mon père, dit-elle avec sérieux. Mieux vaut ne pas croiser sa route.

— Il ne peut plus me faire de mal. Et puis je m'en moque.

— Je suis si contente que tu m'aies parlé d'elle ! Tellement, tellement contente.

— Reste sur cette pensée, dit-il. J'aime te savoir heureuse. Même si j'aimerais pouvoir te rendre moi-même aussi heureuse…

Quand ils arrivèrent à la maison, Katherine appela son frère Nick et lui raconta tout.

— Il est trop tard pour appeler Matt, dit-elle à Cade en raccrochant. Je lui téléphonerai demain. Tu sais quoi ? Nick a dit que tu as fait ce qu'il aurait dû faire il y a longtemps. Mais chaque fois que Matt et lui en discutaient, ils décidaient de laisser tomber. Notre père nous a raconté à tous que Laura ne voulait pas nous voir, et nous avons grandi avec cette conviction.

— Eh bien, maintenant, tu sais que c'est faux, dit-il en se tournant vers elle. Maintenant, Katherine, viens là et remercie-moi.

Katherine tressaillit, mais elle obéit. Effaçant la

distance entre eux, elle mit de nouveau ses bras autour de son cou.

— Merci, dit-elle en lui souriant. Tu es merveilleux.

Il serra sa taille.

— Je veux te rendre aussi heureuse et aussi surexcitée, et je veux que tu me remercies, mais pour une autre raison.

— Cade, nous en avons déjà parlé. Je ne peux pas…

— Dis plutôt que tu ne veux pas, corrigea-t-il, les yeux noirs et la mâchoire serrée.

— Je suis déjà mariée à mon travail. Et je n'ai pas le temps pour des enfants et un mari. Cela dit, je ne te remercierai jamais assez pour ce que tu as fait pour ma mère.

Elle le dévisagea, et elle sut qu'il allait de nouveau l'embrasser. Et elle sut qu'elle ne pourrait pas lutter. Il fallait qu'elle soit forte, maintenant.

Elle s'éloigna, s'efforçant d'ignorer les yeux assombris de désir qui la fixaient.

— Bientôt peut-être, mes frères et moi pourrons revoir notre mère ensemble. Tu viendras avec moi, Cade ? J'y tiens.

— D'accord, je viendrai. C'est une nuit chaude, et tu es trop excitée pour dormir. Allons nager, et ensuite nous pourrons prendre un verre de vin.

— On dirait un plan pour me séduire.

— Allons, Katherine. Tu pourras toujours me

résister. Il te faudra juste m'opposer un « non » catégorique.

— Quand je dis non, je pense non, dit-elle d'un ton faussement hautain. Si nous laissions tomber la piscine, et que nous discutions autour d'un verre de vin ?

— Marché conclu. Tout pourvu que je sois avec toi.

Il ouvrit une bouteille de vin rouge et prit deux verres.

En l'observant, elle ôta ses chaussures et s'assit sur le sofa en croisant les chevilles. Cade apporta un plateau sur la table basse en merisier et s'assit près d'elle.

— Je suis heureux pour toi. Je trouvais Laura très gentille, mais je me suis vraiment interrogé quand au fait de te parler d'elle. Je suis content que tu sois heureuse, et que tu l'apprécies.

— Je l'adore, Cade. Je croyais que nous serions mal à l'aise, comme deux étrangères, mais pas du tout. Et je suis contente que tu sois venu avec moi.

— Pourquoi ? Je n'ai rien fait de spécial.

Elle haussa les épaules, regardant dans ses yeux sombres. Il était si près, assis à côté d'elle, sa hanche pressée contre la sienne…

— Au début, j'étais nerveuse, et ça m'a aidée que tu sois avec moi.

Il lui tendit un verre de vin et leva le sien pour porter un toast.

— A la joie d'avoir retrouvé ta mère.

— Oh, oui, Cade, dit-elle en faisant tinter son verre contre le sien et en le fixant intensément.

Il l'observait, le regard brûlant de désir. Elle était excitée, heureuse et frissonnait sous son regard fixe. Il leva la main vers ses cheveux, et commença à caresser ses boucles blondes.

— Cade, dit-elle, le souffle court, je croyais que nous devions nous asseoir et discuter.

— Tu as envie que je t'embrasse, murmura-t-il, en déposant une pluie de baisers sur son cou. Je le vois dans tes yeux.

Elle ferma les yeux. Ils échangeraient quelques baisers, pas plus, se promit-elle en silence. Mais quand elle ouvrit de nouveau les yeux et aperçut son regard brûlant de désir, elle ne put résister à la tentation. Oubliant toutes ses préventions, elle se laissa entraîner sur lui, et, passant les bras autour de son cou, elle lui rendit son baiser, tout en sentant son cœur battre à coups redoublés.

Depuis l'instant où elle avait vu ses yeux à la soirée d'enchères, le feu du désir l'avait consumée, et elle l'avait étouffé sans relâche. Mais à chacune de leurs rencontres, Cade avait ravivé la flamme. A présent, elle était dans ses bras, et elle avait envie de lui. Elle avait lutté contre son désir, encore et encore. Mais ce soir, enfin, elle cédait et écoutait son cœur.

Quand elle plongea les mains dans ses cheveux, pressa ses hanches contre lui et l'embrassa, avec toute sa fougue, elle sentit son cœur battre la chamade. Il lui enleva sa chemise et son soutien-gorge, puis descendit la fermeture de sa jupe.

Il explora son corps, et poussa un râle de plaisir, mais elle l'entendit à peine, car ses oreilles bourdonnaient.

— J'ai envie de toi ! s'exclama-t-elle en dessinant le contour des ses épaules puissantes.

— Tu me rends fou, Katie, murmura-t-il.

L'entendre l'appeler ainsi la fit frissonner encore. Le temps s'évanouit, et emporta avec lui les souvenirs douloureux, les anciennes blessures, et la colère. Elle était de nouveau dans les bras de Cade, et elle oublia tout de leur passé, sauf son amour pour lui.

Il lui briserait peut-être le cœur bientôt, mais à cet instant, c'était une faible menace qu'elle ne voulait pas affronter. Cade allait lui faire l'amour, et lui appartenir. C'était tout ce qui importait.

— Tu es belle à couper le souffle, chuchota-t-il, ses mains l'écartant de lui pour qu'il puisse la contempler d'un regard lent et torride.

Ses mains empruntèrent le même chemin, allant de ses épaules à ses seins.

Hypnotisée, elle ferma les yeux, rejetant la tête en arrière. Alors, il se pencha légèrement, prit son sein dans sa bouche et traça des cercles avec sa langue autour de son téton dressé.

— Cade, murmura-t-elle, en extase.

— Je vais te rendre folle de désir, murmura-t-il en descendant jusqu'à son sexe brûlant.

Sans la quitter des yeux, il la caressa, frémissant de la voir s'agiter, haleter, vibrer sous ses doigts. Elle était douce, chaude, et il allait la faire gémir de plaisir…

— Viens ! cria-t-elle soudain, comme si elle n'y tenait plus.

Alors il la souleva dans ses bras et la porta jusqu'à une chambre, puis il la reposa devant un miroir en pied. Après s'être déshabillé à la hâte, il se plaça derrière elle, enroula son bras hâlé autour de sa taille pâle, et la plaqua contre son corps puissant et musclé, contre son sexe durci.

— Regarde-nous, dit-il, regarde comme tu es belle. Vois à quel point tu m'excites, murmura-t-il, lui embrassant le lobe de l'oreille tout en jouant avec ses seins.

Il était chaud, et son sexe bandé appuyait contre elle de façon intime, une pression qui lui procura de nouvelles vagues de plaisir tandis qu'elle ondulait contre lui.

— Cade ! murmura-t-elle.

Posant la tête contre lui, elle chercha à l'embrasser, mais il la maintint dans sa position.

— Cade ! dit-elle tandis que la friction entre ses jambes lui faisait perdre la tête. S'il te plaît…

— Ouvre les yeux et regarde-nous, dit-il, la voix râpeuse. Ouvre-les, Katie, mon amour.

Mon amour. Les mots provoquèrent des tremblements en elle.

— Regarde-nous, répéta-t-il. Ouvre les yeux.

Elle obéit, et vit son corps pâle contre celui de Cade, ses larges épaules contrastant avec les siennes. Leur reflet s'enregistra à peine dans son esprit, tant les émotions la submergeaient.

— Tu m'incites à la luxure, Cade, murmura-t-elle en ondulant contre lui.

— Pas autant que ce que je voudrais. Je veux prendre possession de ton corps et de ton esprit, et t'aimer à t'en faire perdre la tête.

— J'ai déjà perdu la tête, dit-elle en un souffle.

Elle ferma les yeux, et remua les hanches contre Cade, se laissant envahir par les délicieuses sensations qui montaient en elle. Elle le désirait à en avoir mal.

— Je veux t'appeler Katie comme avant, murmura-t-il d'une voix rauque contre son oreille. Je veux te séduire, te faire mienne de toutes les façons possibles. Je pourrais te dévorer, tant j'ai envie de toi, dit-il en pinçant doucement un de ses tétons, lui tirant un gémissement. J'ai tant rêvé de toi, si tu savais…

Un sanglot lui échappa. Cade la rendait folle de désir, et ses mots exacerbaient ses émotions. Haletante, elle se retourna et passa les bras autour de lui pour l'embrasser, savourant le contact de son sexe dur contre sa peau brûlante.

Perdant toute retenue, elle l'embrassa sur le cou, le torse, sa langue encerclant son téton pendant que d'une main elle effleurait l'autre téton. Quand elle s'agenouilla devant lui, donnant des coups de langue sur ses cuisses, et autour de son sexe pulsant de désir, il gémit et plongea les mains dans ses boucles blondes, avant de diriger son sexe vers sa bouche.

Elle glissa ses lèvres lentement sur lui, essayant de créer le même feu en lui que lui en elle. Elle voulait que Cade ressente tout ce qu'elle ressentait.

— Tu es à moi, Cade, dit-elle sans penser qu'il l'entendrait. Tu m'appartiens comme tu n'appartiendras jamais à personne d'autre.

Les mots envolés, elle descendit sa langue le long de son sexe tout en lui caressant les fesses.

Enfin, elle le prit pleinement en bouche, sa langue encerclant le sommet de velours de son sexe. Puis elle le lécha lentement de haut en bas.

Poussant un râle de plaisir, il la fit se lever pour pouvoir l'étreindre et l'embrasser.

Puis il l'étendit sur le ventre, à même le sol, et s'allongea sur elle, se glissant entre ses cuisses tout en couvrant sa nuque de baisers. Perdue dans les abîmes de son désir, elle serra les poings et essaya de rouler sur le dos, mais il l'en empêcha en la tenant doucement.

— Laisse-moi t'aimer, dit-il, t'embrasser, et te regarder. Tu es si belle, Katie.

Il traça des baisers le long de son dos, sur la courbe de ses fesses. Puis son souffle chaud fut entre ses jambes, et de nouveau, elle sanglota. Mais elle se reprit et tenta de se retourner pour l'embrasser.

— Attends, chérie. Laisse-moi t'aimer lentement, jusqu'à ce que tu sois prête à m'accueillir en toi.

— Je suis prête, tenta-t-elle de crier, mais ce fut un murmure rauque qui sortit. Cade, j'ai envie de toi.

— Pas autant que moi j'ai envie de toi, répliqua-t-il, embrassant le dos de sa cuisse tout en glissant une main entre ses jambes.

— Cade, maintenant ! Laisse-moi me retourner.

Enfin, il se décala, et elle se mit sur le dos. Il s'agenouilla entre ses cuisses et lui maintint les épaules au sol quand elle voulut se redresser.

— Laisse-moi te contempler, murmura-t-il. Tu aimes quand je te touche ici ?

Quand il caressa ses seins, elle ferma les yeux et se mordit la lèvre, en bougeant légèrement ses hanches. Elle caressa son sexe en érection.

— Oui, j'aime ça et tu le sais déjà, dit-elle, ouvrant les yeux. Cade, il n'y a jamais eu personne d'autre. Je ne pouvais pas. Pas même une fois, confessa-t-elle. J'en avais envie, parce que je souffrais et que je t'en voulais. Je sortais le soir avec l'intention d'effacer les souvenirs de toi, et de me venger, mais je n'ai pas pu. Tu es le seul homme que j'aie connu.

— Mon Dieu, Katie, dit-il, clignant des yeux.

Il la prit dans ses bras et l'embrassa avec tant de ferveur qu'elle trembla et oublia sa confession.

— Je vais t'aimer toute la nuit, dit-il quand il la relâcha doucement.

Hébétée, elle l'entendit à peine et l'embrassa.

Après un instant, il leva la tête.

— Tu prends la pilule ?

— Non.

Il couvrit sa bouche de nouveau.

Elle ne sut pas combien de temps ils se caressèrent et s'embrassèrent, avant qu'il la soulève pour la porter sur le lit. Il s'éloigna et revint avec un préservatif.

— Vite, Cade.

Quand il s'agenouilla entre ses jambes, elle le regarda dérouler le préservatif sur son sexe gonflé et sombre. Elle avait hâte de le sentir en elle. Elle enroula les jambes autour de lui et l'attira vers elle.

— Dépêche-toi. Viens et fais-moi l'amour.

Il se pencha pour l'embrasser. Ses yeux étaient noirs de désir.

Le cœur battant, elle souleva les hanches. Elle sentit son sexe appuyer contre elle et entrer doucement dans son intimité. Le cri qu'elle poussa alors fut étouffé par un baiser.

Au même moment, une vague de chaleur la balaya. Et savoir que c'était Cade qui était dans ses bras ajoutait à son plaisir.

— J'ai attendu neuf ans ! s'exclama-t-elle, sans être sûre qu'il ait entendu. Fais-moi l'amour.

— Katie, mon amour !

Il entra lentement en elle, jusqu'à l'emplir totalement. Il alla et vint en elle, prenant son temps pour augmenter son désir.

Les mots de Cade, autant que ses coups de reins, avaient affolé son cœur. *Katie, mon amour.* Elle se déhancha avec frénésie sous lui. Cade, lui, ondulait doucement, lui causant un tourment lent et exquis qui la rendit folle de désir.

Elle gémit, croisa les jambes autour de lui et le dévisagea. La sueur perlait sur le front de Cade. Elle sut qu'il retardait sa jouissance pour elle.

— Laisse-toi aller, Cade. Oublie ton contrôle !

— Désire-moi autant que je te veux, dit-il d'une voix tendue et rauque qu'elle entendit à peine.

— C'est le cas !

— Katie, donne-toi à moi… Donne-moi tout, ta passion, ton corps, ton cœur. Fais-moi de nouveau passer en premier, et accorde-nous une autre chance.

Son murmure rauque était à peine audible, mais elle entendit les mots. Pour l'instant, ils ne voulaient pas dire grand-chose. Pour l'instant, elle voyait des lumières exploser derrière ses paupières closes.

Son désir pour lui s'intensifia encore. Haletante, elle le griffa doucement, s'accrochant à lui, savourant chaque centimètre de son corps puissant.

— Maintenant ! cria-t-elle, sentant l'orgasme arriver.

Puis la libération vint, et elle fut secouée de tremblements.

Il ondula plus vite, et atteignit à son tour les cimes du plaisir.

— Katie, Katie, mon amour ! s'écria-t-il avant de s'effondrer sur elle.

Leurs battements de cœur effrénés et leur respiration saccadée reprirent peu à peu leur rythme normal. Il roula sur le côté, en la tenant toujours contre lui. Il écarta des mèches humides de son doux visage et la regarda.

— Katie, j'ai rêvé de ce moment un nombre incalculable de fois. Comme je te désirais ! Tu m'as manqué, je voulais te revoir, je t'imaginais.

— Moi aussi, Cade, dit-elle, moi aussi.

— J'aurais dû me manifester plus tôt. Soyons justes, j'ai essayé, mais tu ne voulais pas le savoir. Puis je t'en ai voulu, j'ai tenté d'oublier, mais je n'y suis jamais parvenu.

Elle caressa son dos d'une lente arabesque.

— C'est du passé. Oublie, et moi aussi j'oublierai.

— Je l'oublierai avec joie, dit-il en lui embrassant la tempe.

— Cade, nous nous sommes horriblement compliqué la vie en couchant ensemble.

— Non, je ne trouve pas, dit-il en s'appuyant sur un coude. Viens vivre avec moi.

— Eh, doucement. Tu veux tout tout de suite, dit-elle, promenant ses mains sur ses épaules larges.

— Oh que oui. Si je pouvais, dit-il en blottissant son visage contre son cou, je te garderais nue dans mes bras pendant une semaine.

Elle rit et promena les doigts dans ses cheveux.

— Ce n'est pas une si mauvaise idée.

— Chérie, tu me redonnes espoir !

Elle le regarda. La joie se lisait dans ses yeux noisette et elle eut le sentiment qu'ils reflétaient ses propres émotions. Elle avait répondu avec désinvolture à sa proposition, sans songer au lendemain, consciente qu'il n'avait pas parlé sérieusement lui non plus.

— C'est le paradis, dit-il, la serrant plus fort. J'ai rêvé de ça si souvent !

— Moi aussi, murmura-t-elle, promenant sa main libre le long de son dos et de ses fesses.

— Tu emplissais constamment mes pensées. Tu sais, ça ne me plaît pas de me rendre en Californie ou ailleurs pour travailler. J'ai envie de rester ici, avec toi. Je te veux tout à moi, sans interruption, sans rien d'autre qui m'attende.

— C'est impossible et tu le sais, dit-elle, posant un doigt contre les lèvres de Cade pour l'empêcher de répliquer. Nous n'allons pas aborder le sujet ce soir. Pas de discussions sur le passé ou le futur. Juste l'instant présent, Cade. Nous avons cette nuit pour nous, et je veux la savourer jusqu'à plus soif, car j'en ai rêvé des milliers de fois.

Le regard de Cade s'assombrit, et il lui donna un long baiser fougueux qui confirmait leur intimité. Ils avaient forgé un nouveau lien ce soir, et de manière fugace, elle espéra que ce lien ne se transformerait pas en chaînes dorées qui la retiendraient prisonnière.

Il recula et écarta les mèches de cheveux qui barraient son visage.

— Tu es belle, si belle, murmura-t-il.

Elle l'embrassa, alanguie, blottie dans ses bras et

baignant dans l'euphorie de l'amour, après des années d'attente.

— Viens prendre une douche avec moi, dit-il plus tard.

Il se leva, et la porta dans ses bras jusqu'à une salle de bains à l'étage.

— Cade, c'est la plus grande douche que j'aie jamais vue ! Digne d'une salle de sport, dit-elle en contemplant l'immense douche de marbre et de verre.

— J'ose espérer qu'elle est plus jolie qu'une douche de gymnase.

Il ne la quittait pas des yeux, et elle constata qu'il était de nouveau en érection. Il ouvrit le robinet, passa ses mains sur elle, et sur ses tétons mouillés.

Elle haleta de plaisir, et ferma les yeux, avant de se retourner pour frotter ses fesses contre son sexe dressé. Elle était d'humeur badine, et s'abandonnait à la joie de faire l'amour, oubliant la raison.

Ils jouèrent ensemble sous le jet d'eau chaude, et Cade sembla apprécier autant qu'elle. Enfin, après avoir enfilé un préservatif, il la souleva, s'accouda au mur et la fit lentement glisser sur son sexe prêt. Ses yeux sombres la sondèrent, puis elle poussa un soupir de plaisir et ferma les yeux.

Ils parvinrent à l'extase ensemble, et il cria son nom. Ce ne fut que quand ils reprirent leur souffle qu'il la reposa par terre.

— Je crois que je ne peux pas tenir debout, dit-elle, souriant et lui caressant la joue.

— Alors retournons au lit, dit-il en l'enveloppant dans une moelleuse serviette éponge, avant de la prendre dans ses bras pour la porter jusqu'à la chambre.

C'était presque l'aube quand il s'endormit dans ses bras, dans son grand lit. Elle passa en revue la chambre. Une lumière tamisée était allumée, et elle regarda l'écran géant, le bureau sur lequel trônait un ordinateur portable, les étagères remplies de livres. Quand était-il devenu un grand lecteur ?

Elle l'observa. Ses cils sombres jetaient des ombres sur ses joues et sa mâchoire était légèrement assombrie par une barbe naissante.

Quand elle le regarda, son cœur battit plus fort. Elle l'avait toujours aimé, il était le seul homme qu'elle ait jamais aimé. Il n'y avait pas d'avenir pour eux deux, pourtant. Et Cade ressentait sans doute la même chose qu'elle.

Elle avait pensé ce qu'elle avait dit tout à l'heure. Elle voulait une carrière. Elle était sûre qu'il était sincère quand il disait vouloir se marier et fonder une famille. Cela la surprenait, qu'il recherche ça. Mais il devrait les trouver ailleurs qu'avec elle. Elle n'avait pas de place dans sa vie pour ces choses.

Enfin, elle s'enfonça dans un sommeil agité et rêva de Cade.

Quelques heures plus tard, quand elle ouvrit les

yeux, un soleil radieux emplissait la pièce. Elle se tourna et vit que Cade l'observait.

— Tu sais ce que je veux ? dit-il d'une voix profonde.

— J'ai une petite idée, dit-elle, passant les mains sur son torse.

— Y a-t-il une chance pour que tu veuilles la même chose ? dit-il en caressant un de ses seins.

Avec la première caresse sur son téton, elle ferma les yeux. Le désir explosa en elle et elle eut envie de lui comme s'ils n'avaient pas passé des heures à faire l'amour la veille.

— Cade, murmura-t-elle.

Il la fit s'étendre et roula sur elle. Elle avait le pouls affolé, et elle désirait Cade avec une énergie qui la surprit. Elle ne se lassait pas de son corps viril, fort et musclé.

S'agenouillant entre ses jambes, il embrassa un de ses tétons, et la lécha lentement tout en caressant son intimité.

Le désir augmentait à chaque caresse et à chaque baiser.

A son tour, elle l'étendit et grimpa sur lui, déposant des baisers sur tout son corps avant de prendre son sexe dans sa bouche, jusqu'à ce qu'il pousse un râle de plaisir. Il s'assit pour la prendre dans ses bras, amenant sa tête contre son épaule et l'embrassant avec ardeur. Puis il la fit glisser sur son sexe raide.

Elle haleta de plaisir quand il entra en elle. Elle

se déhancha, de plus en plus vite, jusqu'à ce que son monde explose et qu'elle s'effondre sur lui pendant qu'il parvenait à son tour à la libération.

Enfin, ils s'allongèrent, et elle put reprendre son souffle.

— Katie, tu es étonnante. Et tu m'as épuisé. Quand je pourrai me lever, nous prendrons une douche…

— Non, pas « nous », dit-elle en roulant sur le côté pour lui faire face. Je dois travailler aujourd'hui, et toi aussi. Je vais utiliser ma propre douche et tu pourras avoir la tienne pour toi tout seul.

— Je peux venir regarder ?

— Non. Si tu regardes, nous ferons encore l'amour.

— Et ce n'est pas bien ? dit-il, l'air amusé, et en l'observant intensément.

— Ce n'est pas à l'ordre du jour.

— Ainsi tu as déjà fait ton programme pour la journée ? Et si tu mettais les baisers entre tes cuisses en haut de ta liste des priorités ? dit-il d'une voix rauque qui ajoutait à sa séduction naturelle. Ou pourquoi pas une demi-heure de baisers comme celui-ci, dit-il, l'embrassant au creux du cou et effleurant son téton du pouce. Ou de caresses comme celle-ci ? ajouta-t-il en caressant ses fesses.

Se dégageant à contrecœur, elle sortit du lit et s'éloigna rapidement, certaine qu'il la regardait. Elle attrapa une serviette sur le sol et s'en enveloppa avant de se retourner. Il se tenait debout près du lit. Il était nu, en érection, la perfection mâle incarnée. Un regard sur lui, et son pouls s'accélérait.

— Katie, demanda-t-il, veux-tu venir vivre ici, avec moi ?

- 9 -

Il était là, debout, à attendre sa réponse, la désirant avec une force qui avait grandi au lieu de diminuer.

— Ce n'est pas fair-play, Cade, et nous en avons déjà discuté, dit-elle.

— Nous avons discuté de beaucoup de choses, mais pas du fait que tu emménages dans ma chambre. Je veux que tu sois avec moi les nuits. Je pourrais te faire l'amour, et t'avoir dans mes bras. Et j'espère que c'est ce que tu préféreras aussi, dit-il calmement.

Il l'avait dans la peau, et il ne pourrait jamais être rassasié d'elle.

— Penses-y, dit-il.

Quand elle opina, il tressauta. Il la regarda quitter la pièce. Il voulut la suivre, mais il valait mieux la laisser tranquille. La grande barrière entre eux était l'ambition dévorante de Katherine. Il ne voulait pas tomber amoureux d'une femme totalement dévouée à sa carrière. Et il ferait bien de s'en souvenir avant de retomber amoureux et de courir droit au désastre pour la seconde fois.

Il pesta dans sa barbe, mais ensuite, il vit son lit, et se souvint de Katherine allongée dans ses bras, et le désir l'envahit.

Il se doucha, revêtit un jean et un T-shirt. Il ne prenait l'avion que cet après-midi, alors ce matin, il savourerait la compagnie de Katherine. Toutefois, songea-t-il, lucide, elle pourrait l'envoyer paître. Il la retrouva dans la cuisine, avec Creighton qui lui servait son petit déjeuner. Deux visages souriants se tournèrent vers lui.

— Bonjour, monsieur Logan, dit Creighton. Je vous sers votre petit déjeuner tout de suite.

Cade s'assit en face d'elle. En un rapide regard, il remarqua son short en jean, son T-shirt et ses jambes nues.

— Oh, je ne suis pas pressé, dit-il à son majordome sans le regarder, toute son attention retenue par les yeux bleus et le sourire de Katherine. Qu'as-tu prévu pour la journée ? lui demanda-t-il.

— Dessiner. Bientôt, je pourrai commencer à peindre.

— Tu prendras le temps de déjeuner avec moi avant mon départ, n'est-ce pas ?

— Oui.

Il résista à l'envie qu'il avait de la prendre dans ses bras et ils discutèrent de choses sans importance, mais c'était parce qu'ils n'étaient pas seuls. Quand ils eurent avalé leurs toasts, leur omelette et leur jus d'orange,

Cade avait déjà oublié ce dont ils avaient parlé. Et il ne songeait qu'à l'embrasser.

Après le petit déjeuner, il la suivit dans la salle à manger. Dès qu'ils furent dans la pièce, il ferma la double porte. Elle se tourna vers lui et lui décocha un regard amusé.

— Qu'est-ce que tu fais ? Tes domestiques pourraient débarquer.

— J'ai l'impression que je ne t'ai pas embrassée depuis un mois, dit-il, le pouls battant.

— Cade, je vais travailler.

— Et moi je vais t'embrasser. C'est bien plus important, dit-il, glissant les bras autour de sa taille. Tu dois apprendre à hiérarchiser tes priorités, Katie.

— Tu recommences à m'appeler Katie. Ce surnom appartient au passé…

Il l'attira vers lui et l'embrassa, mettant fin à sa phrase. Pour lui, elle serait toujours Katie, et c'était ainsi qu'il voulait l'appeler. Il l'embrassa avec ardeur, et une vague de plaisir le submergea quand elle mit les mains autour de son cou et lui rendit son baiser.

Son désir pour elle le consumait. Tout en continuant de l'embrasser, il ouvrit les boutons de son short et le fit glisser le long de ses cuisses. Sous sa chemise, écartant son soutien-gorge, il prit ses seins entre ses paumes, et caressa ses tétons, autour desquels il traça de lents cercles avec sa langue. Elle gémit de plaisir, lui agrippa les cheveux et ondula des hanches.

— Je te veux. Tu seras à moi, Katie.

Il recula, ôta son T-shirt et lui enleva son soutien-gorge. Katherine se débattit avec la ceinture de son pantalon, puis fit glisser son jean.

— Katie, mon amour, dit-il en la couvrant de baisers.

Il mit les mains dans ses cheveux et lui fit lever le visage. Elle ouvrit les yeux et le regarda.

— Tu es à moi, dit-il, avant de l'embrasser pour parer à toute protestation.

Il lui retira son slip de dentelle pendant qu'elle lui ôtait son caleçon. D'un geste du bras, il balaya les plans qui étaient posés sur la table, et, soulevant Katherine, il l'y déposa délicatement. Puis, lui écartant les cuisses, il agrippa ses fesses pour l'attirer vers lui.

— Cade, murmura-t-elle, les hanches en mouvement, ses cheveux blonds ébouriffés.

Elle était belle, nue, et offerte.

Elle enroula les jambes autour de lui, et il la pénétra doucement. Bientôt, ils ondulèrent avec frénésie, et elle poussa un cri de plaisir.

Ses coups de reins puissants et rapides, la conduisirent à l'extase, puis elle l'emmena à son tour jusqu'à la jouissance. A bout de souffle, il la prit dans ses bras quand elle se blottit contre lui, et alla s'asseoir en gardant Katherine sur ses genoux.

— Cade, tu n'as pas honte…

— Non. Je suis juste un homme qui désire une femme belle et sexy. Tu es une tentation, et un ravissement.

Elle l'embrassa dans le cou.

— Et si quelqu'un venait frapper à la porte ?

— Je leur dirai de s'en aller, dit-il d'un ton désinvolte. Chaque fois que je te fais l'amour, j'ai encore plus envie de toi.

— Je sais, dit-elle d'un ton soudain sérieux, levant la tête pour le regarder dans les yeux.

Elle avait la bouche rouge, et elle était nue sur ses genoux. Il laissa sa main se promener sur les pointes de ses tétons.

Elle inspira et ferma les yeux un court instant.

— Nous sommes comme un train fou qui court au désastre, dit-elle.

— Non, je ne crois pas. Tu es irrésistible.

— Je vais reprendre une douche et m'habiller, annonça-t-elle en se levant. Je pourrais bien m'enfermer ici pour que tu ne rentres pas.

Il leva les mains comme s'il rendait les armes.

— Ne t'inquiète pas, j'ai du travail à faire avant de repartir pour la Californie.

Quand elle opina et se dépêcha de sortir, il alla dans sa chambre se rafraîchir. Regardant sa porte close, il s'interrogea. Couraient-ils vraiment au désastre ? Pourrait-il la quitter sans que son cœur soit déchiré une seconde fois ?

Quelques heures plus tard, tandis qu'il survolait le désert de l'Arizona et tentait de se concentrer sur les documents étalés devant lui, ses pensées revinrent à Katie. Etait-il en train de retomber amoureux ? Avait-il jamais cessé de l'aimer ?

Il affronta la question sans se dérober. Etait-il de nouveau amoureux d'elle — ou toujours amoureux d'elle ? Il ferma les yeux et songea à la vie sans Katie. Dieu qu'il avait détesté son dernier voyage, qui l'avait éloigné d'elle, tout comme il détestait la mission qui l'emportait loin d'elle aujourd'hui ! Pour autant, cela signifiait-il qu'il l'aimait ? Ce qu'il éprouvait pour elle, était-ce vraiment de l'amour, ou un désir physique pur ?

Durant ces neuf années loin du Texas, il avait essayé de l'oublier, il avait fréquenté d'autres femmes, mais personne n'avait gagné son cœur après Katie. Il serra la mâchoire. Katherine était obstinée, déterminée et elle avait passé sa vie à se mettre en compétition avec ses frères. Elle était sérieuse quand elle disait faire passer sa carrière avant tout.

Cade regarda par le hublot, et eut l'impression d'apercevoir ses grands yeux bleus dans le ciel.

Il l'aimait. Oui, c'était bien de l'amour.

Alors, il lui fallait prendre une décision. Avant, il l'avait abandonnée. Allait-il refaire la même erreur ? Ou lui déclarer son amour et la laisser le rejeter ? Est-ce que le prix exorbitant qu'il la payait pour les fresques l'avait renforcée dans son choix de vie ? Ou y avait-il un moyen de gagner son cœur ?

Il prit une longue inspiration. Elle l'avait aimé suffisamment pour vouloir l'épouser autrefois. Peut-être était-il possible de la conduire au même point aujourd'hui…

Katherine dessinait, se concentrant sur son travail pour ne pas penser à ce matin, ou à la nuit dernière, ou encore au moment où Cade l'avait embrassée pour lui dire au revoir tout à l'heure.

Cade voulait qu'elle emménage dans sa chambre, et qu'elle soit dans son lit toutes les nuits qu'il passait à Houston. Etait-ce sage d'accéder à sa requête ?

Elle traça un trait et recula pour regarder la fontaine qu'elle était en train de dessiner. Satisfaite, elle continua son dessin, concentrée jusqu'à ce que Cade resurgisse dans son esprit.

Avec un long soupir, elle tenta de se concentrer sur son œuvre. Non, son cœur n'allait pas diriger sa vie. Elle avait réussi à vivre sans Cade auparavant. Elle pourrait continuer sans lui, tenta-t-elle de se rassurer. En vain. Il lui manquait déjà. Quand il était loin, la maison était vide et trop grande. La présence de Cade suffisait à l'emplir. Si seulement il pouvait être ici, maintenant ! regretta-t-elle en se souvenant de leur nuit d'amour, de ses mains sur elle, de ses baisers enflammés…

Troublée, elle regarda par la fenêtre, mais ne voyait que les yeux sombres de Cade, et n'entendait que ses murmures. Katie, mon amour. Elle entendait les mots tendres comme s'il les lui répétait, pourtant elle savait bien qu'il les avait prononcés dans le feu de la passion. Il la désirait, oui, mais se laisserait-il aller à l'aimer ? Et même si c'était le cas, elle-même ne pourrait pas l'aimer en retour comme il le souhaitait. Elle ne l'épouserait pas.

Elle passa la main sur son front. Elle n'était plus la jeune fille de vingt ans dont il était tombé amoureux. Elle avait changé, ses buts dans la vie avaient évolué. Katie Ransome était devenue Katherine. Une femme bien différente.

Pourtant, au fond d'elle, une petite voix lui soufflait qu'une chose, au moins, n'avait pas changé. Et elle se rendit enfin à l'évidence, avec honnêteté.

Elle aimait Cade.

Elle l'avait toujours aimé, et l'aimerait sans doute pour la vie. Il n'y avait jamais eu aucun autre homme.

— Je t'aime, chuchota-t-elle dans la vaste pièce.

Elle observa la table à manger recouverte d'un drap. Quelle femme serait l'hôtesse de cette table ? A quoi ressembleraient leurs enfants ?

Avec une grimace amère, Katherine tenta de balayer ces idées qui la faisaient souffrir. Elle aimait Cade, mais cela ne changeait rien. Elle ne voulait pas abandonner sa carrière pour un mari et des enfants. Pas maintenant, alors qu'elle était sur le point d'obtenir tout ce dont elle avait rêvé pour sa société. Elle avait toujours pensé ouvrir sa prochaine agence à Houston, avant de s'attaquer à Kansas City, mais avec Cade vivant à Houston, elle ouvrirait d'abord celle de Kansas City, pour mettre du temps et de la distance entre eux.

Revenant à son ouvrage, elle parvint à travailler encore une demi-heure avant que ses pensées ne retournent vers Cade. Il voulait qu'elle vive avec lui. Si elle acceptait, la rupture n'en serait que plus difficile. Quand elle aurait fini les fresques, elle serait si amoureuse que cela serait un déchirement de partir. En même temps, tant qu'elle séjournerait ici, il lui serait impossible de lui résister et de ne pas être dans ses bras, et dans son lit.

Elle était en train de fixer la fresque qui n'avait pas avancé d'un pouce, en songeant qu'elle n'y arriverait jamais, quand le téléphone sonna, la tirant de ses sombres pensées.

Se précipitant pour décrocher, elle ne put se retenir de sourire de joie en reconnaissant la voix de Cade. Quand il raccrocha au bout d'une demi-heure, après avoir promis de la rappeler, elle avait oublié tous ses doutes. Cet homme était l'homme qu'elle aimait. Et quelles que soient les difficultés, ils les surmonteraient. Ensemble.

Elle se remit au travail en fredonnant un air joyeux, pleine d'une nouvelle énergie. Ce ne fut qu'une fois dans son lit qu'elle laissa son esprit revenir vers Cade. Vers eux.

La nuit dernière avait été un ravissement. Faire l'amour, s'embrasser, mais aussi parler et rire ensemble, ou même dormir dans les bras l'un de l'autre, tout avait été merveilleux. Mais pouvait-elle prendre le risque de s'engager auprès de lui ?

Il allait interférer dans son travail, c'était presque sûr, mais surtout, qu'est-ce qui lui garantissait qu'il ne lui briserait pas le cœur une nouvelle fois ? Un brusque accès de tristesse la saisit quand elle songea à la dernière fois qu'elle avait vu Cade, ce matin. Il l'avait dévisagée en souriant de ce sourire qui la faisait fondre, puis il avait tourné les talons. Alors, elle l'avait regardé partir, et cela avait été un véritable déchirement.

Comment allait-elle faire quand il s'en irait pour de bon ? Ou quand elle aurait fini ses œuvres, et qu'elle lui dirait au revoir ?

Le vendredi suivant, Cade se gara devant l'entrée de service de sa maison de Houston. Tandis qu'il approchait de la porte, il songea à sa décision. Katie lui avait dit ne pas vouloir de relation sans engagement. Et elle ne voulait aucune entrave à son travail. Elle ne voulait pas d'enfants, mais lui en désirait. Ils étaient dans une impasse, mais à quel point Katherine pensait-elle ce qu'elle disait ? Il avait l'intention de le découvrir, car il la voulait dans sa vie de façon permanente. Il ne l'avait jamais oubliée, n'avait jamais pu la remplacer, et si ça ce n'était pas de l'amour, alors il ne voyait pas ce que c'était.

Ils devaient mettre les choses à plat, et découvrir où leur histoire les menait. Il voulait Katherine, et en même temps, il voulait une famille et des enfants. Il ne construirait pas un avenir avec une femme qui ferait passer sa carrière avant tout et ne lui donnerait pas d'enfants.

Tendu, mais le cœur battant à l'idée de la retrouver, il ouvrit la porte et entra dans le hall. Quand il passa devant la cuisine, il s'arrêta pour saluer Creighton, mais ne le trouva pas.

La table était mise pour deux. Elle était ornée de chandeliers en cristal et de fleurs. Un sourire aux lèvres, Cade se dirigea vers la salle à manger, s'attendant à trouver Katherine en train de peindre sur l'échafaudage. Il ôta sa veste noire, et desserra sa cravate, les jetant sur une chaise du hall. Ses talons cliquetèrent sur le marbre quand il se dirigea vers la salle à manger.

— Cade !

Il leva les yeux vers l'escalier. Habillée d'une robe courte indigo et de sandales à talons hauts, Katie se tenait en haut de l'escalier. Il sentit son cœur cogner dans sa poitrine.

Elle était si belle ! Ses cheveux était relevés sur un côté, et tombaient en cascade dans son dos. Sa main fine sur la rampe, elle lui sourit tout en descendant vers lui.

— Tu es fabuleuse, dit-il.

— Merci. Tu n'es pas mal non plus, dit-elle.

Elle s'arrêta à quelques centimètres de lui, sur la seconde marche, et l'embrassa.

Il la prit par la taille, et la tint contre lui. Elle était si douce, elle sentait si bon ! Ses courbes épousaient son corps. Elle le serra fort tandis qu'elle l'embrassait.

Il fut envahi par un désir qui avait grandi un peu plus chaque minute passée loin d'elle. Il la serra plus fort, il ne voulait plus jamais la laisser partir. Sans cesser de l'embrasser, il défit la fermeture de sa robe.

Elle parcourut son corps, le caressa, et le déshabilla avec autant de rapidité qu'il lui avait ôté sa robe.

— Nous sommes seuls, n'est-ce pas ? demanda-t-il.

— Oui !

Elle l'embrassa encore puis il recula et prit un téton dans sa bouche. Haletante de plaisir, elle se mit à caresser son sexe durci jusqu'à ce qu'il gémisse et la fasse se redresser.

Quand il l'embrassa, elle passa les mains autour de son cou, enroula les jambes autour de lui et se laissa glisser sur son sexe bandé. Il frémit de bonheur. Enivré par la sensation du sexe doux et chaud de Katie qui l'enveloppait, il alla et vint en elle, mu par un désir effréné qui avait grandi en lui durant ces jours loin d'elle.

— Katie, mon amour !

S'accrochant à lui, elle gémit. Ses hanches étaient collées contre lui, et il entendit son propre cœur battre la chamade. Il ondula en elle avec frénésie jusqu'à ce qu'ils parviennent, ensemble, à une explosion libératrice d'une intensité comme il n'en avait jamais connue.

Encore tremblant, il la pressa contre lui tandis qu'elle se laissait aller entre ses bras, puis il lui caressa le dos d'une main et l'embrassa partout sur le visage et le cou.

— Katie, mon amour, murmura-t-il. Tu m'as tant manqué ! Je ne pouvais pas travailler, ni dormir, ni garder les idées claires.

Il recula pour la regarder. Son front perlait de sueur et ses cheveux soyeux étaient emmêlés autour de son visage. Ses lèvres pleines étaient gonflées, et lui semblèrent aussi délicieuses qu'un fruit rouge bien mûr.

— Tu m'as manqué, dit-elle d'un ton sérieux. Je suis heureuse que tu sois rentré.

Il lui donna un rapide baiser.

— J'ai vu la table, dit-il. Puis-je espérer que nous célébrons mon retour ?

— Oui, et un peu plus. Pose-moi, et laisse-moi me rhabiller.

— Tu ne vas pas manger en tenue d'Eve ?

— Ah ça, non. Pose-moi.

— Je te poserai dans la douche, dit-il.

Il la porta de nouveau jusqu'à la salle de bains du rez-de-chaussée, où ils prirent une douche ensemble. Puis Katherine sortit la première, et s'essuya rapidement.

— Sèche-toi, dit elle, lui lançant une serviette. Je veux aller dîner.

L'observant, il ne put s'empêcher de sourire. Il pourrait contempler son corps nu pour toujours. Elle était la perfection faite femme, toute en courbes, avec ses longues jambes galbées et ses longs cheveux blonds.

Il posa les mains sur les hanches pour la détailler, et elle s'arrêta, rougissante.

— Sèche-toi et cesse de me reluquer, ordonna-t-elle.

— Regarde quel effet tu me fais, dit-il.

Il était de nouveau en érection, même s'ils venaient de faire l'amour.

— Je sors de là, et toi tu reprends une douche froide pour que nous puissions dîner. J'ai des choses à te dire.

Il l'entendit à peine, mais il la regarda s'envelopper dans une serviette et sortir de la pièce avec précipitation. Il voulut la rattraper, mais se retint. Ils auraient encore du temps, après dîner. Son estomac criait famine, mais ce n'était pas cette faim qu'il cherchait à apaiser. Il désirait Katherine. Il voulait lui refaire l'amour dans l'heure qui suivrait.

Il prit une rapide douche froide et se sécha, enroulant la serviette autour de sa taille pour aller s'habiller.

Katherine l'attendait dans le couloir, ses vêtements à la main.

— C'est ça que tu cherches ? demanda-t-elle.

— Merci, dit-il en lui caressant le bras. J'arrive tout de suite.

Elle opina et s'éloigna, et quand il observa le léger balancement de ses hanches, il sut que la douche froide avait été inutile.

Katherine alla dans la cuisine pour mettre la dernière touche à leur dîner. Tout en surveillant le contenu de la casserole, elle ne put s'empêcher de sourire en songeant au coup de fil qu'elle avait reçu deux jours plus tôt. Gary Tarlington, l'un des responsables de la Chavin Corporation, l'avait appelée pour lui proposer de travailler pour eux. De réaliser des fresques pour leur société. Décidément, songea-t-elle en humant le délicieux fumet qui flottait dans la cuisine, le succès appelait le succès. Le moment était parfait : sa carrière décollait de façon spectaculaire, et Cade était de retour dans sa vie. C'était tout ce qu'elle désirait au monde.

Cela ne durerait pas avec Cade, elle le savait bien. Mais elle refusait de penser à l'issue de leur histoire tant qu'ils seraient ensemble. Elle était impatiente de lui apprendre la nouvelle et de partager son bonheur avec lui.

— Me voilà, dit-il, entrant dans la pièce vêtu d'un pantalon beige et d'une chemise chocolat qui soulignait son bronzage. Alors dis-moi, qu'est-ce qui te rend si gaie ?

— Toi, bien sûr, dit-elle en souriant.

Il alla ouvrir la bouteille de vin qu'elle avait gardée au frais.

— Et aussi une surprise que je voulais t'annoncer, dit-elle.

— Il y a autre chose que moi qui te rend radieuse ? Serait-ce l'argent ? dit-il, et elle rit.

— Ne sois pas cynique ! dit-elle, embrassant le coin de sa bouche.

— Ne me fais pas attendre, dit-il avec une sombre prémonition. Tu es surexcitée. C'est quelque chose d'énorme, n'est-ce pas ?

— Oui, c'est énorme, et c'est en partie grâce à toi que je suis excitée et très heureuse. As-tu déjà entendu parler de la Chavin Corporation ?

— Bien sûr, dit-il en lui tendant un verre et en l'entraînant vers le sofa. Une grande firme industrielle qui s'est diversifiée ces dernières années dans différentes branches. Ils possèdent notamment des supermarchés et des hôtels. Ils ont délocalisé certaines de leurs activités à l'étranger. Ils t'ont contactée ?

— Eh bien, dit-elle, débordant d'excitation, ils ont appris que tu m'avais engagée pour peindre tes fresques.

— Comment diable ont-il pu savoir ça ?

— Ils ont appelé mon bureau. Je pense que ç'a fait la différence, Cade, car ils ne faisaient que se renseigner sur ma compagnie.

— Ils t'ont rappelée ?

— Oui. Leur vice-président m'a téléphoné, et j'ai un rendez-vous à leur siège en Pennsylvanie pour parler d'un projet de fresques pour leur chaîne d'hôtels. Ils m'ont indiqué un nombre impressionnant.

— Félicitations, dit-il calmement après un petit temps de silence. C'est fantastique, et bien sûr, c'est exactement ce que tu voulais.

— Rassure-toi, ça n'interférera pas avec mon travail pour toi. J'ai déjà discuté de ça en conférence téléphonique. J'achèverai d'abord mon travail ici.

Elle sourit et lui prit son verre des mains pour le serrer dans ses bras.

— Merci ! Si tu ne m'avais pas confié ce travail, je suis sûre qu'ils n'auraient pas été si enclins à m'engager. Entre ce job et Chavin — si j'obtiens le contrat — mon avenir est assuré ! Mais qu'est-ce qu'il y a, Cade ? fit-elle en mesurant tout à coup à quel point il avait l'air sombre. Tu as l'air contrarié.

Il soupira.

— Depuis que nous avons repris notre histoire, j'ai dû aller en Californie deux fois. Je n'aime pas être loin de toi, mais c'est supportable parce que je sais que je vais revenir. Quand je suis loin, tu me manques, Katie.

Elle lui caressa la joue.

— Toi aussi tu m'as manqué. Tu ne l'as pas deviné ? dit-elle avec un sourire.

Comme il ne lui rendait pas son sourire, elle descendit de ses genoux pour lui faire face.

— Je croyais que tu serais heureux pour moi. Nous sommes de nouveau ensemble et…

— Ensemble jusqu'à un certain point. Où est-ce que cette relation nous mène ?

Il prit ses mains entre les siennes. Ses yeux bruns étaient devenus presque noirs.

— Je croyais que nous vivions au jour le jour, dit-elle.

— Je t'aime, dit-il, passant la main sur sa joue.

Elle sentit son cœur battre, et des émotions ambivalentes la secouèrent. Des mots magiques ! Mais qui lui compliquaient la vie ! Des mots qu'elle avait rêvé d'entendre pendant des années, mais qui arrivaient au mauvais moment.

— Je t'aime Cade. Je t'ai toujours aimé.

— Moi aussi, je t'aime depuis toujours. Je veux que tu deviennes ma femme. Epouse-moi, Katie.

- 10 -

Sonnée, Katherine fut soudain incapable de respirer ou de bouger.

— Tu disais vouloir fonder une famille, avec des enfants.

— Je le veux toujours, dit-il d'un ton neutre.

— Pas moi, Cade. Je croyais avoir été claire. Je suis sur le point de décrocher un énorme contrat pour ma société, et avec ce que tu me paies, j'ai déjà gagné plus d'argent que ce dont j'avais rêvé. Maintenant, je suis sur le point d'atteindre le sommet. Je pourrai choisir mes contrats, exiger les tarifs que je veux…

— Je t'aime, l'interrompit-il d'une voix rauque en l'attirant vers lui pour l'embrasser.

Sa langue s'engouffra en elle, et elle oublia toutes ses réserves. Elle oublia tout, la colère de Cade, sa proposition et le reste, pour s'accrocher à lui et onduler des hanches.

Puis brusquement, il mit fin à leur baiser et la dévisagea avec intensité.

— Epouse-moi. L'amour est plus important que la

réussite ou la fortune. L'argent est un réconfort bien froid.

— Le succès est un merveilleux réconfort ! riposta-t-elle. C'est si facile pour toi de dire ça, parce que tu as réussi. Tu as amassé une fortune qui dépasse les rêves les plus fous. Tu as tout ! Moi aussi je veux tout. C'est mon tour, Cade !

— J'ai une carrière fructueuse et je suis riche, mais j'abandonnerais tout pour que tu sois à moi.

— Non ! Tu n'as pas abandonné les cinq cent mille dollars il y a neuf ans, quand tu pouvais m'avoir !

Les mots lui avaient échappé, et elle sut tout de suite qu'elle l'avait blessé. Mais il ne se mit pas en colère, comme elle le redouta un instant. Il lui lança un regard lourd de tristesse, et il murmura :

— Je ne suis pas parti pour l'argent, je suis parti pour protéger mon frère. J'avais refusé toutes les offres de ton père jusque-là.

Elle aurait voulu le prendre dans ses bras, le rassurer, mais cela n'aurait rien changé. Il voulait l'épouser et lui faire des enfants, et elle ne pouvait pas accepter.

— Cade, tu sais que je ne veux pas d'enf…

— Tu es faite pour aimer, pour avoir une famille et des enfants ! l'interrompit-il. Ça se voit, ça se sent tout de suite, à la manière dont tu embrasses, à la manière dont tu fais l'amour, dont tu souris…

— Ne me dis pas ce pour quoi je suis faite ! répliqua-t-elle. Je sais très bien ce que je veux. Je veux une grande carrière, pas un mariage.

— Tu dis cela mais tu n'agis pas en conséquence. Tu réagis à chacune de mes caresses, chacun de mes baisers. Tu fais l'amour comme si c'était la dernière fois.

— Cade, j'ai repris une relation avec toi alors que je m'y étais refusée. Nous vivons ensemble, dormons ensemble. Pourquoi faut-il que tu aies le mariage en plus ?

— Je te veux pour toujours, dit-il, et elle sentit son cœur flancher.

— Je ne peux pas.

— Je veux avoir des enfants avec toi. Je veux que tu sois la mère de mes enfants parce que je pense que tu es merveilleuse. Je veux une épouse à plein temps qui ne partage pas son foyer avec sa carrière.

— Et moi je ne veux pas de ça ! As-tu écouté tout ce que je t'ai dit ?

Elle passa une main sur son front.

— Si je dis non à ta proposition de mariage, tu me retireras les fresques ? demanda-t-elle sans détour.

Elle vit son beau visage se contracter, et une ombre de colère traverser son regard.

— Non, tu n'as pas à m'épouser pour garder ce fichu contrat et avoir tes millions !

— Je voulais juste savoir, dit-elle en se levant.

Les mots de Cade l'avaient heurtée aussi fort qu'une gifle, et elle tremblait de colère.

Il se leva et la prit par la taille.

— Je t'aime, répéta-t-il. Je crois que je t'ai toujours

aimée. Après mon installation en Californie, j'ai essayé de t'oublier, et j'avais cru avoir réussi. Quand je suis revenu au Texas, c'était pour les raisons dont je t'ai parlé — pour réparer mon ego avec les gens du coin, pour engager la meilleure peintre de fresques, pour avoir des liens avec les affaires à Houston et au Texas. Je ne m'autorisais même pas à penser à toi, sauf quand il s'agissait du travail.

— Alors que s'est-il passé pour que tu penses à moi maintenant ? dit-elle, le pouls battant.

— Toi. Quand je t'ai vue marcher sous les projecteurs au gala de charité, je t'ai désirée avec une force indescriptible. J'aurais payé n'importe quelle somme pour une soirée avec toi. Et ensuite, quand nous étions ensemble, le passé, la colère et la souffrance s'évanouissaient. A la minute où je t'ai embrassée, en un sens, ç'a été comme si nous étions revenus neuf ans en arrière.

Elle ferma les yeux un instant et plaqua les mains contre ses oreilles.

— Ne me dis pas ces choses ! Nous ne sommes pas neuf ans en arrière ! dit-elle, ouvrant grand les yeux.

Elle frissonnait de fureur et de peine.

— Je t'aime, Cade. Et je t'aimerai toujours, mais il n'y a pas que toi dans ma vie. Je veux la vie que tu as aujourd'hui. Tu es passé par là, et tu as accompli ce que je veux réussir. Je veux mon heure de gloire. Je veux le succès, je veux que ma société s'agrandisse et je veux attirer l'attention et gagner de l'argent. Je veux éblouir mon père, maintenant plus que jamais. Trop de fois, il m'a donné le sentiment d'être inférieure et incompétente.

— Bon sang, Katie, grandis un peu, et oublie ton père ! Tu n'as pas à lui prouver quoi que ce soit. Sinon, cela signifie qu'il dirige encore ta vie.

— Encore une fois, c'est facile à dire pour toi, dit-elle d'un ton sec.

Elle alla à la fenêtre et observa l'extérieur sans vraiment le voir. Elle avait mal, et savait que leur relation avait encore changé. Les heures de passion magiques étaient terminées.

Elle entendit ses pas quand il quitta la pièce, et se retourna pour regarder vers le couloir désert.

Elle revint et s'assit sur le sofa, prit son verre et regarda le liquide couleur ambre tourbillonner contre le cristal. Elle avait mal partout, comme si elle avait fait une mauvaise chute. Et Cade avait mal aussi, et il était furieux, elle le savait. Elle essuya les larmes qui lui montèrent aux yeux. Elle n'allait pas pleurer pour Cade une nouvelle fois.

Elle entendit soudain les pas de Cade résonner derrière elle et elle se tourna vers la porte. Il se tenait contre le chambranle, un attaché-case à la main.

— Je m'en vais, Katherine. Tu as la maison pour toi toute seule. Quand tu voudras que je regarde une fresque, appelle mon bureau et laisse un message.

Craignant de fondre en larmes si elle ouvrait la bouche, elle se contenta de hocher la tête.

Il quitta la pièce, puis elle l'entendit revenir sur ses pas. Elle vit ses yeux sombres qui brûlaient de désir. Soudain, il laissa tomber son attaché-case, traversa la pièce à grandes enjambées et la saisit dans ses bras pour l'embrasser. Un baiser plein d'ardeur et de passion.

Sans se rendre compte que des larmes salées coulaient sur ses joues, elle s'accrocha à lui, et l'embrassa avec la même fièvre. Le désir s'empara d'elle, et elle eut envie de se donner toute à lui, une nouvelle fois.

Mais Cade la relâcha de façon si brute qu'elle vacilla. Il regagna la porte et la ferma derrière lui, et bientôt elle entendit sa voiture s'éloigner.

Il venait de sortir de sa vie.

Blessée, elle resta immobile quelques minutes, puis mit sa tête dans ses mains et fondit en larmes.

Samedi matin, elle se jeta à corps perdu dans le travail. Elle avait passé une horrible nuit, sans parvenir à dormir, et aujourd'hui, la maison était vide. Elle voulait finir ce travail et quitter Houston au plus vite.

Se concentrant sur sa peinture, elle fut interrompue par Mme Wilkson qui lui apporta un téléphone.

— Un appel pour vous, mademoiselle Ransome.

Le cœur de Katherine tressauta tandis qu'elle posait son pinceau et descendait de l'échafaudage. A sa grande déception, ce n'était pas Cade, mais Matt.

— Nous voulons rencontrer Laura — maman, lui

apprit-il. Ça semble étrange de l'appeler ainsi, puisque je ne l'ai pas encore vue. Nick est en Europe, mais je l'ai eu au bout du fil, et nous avons prévu de venir à Houston la semaine prochaine, pour que nous puissions nous réunir tous les quatre. Ce sera jeudi soir, et Laura nous invite à dîner. Amène Cade avec toi si tu veux. C'est grâce à lui si tout cela arrive.

— Ça me paraît bien, Matt, fit-elle d'une petite voix.

— Toi, tu n'as pas l'air bien, en revanche.

— Si, je t'assure, dit-elle en ravalant un sanglot.

— Je n'arrive pas à croire qu'après tout ce temps, nous allons revoir notre mère ! Il faut que nous remerciions Cade. Elle semble gentille.

— Elle est merveilleuse.

— Elle est impatiente de voir Jeff. Elle est ravie d'avoir un petit-fils qu'elle va pouvoir connaître.

— Il est à croquer, et elle va l'adorer, dit Katherine, et à son grand désarroi, elle sentit les larmes couler sur ses joues.

— Tu es sûre que tout va bien ? Tu as une drôle de voix. Tu es malade ?

— Non, ça va, reprit-elle en essuyant les larmes du revers de la main. Je suis en train de travailler.

— Où est Cade ?

— En Californie. Il fait des allers-retours.

— D'accord. Je te ferai savoir à quelle heure nous arriverons. Katherine, j'ai parlé à papa. Il est furieux, mais je suis sûr qu'avec le temps, il s'adaptera, comme il le fait toujours.

— Tu crois qu'il la reverra un jour ?

— Je ne peux pas le prédire. En tout cas, ce sera bon de te revoir, toi aussi, cette semaine.

— Oui. Tu es un frère génial.

— Merci, et tu es une sœur géniale.

Katherine raccrocha et songea à Matt. Bientôt, ils seraient tous réunis. Sa mère, ses frères, et son neveu. La famille. Ce à quoi Cade accordait tant de valeur.

Retournant à son travail, elle peignit de manière automatique en pensant à ses frères. Elle s'était toujours sentie en compétition avec eux, parce que leur père les montait les uns contre les autres. Pourquoi se battait-elle contre Matt et Nick ? Eux n'étaient pas en compétition avec elle. Mais ils avaient voulu surpasser leur père et s'étaient battus entre eux au cours des années. Durant l'adolescence, ils l'avaient taquinée et tourmentée, mais cela n'avait jamais dépassé les querelles habituelles entre des grands frères et leur petite sœur. Depuis l'âge adulte, Matt et Nick n'avaient jamais hésité à lui montrer leur affection pour elle.

Et pourquoi luttait-elle pour surpasser leur père ? Quelle différence cela faisait-il ? Il était âgé, et de santé fragile. Avait-elle encore besoin de son approbation à ce point ?

Elle songea au conseil de Cade.

Tu n'as pas à lui prouver quoi que ce soit. Sinon, cela signifie qu'il dirige encore ta vie.

Il avait raison. Voulait-elle vraiment la fortune et la gloire ? Ou était-ce devenu un substitut quand Cade l'avait quittée, un moyen de dépasser sa douleur ?

Jetait-elle le bonheur aux orties ? Matt et Nick semblaient plus heureux que jamais depuis qu'ils étaient mariés. Le petit Jeff était adorable, et quand elle s'occupait de lui, elle n'avait plus envie de le laisser partir.

Elle retourna à son travail, l'esprit centré sur son avenir, et sur ce qu'elle souhaitait réellement. Et si elle abandonnait sa carrière ?

Elle ne pouvait imaginer pareille chose. Depuis ces neuf dernières années, sa carrière avait été un moteur dans sa vie, et elle adorait son travail. Mais à quel point ?

Elle passa une autre nuit sans sommeil, à réfléchir à son avenir. Elle sentait le bonheur lui filer entre les doigts, et en même temps, elle ne pouvait imaginer quitter son job, alors qu'elle était sur le point d'obtenir tout ce dont elle avait toujours rêvé, et plus encore.

Dimanche matin, elle passa une heure à l'église, où elle n'entendit rien de la messe, mais passa son temps à réfléchir sur sa vie. Revenue à la maison, elle passa son temps à guetter le téléphone. En vain. Cade avait tourné la page, comme elle avait prévu qu'il le ferait.

Elle mit soudain la tête entre ses mains et se frotta le front. C'était affreux, elle souffrait de plus en plus à chaque heure qui passait. Tout laisser tomber, et épouser Cade… Elle songea à ce que ce serait, et leva la tête pour regarder sa fresque.

Elle n'aurait pas à cesser de peindre, seulement de travailler. Mais dans sa tête, c'était la même chose. Pourtant, l'idée de ne se consacrer qu'à sa carrière ne la rendait pas heureuse.

Elle voulait que Cade revienne. Pourrait-elle abandonner son travail et devenir sa femme ?

Elle revint à sa peinture, travaillant soigneusement pendant que les pensées se bousculaient dans sa tête. Plus elle pesait le pour et le contre, plus elle avait envie d'accepter la proposition de mariage de Cade. Si elle ne le faisait pas, sa vie serait comme aujourd'hui, et aujourd'hui, ce n'était pas si merveilleux. C'était atroce.

Le soir, n'y tenant plus, elle décrocha son téléphone pour appeler Cade et lui dire qu'elle avait changé d'avis. Et tandis qu'elle composait le numéro, elle eut l'impression que son cœur était soulagé d'un grand poids.

Et il battit plus vite quand elle entendit la voix grave de Cade au bout du fil.

- 11 -

— Cade, c'est Katherine.

— C'est bon t'entendre ta voix, dit-il. Tu m'as manqué, chérie.

Elle agrippa le combiné.

— Je veux te voir, dit-elle. Je voulais te rejoindre à Los Angeles. Je ne pourrai pas être là avant le week-end car Matt et Nick viennent voir Laura cette semaine.

— Je ne crois pas que je serai à Los Angeles ce week-end.

Elle sentit son cœur se serrer. Cela voulait-il dire qu'il n'avait pas envie de la voir ? Cade pouvait très bien annuler ses rendez-vous pour elle.

— Cade, il faut que je te parle.

— Bien, Katherine. Ça tombe bien, moi aussi j'ai des choses à te dire. Pourquoi ne pas discuter maintenant ?

— Pas au téléphone.

— Je suis d'accord, dit-il, et sa voix résonna clairement dans la pièce.

Elle se retourna vivement, et le découvrit près de la porte, son portable à la main.

— Cade ! cria-t-elle, le téléphone lui tombant des mains.

Ignorant le fracas du combiné contre le sol, elle s'élança vers Cade.

Il ferma les portes derrière lui et lui tendit grand les bras.

— Tu es là ! dit-elle, couvrant sa bouche par un baiser avant qu'il ne puisse répondre.

Il la tint serrée contre lui. Elle ne touchait plus le sol, mais elle s'en moquait. Son cœur battait à tout rompre.

— Tu m'as manqué, dit-elle en sanglotant, avant de l'embrasser de nouveau.

— Hé, ne pleure pas, dit-il en essuyant ses larmes du pouce. Pourquoi ces larmes ?

Il la porta jusqu'à une chaise recouverte d'un drap où il la fit asseoir sur ses genoux.

— Ne pleure pas, Katie. Il n'y a aucune raison de pleurer.

— Je t'aime, murmura-t-elle, lui caressant le visage. Je veux t'épouser, Cade.

Les yeux de Cade brillèrent, et il retint son souffle. Il lui donna un fougueux baiser, qui provoqua une onde de chaleur en elle, et acheva de la convaincre qu'elle avait pris la bonne décision.

— Katie, tu fais de moi l'homme le plus heureux du monde !

Il prit son visage entre ses mains.

— Cade, j'étais si malheureuse sans toi ! J'ai pensé à ce que tu m'avais dit, à propos de la compétition entre Matt et Nick. C'est idiot. Ils ne sont pas en concurrence avec moi. Je ne suis même pas une concurrente sérieuse pour eux.

— Maintenant si, mais tes frères t'aiment et ils n'essaient pas de te maintenir à un niveau inférieur, ou de te jeter à la figure le fait qu'ils gagnent plus d'argent que toi. D'ailleurs, ce n'est peut-être plus le cas.

Il la contempla d'un air grave.

— J'ai vécu un enfer sans toi, Katie.

— Oh, Cade ! Ma vie est vide sans toi. J'ai pensé à Matt, à Olivia et à leur petit Jeff. Ils sont si heureux. C'est toi qui avais raison.

— Tu penses vraiment ce que tu dis ? Tu es d'accord avec moi, tu vas m'épouser ?

— Oui ! Oh, oui !

Elle passa les mains sur ses épaules larges puis les plongea dans sa chevelure sombre.

— Et pour ce qui est des enfants, Katie ? Il faudra que tu en veuilles aussi, non pas parce que je le veux, mais parce que tu le veux.

— J'aime ma famille, et nous nous réunissons dès que nous le pouvons. Tu avais raison, Cade. La famille, c'est ce qu'il y a de plus important.

Il lui donna un nouveau baiser, comme pour réaffirmer leur amour, et elle sentit son cœur se gonfler de joie. Enfin, il recula pour la regarder.

— J'ai pensé à nous deux et à notre avenir, moi aussi, déclara-t-il.

— C'est pour ça que tu es revenu ?

— Oui. Katie, je t'avais dit que je ne voulais pas que ma femme travaille. Je voulais que ma femme reste auprès de moi. J'y ai repensé, et je crois que c'était excessif. Tu as le droit d'avoir ta vie, ta peinture. Ce serait un crime d'abandonner ton art alors que tu es si douée. Je peux m'en accommoder si tu ne mènes pas une carrière internationale, et si tu n'acceptes pas de contrat qui t'éloigne pendant des mois. Peut-on envisager ce genre de compromis ?

Elle rit.

— Je peux faire des compromis sur tout ! Je laisse tomber mon ambition, Cade. C'est papa qui m'a poussée à ça. Je n'ai pas besoin de travailler comme si je mourais de faim, ni d'avoir la plus grande agence publicitaire, ou la plus célèbre, ou que sais-je encore !

Il laissa échapper un long soupir.

— C'est la meilleure nouvelle que j'aie entendue depuis des années, dit-il. Tu es sûre de toi ?

— Oui, certaine.

— Je ne veux pas que tu te réveilles un matin et que tu m'accuses de t'avoir privée de ta carrière.

— Aucun danger, dit-elle d'un ton séducteur. Pas tant que tu me feras l'amour en permanence et que tu me donneras des bébés…

— C'est un changement radical pour toi. Tu as bien réfléchi aux conséquences ?

— Oui, dit-elle, reprenant son sérieux. Quand tu es parti en Californie, j'ai beaucoup souffert. Les deux fois. Je ne veux pas passer le reste de ma vie sans toi. Ces neuf années ont été assez pénibles comme ça. Mon travail a occupé mon esprit, mais mon cœur était vide.

— Oh, Katie, mon amour ! dit-il, l'embrassant à pleine bouche.

Soudain, il interrompit leur baiser.

— Attends une minute, dit-il en essayant d'atteindre une poche de son pantalon sur laquelle Katherine était assise.

— Qu'est-ce que tu fais ? dit-elle d'une voix sexy.

Il sourit, et sortit une boîte de velours de sa poche, qu'il lui tendit.

Surprise, elle considéra la boîte, puis l'interrogea du regard. Elle ouvrit la boîte, et découvrit un solitaire étincelant.

— Cade, c'est magnifique !

— Veux-tu m'épouser ? demanda-t-il de nouveau.

— Oh, oui ! Oui, oui ! s'exclama-t-elle, au comble du bonheur quand il glissa la bague sur son doigt.

Deux heures plus tard, dans le grand lit de Cade, blottie dans le creux de son bras, elle agita sa main devant eux.

— Nous nous réunissons tous ensemble avec Laura — maman — jeudi soir. Nous pourrons annoncer nos fiançailles à ce moment-là.

— Est-ce que ça ne risque pas de voler la vedette

à tes frères, qui reverront leur mère pour la première fois ?

— Je ne pense pas. Nous attendrons la fin de la soirée pour faire notre annonce.

Il se tourna sur le côté et appuya sa tête sur un coude.

— Quand pourrons-nous nous marier ? demanda-t-il.

Elle songea à sa question.

— Nous pourrions nous enfuir, et nous marier en catimini.

— Tout ce que tu veux.

Il effleura la courbe de ses seins juste au-dessus du drap qu'elle avait coincé sous ses bras.

— La dernière fois, dit-il, je t'avais pour ainsi dire abandonnée devant l'autel. Si cela peut te rassurer, nous pouvons organiser le plus grand mariage de tous les temps. Toute ma famille voudra y assister.

— D'accord, dit-elle en riant. Ma famille aussi voudra venir. Quoique, pour papa, je ne saurais dire. Il va être vert de rage.

— Nous pouvons nous marier sans lui s'il le faut.

— D'accord pour un grand mariage, dit-elle après un instant.

— J'ai assez d'argent pour que tu aies tout ce que tu veux.

— Moi aussi, dit-elle en souriant.

— Alors, à nous deux, nous paierons des gens pour qu'ils organisent tout dès que possible.

— Va chercher un calendrier, dit-elle en s'asseyant.

Il descendit du lit et traversa la pièce, et elle contempla son corps nu et musclé.

— Tu es vraiment bel homme, dit-elle d'un ton traînant, ce qui le fit revenir pour lui décocher un sourire.

— Continue et tu vas réveiller mon désir.

— Je ne fais que parler, dit-elle. Tu es l'homme le plus sexy, le meilleur amant…

L'interrompant, il la fit rouler sur le dos, et s'allongea sur elle. Le calendrier tomba au sol, où il resta jusqu'à ce que, une heure plus tard, ils reviennent de la douche et qu'elle le ramasse pour l'étudier, jambes croisées sur le lit, le drap enroulé autour d'elle. Cade était allongé à son côté et promenait sa main le long de son dos.

— Nous sommes en octobre, dit-elle. Si tu veux un mariage bientôt, que dirais-tu de Noël ?

— C'est bien trop loin. Nous pourrons l'organiser bien avant.

— Le week-end de Thanksgiving ? C'est très bientôt.

— C'est encore trop loin, répliqua-t-il. Une semaine avant Thanksgiving.

— Impossible ! s'exclama-t-elle. Thanksgiving, c'est le plus tôt que nous pouvons choisir.

— D'accord, tu as gagné, parce que tu es la mariée et l'attraction principale de la cérémonie.

— Je crois que tu as un rôle aussi important que le mien.

— Pas du tout. Les gens ne remarqueront même pas que je suis là.

— Toutes les femmes te remarqueront, dit-elle en plissant le nez.

— Alors va pour Thanksgiving.

Épilogue

Au son d'une fanfare de trompettes, Katherine parcourut l'allée centrale en fixant Cade, qui était d'une beauté à couper le souffle dans son smoking noir. Elle avançait au bras de son père. Olivia, Julia et cinq de ses amies étaient ses demoiselles d'honneur, et toutes lui souriaient. Elle les regarda à peine, car elle n'avait d'yeux que pour Cade.

Son père plaça sa main dans celle de son futur époux, et tous deux se tournèrent vers le pasteur. Elle débordait de joie, à la perspective d'échanger ses vœux avec lui.

Perdant toute notion du temps et oubliant les invités, elle ne vit que Cade, qui la fit frissonner quand il prononça ses vœux de sa voix grave et familière.

Enfin, ils furent déclarés mari et femme. Cade mit alors le bras autour du sien, et pendant que les trompettes et les violons jouaient, elle redescendit l'allée centrale en tant que Mme Cade Logan.

Puis ils allèrent poser pour les photos, Olivia et Julia l'aidant à lisser sa longue traîne de satin.

— Tu es magnifique, commenta Cade, se penchant pour lui murmurer les mots avant que le photographe les fasse poser pour la première photo.

— S'il vous plaît, je voudrais tous les Ransome ensemble, lança le photographe. Les maris, les femmes, les enfants. Une grande photo de famille.

— Eh bien, ça va être une épreuve pour ton père, dit Cade. Il a failli ne pas te mener à l'autel à cause de Laura. Est-ce qu'il va paraître sur la photo si elle y figure ?

— Je l'ignore, mais nous voulions tous qu'elle nous rejoigne, et elle nous a promis qu'elle poserait avec nous, dit Katherine, tenant la main de Cade.

Il lui tardait de se retrouver seule avec lui, mais ce ne serait pas avant plusieurs heures.

Laura, vêtue d'une robe de soie bleu pale, prit place aux côtés de Julia, la femme de Nick. Katherine aperçut son père, debout à l'autre bout de la pièce.

— Papa ? l'appela-t-elle.

Il serra les lèvres, mais vint se mettre entre elle et Matt, qui lui firent de la place.

Pendant qu'ils posaient, elle se demanda si son père avait adressé la parole à Laura et inversement. Mais elle n'allait pas s'inquiéter pour son père le jour de son mariage. Dès que les photos de famille furent terminées, les parents Ransome disparurent du groupe.

Après la séance photo, Katherine et Cade grimpèrent dans la limousine de Cade et rejoignirent au country club la réception qui battait déjà son plein. Un abondant buffet était servi, des fleurs ornaient le long des murs et l'orchestre avait commencé à jouer.

Quand Cade lui réclama sa première danse, elle avait déjà ôté sa longue traîne et, dans sa mince robe de satin à la coupe droite, elle se glissa entre ses bras.

— Je te veux pour moi tout seul, dit-il, ses yeux bruns et chauds la dévorant.

Etourdie, elle lui sourit.

— C'est exactement ce dont j'ai envie moi aussi.

— Quand pourrons-nous sortir d'ici ? demanda-t-il.

— Dans quelques heures, dit-elle tandis qu'ils dansaient à l'unisson. Nous devons d'abord couper le gâteau, parler à tout le monde, nous mêler aux gens…

Il regarda par-dessus son épaule.

— Tu crois que nous leur manquerions ?

— Oui ! répondit-elle en riant. Et je ne vais pas m'éclipser le plus beau jour de ma vie. Enfin, Monsieur Logan, j'ai réussi à vous passer la corde au cou ! Cela m'a pris dix longues années, si l'on compte depuis notre première rencontre. Tu es à moi maintenant, et je veux que le monde entier le sache !

— Et, dit-il en souriant, tu es à moi.

A voix basse, il ajouta contre son oreille :

— Et je veux te le montrer ce soir dans notre lit. Je veux embrasser chaque centimètre de ton délicieux corps.

Elle lui décocha un regard fiévreux.

— Quoi que tu fasses, je le ferai aussi.

Il gémit.

— Oh, dit-il en gémissant. Voilà que tu me tortures. Je vais avancer les horloges.

— Inutile, ça ne marchera pas.

— Voilà ton frère qui veut danser avec toi.

La musique s'arrêta et Matt vint lui demander la prochaine danse.

Il lui sourit, et elle regarda son frère aîné avec tendresse.

— J'ai remercié Cade pour être aller trouver Laura, dit-il. C'est quelqu'un de bien, Katherine.

— Oui, je suis de ton avis.

La réponse le fit sourire.

— J'espère que vous serez aussi heureux qu'Olivia et moi.

— Merci, Matt.

— Je suis content que tu te maries, et que tu aies décidé de travailler à temps partiel. Tes employés peuvent diriger ta société pour toi.

— Oui, je sais. Je verrai comment cela fonctionne. Je pourrais même travailler encore moins par la suite.

— Tu as vu, ajouta son frère en désignant un coin de la salle du menton, papa est dans un coin en train de ruminer.

— Est-ce qu'il parlera à Laura un jour ?

Matt haussa les épaules.

— Je l'ignore. Il s'est fait du mal à lui-même pendant toutes ces années. Elle semble merveilleuse. Je n'aime pas repenser au fait qu'il nous a privés d'elle. Mais assez parlé du passé, aujourd'hui il ne faut penser qu'à ton bonheur avec Cade ! Et voilà Nick qui a l'air de vouloir la prochaine danse, fit-il en désignant leur frère qui approchait.

— Merci, Matt, dit-elle en se tournant vers son autre frère.

— Tu es radieuse aujourd'hui, ma très belle petite sœur, commenta Nick en la prenant dans ses bras pour la danse. Ne laisse pas Cade t'emmener en Californie.

Elle sourit.

— Pas tout le temps. Peut-être quelquefois, mais vous deux pourrez venir nous voir.

— Sa famille est sympathique. Je me souviens d'un de ses frères, quand ils vivaient dans le coin. Je ne connaissais pas les autres.

— Papa les évite soigneusement, mais ils s'en moquent et Cade aussi.

Nick lui sourit.

— J'espère que tu seras très heureuse avec Cade. Le mariage, ça peut être le paradis.

— Je suis contente, Nick. Toi et Matt êtes des époux comblés, et vous le méritez tous les deux.

— Je ne sais pas si nous le méritons mais, en effet, nous sommes heureux, et c'est fantastique. Voici ton nouveau mari. J'imagine qu'il ne pouvait pas rester éloigné pendant deux danses entières.

Nick lui lâcha la main et la plaça dans celle de Cade.

— Je te confie ma sœur. Prends bien soin d'elle.

— J'en ai bien l'intention, dit Cade d'un ton léger.

Il la contempla et la prit dans ses bras.

— Redis-moi dans combien de temps nous pouvons nous éclipser ? demanda-t-il.

— Environ dix minutes de moins que ce que je t'ai dit tout à l'heure. Est-ce que tu vas me harceler tout l'après-midi ?

— Oui, jusqu'à ce que j'obtienne satisfaction. Si nous devons nous mêler aux gens, commençons tout de suite, dit-il, la prenant par la main pour aller parler aux invités.

En quelques minutes, ils furent séparés. Plus tard, elle était avec lui pour couper le gâteau et ensuite, les convives se rassemblèrent pour féliciter les mariés et une nouvelle fois, elle fut séparée de Cade, jusqu'à ce que les ombres s'agrandissent sur la pelouse du club.

Cade apparut enfin à ses côtés.

— Maintenant ? demanda-t-il, tapotant sa montre.

— Quelle plaie !

Ils rirent tous les deux, et elle opina.

— Maintenant, dit-elle.

— Viens. Allons nous changer sans dire au revoir. Tu diras plutôt bonjour quand nous reviendrons, dit-il.

Ils rejoignirent la limousine main dans la main. Le jet privé de Cade les attendait à l'aéroport.

Quelques heures plus tard, ils se retrouvèrent dans une villa des Caraïbes, qui donnait directement sur la plage. Katherine sortit et prit une longue inspiration.

— C'est magnifique, et ça sent merveilleusement bon !

— Tout à fait d'accord, dit-il d'une voix rauque en venant à côté d'elle. Nous avons cette île pour nous tout seuls pour les deux prochaines semaines. Le samedi, une équipe vient faire le nettoyage et apporter des provisions. Sinon, c'est juste nous deux.

Elle enroula les bras autour de son cou.

— C'est merveilleux, Cade.

— Oui. Tu vois, je t'avais dit que j'en aurais pour mon argent le soir où j'ai enchéri pour toi.

Elle fronça le nez.

— Je suis bien contente que tu aies enchéri, et que tu aies remporté la soirée avec moi. Je suis contente que tu sois revenu.

— Ton père ne m'a pas parlé aujourd'hui. Tout ce qu'il a fait, c'est me fusiller du regard.

— Je pense que c'est davantage pour avoir ramené Laura dans nos vies que parce que tu m'as épousée. De toute façon, il se mettra à te parler quand tu lui donneras un petit-fils ou une petite-fille. Ça s'est passé comme ça avec Olivia. Tu vois comme il l'adore maintenant.

— Eh bien, pour l'instant, je te veux pour moi

tout seul, avant que nous entreprenions de faire un enfant.

— Eh, il ne faudra pas qu'on tarde, fit-elle avec un sourire. Mon horloge biologique est en marche.

— Il te reste un peu de temps, tout de même. Accorde-moi quelques mois avant que nous mettions un bébé en route.

— Quelques mois pour te gâter, t'aimer, te donner toute mon attention, dit-elle, le couvrant de baisers entre chaque mot.

Elle lui retira sa veste de smoking, et il descendit la fermeture de sa robe de satin bleu, pour la repousser sur ses épaules.

— Je t'aime, Katie. Je t'ai toujours aimée.

— Tu es le seul homme de ma vie, Cade, dit-elle d'un ton grave. Tu es le seul que j'ai vraiment aimé. J'ai attendu neuf ans pour devenir Mme Cade Logan, et nous avons neuf années d'amour à rattraper.

— Si nous commencions tout de suite ?

Et il prit sa bouche et lui donna un baiser plein de passion.

ANNE MARIE WINSTON

Un parfum d'interdit

éditions Harlequin

Titre original : SEDUCING THE PROPER MISS MILLER

Traduction française de LUCY ALDWYN

83/85 boulevard Vincent-Auriol 75646 PARIS CEDEX 13.
Service Lectrices — Tél. : 01 45 82 47 47

- 1 -

Waoh ! Pour une surprise… !

Fascinée par le spectacle qui s'offrait à elle, Chloé Miller s'immobilisa derrière son ordinateur, le nez en l'air.

Depuis l'obtention de son diplôme, elle faisait fonction de secrétaire intérimaire pour la paroisse de Pennsylvania Church que dirigeait son père, le révérend Miller. Son bureau était situé à l'arrière de l'église. Ce matin, elle venait de tourner les yeux vers la fenêtre dans l'espoir de surprendre un rayon de soleil printanier derrière les nuages… Pour découvrir que celle-ci était en partie obstruée par un paysage tout à fait inattendu : le torse nu d'un superbe spécimen masculin perché sur une échelle, les bras levés au-dessus de la tête.

Ses mains se figèrent sur le clavier et elle retint son souffle en contemplant les pectoraux de l'homme en action, admirative. Elle qui n'avait encore jamais eu l'occasion d'observer de si près le corps d'un homme, elle ne s'en priva pas, et même elle s'en délecta.

Qu'elle ne puisse pas voir le visage de l'homme en question n'avait pas d'importance. Mince, bronzé, musclé, son torse ruisselait de gouttelettes de sueur qui couraient sur sa légère toison médiane de poils dorés et descendaient jusqu'à la ceinture de son jean. Un jean usé, moulant, qui ne cachait rien de la protubérance qui tendait le tissu.

Elle en resta bouche bée puis déglutit, la gorge sèche.

Le conseil paroissial avait fini par l'emporter, et les travaux de restauration de l'église avaient donc enfin commencé. Si les compétences du spécialiste auquel on avait confié le chantier étaient à la hauteur de son corps de statue, nul doute qu'il ferait des merveilles !

Ce devrait être interdit d'être aussi bien bâti, pensa-t-elle en s'arrachant à sa contemplation... Ou plutôt, se reprit-elle, lucide, ce devrait être interdit d'être aussi niaise qu'elle l'était. Effectivement, ses expériences en matière de relations amoureuses étaient anormalement limitées pour une fille de vingt-six ans. Cela ne relevait pas d'un refoulement, mais d'un manque de temps. Elle avait été trop accaparée jusqu'ici par ses études pour s'accorder des loisirs, faire des rencontres et développer une relation.

Elle revint à la fenêtre, toujours bloquée par le torse de l'athlète, et laissa courir son imagination.

Cet homme faisait-il aussi de la menuiserie ? Elle pourrait peut-être l'enrôler pour installer placards et étagères dans les locaux du jardin d'enfants qu'elle voulait mettre en place. Son grand projet, dès qu'elle pourrait laisser à quelqu'un d'autre le secrétariat de son père, qu'elle assumait temporairement.

Déjà, elle voyait les salles du sous-sol de l'église repeintes à neuf de couleurs claires. De petites tables et des chaises multicolores seraient disséminées ici et là. Des dessins et des affiches pédagogiques orneraient les murs. Des étagères offriraient un choix de livres. Deux ou trois caisses rassembleraient des jouets. Il y aurait un grand tapis où les enfants prendraient place pour l'heure du conte…

Malgré elle, son regard s'attardait sur la toison bouclée du torse, descendait jusqu'au jean, remontait aux épaules larges, à la mâchoire carrée… C'était tout ce qu'elle voyait du visage de l'homme, dissimulé sous une vieille casquette de base-ball.

Oh ! Non, il la regardait !

Elle baissa vite les yeux sur son ordinateur, toute rougissante d'être prise en flagrant délit de voyeurisme. Bien fait. Cela lui apprendrait à dévorer des yeux un malheureux ouvrier en train de travailler.

Elle laissa passer quelques minutes avant de risquer de nouveau un œil.

L'homme était descendu d'un barreau ou deux sur l'échelle. Une masse de cheveux blonds bouclés — trop longs, dirait son père — s'échappaient de la casquette et lui cachaient en partie le visage. Toutefois, il n'y avait pas à s'y méprendre, il la regardait.

Avant qu'elle ait pu détourner les yeux, il leva la

main et lui adressa un petit salut accompagné d'un sourire, révélant une dentition étincelante.

Elle se remit à pianoter sur le clavier avec une énergie démesurée tandis qu'un rire masculin résonnait à ses oreilles, traversant la mince paroi de verre.

Elle se promit de ne plus regarder l'homme encadré dans sa fenêtre, sans toutefois pouvoir en écarter l'image de son esprit.

Ce nommé Shippen, de l'entreprise de restauration du même nom retenue pour les travaux, faisait figure de brebis galeuse au sein de la ville. On le disait rebelle, réfractaire à toute discipline et capable des pires frasques, quoiqu'elle ne se souvînt pas desquelles il s'agissait. Une fois par mois elle assistait au conseil paroissial, et elle se rappelait que certains paroissiens avaient exprimé leur désapprobation quand le président avait proposé le nom de Shippen. Miss Euphorbia Bates, qui distribuait le bulletin paroissial, s'était indignée.

— Ce vaurien ! Le démon en personne. Il n'y a pas une fille à dix kilomètres à la ronde à lui avoir résisté !

— C'est à Dieu de nous juger, pas à nous de juger les hommes, avait répliqué Benton Hastings, le responsable du choix de l'entreprise. Ce jeune homme est tailleur de pierre et habile de ses mains dans tous les domaines. Il a aussi la réputation de faire du bon travail pour des prix raisonnables.

— Les voies de Dieu sont impénétrables, avait ajouté

Nelda Biller. Nous sommes peut-être l'instrument de sa volonté.

Chacun avait soupiré, car Nelda avait le don d'exprimer des banalités religieuses en toute occasion. Avant qu'elle ne poursuive sur sa lancée, Benton Hastings avait proposé de passer au vote. Et c'est ainsi que Shippen avait remporté le contrat, malgré l'avis défavorable du révérend Miller. Elle se demandait bien ce que son père avait contre ce garçon.

Elle fut ramenée à la réalité par un coup frappé à sa porte, qui s'ouvrit dans la foulée.

Elle leva la tête et commença avec un sourire.

— Bonjour. Que puis-je faire… ?

La question resta suspendue dans le silence à la vue de son visiteur, et elle se sentit rougir jusqu'à la racine des cheveux.

C'était Shippen en personne, le Torse de statue, à présent décemment revêtu d'un T-shirt et la casquette à la main.

Au premier coup d'œil, elle fut sous le choc.

Lui ! C'était lui ! Quelle horreur !

Cela faisait trois ans qu'elle se demandait à qui elle avait eu affaire ce soir-là. Ce soir où, enfreignant les ordres de son père, elle avait suivi Margie à cette soirée chez des inconnus et s'était retrouvée en situation délicate dans les bras d'un homme.

Geiserville n'était qu'une petite ville, mais elle ne fréquentait qu'un cercle limité de gens, appartenant tous à la communauté dirigée par son père. Pour retrouver la trace du dragueur sans scrupules, il aurait fallu qu'elle se mette à sa recherche, ce qu'elle s'était bien gardée de faire. Un fêtard, un séducteur du samedi soir, ce n'était pas le genre d'homme qu'elle cherchait à rencontrer. Au contraire, elle espérait bien ne plus jamais le revoir.

— Bonjour, dit-il. Thad Shippen. La carcasse devant votre fenêtre.

Il souriait et la regardait d'un air curieux, visiblement intéressé. Aucun éclair de reconnaissance ne s'allumait dans ses yeux. Il ne se souvenait donc pas d'elle.

Ce n'était pas elle qui allait se rappeler à son bon souvenir !

Incapable de soutenir son regard, elle fixa un point légèrement sur la gauche et se força à sourire. C'était un visiteur comme un autre, après tout.

— Chloé Miller. Vous pouvez tout me demander, je ferai de mon mieux pour vous le procurer.

— Tout ?

Elle se reprocha aussitôt la maladresse de sa phrase mais ne put éviter de le regarder. Déjà troublée par le sous-entendu de sa réplique, elle vit qu'un sourire malicieux relevait les coins de sa bouche. Un sourire qui mit à mal toutes les terminaisons nerveuses de son corps.

Il avait des yeux splendides. Elle était très observatrice des yeux des gens qu'elle rencontrait, et dans le cas de Thad Shippen, il aurait fallu être aveugle pour ne pas les remarquer. D'un bleu profond, presque violet, mis en valeur par son visage bronzé. Le soir où elle avait été… en contact avec lui, il faisait déjà noir, et comme elle ne l'avait jamais vu en plein jour, elle n'avait pas remarqué leur intensité.

Un éclair d'amusement s'alluma dans le regard de l'homme. Qui plus est, une sorte de connivence derrière ses cils baissés lui donnait envie de lui rendre son sourire.

Elle s'en défendit et choisit d'ignorer la tentative de séduction de son visiteur.

— Vous avez besoin de quelque chose ?

Toujours souriant, il hocha la tête.

— Oui. Est-ce que je peux me servir de votre téléphone ?

— Bien sûr. Faites le tour de la table.

Elle lui fit signe d'approcher et lui mit le téléphone à portée de main.

Décontracté, il s'assit sur le coin du bureau et prit l'appareil sur ses genoux. Son jean, usé, effrangé, blanchi par les lavages, lui moulait la cuisse. Un trou dans la couture révélait une peau hâlée couverte de frisons blonds. Elle détourna le regard, sentant son estomac faire assez de nœuds pour satisfaire un instructeur de marine.

Allait-il la reconnaître ? Elle pria le ciel qu'il n'en soit rien. Cette fameuse soirée restait un souvenir cuisant. Plutôt mourir que d'y revenir.

Pendant qu'il discutait avec un fournisseur local de matériaux de construction, elle l'observa à la dérobée. Il n'avait pas la beauté d'un jeune premier de cinéma, mais son nez droit, sa mâchoire carrée et ses traits en lame de couteau dispensaient un charme viril indéniable. Sa bouche sensuelle se relevait aux coins comme s'il était en permanence diverti par le spectacle du monde. En ajoutant à cela un front haut, marqué de rides que toute femme se ferait un plaisir de lisser de la main et ce sourire des yeux suggestif, invitant à l'abandon... Il avait tout pour plaire, et elle comprenait la réputation qui le précédait, à savoir qu'aucune fille ne lui résistait.

Il reposa le combiné et s'étira tout en lui souriant.

Il devait faire plus d'un mètre quatre-vingts, estima-t-elle. *Tout en muscles*, lui rappela une petite voix venue de très loin.

Assise à son bureau, elle se sentait écrasée, vulnérable, très femme aussi, d'une manière étrange qui lui nouait l'estomac et faisait courir des frissons dans son dos.

— Merci pour le téléphone, dit-il.

— Normal, dit-elle, la gorge serrée.

— Normal aussi que vous portiez le même nom que le révérend ?

— C'est mon père.

Il eut un sourire en coin et remarqua :

— Vous me voyez ravi qu'il ne soit pas votre époux.

Elle rougit de nouveau, incapable de réagir. Avant

qu'elle ait pu formuler une réplique cohérente, il enchaîna.

— Je ferais mieux de remonter sur mon échelle si je ne veux pas être renvoyé pour incompétence.

Toutefois, il ne fit pas mine de partir.

Elle se força à se redresser sur sa chaise et à ne pas le regarder béatement comme tant d'autres devaient le faire. Pas question de lui laisser deviner son trouble.

— Cela m'étonnerait, dit-elle. Les membres du conseil ont été très élogieux à votre égard.

Il éclata de rire, la tête rejetée en arrière, montrant des dents parfaites.

— J'en doute ! dit-il.

Il se calma et riva le regard de ses yeux fascinants sur sa bouche.

— S'ils pouvaient lire dans mes pensées, là, juste maintenant, dit-il doucement après un silence qui lui parut une éternité, c'en serait fini de mon contrat.

Bien qu'elle sût que cela ne voulait rien dire, elle sentit tout son corps frémir aux sous-entendus de Thad. De nouveau, elle était prise de court, incapable d'articuler un mot. Il était clair que ce type savait s'y prendre avec les femmes.

Elle n'avait jamais eu à faire face aux avances délibérées d'un individu de ce genre. Elle vivait dans un monde sans histoires ni événements marquants, et depuis son retour à la maison, toute son énergie était consacrée à son travail et à ses projets. Comme toute adolescente, elle s'était examinée dans son miroir et s'était rendue à l'évidence qu'elle ne serait jamais la femme fatale de ses rêves. A l'heure actuelle, elle s'était résignée au fait que rien ne la distinguait du commun des mortels, qu'elle n'avait rien qui puisse attirer un homme comme… Thad Shippen. Elle se contentait de se maquiller légèrement et de s'asssurer que ses cheveux ne partaient pas dans tous les sens. Alors, pourquoi flirtait-il avec elle ? Etait-il ainsi avec toutes les femmes ?

Evidemment. C'est comme cela qu'elle s'était laissé faire, cette fameuse soirée. Chez lui, c'était une seconde nature.

Il ne la quittait pas du regard, et elle ne put s'empêcher de le fixer elle aussi. Cela dura jusqu'à ce qu'il dise :

— On pourrait…

La porte s'ouvrit brusquement.

Elle sursauta et aurait juré que Thad en fit autant. Le révérend Miller entra dans le bureau, raide comme la justice.

— Chloé, sais-tu où est passé l'homme qui était sur l'échelle ? Oh !

Il s'arrêta en voyant Thad près du bureau.

— Bonjour monsieur Shippen. On peut vous aider ?

Thad sourit à son père, même si, de sa place, elle vit que ce n'était pas le genre de sourire dont il l'avait gratifiée.

— Bonjour, révérend. Merci. Chloé a répondu à toutes mes attentes.

Elle fut choquée de l'entendre s'exprimer avec tant d'audace. Imaginait-elle le double sens ?

Son père parut ne rien remarquer mais dit très sèchement :

— Vous n'êtes pas censé venir dans ce bureau ennuyer ma fille. Elle a du travail. Et vous aussi, si vous voulez honorer votre contrat.

Un silence s'établit. Thad finit par hausser les épaules.

— Si vous ne voulez pas de moi pour votre chantier, je prends mes affaires et je m'en vais. Vous trouverez sûrement quelqu'un d'autre.

Le pasteur montra la porte de la main et répondit :

— Ne me faites pas dire autre chose que ce que j'ai dit, monsieur Shippen. Allez faire votre travail et laissez-nous faire le nôtre.

Il le congédiait purement et simplement.

— S'il revient t'ennuyer, dis-le-moi, ajouta-t-il, s'adressant à elle.

Thad se dirigea vers la porte sans se presser et non sans avoir lancé un clin d'œil complice à Chloé. Il avait gagné la partie et le savait. Son père n'avait pas le pouvoir de résilier le contrat de Thad. Pourquoi, alors, l'avoir menacé ?

Perplexe, elle refusa de chercher à comprendre. Cela ne la concernait pas.

Elle se remit au travail et ne s'arrêta qu'à midi, quand son père ouvrit la porte de son bureau.

— Peux-tu aller me chercher de quoi déjeuner ? lui demanda-t-il. J'ai quelqu'un dans mon bureau et je ne sais pas quand je serai libre.

— Tout de suite, dit-elle.

Elle enfila sa veste et prit son sac. Inutile de demander à son père ce qu'il voulait, elle savait mieux que lui ce qui lui ferait plaisir.

En sortant, elle réalisa qu'elle devrait passer près de Thad Shippen. Bien qu'il ait abandonné sa position devant la fenêtre, elle savait qu'il n'était pas parti déjeuner.

On n'avait pas assigné d'horaires précis à Thad pour se rendre sur le chantier. Néanmoins, il s'était rendu compte que le secrétariat ouvrait à 8 heures et demie. C'était l'heure à laquelle Chloé Miller sortait ses longues jambes de sa mini en tirant modestement sur sa jupe et rougissait quand elle sentait son regard sur elle. Pour rien au monde il n'aurait voulu manquer le spectacle.

Elle était ravissante sous ses airs de jeune fille modèle et paraissait n'en être pas consciente. Ils devaient avoir été ensemble à l'école, calculait-il, bien qu'elle soit de quelques années plus jeune que lui. Il ne s'en souvenait pas. Il y avait fort à parier qu'elle ne fréquentait pas les boums, ne buvait pas de bière et n'était pas du genre à se laisser peloter sur le siège arrière de la voiture d'un type de rencontre. Une bonne raison pour que leurs chemins ne se soient pas croisés : les filles sérieuses n'étaient pas son fort.

Jusqu'à sa rencontre avec Jean.

Un instant, il s'immobilisa, ciseaux en main, puis il reprit son travail. Malgré lui, son esprit revint huit ans en arrière, le jour où Jean avait fait irruption dans la cuisine qui lui servait d'atelier à l'époque.

— Thad, je suis enceinte. Mon père va me tuer, avait-elle crié, affolée, ses cheveux roux lui balayant la figure.

Pauvre Jean. Elle était morte sans que son père y soit pour rien. Il se rendait parfois au cimetière, toujours aussi bouleversé par la stèle que la famille avait choisie, celle d'une jeune femme tenant un enfant dans ses bras. C'était aussi toujours un choc pour lui de voir le nom inscrit dans la pierre : Jean Lawman Shippen.

Cela ne lui avait-il pas suffi ? se reprocha-t-il. N'avait-il pas compris la dure leçon ? Qu'est-ce qui lui prenait de convoiter la délicieuse secrétaire de la paroisse, la fille du pasteur ? Lui qui n'apportait que le malheur, qui avait sur la conscience la mort d'une femme et celle d'un enfant mort-né qui n'avait pas eu le temps de pousser son premier cri.

Ce jour-là, il se défendit de regarder Chloé arriver, et il s'activait consciencieusement à son travail quand, un peu plus tard, le révérend sortit et s'éloigna dans son break gris.

Vers 10 heures, il s'accorda une pause car il sentait le besoin de se dégourdir les doigts. Un café dans la grande rue serait le bienvenu.

Il descendait de son échelle quand Chloé jaillit de l'église en repoussant violemment la porte et fonça vers lui de façon tout à fait incongrue de sa part. Quand elle s'approcha, il vit qu'elle était très pâle et que les yeux marron si attirants étaient écarquillés de frayeur.

— Gaz, dit-elle, essoufflée. Cela sent le gaz. Appelez les pompiers. Vite.

Instinctivement, il tendit la main vers elle, mais elle le repoussa et repartit en courant vers l'église.

Il jura tout haut, piqua un sprint et attrapa par le bras le premier passant venu, lui enjoignant d'appeler les secours.

— Il y a une fuite de gaz à l'église, hurla-t-il, et il y a des gens à l'intérieur. Appelez les pompiers. Vite.

L'homme hocha la tête et Thad revint vers l'église. Il s'engouffra dans le hall où l'odeur manqua de le suffoquer. Il courut vers le bureau de Chloé. Il la trouva à mi-chemin dans le couloir et faillit la renverser, elle et la dame âgée qu'elle entraînait vers la sortie. Elle poussa un soupir de soulagement quand elle le vit.

— Aidez-moi à la faire sortir, dit-elle.

— D'autres gens à l'intérieur ?

— Non.

Il prit la dame en charge et se retourna pour s'assurer que Chloé les suivait. Mais elle avait disparu. Malade d'angoisse, il comprit qu'elle était retournée dans son bureau.

Une fois dehors, il confia la dame à des gens venus aider et leur enjoignit de s'éloigner au plus vite.

Paniqué, il revint sur ses pas. L'odeur de gaz était presque insupportable. Il espéra que Chloé avait vu juste et que personne n'était resté dans l'église, car il suffirait d'un rien, d'un mauvais contact électrique, pour qu'une explosion fasse tout sauter. Il courut vers le bureau, au fond du couloir, et la vit en train de rassembler tout ce qui lui tombait sous la main, disquettes, documents et autres, qu'elle enfournait dans un grand sac de toile.

Il faillit arracher la porte dans sa précipitation.

— Sortez d'ici, ordonna-t-il. C'est urgent.

— Allez-y. J'arrive, j'ai presque fini.

— Terminé. Maintenant.

Il lui prit le sac des mains et l'attrapa par la taille, l'entraînant vers la porte.

Elle se débattit un instant puis se mit à courir avec lui. Ils enfilèrent le hall à toute allure, main dans la main. D'un coup de pied, il ouvrit la porte qui s'était refermée et ils dévalèrent les marches vers la pelouse. Des policiers faisaient barrage à la foule des badauds, les repoussant vers la grande rue.

« Merci mon Dieu », pensa-t-il de bon cœur…

Au même moment, une explosion phénoménale secoua le sol sous ses pieds et lui fit l'effet d'un énorme coup de poing dans le dos, arrachant la main de Chloé de la sienne. Il fut projeté au sol, catapulté comme un mannequin désarticulé, et sa tête heurta les racines d'un arbre. Il se remit debout et, titubant, chercha Chloé. Elle était à quelques mètres, face contre terre, au pied d'un vieux chêne. Des feuilles et des débris de toutes sortes tombaient du ciel. Il sentit des picotements sur sa peau et, levant les yeux, comprit que le vieil arbre était en feu.

Il s'agenouilla près de la jeune fille, lui faisant un rempart de son corps contre les branches enflammées qui lui mordaient le cou et les bras.

Chloé était blessée à la tempe, là où elle avait dû donner de la tête dans le tronc de l'arbre, mais elle respirait et son pouls battait. En dépit des consignes concernant les blessés, il n'avait pas le choix : il fallait l'emporter à l'abri.

Il la souleva en douceur et, mal affermi sur ses pieds, s'éloigna de l'arbre en direction de la rue et des gens qui, horrifiés les regardaient approcher. Le bruit des sirènes annonçait l'arrivée des secours. Deux hommes s'avancèrent. L'un lui prit Chloé des bras, l'autre lui passa un bras autour des épaules.

— Encore un effort, camarade, entendit-il. On y est presque.

Mais c'en était trop. Il sentit ses genoux se dérober sous lui, et sa dernière vision fut celle d'un gigantesque feu d'artifice transformant l'église tout entière en un immense brasier.

Thad entendit des gens parler et, avant d'ouvrir les yeux, comprit qu'il était dans une ambulance. Il avait tous ses esprits et se souvenait parfaitement du drame. Avant de se laisser aller à la faiblesse qui l'engourdissait, il fallait qu'il sache.

— Chloé ? dit-il d'une voix enrouée.

— Bienvenue parmi nous, dit une femme en uniforme d'infirmière en se penchant vers lui. Chloé est le nom de la femme qui était avec vous ?

Il hocha la tête et voulut se soulever mais y renonça, car tout se mit à tourner autour de lui.

— Une autre équipe s'est chargée d'elle et l'emmène à l'hôpital, dit la femme. Elle n'avait pas repris connaissance quand on vous a embarqué. C'est tout ce que je peux vous dire. Restez tranquille.

Aux urgences, on le transporta sur une civière en dépit de ses protestations, et il dut subir tous les examens possibles et imaginables. On lui mit un pack de glace sur le front et une maniaque de l'antiseptique nettoya et pansa une variété de coupures et brûlures un peu partout sur son cou et son torse. Dès que la dernière infirmière eut quitté son box, emportant avec elle son butin de sang, de pansements, de papiers en tous genres, il se leva, enfila le T-shirt souillé qu'il trouva au pied du lit et ouvrit la porte.

Dans le couloir, un des cerbères qui l'avaient soigné, une costaude à la poigne de fer et au physique de demi de mêlée, le prit par le bras et l'immobilisa.

— Où allez-vous ?

Il se dégagea vivement et la fusilla du regard.

— Je cherche quelqu'un qui puisse me renseigner sur l'état de Chloé Miller. Personne n'a l'air au courant dans cet hôpital pourri.

— On s'en occupe, monsieur Shippen. Soyez patient, plaida-t-elle.

— J'ai été patient, et maintenant ça suffit. Alors, enlevez vos pattes et effacez-moi de votre liste, dit-il sans la quitter des yeux. Je pars.

— Monsieur Shippen ? dit une voix.

Une autre infirmière s'approchait, mais il ne voulait pas être le premier à céder et continua de foudroyer du regard son garde-chiourme, la mettant au défi de le retenir. Finalement, elle détourna les yeux.

Bêtement satisfait de cette petite victoire, il écouta ce que l'autre avait à dire.

— Miss Miller subit des examens. On l'a admise aux soins intensifs. Chambre 338. C'est au…

— Quel genre d'examens ?

— Ceux pratiqués en cas de traumatisme crânien. Elle a eu un choc à la tête…

— Quand elle a été projetée contre le tronc, termina-t-il comme pour lui-même.

Elle lui lança un regard de compréhension et le prévint.

— Elle n'est pas autorisée à recevoir de visites autres que celles de sa famille.

Puis elle ajouta :

— Quelqu'un peut-il vous ramener chez vous après qu'on vous aura donné votre permis de sortir ?

Il ne prit pas la peine de répondre et se dirigea vers ce qu'il espérait être la sortie.

— Monsieur Shippen, cria l'infirmière, paniquée. On ne vous a pas signé d'autorisation de sortie !

— Et alors ?

Elle accourut à son côté et, brandissant son dossier, le supplia.

— Si vous partez sans y être autorisé, c'est moi qui vais avoir des ennuis.

Ce fut le ton désespéré de sa voix qui le fit fléchir.

— Vous avez cinquante secondes pour mettre en règle votre fichue décharge.

L'infirmière ne se le fit pas dire deux fois et se précipita à l'autre extrémité du hall.

Il se passa la main sur le front et fronça les sourcils en sentant un bandage sur la bosse qu'il s'était faite en atterrissant contre les racines de l'arbre. Derrière les portes de verre, il nota les indications menant aux ascenseurs. Se retournant, il vit le médecin qui l'avait admis aux urgences venir vers lui, accompagné de l'infirmière.

L'homme n'avait pas l'air heureux.

— Monsieur Shippen, nous sommes très pris ici. J'ai été forcé de quitter un patient pour vous.

— Traînez-moi en justice, répliqua Thad. Si vous

m'aviez renvoyé chez moi dès le début, vous seriez débarrassé de moi.

Le médecin s'approcha, une petite lampe à la main, et lui examina les yeux.

— Touchez votre nez avec votre index droit, ordonna-t-il.

— Oh, ça va ! se plaignit Thad en lui obéissant.

Le docteur griffonna quelques mots sur une feuille.

— Vous devriez rester vingt-quatre heures en observation, dit-il, bien que vous ne paraissiez pas souffrir de traumatisme. Je pense que votre fichue caboche vous a protégé. Si vous avez des vertiges ou des troubles de la vision, appelez votre médecin ou revenez nous voir. Changez vos pansements ce soir et demain. Par la suite, mieux vaut laisser les brûlures à l'air. Simplement, vérifiez qu'elles ne s'infectent pas. D'accord ?

Il lui fit signer la feuille qu'il venait de parapher puis tendit le dossier à l'infirmière, qui détala vers le secrétariat.

— Maintenant, fichez le camp d'ici, dit le médecin avec un sourire, et allez retrouver votre copine.

Thad ne répondit pas et franchit les portes de verre en direction des ascenseurs. Il venait d'appuyer sur le bouton menant à l'étage des soins intensifs quand il entendit du bruit derrière lui.

— C'est lui, c'est Shippen !

— Thaddeus Shippen, c'est ça ?

— Monsieur Shippen, donnez-nous votre version des faits.

Une femme au visage sec et aux cheveux grisonnants lui mit un micro sous le nez. Un homme derrière elle avait déjà le stylo à la main.

— *Valley First Edition*, annonça ce dernier. Est-il exact que vous êtes rentré dans l'église pour aller au secours de la secrétaire ?

— Monsieur Shippen, qu'est-ce que vous faisiez à l'église ? Etes-vous en relation personnelle avec Chloé Miller ?

Thad s'appuya au mur, espérant l'arrivée de l'ascenseur. Il n'avait pas pensé que la presse allait s'en mêler, mais dans une aussi petite ville l'incendie de l'église faisait figure d'événement de première grandeur et il serait illusoire de penser échapper aux journalistes avides d'informations pour leur prochain papier. Alors, autant en finir. Sinon, ils seraient capables de le suivre dans l'ascenseur, et il n'était pas question que ces gens envahissent l'étage de Chloé.

Il sourit à la femme journaliste.

— Faites vite, dit-il.

— Bien sûr.

Elle était calme et beaucoup trop polie… pour être honnête, pensa-t-il. S'il pouvait, il s'en débarrasserait sans lui dire un mot. Mais les autres attendaient, prêts à noter ses moindres paroles.

— Quand avez-vous compris qu'il y avait une fuite de gaz dans l'église ?

Il leur raconta rapidement l'essentiel de ce qui s'était passé, ajoutant peu de choses à ce qu'ils avaient déjà appris de la vieille dame qu'il avait escortée hors de l'église.

— Quel effet cela fait-il d'être un héros ? demanda la journaliste, lui mettant la main sur le bras.

Thad fut soulagé d'entendre l'ascenseur.

— Aucune idée, dit-il. J'ai fait ce que tout le monde aurait fait. Désolé, il faut que j'y aille.

Il libéra son bras et entra dans l'ascenseur. Refermant les portes en accéléré, il appuya sur le bouton du troisième.

D'un pas rapide, il suivit les flèches vers les soins intensifs sans réussir à situer le bureau des infirmières pour leur demander de le renseigner. Les architectes faisaient-ils exprès de compliquer la vie des gens ? Il ne connaissait pas d'hôpital où il était facile de se diriger !

A un tournant, il tomba nez à nez avec le révérend Miller.

Super ! Le très saint pasteur de la communauté. Le garant de la moralité. Plus juste que moi, tu meurs !

Derrière le pasteur, Thad reconnut l'homme qui l'avait embauché pour le chantier et la femme qu'il avait aidée à sortir du bâtiment juste avant l'explosion. Tous avaient le visage grave.

La dame se précipita vers lui, toutes voiles dehors, et… l'embrassa chaleureusement.

— Merci, mon cher garçon, merci. Vous m'avez sauvé la vie.

Il se sentit rougir.

— C'est Chloé qu'il faut remercier, protesta-t-il. Pas moi.

— Si, si. D'ailleurs, sans vous, Chloé ne s'en serait pas sortie.

L'autre homme, Benton Hastings si ses souvenirs étaient exacts, lui tendit la main.

— Merci, monsieur Shippen, dit-il. Nelda a raison. Elle nous a raconté que Chloé rassemblait des documents et que c'était vous qui l'aviez forcée à sortir.

Il montrait le sac que la dame lui avait confié avant de courir vers lui, celui qu'il avait pris à Chloé quand il l'avait arrachée à son bureau.

Il faillit sourire au souvenir de leur course dans le couloir, main dans la main. Mais il était trop inquiet.

— Comment va-t-elle ? demanda-t-il.

Ce fut le révérend Miller qui répondit :

— Nous ne savons pas grand-chose. Elle n'a pas repris connaissance. Ils lui font des examens, on en saura plus d'ici quelque temps.

Le pasteur s'éclaircit la gorge et détourna un instant les yeux avant de revenir à Thad et de lui tendre la main, les larmes aux yeux.

— Merci, monsieur Shippen. Merci d'avoir sauvé ma fille au péril de votre vie. Sans vous… Sa mère est morte il y a bien longtemps, et Chloé est tout ce qui me reste. Si vous ne l'aviez pas…

— Quels examens lui fait-on ? intervint Thad pour couper court à cette effusion gênante.

Il ne comprenait que trop bien l'émotion du vieil homme. Cela réveillait en lui des souvenirs poignants vécus dans un autre hôpital.

— Traumatisme crânien, entre autres, dit Hastings.

— Vous avez aussi subi un choc et vous devriez rentrer chez vous vous reposer, dit le père de Chloé. On ne peut rien faire sinon attendre.

— Je l'emmène, proposa Hastings.

— Ramenez-moi à mon camion, dit Thad. Je me débrouillerai.

Le pasteur le regarda.

— Monsieur Shippen, votre camion était garé devant l'église, dit-il. Il a brûlé dans l'explosion.

Il lui passa un bras autour des épaules et le mena vers la sortie.

— Ne vous inquiétez pas, le rassura-t-il. L'assurance le remplacera. Merci encore. Maintenant, rentrez chez vous. On vous appellera demain pour vous donner des nouvelles.

Thad voulut protester, mais Benton Hastings le prit par le coude et l'emmena d'une main ferme vers les ascenseurs. Avant qu'il ait pu réagir, il était en voiture et ramené chez lui, au vieux mobil-home qui lui servait de maison.

- 2 -

Dire qu'il avait mal dormi serait loin de la vérité, admit Thad le lendemain matin. Brûlures et coupures ne lui avaient pas laissé de répit. Malgré le pack de glace qu'il avait appliqué sur sa bosse, sa tête le faisait souffrir. Dans son dos, les points d'impact des débris enflammés qui avaient traversé l'étoffe le brûlaient, et il lui était difficile de les enduire de lotion calmante. Il dut se résoudre à jeter son T-shirt préféré à la poubelle, celui qui, décoloré et assoupli par les nombreux lavages, lui était comme une seconde peau.

De plus, il se faisait un sang d'encre pour Chloé dont il n'avait pas de nouvelles. Pourquoi l'avait-il laissée revenir en arrière ? Mais aussi, qui aurait pu penser qu'elle risquerait sa vie pour une poignée de documents ridicules ?

Il fallait qu'il s'active pour se retenir de décrocher le téléphone. Il devait se concentrer sur les décisions à prendre pour les jours à venir. D'autres travaux l'attendaient.

On le préviendrait peut-être ? Ou peut-être pas.

Qu'importe ? Il s'intéressait à Chloé en tant qu'être humain, pas plus. Possible qu'elle ait éveillé en lui plus d'intérêt qu'une autre… Toutefois, il n'en était pas à ne pas pouvoir vivre sans elle.

Il alla à la table qui lui servait de bureau et consulta son agenda. Maintenant que les travaux de l'église étaient annulés, il lui fallait décider de son prochain chantier. Le conseil paroissial lui paierait-il ce qu'il avait déjà accompli avant le désastre ? Délicat. Mieux valait se remettre tout de suite au travail.

Il appela la première personne en attente sur sa liste, une dame du centre-ville qui voulait faire refaire le manteau de sa cheminée. Quand il lui expliqua qu'il était disponible plus tôt que prévu, elle ne voulut pas en entendre parler.

— Prends le temps de te remettre, Thad, dit-elle. Tu dois avoir été sérieusement choqué. Attends un jour ou deux. Disons, pas avant mercredi ? Et si tu ne te sens pas en forme, on peut reporter de quelques jours. Je me sentirais coupable de profiter de la catastrophe qui s'est produite.

D'accord. Très bien, madame.

Il fit la vaisselle de son petit déjeuner et la laissa sécher dans l'égouttoir. Puis il se rendit au garage attenant qu'il avait transformé en atelier. Puisque personne ne voulait de lui, il passerait le temps sur un de ses projets personnels.

Vers midi, alors qu'il se préparait à manger, le téléphone sonna enfin, et il bondit sur ses pieds.

Chloé ?

— Joseph Miller. Pourrais-je parler à Thaddeus Shippen ?

— Lui-même.

Déçu, il eut recours à l'insolence pour s'en cacher.

— Bonjour, révérend. Pas besoin de mes services, aujourd'hui ?

— Pas vraiment, non.

Le pasteur avait plus ou moins repris le ton sec et froid qui le caractérisait. Ce n'était plus l'homme bouleversé qui s'était répandu en remerciements la veille.

— J'appelle pour vous donner des nouvelles de Chloé.

— Allez-y, dit Thad dont le cœur battit plus vite.

Miller parla, à contrecœur, semblait-il, uniquement pour honorer la promesse faite au sauveur de sa fille.

— Chloé a repris connaissance hier, tard dans l'après-midi. Elle va bien et pourrait quitter l'hôpital dès aujourd'hui. Donc, inutile de vous déplacer pour venir la voir.

Le message était clair. Chloé ne voulait pas entendre parler de lui et avait demandé à son père de le lui faire savoir. Elle avait repris connaissance la veille mais n'avait pas demandé qu'on l'en informe.

Normal, pensa-t-il, un peu amer. Elle avait dû apprendre de son père qu'on ne pouvait pas lui faire confiance, qu'il se faisait un plaisir de mettre à mal la réputation des jeunes filles et autres sottises qui couraient sur son compte. De toute façon, elle était beaucoup trop… coincée pour lui. Il ne voulait plus avoir affaire qu'à des femmes consentantes, sans complications. C'en était fini des jeunes filles vierges et rougissantes.

— Merci, dit-il. Alors ce n'était pas la peine d'appeler. Si elle avait cassé sa pipe, je l'aurais su.

Choc à l'autre bout de la ligne. Il y eut un silence pendant lequel il entendit le pasteur reprendre son souffle avant de dire :

— Merci encore pour votre intervention, monsieur Shippen. Merci d'avoir sauvé Chloé et miss Biller. Toutes les deux représentent beaucoup pour la communauté et vous nous avez épargné une très grande perte.

Sous-entendu : ce qui n'est pas le cas pour vous.

Message enregistré.

Le pasteur raccrocha. Thad resta un long moment, l'appareil bourdonnant collé à l'oreille, avant de se décider à se lever pour le remettre en place.

— Tu es sûr qu'on ne peut pas essayer de voir si on ne trouve pas des choses qui pourraient être utiles ?

Chloé contemplait, atterrée, le tas de ruines noircies et tordues qui avait été l'église.

C'était là que ses parents s'étaient mariés, qu'elle avait été baptisée et confirmée. Les obsèques de sa mère y avaient eu lieu et les dames de la paroisse avaient organisé une réception somptueuse, se souvint-elle, avec un buffet pantagruélique. Elle avait toujours pensé qu'un jour, elle aussi remonterait la nef au bras de son père pour épouser l'homme de sa vie. Trop tard. Cela ne se produirait pas.

Elle chassa les larmes qui lui montaient aux yeux et essaya de se consoler en se disant qu'une église n'est qu'un bâtiment, que l'essentiel se passe dans le cœur des fidèles rassemblés.

Grâce à Thad, la petite communauté n'avait pas subi de pertes en vies humaines, ce qui était plus important que la destruction du lieu de culte. L'incendie qui avait suivi l'explosion avait tout réduit en cendres et en débris méconnaissables. Il en allait de même pour sa voiture et pour le camion de Thad, tous deux garés à proximité. Heureusement, l'église avait été construite en retrait de la rue, sur une vaste étendue de pelouse. Malgré cela, il avait fallu tous les efforts des pompiers pour que le feu ne se propage pas aux constructions les plus proches, tant il avait été violent. Des cordons de sécurité entouraient le tas de ruines, interdisant l'accès au public.

— Désolé, ma chérie, dit son père, mais les pompiers pensent que tout a été détruit, soit par le feu soit par l'eau. Rien n'y a résisté, et ce qui subsiste pourrait être dangereux. Menace d'éboulement. Rentrons à la maison, veux-tu ?

Elle secoua la tête.

— Je n'arrive pas à y croire.

Le pasteur frissonna.

— Moi, oui. J'étais à quatre rues d'ici quand l'explosion s'est produite, et j'ai cru que c'était la porte d'à côté. Tous les bibelots de Mme Murphy ont volé dans la pièce et une fenêtre a éclaté. Heureusement que tu en étais sortie.

Il oubliait de dire « grâce à Thad », pensa-t-elle aussitôt. Ce qui ne fit que l'attrister encore plus. Un sanglot lui monta à la gorge, qu'elle ravala, et elle plissa les yeux pour retenir ses larmes. Elle était encore sous le choc, trop bouleversée par ce qui s'était passé pour se maîtriser, pensa-t-elle. Rien à voir avec Thad Shippen.

Il n'était pas resté pour s'assurer qu'elle n'avait rien de grave. Quand elle avait repris connaissance, sa première question avait été pour s'enquérir de lui. Son père lui avait dit que Thad allait bien, qu'il n'avait que des blessures superficielles et qu'on avait soigné ses brûlures. On l'avait relâché, et il était rentré chez lui.

De nouveau les larmes menaçaient de déborder et elle se fit violence pour les refouler tout en suivant son père vers la voiture.

Inutile de s'appesantir sur Thad. Il lui avait sauvé la vie, soit, mais il n'avait rien d'un gentleman, elle était bien placée pour le savoir.

Elle appuya sa tête contre le dossier et se remémora ses premiers jours après son retour à Geiserville.

Elle venait d'obtenir son diplôme de l'école, non-mixte évidemment, où elle s'était préparée à l'enseignement pendant quatre années d'études intensives. De retour à la maison, il lui avait paru difficile de devoir rendre des comptes à son père. Elle avait perdu l'habitude de devoir expliquer où elle allait chaque fois qu'elle sortait. Non qu'elle fût dépravée ou en quête d'aventures, mais elle avait pris goût à l'indépendance. Or, quelques semaines plus tard, Elisabeth, la secrétaire de la paroisse, avait donné sa démission. Un de ses frères résidant en Californie avait fait une crise cardiaque, et elle avait décidé d'aller le soigner. Quand son père lui avait suggéré d'employer son temps à remplacer Elisabeth, elle avait accepté pour rendre service. Jusqu'à ce que le conseil paroissial recrute une nouvelle secrétaire.

Elle avait prévu de passer l'été à mettre au point son projet de jardin d'enfants pour lequel elle avait déjà des idées précises. Hélas, les jours étaient devenus des semaines, et personne ne parlait de recruter quelqu'un pour prendre sa place. Chaque fois qu'elle abordait le sujet, son père lui faisait compliment de la manière dont elle s'était adaptée et se félicitait d'avoir auprès de lui quelqu'un d'aussi efficace.

Un jour qu'elle classait des documents, M. Barlow, un des membres du conseil, sortit du bureau du pasteur et vint vers elle avec un large sourire.

— Permettez-moi d'être le premier à vous féliciter, dit-il.

Perplexe, elle se demanda s'il ne se trompait pas de personne.

— Me féliciter ? Moi ? De quoi ?

— Eh bien, d'avoir décidé de rester ici, à la paroisse, comme secrétaire.

Elle en resta bouche bée.

— Rester ? Comme secrétaire ?

Apparemment, M. Barlow était enchanté de la nouvelle.

— C'est ce que votre père vient de me dire. Que vous seriez heureuse de conserver le poste laissé vacant par le départ d'Elisabeth. Je suis certain que le conseil approuvera, étant donné la façon dont vous avez su vous organiser. On ne pouvait rêver mieux, n'est-ce pas ? Au revoir et bonne journée.

Quand il fut sorti, elle resta un instant à contempler la porte de son père, un éclair de rage au fond des yeux. Elle avait envie de hurler, de tempêter, de lancer des objets à travers la pièce. Elle se força à se calmer et ouvrit la porte de communication.

— Ah, tu es là. Je ne t'ai pas entendue frapper.

— Je n'ai pas frappé, dit-elle sèchement.

Au ton de sa voix, le révérend Miller releva la tête et fronça ses sourcils blancs touffus.

— Que se passe-t-il, Chloé ?

— Papa…

Elle était si furieuse qu'elle en tremblait.

— Personne ne m'a demandé si je voulais prendre la

place d'Elisabeth de façon permanente. Alors, pourquoi as-tu dit à M. Barlow que je l'acceptais ?

Son père éloigna un peu sa chaise de son bureau et étendit les mains devant lui.

— Ma chérie, j'ai cru que cela te ferait plaisir. Tu as si bien rempli la mission que le conseil est prêt à entériner ta nomination. C'est tout à ton honneur.

— Papa ! Je viens de passer quatre ans à étudier pour devenir enseignante. Ce n'est pas parce que j'ai montré que j'étais capable d'être secrétaire que je veux en faire ma carrière.

Son père soupira.

— C'est ma faute, reconnut-il. Si tu dois t'en prendre à quelqu'un, c'est à moi. Je me suis montré très égoïste. Tu m'as beaucoup manqué ces dernières années, et depuis ton retour ton vieux père est un homme heureux. Avec toi à mes côtés, nous formons une bonne équipe, et j'ai cru que cela pourrait continuer. Je n'ai pas pensé que tu avais autre chose en tête.

Elle dut se défendre d'être submergée par le remords que ces paroles faisaient monter en elle. Elle était consciente que son père cherchait à l'influencer, à la manipuler. Elle n'était pas dupe et lui en voulait de sa manœuvre. Chaque fois qu'un désaccord se produisait entre eux, il coupait court à ses protestations en s'excusant et en avançant des arguments émotionnels qu'elle ne savait pas réfuter. Elle ne mettait pas en doute les sentiments de son père à son égard mais détestait la façon qu'il avait de la mettre dans son tort, de lui faire sentir que c'était à elle de faire un effort.

— La perspective ne m'enchante pas, dit-elle. C'est le moins que l'on puisse dire.

Et tant pis si elle frisait l'insolence.

— Ce n'est pas le fait de travailler avec toi, continua-t-elle. C'est mon avenir qui est en jeu.

Elle tourna les talons et quitta la pièce, se retenant de justesse de claquer la porte.

Elle prit son sac et allait sortir quand son père ouvrit la porte de son bureau.

— Où vas-tu ? Ce n'est pas l'heure du déjeuner.

— Je m'absente pour le reste de la journée, dit-elle sans le regarder. J'ai besoin de réfléchir.

Le mardi suivant, à 16 h 25, Chloé éteignit son ordinateur.

La chambre de commerce locale et les diverses associations avaient conjugué leurs efforts pour venir en aide à la paroisse sinistrée. Une autre paroisse avait réaménagé ses horaires de culte pour faire place aux paroissiens de Pennsylvania Church. On leur avait attribué gratuitement un local dans la grande rue, une boutique vide, et tout le matéiel de bureau n'avait pas tardé à arriver, provenant de la générosité des uns et des autres. Ainsi, elle avait un ordinateur dernière génération, une photocopieuse et un fax, prêtés par une firme de bureautique.

Elle venait de passer la journée à vérifier la compatibilité des disquettes et barrettes qu'elle avait sauvées du désastre et à les mettre sur le disque dur. Puis elle avait établi la liste des choses de première nécessité à se procurer et réfléchi à l'organisation à prévoir pour remettre en route le fonctionnement du secrétariat.

16 h 30 : l'heure de la fermeture. Elle était épuisée par une journée bien remplie et avait hâte de rentrer à la maison.

Mais, avant cela, elle avait à effectuer une démarche qui lui tenait à cœur.

Elle monta dans la voiture de location qu'elle était allée chercher le samedi précédent. Avant de se mettre en route, elle posa son sac sur le siège du passager, en sortit un papier et relut l'adresse qu'elle avait recopiée dans l'annuaire.

Un simple coup de téléphone n'aurait pas suffi, décida-t-elle en sortant de la ville et en s'engageant sur une route de campagne. Thad avait risqué sa vie pour elle, elle se devait de le remercier en personne. Elle traversa un cours d'eau qu'enjambait un très ancien pont de pierres et prit une petite route étroite qui longeait une ferme d'élevage de porcs.

De nouveau, elle s'étonna qu'il ne se soit pas manifesté pour prendre de ses nouvelles, soit à l'hôpital, soit par la suite.

Elle se souvint alors de la façon dont son père l'avait traité le jour où ils s'étaient rencontrés dans son bureau. Probable que Thad ne souhaitait pas renouveler l'expérience, c'était sans doute la raison de son silence. Soudain elle se sentit mieux. Toutefois, Geiserville était une très petite ville et son père suivait une routine stricte. Il aurait facilement pu savoir quand le pasteur s'absentait pour ses visites.

Après la ferme, le chemin pénétrait dans un bois. Elle cherchait une maison et faillit passer sans s'arrêter devant la vieille caravane. Elle eut un doute en voyant une boîte aux lettres dans son rétroviseur et fit marche arrière. Elle s'en approcha et se pencha à la portière pour vérifier.

« Thaddeus Shippen »

C'était bien son nom. Etait-ce là qu'il vivait ?

Le mobil-home, d'un modèle très ancien, avait autrefois été bleu turquoise et blanc, mais des années d'intempéries avaient jauni le blanc et décoloré le turquoise de façon inégale, suivant l'exposition au soleil. Des coulées de rouille orange et brun dégoulinaient de tous les joints et craquelaient ce qui restait de peinture. Seul, le jardin autour de cette espèce de ruine rachetait l'ensemble autrement désolant. Bien entretenu, il avait tout d'un parc paysager. Elle reconnut des forsythias en pleine floraison jaune d'or, des lauriers, un bosquet de lilas prêts à fleurir, des rhododendrons sur le point de s'ouvrir, des saules en bourgeons. Çà et là, des iris et des tulipes sortaient de terre. Il était clair que quelqu'un aimait prendre soin de ce qui poussait dans ce jardin.

Elle vérifia encore une fois l'adresse et dut se rendre à l'évidence, c'était bien là.

Elle engagea la voiture dans le sentier plein d'ornières qui faisait le tour de la parcelle et menait derrière la caravane. Un bâtiment plus petit se cachait dans les arbres. Une camionnette flambant neuve, celle qui avait remplacé le camion détruit par l'incendie, était garée sur le côté.

Un pavage de ciment servait de terrasse à la caravane. Elle y monta et regarda par une vitre poussiéreuse. Personne.

Le bruit d'une machine lui fit dresser l'oreille. Cela venait de l'autre bâtiment. Contournant la caravane, elle alla frapper à la porte.

Le bruit s'arrêta d'un seul coup. Elle entendit des pas, la porte s'ouvrit en grand, et Thad Shippen s'encadra dans l'ouverture, torse nu malgré la température plutôt fraîche de cette fin d'après-midi.

Quand il la vit, il haussa les sourcils.

— Tiens, tiens ! Regardez qui va là, portée sur les ailes de la brise ! Qu'est-ce qui vous amène dans les parages, mon ange ?

Elle esquissa un timide sourire. Les mots chaleureux qu'elle avait préparés lui firent défaut et elle réussit tout juste à dire :

— Je… je voulais vous remercier de m'avoir sortie de l'église, Thad.

— Pas un exploit, grommela-t-il.

Il prit un T-shirt sur le dossier d'une chaise, passa

les bras dans les trous des manches coupées à ras des épaules et le fit descendre sur son torse.

— On m'a déjà remercié. Ce n'était pas la peine de faire tout ce chemin pour ça.

Déconcertée par cette attitude désinvolte, Chloé ne savait trop que faire. Elle était déçue, blessée aussi. Plus qu'elle ne voulait l'admettre. Mais elle n'était pas fille à renoncer. Elle était venue jusque-là pour dire à Thad ce qu'elle avait à dire.

— Je ne crois pas que beaucoup de gens auraient risqué leur vie pour venir me chercher. C'est grâce à vous si je suis encore en vie, et je tenais à vous remercier en personne parce que j'estime que ce n'est que justice.

Elle baissa les yeux et balaya du bout du pied des copeaux de bois qui traînaient sur le sol.

— Vous n'avez pas idée du nombre de gens qui viennent me féliciter d'avoir réussi à emporter les fameux documents qui ont failli nous coûter la vie. Tous disent que j'ai magnifiquement réagi. En réalité, je me suis conduite comme une idiote.

Pendant un temps, Thad ne dit rien. Quand elle leva les yeux, elle lui vit un petit sourire au coin des lèvres.

— Je suis d'accord, dit-il.

Elle sourit à son tour, soulagée et… heureuse.

— Je n'arrive pas à croire que j'ai pu être aussi bête.

— Moi non plus. Je ne vous répéterai pas les mots

qui me sont venus à l'esprit quand je suis retourné vous chercher.

Elle rit.

— J'imagine que cela ne devait pas être triste de vous voir me tirer de là comme vous l'avez fait.

Le sourire de Thad s'élargit.

— Je n'ai pas eu le temps de voir si les badauds se moquaient de nous, dit-il.

Puis il hocha la tête.

— Je suis sûr que ces gens ont raison, dit-il d'un ton conciliant. Ces fichus documents vont faciliter la reprise de vos activités. Si vous deviez repartir de zéro, ce serait une tâche colossale.

C'était ce qu'elle avait voulu éviter et elle en frémit rétrospectivement.

— Effectivement, je n'ose y penser. C'est déjà assez difficile. C'est ce qui m'a poussée à agir ainsi, d'ailleurs. Très tôt on m'a appris à avoir les pieds sur terre, et cela ne s'oublie pas, ajouta-t-elle sans raison.

Il se dégagea de la porte et sortit sur le porche. Aussitôt, elle eut l'impression que le porche avait rétréci, bien qu'elle se soit reculée pour lui faire de la place. Thad s'étira et respira à fond.

— Super, grommela-t-il. J'avais besoin d'une pause.

Il se tourna vers elle, la scrutant intensément.

— Quand avez-vous appris à avoir les pieds sur terre ? demanda-t-il. « Très tôt », ça veut dire quoi ?

Elle secoua la tête, se remémorant son enfance austère.

— Mon père avait la tête dans les nuages, dit-elle. Il fallait bien que quelqu'un s'occupe des détails pratiques.

— Et votre mère ? Elle ne pouvait pas le faire ?

— Ma mère est morte quand j'avais neuf ans. Papa était incapable de faire marcher la maison, encore moins avec un enfant à charge. Il avait tendance à oublier de faire les courses ou de payer les factures. Je pense qu'il avait trop de choses en tête à la fois.

— Est-ce à dire qu'on n'a pas le temps de s'occuper de ses enfants quand on est pasteur ?

La voix de Thad avait monté d'un ton. Cependant, il posait la question plus par curiosité que par méchanceté.

— Papa était très impliqué dans la vie de sa communauté, dit-elle lentement. Il était très attentif aux besoins de ses paroissiens, même s'ils ne s'en rendaient pas compte. Je faisais partie de son équipe. Il me traitait plus en partenaire qu'en enfant dépendante de lui. Et cela m'allait très bien.

Thad s'était calmé en l'écoutant parler. Il détourna les yeux, regardant les jeux de lumière au travers du feuillage.

— Son équipe, répéta-t-il d'un ton rêveur. Cela a l'air sympa. Mon enfance à moi s'est plutôt déroulée en solo.

Que dire à cela ? se demanda-t-elle, se souvenant

des rumeurs qui couraient à son sujet : enfant, il était intenable, faisait les pires bêtises, livré à lui-même parce que sa mère recevait des hommes en permanence, autrement dit qu'elle faisait commerce de son corps.

Elle se tut jusqu'à ce qu'il la regarde de nouveau, un éclair de défi au fond des yeux.

— Désolé si mon éducation ou mon manque d'éducation choque vos principes, dit-il. Tout le monde n'a pas les mêmes critères de moralité.

— Je ne suis pas choquée, dit-elle. Je pesais mes mots. Vous avez toujours l'air prêt à prendre la mouche, ce qui me fait craindre de vous blesser. Je pensais que vivre en solitaire n'est pas l'idéal pour un enfant.

— Exact.

Il respira plusieurs fois à fond et se passa la main sur le torse.

— Désolé si j'ai l'air d'être un peu sur la défensive, dit-il enfin.

Un peu ! Elle faillit éclater de rire. Il affichait son indifférence à la face des gens sans prendre de gants, comme un matador qui agite sa muleta sous le nez du taureau ! Elle se retint de le lui dire. Ce serait mal venu de sa part puisqu'il venait de s'excuser. Mieux valait changer de sujet.

— A quoi travaillez-vous maintenant que vous n'avez plus l'église pour vous occuper ?

— J'ai d'autres chantiers qui m'attendent, mais aujourd'hui je bricolais. J'essaye de nouveaux trucs.

De la tête, il montrait l'atelier derrière lui.

— Je ne pense pas qu'ils vont me demander de finir la restauration de l'église. Qu'en pensez-vous ?

Il riait, et elle rit avec lui. Cela faisait plaisir de le voir décontracté. Toutefois, le rire mourut sur ses lèvres lorsqu'elle repensa au moment dramatique de leur course vers la porte : elle avait bien cru qu'ils ne parviendraient pas à quitter le bâtiment à temps.

Thad la regardait, le visage grave, et elle comprit qu'ils partageaient le même souvenir.

— Merci, murmura-t-elle, mordillant sa lèvre inférieure pour en réprimer le tremblement.

C'était ce même homme qui l'avait sauvée. S'il n'était pas revenu la chercher, elle n'aurait pas été là aujourd'hui, près de lui, troublée par la chaleur de son corps…

— N'y pensez plus.

Il lui couvrit un instant la bouche de sa main puis, lui prenant une main dans la sienne, il mêla ses doigts aux siens.

— On s'en est sortis, c'est le principal, ajouta-t-il.

Elle regarda leurs mains enlacées, la sienne disparaissant au creux de la large paume de Thad, chaude et sèche. Rugueuse à force de manier les instruments de son travail. Un peu humide aussi, là où il l'avait appliquée contre ses lèvres. Une étrange sensation lui noua l'estomac en imaginant ses lèvres sur les siennes.

— Si je comprends bien, dit-il, vous avez fait tout

ce chemin pour me remercier ? Ou est-ce que vous aviez autre chose à faire dans le voisinage ?

Thad lui parlait, mais ses yeux étaient rivés à sa bouche, et la sensation de trouble s'accentua en elle. Elle aussi, le souffle court, regardait malgré elle le mouvement de ses lèvres. Elle dut faire effort pour se souvenir que, non, rien d'autre ne justifiait son déplacement dans ce coin perdu. Elle était venue pour le remercier, et maintenant il fallait qu'elle rentre à la maison où son père l'attendait pour le dîner.

— Il faut que j'y aille, dit-elle d'une voix qui lui parut bizarre, basse et enrouée.

Il ne fit aucune remarque et descendit du porche. La tenant toujours par la main, il la raccompagna vers sa voiture.

Elle gardait le souvenir de cette main sur ses lèvres. Elle aurait voulu la lécher, en garder le goût avec elle. Etait-ce timidité ou simple bon sens ? Toujours est-il qu'elle s'abstint, pressentant que ce serait aller au-devant des pires ennuis. Ce qu'elle ne souhaitait pas, bien sûr, sachant ce qu'elle savait de ce diable de Shippen. Elle avait l'impression de flotter sur un nuage, entièrement absorbée par la sensation de sa main nichée dans la sienne, par la chaleur irradiant de ses doigts. Par l'image de son autre main sur elle, caressant sa peau…

Il était urgent de prendre congé. Elle avait accompli son devoir et mis fin à cette obligation. Dommage que sa fascination pour l'homme n'ait pas suivi le même chemin.

Elle évitait de le regarder, de crainte qu'il ne lise dans ses pensées, puis une petite voix sonna l'alarme, et elle leva les yeux.

Thad lui souriait. Elle regarda, fascinée, sa belle bouche sensuelle esquisser un baiser. Il porta sa main à ses lèvres et lui baisa le bout des doigts.

Elle aurait voulu retirer sa main. Mais non, au contraire, elle aurait voulu qu'il ne s'arrête pas, qu'il prolonge la caresse… Jamais de toute sa vie elle n'avait été autant attirée par un homme. Le cœur battant, elle ne pouvait détacher son regard de ses lèvres ourlées qui s'attardaient sur ses doigts. Elle crut que ses genoux allaient se dérober sous elle, tandis qu'elle mourait d'envie de se jeter dans ses bras et… Et quoi ?

De son autre main, il lui leva le menton. Leurs yeux se rencontrèrent et elle vit dans son regard le même désir que celui qui la tourmentait.

— Voulez-vous rester un moment ? demanda-t-il d'une voix de basse qui la fit frémir tout entière.

Elle comprit ce qu'il insinuait et reprit plus ou moins le contrôle d'elle-même. Pas question de lui donner l'impression qu'elle était le genre de fille à… rester. Elle secoua la tête.

— Je ne peux pas.

Il sourit comme s'il avait su à quoi s'attendre.

— Alors, déguerpissez tant que vous le pouvez

encore, ma douce, dit-il, lâchant sa main et s'écartant d'elle.

Il mit ses pouces dans les poches arrière de son jean et la regarda ouvrir la portière et se glisser sur le siège.

Elle se persuada qu'elle n'était pas intéressée par une aventure d'un jour avec Thad Shippen. Une chose était de trouver un homme attirant, une autre de s'engager dans une relation amoureuse avant le mariage.

Oh ! Mon Dieu !

Sans le vouloir, son regard s'était fixé sur le blue-jean de Thad qui lui collait au corps comme une seconde peau. Et sur… la bosse sous la fermeture. Elle rougit, comprenant en un éclair ce qu'il avait voulu dire.

Quand elle leva les yeux, elle le vit sourire.

— Alors ? Vous aimez ce que vous voyez ?

Il éclata d'un grand rire moqueur tandis qu'elle s'empressait de mettre sa clé dans la serrure.

Elle dut s'y reprendre à deux fois, démarra aussi vite qu'elle le put et sortit du sentier en marche arrière, faisant voler les cailloux sous ses roues.

Sur le chemin du retour, elle tenta de s'indigner de l'attitude de Thad, de l'accuser de séduction, de le rabaisser au rang des… « suborneurs » comme dirait son père.

Sans pouvoir se défaire de l'idée que si elle s'était laissé entraîner à l'intérieur du mobil-home, elle serait en train de découvrir ce que son corps frustré réclamait.

- 3 -

La semaine suivante, Thad constata que, chaque fois qu'il venait en ville, il tombait sur Chloé Miller. Pas moyen de l'éviter.

En tout cas, c'est ce dont il se persuadait tout en remontant la grande rue au volant de sa camionnette à une allure d'escargot.

Il ralentit encore en passant devant la boutique qui servait de local administratif à l'église sinistrée. Chloé était toujours à son bureau, plongée dans une masse de documents. Ce serait chouette si elle se levait pour aller vers le classeur, par exemple. Il pourrait la voir en entier.

Le conducteur derrière lui s'impatienta et appuya longuement sur son Klaxon. Chloé leva la tête et regarda par la baie vitrée.

Il se renfonça dans son siège et tourna la tête, espérant qu'elle ne l'avait pas vu.

Qu'elle n'aille pas s'imaginer qu'il cherchait à la voir ! Ce n'était pas sa faute s'il avait dû se rendre trois fois de suite à la quincaillerie depuis ce matin, ni si la quincaillerie se trouvait à cinquante mètres de là où elle travaillait.

Non, il ne fallait surtout pas qu'elle se fasse des idées fausses. Il la trouvait charmante, c'est vrai mais ce n'était pas son genre de femme. Il préférait de loin celles qui affichaient leur féminité, portaient des vêtements moulants, regardaient les hommes en face et connaissaient les règles du jeu. Jean avait été la seule exception, et elle l'avait trompé sur la marchandise. Une fille très comme il faut qui lui avait fait croire qu'elle était beaucoup plus émancipée qu'elle ne l'était en réalité.

Toutefois, il fallait reconnaître que la première fois qu'il avait aperçu Chloé par la fenêtre de son bureau, il n'était pas resté indifférent. A n'en pas douter, elle avait retenu son attention. De son côté, il l'avait surprise en contemplation devant… ce qu'elle voyait de lui, et elle avait rougi et vite détourné les yeux quand elle s'était rendu compte qu'il la regardait.

Chloé était discrète, généreuse, attentive aux autres. C'est ce qui l'avait amenée à venir en personne le remercier de ce qu'elle estimait un acte de courage, alors qu'elle se doutait bien que son père lui avait déjà exprimé sa reconnaissance.

Jolie, aussi. Jolie d'une façon un peu désuète, d'une élégance discrète dans des tons de pêche, d'ivoire. Une élégance de grande dame qui tranchait avec le laisser-aller décontracté à la mode.

Or, s'il y avait un domaine où il excellait, c'était dans

l'appréciation des efforts des femmes à se faire une beauté. Il avait été élevé dans un monde de femmes qui dépensaient beaucoup de temps et d'argent à se mettre en valeur. Le mascara n'avait pas de mystère pour lui et il savait quels shampooings et quelles crèmes faisaient d'une chevelure quelconque une masse de boucles destinée à enflammer l'imagination d'un homme. Il reconnaissait le musc ou le jasmin dans un parfum. Il savait à quoi correspondait une taille 38 et détectait un *Wonderbra* là où la nature s'était montrée avare d'avantages bien placés.

Ce n'était pas le cas de Chloé. Sous ses chemisiers décemment boutonnés et ses petits tailleurs chic, il devinait un corps de déesse. Le jour de sa visite chez lui, elle avait laissé sa veste dans la voiture, et les contours de sa poitrine sous la blouse de soie à manches courtes l'avaient tellement distrait qu'il n'avait pas entendu la moitié de ce qu'elle disait. Pendant un court instant de folie, il avait même pensé lui demander de sortir avec lui.

Heureusement, son bon sens l'en avait empêché. Chloé était adorable, soit, mais issue d'un milieu hyperprotégé et fille de pasteur. Et pas n'importe lequel ! Celui-là même qui avait présidé aux obsèques de Jean.

Alors que lui, Thad, n'avait rien de discret, encore moins de protégé, et aucune femme de sa connaissance ne l'aurait qualifié de bon ou de généreux.

Subitement, son imagination dérapa. Il revit le visage de Chloé quand il lui avait embrassé le bout des doigts. Il n'en fallut pas plus pour que son corps s'enflamme tout comme si elle avait été encore là devant lui, troublée, un début de désir lui voilant le regard. Comme il avait été tenté de relever sa jupe et de caresser ses longues jambes soyeuses ! Que ce soit hors de question l'avait plus frustré que tout ce qu'il avait connu dans sa vie. Il l'avait grossièrement taquinée pour la pousser à fuir avant qu'il ne cède à l'impulsion de la sortir de sa voiture et de l'entraîner vers son mobil-home.

Il revit ses yeux écarquillés quand elle avait compris qu'elle contemplait un homme en pleine excitation. Elle avait été plus que choquée et avait fui. Ce qui était une autre différence majeure : la plupart des femmes qu'il connaissait auraient ri et se seraient jetées dans ses bras.

C'est ce qu'il avait vu sa mère faire spontanément un certain nombre de fois. L'antithèse de Chloé. Cependant, il le pressentait, un feu couvait sous son apparence un peu compassée qui ne demandait qu'à s'enflammer. Mais il était clair que, contrairement à d'autres, elle ne laisserait pas le premier venu souffler sur les braises. Non, la petite miss choisirait le M. Bien-Sous-Tous-Rapports que son papa approuverait et attendrait d'avoir la bague au doigt pour laisser parler ses pulsions. Rien à voir avec sa mère.

Il fit le tour du pâté de maisons et passa derrière l'école avant de revenir encore une fois dans la grande rue. Chloé et sa mère, en dépit de leurs différences, avaient quelque chose en commun. La gentillesse envers tous et l'attention aux autres. C'était la première chose qu'il avait remarquée.

Sa mère dispensait peut-être ses faveurs sans compter, mais elle avait toujours fait preuve de bonté et de générosité. Toujours prête à rendre service, elle se mettait en quatre pour une amie dans le besoin. Pour lui aussi. Il avait peut-être eu une mère un peu trop portée sur la chose, mais il n'avait jamais manqué d'amour.

Il s'apprêtait à passer une dernière fois devant le bureau de Chloé quand une place se libéra juste devant lui. Le destin avait parlé.

Il n'avait jamais laissé passer sa chance. Cette place qui lui tendait les bras lui dictait sa conduite : il devait s'arrêter et aller voir Chloé.

L'inviter à sortir avec lui ?

Il pesa le pour et le contre comme si l'idée était nouvelle. Elle n'était peut-être pas son genre, mais après tout pourquoi pas ? Cette place subitement libre n'était-ce pas un signe des dieux ?

Sans savoir pourquoi et sans que leurs regards se soient rencontrés, il sentit à la seconde près quand elle le vit. Dès qu'il sortit de sa camionnette et pendant qu'il mettait l'argent dans le parc-mètre, il sut qu'elle avait les yeux braqués sur lui.

Mais quand il se retourna, elle avait la tête baissée sur les feuillets devant elle et la garda ainsi jusqu'au moment où il poussa la porte. Alors seulement, elle releva la tête et lui sourit. Un sourire qu'il n'apprécia pas : professionnel, impersonnel, sans rapport avec ce que lui ressentait. Pourquoi ne souriait-elle pas tout simplement parce qu'elle était heureuse de le voir ?

— Bonjour, dit-il.

C'est tout ce qu'il trouva à dire.

— Bonjour, dit-elle, accueillante.

Il se tenait planté devant elle comme un idiot, avec le sourire d'un idiot sur le visage. Où était passée sa belle assurance ?

— Je… je passais par hasard et j'ai pensé venir vous dire bonjour.

Ridicule ! D'habitude, il n'avait aucun mal à trouver ses mots. Là, il était comme paralysé.

— Quelle bonne idée, dit Chloé, accentuant son sourire.

Ce fut le moment que choisit le révérend Miller pour faire son entrée, et il aurait juré que Chloé n'en était pas ravie. Cependant, elle s'adressa à son père d'un ton parfaitement neutre.

— Papa, tu te souviens certainement de M. Shippen.

Le révérend prit son temps pour enlever son imperméable et le suspendre au portemanteau avant de lui tendre la main.

— Thaddeus, dit-il.

Thad serra la main du pasteur, se retenant de lui broyer les doigts comme il en mourait d'envie.

— Bonjour, révérend.

— Aucune décision n'a encore été prise quant à

l'église, dit ce dernier. Nous ne savons pas si elle sera restaurée ou démolie. On vous avisera en temps voulu si le conseil décide d'avoir recours à vos services. Si vous voulez en savoir plus, adressez-vous à M. Hastings.

Le pasteur faisait écran de toute sa carrure entre Chloé et lui, tel un père d'autrefois défendant la virginité de sa fille des agissements suspects du pire des voyous.

Ce qui n'était pas loin de la vérité.

Thad sourit et déclara :

— Je ne suis pas venu pour affaires.

Le pasteur leva les sourcils.

— Vous désirez une aide spirituelle ?

A cette idée, Thad eut du mal à s'empêcher de rire, mais il se calma en voyant l'expression ultrasérieuse du pasteur.

— Toute personne avec un parent en phase terminale a besoin d'aide, dit-il sans trop savoir pourquoi il se livrait à une confidence de cet ordre. Je me souviendrai de votre offre.

Il y eut un silence. Chloé et son père étaient choqués de ce qu'il venait de leur révéler. Aussitôt, le pasteur exprima sa sympathie.

— Désolé, Thaddeus, j'ignorais que quelqu'un de votre famille était malade.

Chloé le fixait d'un regard empli de compassion.

— Est-ce votre mère ou votre père ?

Thad lui évita un choc supplémentaire en mentionnant qu'il ignorait l'identité de son père.

— Ma mère, se contenta-t-il de dire.

Chloé voulait en savoir plus.

— Que se passe-t-il ? De quoi souffre-t-elle ?

— Cancer, dit-il sans tergiverser. Cela fait plusieurs années qu'elle se bat, mais elle a épuisé toutes les ressources de la médecine et de la chirurgie, et a renoncé. Actuellement, on ne peut que lui procurer le maximum de soulagement.

Le visage de la jeune femme exprima toute la sympathie qu'elle ressentait.

— Je suis navrée. C'est difficile à supporter pour la famille.

Soudain, elle fronça les sourcils et interrogea.

— Elle est affiliée à une église ? Elle fait partie d'une communauté ?

De nouveau, il dut retenir un rire. Si elle avait connu sa mère, Chloé n'aurait pas posé la question. Il secoua la tête, touché malgré lui par l'intérêt qu'elle manifestait.

— Non, dit-il.

— Papa, dit Chloé en se tournant vers son père, tu as un moment de libre dans ton planning, cet après-midi. Tu pourrais aller voir Mme Shippen.

Le pasteur hésita.

— Pas madame, mademoiselle, précisa sèchement Thad.

Chloé ne broncha pas.

— Très bien. Mlle Shippen. A 15 heures. Est-ce que c'est possible ?

Elle le regardait, et il mit un instant à comprendre qu'elle parlait sérieusement, qu'elle proposait réellement que son père aille voir sa mère.

Il n'aurait pas détesté pousser le pasteur dans ses retranchements, mettre à l'épreuve ses grands principes de charité pour tous, mais il estima que cela suffisait. Inutile d'aller plus loin.

— Je ne crois pas que ce soit une bonne idée, dit-il à Chloé.

Puis s'adressant au pasteur, il ajouta :

— Sans rancune, révérend. Visiter une vieille catin n'est évidemment pas de votre ressort.

Chloé sursauta, scandalisée.

— Thad ! Ce n'est pas une façon de parler de votre mère. Vous vous trompez, mon père sera heureux d'aller la voir.

Le pasteur acquiesça.

— Thaddeus, dit-il en le regardant dans les yeux, si votre mère est d'accord, je me rendrai chez elle dans l'après-midi et nous ajouterons son nom à la liste de ceux pour lesquels nous prions.

Il avait l'air sincère.

Thad eut l'impression d'avoir reçu un coup sur la tête. C'était bien la première fois qu'un membre d'une église s'intéressait à sa famille !

— Je crois qu'elle apprécierait… qu'elle serait très touchée, finit-il par dire.

— Très bien. Dites-lui que je viendrai vers 15 heures.

Le révérend avait retrouvé son assurance, et il était clair qu'il attendait qu'il s'en aille.

Thad sourit, sans bouger. Il était venu dans l'intention d'inviter Chloé et ne partirait pas sans avoir tenté sa chance, que son père le veuille ou non. Après tout, il n'était pas venu la demander en mariage, s'insurgea-t-il, grimaçant intérieurement à l'idée d'avoir le pasteur pour beau-père.

Chloé prit un dossier sur son bureau et le tendit à son père.

— Tes messages, papa. La directrice de la maison des jeunes demande que tu l'appelles dès que possible.

Le pasteur prit le dossier sans le quitter du regard.

— Merci. N'oublie pas que les bulletins doivent être terminés pour ce soir.

— C'est déjà fait, répondit-elle avec un sourire, comme son père se décidait enfin à passer derrière elle pour rejoindre son bureau.

Quand la porte se fut refermée, elle se tourna vers lui.

— Excusez mon père. D'habitude, il n'est pas aussi nerveux. Tous ces changements le perturbent.

Il s'abstint de lui faire remarquer que son père avait été très sec avec lui depuis leur première rencontre et qu'il n'avait jamais caché son désir de limiter leurs contacts au minimum. Ce n'était pas la meilleure approche pour ce qu'il avait en tête.

— On dirait que vous avez les choses bien en main, dit-il. Tout marche comme sur des roulettes.

— Tout le monde s'est montré si coopératif, dit-elle, montrant les meubles et l'équipement. On nous a fourni à peu près tout ce que vous voyez.

Elle pencha la tête avant de demander :

— Vous vouliez quelque chose de précis ?

Il eut envie d'inventer un mensonge quelconque, mais le temps lui était compté. Le révérend pouvait jaillir de son bureau à tout moment.

— Je voudrais qu'on dîne ensemble, déclara-t-il, maladroitement.

Chloé cligna des yeux et fronça les sourcils.

Il n'aurait pas pu s'y prendre plus mal !

Il tenta de corriger ce que sa phrase avait d'abrupt.

— Je suis venu vous demander si vous vouliez bien sortir avec moi. Je vous invite à dîner.

Elle hésita.

— Je ne…

Blessé dans sa fierté à la vue du refus qu'il devinait à l'expression de son visage, il se réfugia dans la colère, comme d'habitude.

— D'accord, dit-il très vite en se rembrunissant. N'en parlons plus. J'ai passé ma vie à être méprisé par la moitié de cette ville, j'ai l'habitude. Cela ne changera pas grand-chose. J'avais cru que vous n'étiez pas comme les autres. Je me suis trompé.

Il tourna les talons et, sans lui laisser le temps d'ouvrir la bouche, ajouta :

— Dites à votre paternel qu'il ne se dérange pas pour ma mère. Elle n'a pas besoin qu'on vienne lui saper le moral.

Heureusement qu'elle avait terminé le travail le plus urgent, parce qu'elle ne parvenait pas à se concentrer. Thad était parti comme un fou avant qu'elle ait pu dissiper le malentendu qui s'était établi.

Pourquoi avait-elle hésité ? Pourquoi n'avoir pas accepté tout de suite comme elle le désirait au fond d'elle ? Et pourquoi Thad s'en était-il pris à elle aussitôt, en anticipant un refus de sa part ?

Il avait interprété son hésitation comme un rejet, et avant qu'elle puisse corriger son erreur, il avait détalé.

Pour sa défense, il fallait reconnaître qu'elle avait été surprise, elle ne s'attendait pas à ce qu'il lui demande de sortir avec lui. D'autre part, elle était consciente que derrière la mince cloison qui séparait les pièces, son père entendait tout ce qui se disait dans le bureau.

Et puis, il y avait cette soirée avec Thad, trois ans plus tôt. Cette soirée dont il n'avait gardé aucun souvenir. Etait-elle à ce point transparente ? Alors, pourquoi l'invitait-il à dîner ?

Et pourquoi avait-elle envie d'accepter ?

A l'époque, il n'était qu'un voyou qui faisait parler de lui. Or, elle le voyait bien, l'homme qu'il était maintenant semblait tout autre. Derrière la façade décontractée et cynique qu'il affichait apparaissait un être sensible, éprouvé. N'était-ce pas évident pour tout le monde ?

Certainement pas pour son père qui continuait de voir en lui un suborneur de filles innocentes. Qu'en savait-il ?

L'heure était venue de fermer. Heureusement, car elle n'en pouvait plus d'attendre.

Elle rassembla ses affaires et se dirigea vers sa voiture. Cette fois, elle savait où elle allait et comment s'y rendre.

Il ne lui fallut pas longtemps pour arriver au mobil-home dans les bois et garer sa voiture sur le sentier. La camionnette de Thad était garée près de la caravane.

Elle traversa la pelouse et frappa à la porte du porche grillagé qui faisait écran contre les moustiques.

Le bruit du climatiseur l'empêchait d'entendre ce qui se passait à l'intérieur. Au bout de plusieurs minutes, elle allait renoncer, quand la porte s'ouvrit sur Thad.

Il ne dit rien, n'ouvrit pas la cloison grillagée qui les séparait. Impassible, il se contenta de la toiser.

— Bonjour, dit-elle d'une voix qui, espéra-t-elle, ne laissait pas trop transparaître son agitation intérieure. Je peux entrer ?

Toujours muet, il ouvrit la porte et s'effaça pour la laisser passer.

Elle sentit la chaleur de son grand corps à quelques

centimètres d'elle et en eut un frisson. Pour déguiser son trouble, elle se lança dans le petit discours qu'elle avait mis au point en chemin.

— Je veux que vous sachiez que vous avez mal interprété ma réaction de cet après-midi, à propos de votre invitation à dîner.

Elle marqua une pause.

Thad ne réagit pas, ne fit aucun commentaire. Ce qui ne lui facilitait pas les choses.

— Je ne faisais que prendre le temps de réfléchir. Je... ne me préparais pas à refuser votre invitation.

Il haussa les épaules.

— Pas grave. Désolé d'avoir mal compris. Ce n'est pas plus mal, d'ailleurs. C'était une idée stupide.

Il alla vers la minuscule cuisine et demanda :

— Vous voulez boire quelque chose ?

— Non, merci.

Une idée stupide ? Pourquoi ? Il regrettait d'avoir agi impulsivement et était soulagé qu'elle lui ait fourni un prétexte pour s'en sortir ? Pourquoi alors était-il passé trois fois devant son bureau avant d'entrer ? S'imaginait-il qu'elle ne l'avait pas vu ?

Elle n'osa pas poser la question.

Thad se passa la main dans les cheveux.

— Vous voulez vous asseoir ?

— Non, merci.

Inutile de pousser plus loin l'humiliation. Elle avait voulu mettre les choses au point, clarifier la situation. Elle avait cru… Quoi ? Qu'ils prendraient rendez-vous ?

— Je vous laisse, dit-elle en se tournant vers la porte. Je ne voulais que dissiper le malentendu, mettre les choses au clair.

— Attendez, dit-il. Voulez-vous que je vous fasse visiter le reste de mon installation avant de partir ?

Elle se retourna et le regarda, se demandant pourquoi il cherchait à la retenir alors que, de son propre aveu, sortir avec elle était une idée stupide.

Il souriait, montrant de la main l'intérieur du mobil-home.

Au lieu de refuser comme elle en avait l'intention, elle s'accorda quelques instants de plus en sa compagnie.

— D'accord.

— Si madame veut bien s'en donner la peine, dit-il avec une courbette et un grand geste du bras.

Il souriait, et elle retint son souffle. Ce n'était pas juste. Il était trop beau. Près de lui, elle se sentait si… vivante, si femme.

Elle le précéda dans l'étroite entrée.

— C'est la première fois que je mets le pied dans un mobil-home. C'est très… restreint.

— Vous voulez dire horriblement confiné ?

Thad était juste derrière elle, et elle sentait son souffle dans ses cheveux. Si elle se retournait, elle serait… contre lui. Elle n'osa pas.

— Incroyable qu'on puisse mettre tant de choses

dans un si petit espace. C'est très bien conçu. Très astucieux. Je me suis toujours demandé comment c'était à l'intérieur.

— C'est un vieux modèle, dit-il. On fait beaucoup mieux maintenant.

Il ouvrit la porte de la salle d'eau-placard.

— La salle de bains.

De l'autre main, il indiqua :

— Mon bureau, qui me sert également de chambre à coucher.

Effectivement, les murs étaient couverts d'étagères, bourrées de livres. Quelques romans de science fiction, reconnut-elle d'un rapide coup d'œil, mais surtout des livres sur les arts et techniques, le travail du bois. Surprenant, le lit était à colonnes, avec une tête de lit superbement sculptée. Comme le bureau. Elle passa la main sur la surface satinée entre les papiers qui l'encombraient.

— C'est magnifique, admira-t-elle. C'est vous qui avez fait cela ?

Il hocha la tête.

— Oui. Merci. J'aime travailler le bois. Le chêne, tout spécialement.

Elle fit une grimace.

— Je serais bien incapable de faire la différence entre le chêne et…

— L'acajou ? suggéra-t-il.

— Par exemple. On ne m'a pas appris cela à l'école.

— Ni à l'université ?

— Non.

Elle lui jeta un œil, se demandant à quoi il pensait. Il n'avait sûrement pas poussé très loin les études. Avait-il même fini le lycée ? Néanmoins, il rayonnait d'intelligence. Ce n'était pas parce qu'on n'avait pas fréquenté l'université qu'on en était pour autant inculte, réalisa-t-elle soudain.

— Il faut être allée à l'université pour devenir secrétaire de l'église ? demanda-t-il.

Elle dut se défendre de réagir trop vivement et adopta un ton modéré pour répondre.

— Ce n'est qu'un emploi temporaire, en remplacement de la secrétaire qui a dû partir. En fait, je me destine à l'enseignement. Je projette d'ouvrir dans le sous-sol de l'église un jardin d'enfants pour enfants défavorisés.

Elle se rappela la dure réalité de l'incendie et ajouta :

— Enfin, c'est ce que *j'avais* projeté.

Thad approuva.

— Cela se fera, dit-il, encourageant. D'ici à deux ans, l'église sera reconstruite.

Il montra la masse de papiers sur son bureau.

— Comme vous le voyez, je suis nul avec la paperasserie, s'excusa-t-il. Alors que vous, je ne sais pas si c'est naturel, mais vous paraissez gérer votre secrétariat les mains dans les poches.

Il fit une grimace et ajouta d'un air penaud :

— Je n'arrive pas à m'y mettre, je laisse les papiers s'entasser. Désespérant.

Elle nota qu'il y en avait autant sur la table de bridge, dans le coin.

— Je pourrais vous aider, proposa-t-elle spontanément.

De quoi se mêlait-elle ? se reprocha-t-elle aussitôt. Pour se donner bonne conscience, elle se persuada que c'était le moins qu'elle puisse faire pour celui qui lui avait sauvé la vie.

— Je ne cherchais pas à vous apitoyer sur mon sort, dit Thad, visiblement un peu paniqué par sa proposition.

— Je sais.

Elle lui sourit calmement, dissimulant sa nervosité.

— Vous m'avez sauvé la vie. Si je peux vous aider en mettant de l'ordre dans vos comptes, en triant votre courrier, en envoyant les factures… Je serai heureuse de vous être utile. Vous me direz ce que vous attendez d'autre de moi.

Un éclair traversa le regard de Thad, et ce fut comme s'il l'avait touchée sans qu'il ait bougé d'un pouce.

Un silence s'établit pendant lequel elle se reprocha la formulation maladroite de cette dernière phrase, consciente que ces mots pouvaient être interprétés de plusieurs manières. Ses jambes se mirent à trembler. Elle voulut poser la main sur le bureau pour garder l'équilibre, mais Thad s'en empara, et là, elle comprit ce que c'était que d'être en contact réel avec lui. Il l'attira vers lui et elle sentit le rayonnement de son corps, l'énergie qui s'en dégageait et se transmettait à leurs mains entrelacées. Elle retint son souffle de crainte de troubler ce moment d'intimité.

Mais thad relâcha brusquement sa main et recula d'un pas.

— Je serais très heureux de votre aide, dit-il d'une voix plus basse encore qu'à l'ordinaire. Mais je ne veux pas que ce soit par charité. Je vous paierai.

Elle n'était pas en état de discuter, c'était tout juste si elle parvenait à rester debout. Elle se contenta de hocher la tête.

Thad se rendit dans la pièce d'entrée.

— Le plus urgent se trouve ici, dit-il par-dessus son épaule. Vous me direz quand vous pourrez venir, et j'essaierai de trier un peu pour que vous sachiez par quoi commencer.

Le conseil paroissial se réunit la semaine suivante et décida de demander à Thad Shippen de participer à la reconstruction de l'église. Il vint par deux fois au bureau pour discuter des travaux avec l'architecte et le comité en charge du projet. La seconde fois, un samedi, la réunion se termina vers midi.

Chloé était encore là, à classer des documents. Elle était responsable de l'ouverture et de la fermeture du local et en avait profité pour terminer un travail. C'était la seule raison de sa présence, se persuadait-elle, bien que sa petite voix intérieure la traitât de menteuse.

Thad lui sourit en sortant de la salle de conférence. Elle fit semblant d'être absorbée par la liasse de documents qui tremblait dans ses mains tandis qu'il s'arrêtait devant le panneau regroupant des photos anciennes de l'église qu'elle avait accroché au mur. Quand elle releva les yeux, il se retourna comme s'il avait senti son regard sur lui.

— Vous en avez terminé ? demanda-t-il.

Elle fit signe que oui, consciente que les autres étaient tous sortis et qu'ils étaient seuls.

— On va manger quelque chose ? suggéra-t-il d'une voix neutre.

Elle hocha la tête tandis que son estomac se contractait de plaisir. Il avait renouvelé son invitation !

— Bonne idée, dit-elle.

Elle rassembla ses affaires, le précéda dehors et ferma soigneusement la porte à clé tout en essayant de conserver un semblant de calme.

Ce n'était qu'un déjeuner, rapide selon toute vraisemblance. Peut-être même voulait-il parler du chantier en projet. En tout cas, ce n'était pas vraiment un rendez-vous.

Cependant ils ne parlèrent ni chantier ni travail. Thad mena la conversation jusqu'à ce que la serveuse ait apporté leurs commandes puis, entre deux bouchées, il dit :

— Parlez-moi de cette école que vous avez l'intention de créer.

Elle fut étonnée de sa requête. Il y avait longtemps que quelqu'un ne s'était pas intéressé à son projet. Son père lui avait fait comprendre qu'il ne voulait pas en entendre parler et elle avait renoncé à l'évoquer. Avec Thad, c'était facile et agréable de décrire ce qu'elle imaginait.

— Hélas ! conclut-elle, mon père a eu besoin de mes services comme secrétaire et je crois que je lui ai rendu les choses trop faciles. Il s'est habitué à moi et ne cherche plus à me remplacer comme c'était convenu. Il faudrait que je lui force la main.

— Qu'est-ce qui vous en empêche ? Je comprends que vous respectiez votre père, mais il n'a pas le droit d'anéantir vos rêves.

Thad avait raison, c'était ce qui était en passe de se produire. Elle réalisa qu'inconsciemment, elle s'était résignée à ce que son jardin d'enfants ne voie jamais le jour.

— J'étais décidée à lui poser un ultimatum, dit-elle, enfin, plus ou moins. Mais après l'incendie, j'étais la seule à pouvoir remettre en route le secrétariat. Je crois que je me suis dit que j'attendrais que l'église soit reconstruite.

— Cela prendra au moins deux ans ! répliqua-t-il. Vous avez fait tout ce que vous pouviez. Quelqu'un d'autre peut vous remplacer, maintenant. Il suffit que vous restiez le temps nécessaire pour mettre cette personne au courant. Par ailleurs, vous pouvez entreprendre des démarches, trouver un local, contacter les banques pour un plan de financement. Après, avec la nouvelle église, ce sera à vous de voir. Mais vous ne devriez pas attendre aussi longtemps pour vous lancer.

Il avança la main et la posa sur la sienne.

— Je suis sûr que vous ferez une très bonne enseignante. Ne renoncez pas à votre rêve.

Elle rougit, bien qu'il n'y ait rien de particulièrement intime dans leur conversation. Mais Thad s'exprimait d'une voix feutrée, enjôleuse, et elle était aussi heureuse de ce compliment que s'il lui avait déclaré qu'il était fou de sa beauté. C'était la première fois que quelqu'un prenait fait et cause pour elle.

— Et vous ? demanda-t-elle. Vous avez des rêves ?

Elle ne savait rien de lui et sa curiosité était éveillée. Soudain, elle avait envie qu'il lui fasse partager quelque chose de lui comme elle venait de le faire.

Thad retira sa main, et elle se sentit comme abandonnée au milieu d'un lac sans savoir nager.

— Il y a longtemps que j'ai fait une croix sur mes rêves, dit-il d'un ton qui n'admettait pas de réplique.

— Vous avez un métier que vous aimez, non ? poursuivit-elle malgré tout.

Il semblait heureux dans son travail, doué d'un réel talent et visiblement stimulé par la difficulté. Le peu qu'elle avait entendu de ses discussions avec l'architecte l'avait impressionnée. Il parlait en professionnel, prêt à inventer des solutions inédites aux problèmes rencontrés.

A son grand soulagement, il se détendit.

— Exact. Heureusement pour moi, car c'est la seule chose dont je sois capable.

Il regarda sa montre et s'excusa.

— A ce propos… Je suis désolé de devoir vous quitter, mais j'ai du travail qui m'attend.

Elle voulut prendre la note, mais il la devança. Elle s'inclina sans faire de manières.

— La prochaine fois, ce sera moi.

Il sourit. Elle aurait pu passer la journée à le regarder, à se perdre au fond de ses yeux d'un bleu si particulier.

— Je m'en souviendrai, dit-il.

Elle lui sourit en retour, heureuse qu'il envisage une prochaine fois, et se rendit aux toilettes pendant qu'il payait.

Elle se mettait du rouge à lèvres quand une femme entra. Elle la connaissait de vue, c'était une des vendeuses d'un magasin de chaussures du quartier. Elle la salua et s'apprêtait à partir quand l'autre s'adressa à elle.

— J'ai vu que vous déjeuniez avec ce garnement de Shippen. Vous feriez mieux d'être sur vos gardes avec ce type, ou vous finirez mal.

Garnement, Thad ? Un homme, oui ! faillit-elle dire pour remettre les pendules à l'heure. De plus, elle était outrée de ce jugement hâtif, qu'on lui attribue aussitôt les pires intentions. Pourquoi ?

Une autre femme se lavait les mains. En entendant la fin de la phrase, elle ajouta sur le ton de la confidence :

— Vous savez que sa mère recevait des hommes chez elle ?

La première, ravie de s'être trouvé une alliée, enchaîna.

— A ce qu'on dit, elle ne sait même pas qui est le père du garçon.

Pauvre Thad ! Elle comprenait mieux ce qu'il avait voulu dire quand il avait parlé d'être méprisé par la moitié de la population.

Elle referma son sac d'un coup sec sous le regard acéré des deux commères. Elle ne leur ferait pas le plaisir de leur laisser voir si elles avaient réussi à la perturber. Elle regarda la première bien en face, levant les sourcils en signe de désapprobation.

La mégère rougit et détourna les yeux.

Elle fit de même pour la seconde qui ne tint pas trois secondes avant de se concentrer sur le séchoir à mains, et elle sortit, satisfaite d'avoir marqué un point.

Pas étonnant que Thad se moque de l'opinion de gens qui condamnaient leur prochain sans savoir de quoi il s'agissait. C'était ce genre de rumeur malfaisante qui empoisonnait la vie d'une petite ville et faisait d'un innocent la cible des ragots.

- 4 -

Thad était passé prendre Chloé à son bureau avant son rendez-vous avec le fondé de pouvoir de la banque, et ils attendaient dans le hall que ce dernier les reçoive.

Cela faisait maintenant deux semaines que la jeune femme mettait de l'ordre dans sa comptabilité et réorganisait sa paperasserie. Encouragé par le bilan qu'elle avait établi et mis en forme comme une pro, il voulait demander à la banque de lui octroyer l'autorisation de découvert dont il avait besoin pour développer son affaire. Le fait qu'elle soit présente à l'entretien et se porte en quelque sorte garante de son sérieux était un plus non négligeable, et elle était bien placée pour répondre aux objections techniques qui pouvaient se présenter. Avec Chloé à ses côtés, il se sentait nettement plus en confiance pour exposer sa demande.

Il s'étonnait lui-même d'avoir osé lui demander de l'accompagner, et encore plus qu'elle ait accepté. Elle commençait à se faire à lui, pensa-t-il. Leurs rapports étaient moins tendus depuis qu'il avait renoncé à la séduire ouvertement et avait adopté une attitude plus amicale.

Oh, il était toujours aussi attiré par elle bien qu'il ne manquât pas de se répéter qu'elle n'était pas du tout son genre. Le dimanche précédent, quand il avait eu envie d'aller à l'église juste pour la voir, il avait réalisé qu'il était… vraiment mordu.

Ce qu'il souhaitait, c'était lui demander de sortir avec lui pour de bon, pas pour un déjeuner à la sauvette. L'inviter à danser, par exemple. Ce serait un bon moyen de la tenir dans ses bras.

Mais jusque-là, il avait résisté à la tentation et ne s'était pas encore couvert de ridicule. Au souvenir de sa réponse mitigée lors de sa première invitation, il hésitait. Inutile de s'exposer à un deuxième refus, une fois suffisait. Elle avait prétendu qu'elle n'aurait pas refusé, toutefois il était certain de ne pas s'être trompé : si sortir avec lui la tentait, cela lui faisait aussi peur.

Il se demandait pourquoi elle se méfiait de lui en dépit de son innocence.

Et lui ?

Il essaya de se persuader de la pureté de ses intentions, sans succès. Voulait-il sortir avec elle pour adhérer au club de loto de l'église ? Non, pas vraiment.

Une employée interrompit ses réflexions en venant vers eux. Elle souriait de façon affable. Toutefois, au regard qu'elle posa sur Chloé et lui, il devina la curiosité qu'elle ne parvenait pas à déguiser.

Chloé se montra charmante avec elle, comme elle l'était avec tout le monde. C'était fascinant : elle avait le don de ne rien dévoiler de ce que les gens cherchaient à savoir sur elle, tout en leur donnant l'impression de leur réserver un traitement de faveur.

Il se demanda ce qu'elle savait de lui, de son passé, de Jean.

Elle devait être au courant. Son père avait dû estimer de son devoir de l'informer des moindres détails concernant ce triste épisode de sa vie. La famille de Jean avait choisi le révérend Miller pour conduire le service funèbre. Nul doute qu'ils l'avaient accablé et dépeint sous les couleurs les plus sombres, le rendant responsable du décès de leur fille et de l'enfant qu'elle portait. Il était clair que le pasteur s'était fait une opinion avant même de l'avoir rencontré.

Soudain, il réalisa que Chloé s'adressait à lui, et il se força à revenir au moment présent.

— On pourrait aller manger une pizza après l'entretien, disait-elle. Si vous êtes d'accord…

Il lui sourit, notant l'hésitation de la fin de sa phrase.

— Oui, répondit-il. Pourquoi pas ?

Puis il eut une idée. Il avait envie d'avoir Chloé toute à lui, ne serait-ce que pour une heure. Il s'excusa et se dirigea vers un téléphone.

A sa grande surprise, l'entretien se déroula sans

encombre. Le banquier fut favorablement impressionné par le bilan chiffré de son entreprise et les bénéfices dégagés. Toutefois, il s'étonna de l'importance de l'autorisation de découvert demandée.

— Vous êtes sûr d'avoir besoin d'une telle latitude, monsieur Shippen ? demanda-t-il.

Thad hocha la tête.

— J'envisage d'acquérir du matériel coûteux, ce qui me permettrait de pousser plus loin les techniques de restauration que j'utilise actuellement et de me lancer dans des chantiers plus importants.

Aïe ! Le banquier fronçait les sourcils.

— Pourquoi ne pas faire carrément un emprunt ? demanda l'homme. Le taux d'intérêt serait moins élevé, et vous seriez libre de décider du temps nécessaire au remboursement.

Thad se détendit.

— J'ai pensé à une autorisation de découvert pour pouvoir me procurer le matériel en fonction des chantiers que j'accepterai, expliqua-t-il. Evidemment, j'aurai besoin de l'argent avant de commencer et ne rentrerai dans mes fonds qu'à la fin du chantier. Mais alors, je serai en mesure de rembourser aussitôt.

— Je vois, dit le banquier.

Il prit sa calculatrice et, très concentré, se livra à une série de calculs.

Quand il releva la tête, il souriait.

— Je crois qu'on peut vous proposer les deux,

dit-il. Un découvert au coup par coup et un prêt pour investissement à intérêt privilégié.

Si Thad mit quelque temps à comprendre, Chloé réagit au quart de tour.

— C'est exactement ce qu'il vous faut, Thad, dit-elle. Cela vous permettra de développer votre entreprise à court et moyen terme. Vous devriez accepter cette proposition.

— Bien sûr, dit le banquier, je me réserve le droit d'aller voir votre installation et d'apprécier vos besoins effectifs. Mais je crois qu'on peut tabler sur un avis favorable du comité d'attribution de la banque. Vous êtes connu pour le sérieux de votre travail et le rapport qualité-prix de vos réalisations. D'autre part, vous n'avez jamais eu d'arriérés de crédits, à ce que je vois.

Dix minutes plus tard, rendez-vous était pris pour la visite du banquier, et Thad emportait les papiers à remplir pour une demande de prêt.

Il était stupéfait et heureux comme un gosse. Il n'en croyait pas ses oreilles. Il n'avait jamais fait l'objet d'autant de bienveillance, que ce soit dans cet établissement ou dans l'autre banque au coin de la rue !

C'était forcément dû à la présence de Chloé.

Ils montèrent dans sa camionnette et s'insérèrent dans le flot des voitures.

— J'ai l'impression de rêver ! exulta-t-il. C'est super !

— Je suis contente pour vous, dit Chloé.

Elle souriait, heureuse de sa joie.

Il posa la main sur la sienne et l'étreignit.

— Merci, dit-il avec un sourire ému.

— Je n'y suis pour rien, protesta-t-elle.

— D'une, vous avez préparé le dossier, répliqua-t-il. De deux, vous êtes venue avec moi.

Il porta la main à ses lèvres et y déposa un baiser.

— Vous êtes mon talisman, mon porte-bonheur !

Elle secoua la tête.

— Ce sont les chiffres qui ont parlé pour vous, ils attestent de la bonne marche de votre entreprise.

Elle n'avait pas retiré sa main.

Il lui décocha un nouveau sourire, radieux celui-là. Il s'émerveilla de la douceur de sa peau et caressa du pouce sa paume soyeuse.

— Si, redit-il d'un ton convaincu. C'est vous, mon porte-bonheur.

Il se gara dans le parking de la pizzeria, mais au moment où Chloé se disposait à descendre, il l'arrêta.

— On ne fait que passer. On n'entre pas.

— Non ?

— Non.

Il lui pressa la main une dernière fois avant de descendre de voiture.

— Attendez-moi ici. Je reviens.

Quand Thad arrêta son véhicule près de sa caravane et coupa le moteur, le silence de cet après-midi de printemps se fit impressionnant.

Presque trop pour Chloé.

Depuis que Thad était sorti de la pizzeria avec les boîtes contenant les pizzas de leur déjeuner et qu'elle avait compris qu'il l'emmenait chez lui, elle se sentait agitée, nerveuse. Ce qui était ridicule, car après tout il ne s'agissait que d'aller déjeuner dans un endroit tranquille. Sans plus.

Malgré cela, elle savait d'instinct que, une fois franchie la porte du mobil-home, elle perdrait tous ses moyens. Elle qui n'était déjà pas très loquace en temps ordinaire, elle se retrouverait alors paralysée sous l'effet du stress, incapable d'articuler deux phrases de suite.

Pendant qu'elle se torturait l'esprit, Thad était sorti de la camionnette. Les pizzas dans une main, il vint lui ouvrir la portière.

— Merci, dit-elle, agréablement impressionnée.

— Cela vous surprend ? demanda-t-il un peu sèchement. Je sais aussi me montrer courtois à mes heures.

— Ce n'est pas ce que je voulais dire. Je ne…

Elle le vit ouvrir le coffre et y prendre une couverture.

— On déjeune dehors, annonça-t-il.

Il faisait beau, mais pas encore assez chaud pour que les insectes se manifestent. Derrière le mobil-home, de grands arbres abritaient une pelouse fraîchement tondue parsemée de jacinthes sauvages. L'endroit idéal pour pique-niquer.

Thad étendit la couverture sur l'herbe et, avec un grand geste du bras, lui fit signe d'approcher.

— Si Madame veut bien s'asseoir.

Elle accepta la main qu'il lui tendait et sourit, amusée de ses extravagances.

Après l'avoir installée, il alla vers le mobil-home et en revint très vite avec un panier contenant assiettes, couverts, verres et serviettes en papier. Il y avait ajouté une bouteille de vin et se mit en devoir de l'ouvrir.

Ne devrait-elle pas avouer à Thad qu'elle ne buvait pas d'alcool ?

Elle n'en fit rien, estimant qu'un malheureux verre de vin pris au cours d'un repas n'allait pas l'enivrer. Ce serait de mauvaise compagnie et lui gâcherait son plaisir.

Mais dès qu'il s'assit près d'elle sur la couverture, ses appréhensions revinrent en force.

— C'est très joli, se força-t-elle à dire, montrant les fleurs autour d'eux. J'adore le printemps quand toute la nature se réveille.

— C'est vrai, approuva-t-il, parcourant l'enclos du regard. Malheureusement, je n'ai pas souvent le temps de l'apprécier. Tout a été planté par les précédents propriétaires, et j'essaie d'entretenir autant que possible.

Il lui servit une part de pizza et lui tendit un verre empli d'un vin jaune pâle, très clair.

Elle y trempa les lèvres et apprécia. Très agréable. Elle en but une longue gorgée.

— Depuis quand êtes-vous installé ici ? demanda-t-elle.

Il plissa les yeux et parut réfléchir.

— Voyons. Il y a environ trois ans. J'ai grandi dans cette ville, mais j'en suis parti l'année d'après la fin du lycée. Je n'avais pas l'intention d'y revenir. Pourtant, quand ma mère m'a appris qu'elle était malade, j'ai décidé de me rapprocher d'elle.

Trois ans ! Elle l'avait donc rencontré pour la première fois peu après son retour. Pour cacher son trouble, elle but un peu de vin.

— Ce n'est pas elle qui m'a demandé de revenir, continua-t-il, mais je savais qu'elle aurait besoin de moi. Depuis quelque temps, elle a de plus en plus de mal à se déplacer et ne peut plus étendre le linge ou sortir les poubelles.

Il fit tourner le vin dans son verre, donnant l'impression de se parler à lui-même.

— J'imagine qu'on vous a raconté que ma mère n'a rien d'une dame, ajouta-t-il, mais c'est une personne de cœur. Bonne, généreuse, vous ne pouvez pas vous imaginer. Elle ne méritait pas ce qui lui arrive.

— Personne ne le mérite ! Dieu ne décide pas de frapper de maladie ceux dont la conduite laisse à désirer pour les punir.

Thad garda les yeux baissés sur sa pizza sans répondre.

— J'aimerais la connaître, dit-elle. Mon père a beaucoup apprécié sa visite chez elle.

— Ma mère a été heureuse de parler avec lui.

Il leva les yeux.

— Pourquoi est-il allé la voir, au fait ? Sûrement pas par sympathie pour moi ! D'ailleurs, j'aime mieux quand il est désagréable avec moi. Au moins, je n'ai pas de frais à faire.

Elle but encore un peu de vin pour se donner le temps de répondre. Ce serait dommage de gâcher une si belle journée en réagissant trop précipitamment.

— Mon père est un homme comme les autres, dit-elle. Il n'est pas parfait.

Elle lui lança un regard insistant.

— Il semble vous ranger dans la catégorie des méchants, reconnut-elle. Pourquoi ?

Thad haussa les épaules en lui remplissant une nouvelle fois son verre.

— Qui sait ? La moitié de la ville pense comme lui.

Le reste du repas s'acheva en silence.

Chloé s'inquiéta un peu en sentant que la tête lui tournait. Mais les oiseaux chantaient dans les arbres. Il faisait chaud : on se serait cru au début de l'été. Ils étaient seuls et il régnait une atmosphère intime et confortable dans ce petit coin de paradis.

— Mon père vous a qualifié devant moi de « suborneur » de filles, dit-elle. Pourquoi ?

Aussitôt, elle se mordit la langue. Juste ciel ! Comment osait-elle poser une question aussi épouvantable ? C'était l'effet du vin. D'une main ferme, elle repoussa son verre.

— Oubliez ce que je viens de dire, murmura-t-elle. Aucune importance, cela ne me regarde pas.

Thad étendit les jambes et prit appui sur ses coudes, le visage tourné vers le soleil.

— Cela vous regarde, dit-il. Vous avez le droit de savoir quel homme je suis. Après, vous n'aurez peut-être plus envie de continuer à me fréquenter.

Incapable de le regarder, elle se concentra sur le paysage. Rien au monde ne lui enlèverait le désir d'être avec lui, mais il n'était pas question de le lui dire.

— J'ai mis une fille enceinte pendant mon année de terminale, dit-il d'un ton bref. Nous étions dans la même classe et elle s'appelait Jean. Ce n'était pas le genre de filles avec qui je sortais d'habitude. Jean était une fille… bien.

Elle attendit la suite, mais Thad se tut.

Qu'attendait-il ? Qu'elle exprime son indignation ?

— La malheureuse ! dit-elle. Ce doit être affolant pour une fille de cet âge de découvrir qu'on est enceinte.

— D'autant que sa famille l'a fichue dehors quand nous leur avons dit qu'elle attendait un enfant.

Elle sursauta.

— Oh ! Quelle horreur ! Comment des parents peuvent-ils faire une chose pareille ?

— C'est aussi la question que je me pose, dit Thad, amer. Elle est venue vivre chez ma mère et vous imaginez la réaction des gens ! Ma mère non plus n'était pas enchantée de la situation et me l'a copieusement reprochée, mais elle s'est montrée très accueillante et compréhensive pour Jean. On s'est mariés dès la fin de l'année scolaire.

Il marqua une pause, et Chloé prit le temps de respirer.

Son monde basculait. Thad avait été marié, chose qu'elle n'avait jamais envisagée. Cela la perturbait. Malgré elle, elle ressentit un pincement de jalousie. Elle se sentait... dépossédée. De quoi ? s'étonna-t-elle. Toutefois, elle était sûre qu'il n'était plus marié à l'heure actuelle. S'il avait une femme quelque part, il ne l'aurait pas invitée, n'aurait pas cherché à la revoir.

Elle sentit qu'il la regardait.

— A quoi pensez-vous ? demanda-t-il.

— Qu'est-ce qui s'est passé ?

— Que voulez-vous savoir ? Si je suis encore marié ?

Elle esquissa un sourire, mais ses lèvres tremblaient et elle renonça.

— Non, dit-elle simplement. Vous n'êtes pas ce genre d'homme. Si vous étiez marié, votre femme serait là, à côté de vous, assise sur cette couverture. Pas moi.

— Qu'est-ce qui vous fait croire cela ? Pourquoi une telle confiance en moi ?

Elle croisa les mains et haussa les épaules.

— Je sais que vous êtes un type bien, vous aussi.

Il émit un petit rire de dérision.

— Il n'y a pas beaucoup de gens qui seraient d'accord avec vous, se moqua-t-il.

— Mais si, dit-elle sans le regarder, un peu agacée par sa détermination à se dévaloriser. Le banquier que nous avons vu ce matin vous estime, non ? Vous êtes toujours prêt à imaginer le pire et vous mettez tout le monde dans le même panier. C'est vrai qu'il y a, ici comme ailleurs, des gens qui se délectent de calomnies et de médisances. Mais il y a aussi des tas de gens sympathiques qui seraient heureux d'entretenir des relations amicales avec vous si vous n'étiez pas en permanence sur la défensive.

Elle s'arrêta un instant pour reprendre haleine et poursuivit.

— Alors, cessez de vous traiter de criminel. Vous étiez jeune et vous avez fait une bêtise assez répandue parmi les jeunes gens. Vous étiez amoureux et…

— C'est justement cela le problème, dit-il d'une voix sourde.

— Cela, quoi ?

— Je n'étais pas amoureux. Pas moi.

Une grimace de souffrance lui déformait le visage.

— Si encore je l'avais aimée ! J'ai essayé, croyez-moi. Jean, de son côté, ne faisait pas mystère de ses sentiments pour moi, mais je ne… Sans l'annonce de sa grossesse, il n'y aurait rien eu de sérieux entre nous.

— Elle n'aurait été qu'une brève aventure de plus ? La… partenaire d'une nuit ? C'est cela ?

Thad soupira.

— Oui. Quelque chose comme cela.

Il la regarda dans les yeux.

— Je vous l'ai dit : je ne suis pas un type fréquentable.

— Est-ce que…

Elle s'arrêta, choisissant ses mots.

— Est-ce que vous pratiquez toujours ce genre d'aventure ?

Ce fut au tour de Thad de sursauter. Il s'asssit brusquement.

— Non, bien sûr que non, affirma-t-il avec force.

Elle sourit de sa véhémence.

— Pourquoi ?

— Comment, pourquoi ? Parce que je ne suis plus un gamin et que j'ai compris qu'il était indigne de se servir des femmes comme d'objets tout justes bons à jeter après usage !

Il s'arrêta et fit une grimace.

— C'est ce que vous attendiez ? se moqua-t-il. Cela correspond au « type bien » que vous avez en tête ?

— Je veux seulement vous faire comprendre que vous n'êtes pas le sale individu que vous prétendez être. Tout le monde commet des erreurs…

— Certains plus que d'autres, marmonna-t-il.

De nouveau, ils se turent. Elle ne put s'empêcher d'admirer son profil, baigné dans la lumière.

— Vous m'avez fait perdre le fil de votre histoire, dit-elle au bout d'un moment. Racontez-moi la suite.

— Il n'y a pas grand-chose à ajouter. Jean était diabétique, mais elle me l'avait caché. Je n'en savais rien.

Il s'assit en tailleur, le visage crispé.

— Si j'avais su…

Sa voix trembla.

— Nous n'avions pas beaucoup d'argent et Jean avait décidé de se passer de médecin, disant qu'elle n'en avait pas besoin. Elle voulait économiser pour le bébé. Un jour, je l'ai trouvée sur notre lit, inconsciente. Je n'ai pas compris qu'elle faisait un coma diabétique.

Il s'arrêta quelques secondes avant de poursuivre d'une voix neutre.

— Elle ne s'est jamais réveillée. Elle est morte dans la nuit. Ils ont pratiqué une césarienne pour sauver l'enfant, mais c'était trop tard pour notre petit garçon. La famille de Jean m'a accusé de les avoir tués, elle et le bébé. Ils avaient raison. C'était ma faute.

— Comment pouvez-vous dire cela ? réagit-elle, lui prenant les mains dans les siennes. Comment auriez-vous pu le savoir si elle ne vous avait rien dit ? Et à cet âge ! Vous étiez bien trop jeune !

— J'aurais dû deviner que quelque chose n'allait pas. Elle avait toujours du sucre dans son sac et se plaignait d'avoir des vertiges. J'aurais dû me douter de quelque chose et m'en inquiéter.

— Cela arrive à toutes les femmes enceintes, rétorqua Chloé. Vous la connaissiez bien avant... ?

Elle ne finit pas sa phrase.

— Nous étions sortis ensemble trois fois, répondit Thad. Je vous l'ai dit, ce n'était pas une histoire très sérieuse de ma part. Jusqu'à cette grossesse.

— Donc, vous ne la connaissiez pas suffisamment pour savoir qu'elle souffrait de diabète. C'est elle qui a choisi de vous le dissimuler. Elle devait avoir ses raisons.

Il soupira, les yeux dans le vague.

— Jean sentait mes réticences, dit-il. Elle a dû avoir peur que je la laisse tomber si j'apprenais qu'elle était malade.

Il tourna vers elle un regard empreint de souffrance.

— Elle a eu tort, car je n'aurais jamais renié mon enfant.

— Je sais, dit-elle, sincèrement convaincue sans se poser de questions. Jean était trop anxieuse pour s'en rendre compte.

— Je crois qu'elle vivait sa maladie comme un handicap, dit-il. Une fois, elle a fait allusion au fait que c'était difficile pour une ado d'être différente des autres. A ce moment-là, je n'ai pas relevé car je ne pensais pas qu'elle parlait d'elle-même. Je ne voyais pas en quoi elle aurait été différente. C'est après que j'ai compris.

Elle lui caressa la main.

— C'est une histoire tragique, mais vous n'y êtes pour rien, Thad. Les parents de Jean s'en sont pris à vous sous l'effet du chagrin. C'est compréhensible.

— Ils ont mis dans le mille ! dit-il, plus amer que jamais. Ce que je me reproche le plus, c'est de ne pas lui avoir dit que je l'aimais. Elle était si tendre, si affectueuse…

— Je suis sûre qu'elle pensait que vous l'aimiez, dit-elle doucement.

— Je l'espère, soupira-t-il, les épaules affaissées. Je ne suis pas très porté sur la prière, mais après sa mort j'ai supplié Dieu qu'elle ne sache jamais que je l'avais épousée uniquement parce que je ne voulais pas que cet enfant grandisse sans père.

Sous-entendu « comme lui » !

Inutile qu'il le dise. Les mots flottaient dans l'air.

Elle se rapprocha de lui et, sans réfléchir, se mit à genoux devant lui et lui passa un bras autour des épaules.

— Vous savez quoi ? dit-elle. Je suis sûre que Dieu vous a pardonné toutes ces erreurs que vous vous reprochez. Maintenant, il est temps que vous vous pardonniez à vous-même.

Thad frissonna et recouvrit sa main de la sienne.

— Vous me faites du bien, dit-il.

— J'ai l'impression d'être une potion pour convalescent, dit-elle pour tenter d'alléger l'atmosphère.

Thad leva les sourcils, ses épaules se détendirent, et sa bouche esquissa un sourire.

— Vous n'avez pas l'air d'une potion, dit-il.

Elle lui rendit son sourire et leurs regards restèrent rivés l'un à l'autre, tandis que l'air autour d'eux se chargeait d'électricité.

— En avez-vous le goût ? murmura-t-il.

Leurs visages étaient si proches qu'elle sentait son souffle tiède sur son visage. Quand il se pencha sur elle, elle ferma les yeux et, inconsciemment, retint son souffle dans l'attente de ce qui allait suivre.

Il posa ses lèvres sur les siennes. Un baiser tendre, doux.

Elle se lova contre lui, chavirée par la douceur du moment. Lorsqu'il releva la tête, sans bien se rendre compte de ce qu'elle faisait, elle lui passa les bras autour du cou pour le retenir et prolonger ce semblant d'étreinte.

Il hésita et chercha à s'écarter, mais elle insista et se cramponna à lui. Alors il l'entoura de ses bras, et sa bouche redescendit vers la sienne.

De sa langue, il traça les contours de sa bouche et chercha à lui entrouvrir les lèvres. Elle ne se fit pas prier, et il n'hésita plus, explorant sa bouche en un baiser passionné, exigeant, auquel elle répondit de toutes les fibres de son être avec des gémissements de plaisir.

Dépassée par ces sensations nouvelles, elle s'appuya contre Thad, le souffle court, les seins en émoi plaqués contre son torse, attendant ce qui allait suivre, ce que son corps réclamait avec un frisson d'anticipation.

Elle lui mit une main dans les cheveux et l'autre sur la nuque tandis qu'il la faisait glisser en arrière sur la couverture jusqu'à ce qu'ils se retrouvent allongés, étroitement enlacés.

C'était cela qu'elle voulait, réalisa-t-elle, prise de vertige. Etre à la merci de cet homme, sentir le feu intérieur la dévorer, répondre à ses caresses et en redemander.

Il s'allongea sur elle, et elle connut le plaisir de sentir le poids d'un homme, sa force, la vigueur de sa virilité. Elle leva les hanches pour aller à sa rencontre et le maintint contre elle, animée d'un désir irraisonné.

— Thad, murmura-t-elle contre sa bouche.

Soudain, elle le sentit se raidir et rouler sur le côté en poussant un juron qui lui écorcha les oreilles. Déjà, il était debout, le dos tourné.

Elle resta un moment étendue, encore sous l'empire du désir, mais elle ne fut pas longue à réaliser, ébahie, dans quelle situation elle s'était mise.

Comment s'était-elle laissée aller à ce point ? Que lui arrrivait-il ?

Honteuse, elle se releva et rajusta ses vêtements d'une main tremblante. Elle qui mettait sa fierté à garder la tête froide en toutes circonstances, à ne pas céder à ses impulsions, elle avait succombé à…

Non, se reprit-elle, honnête avec elle-même, elle n'avait pas succombé, elle avait suscité les avances d'un homme. Pas n'importe lequel. Celui qui la faisait craquer depuis leur première rencontre. Thad Shippen.

S'il ne s'était pas arrêté, elle l'aurait laissé la toucher, la caresser, la goûter, la prendre aussi totalement, complètement que cela pouvait se faire entre un homme et une femme. Or, elle avait toujours pensé que cet acte définitif n'avait de sens qu'entre deux êtres liés par le mariage et par un engagement entre deux cœurs.

Le visage en feu, dégoûtée d'elle-même, elle chercha son sac et ses clés et regarda autour d'elle, inquiète. Où avait-elle garé sa voiture ?

C'est alors qu'elle se souvint : elle dépendait de Thad pour la ramener en ville. Des larmes de frustration lui montèrent aux yeux, qu'elle chassa d'une main rageuse.

Thad se tourna vers elle.

— Chloé, je… Oh ! Vous pleurez ?

Il fit un pas vers elle et lui entoura la taille de ses mains, et il n'en fallut pas plus pour qu'elle ait de nouveau envie de se jeter dans ses bras.

Elle réussit à se contrôler et se raidit.

— Pouvez-vous me ramener à ma voiture ? Je suis navrée de vous avoir donné à penser que… Oh ! Aucune importance. On peut y aller ?

— Non.

Interloquée par ce refus, elle le regarda.

— Je vous demande pardon ?

Thad la regarda avec un petit sourire au coin des lèvres.

— Demandez toujours. Mais dites-vous que vous ne partirez pas avant qu'on ait parlé de ce qui vient de se passer.

Elle le foudroya du regard, furibonde. Si elle l'avait pu, elle l'aurait fait disparaître d'un claquement de doigts, comme dans les contes. Mais il était bien là, en face d'elle, réclamant des explications.

— C'est très simple, marmonna-t-elle, les dents serrées. J'ai failli renier tous mes principes. *J'ai renié* tous mes principes. Si vous n'aviez pas arrêté, jamais je ne vous l'aurais demandé. J'en suis pleinement consciente, et vous m'en voyez profondément humiliée. C'est ce que vous vouliez entendre ?

— Pas vraiment, dit-il, d'un ton énigmatique. Dois-je comprendre que vous avez apprécié ?

— Je n'ai pas l'habitude de mentir, dit-elle, le regard fixé sur une touffe de jacinthes d'un bleu surréaliste. A vous de faire vos propres déductions.

— Vous voulez savoir ce que je pense ? demanda-t-il.

Il attendit qu'elle le regarde avant de poursuivre.

— C'est moi, c'est ma faute. Vous m'avez si complètement chamboulé que j'ai oublié combien je vous respecte, dit-il. Vous n'avez pas de reproches à vous faire.

— Ah non ? ironisa-t-elle. Vous m'avez entendue

protester ? Je ne savais plus où j'étais. J'avais oublié jusqu'à mon nom, sans parler de mes principes !

— Si quelqu'un doit s'en vouloir et se sentir coupable, protesta-t-il, c'est moi. Je ne suis plus un gamin et je sais d'expérience à quoi mène ce genre de rapport.

— Vous n'avez pas à vous sentir coupable, dit-elle. Au contraire, vous avez le beau rôle ! C'est vous qui vous êtes arrêté !

Elle était furieuse contre elle-même, contre lui…

Thad sourit.

— On dirait que ça vous embête, dit-il.

Il lui prit les mains et, malgré son dépit, elle n'eut pas le courage de les lui enlever. De ses pouces, il lui caressa les paumes jusqu'à ce qu'elle sentît ses genoux se dérober sous elle.

— Ce qui s'est passé entre nous, reprit-il, est parfaitement normal entre deux personnes qui ressentent une attirance mutuelle. Croyez-moi, avoir réussi à vous lâcher et à m'être éloigné de vous relève de l'exploit.

Elle essaya de se cramponner à sa mauvaise humeur, de faire semblant de s'en vouloir, mais elle se réjouit d'apprendre que cela n'avait pas été facile pour lui non plus. Soudain, elle fut frappée du comique de la situation : ils en étaient à discuter de leur responsabilité dans un acte sexuel à peine commencé. A se battre pour savoir lequel des deux était le plus coupable !

Elle jeta à Thad un regard en biais.

— Un acte héroïque et méritoire ? suggéra-t-elle.

— Certainement, dit-il d'un ton convaincu.

Leurs regards restèrent longtemps rivés l'un à l'autre. Ce fut lui qui la lâcha et reprit ses distances.

— Chloé, dit-il, je suis très attiré par vous. J'aime être avec vous. Est-ce qu'on peut se revoir ?

Il avait l'air sincère et très sérieux.

Elle sentit son cœur s'emballer. Et pourtant ! Ce serait de la folie d'accepter après ce qui avait failli se passer aujourd'hui. Il n'était pas le genre d'homme qu'elle recherchait, et si elle en croyait son instinct, elle aurait mieux fait de prendre ses jambes à son cou, de déguerpir d'ici et de ne jamais le revoir.

Au lieu de cela, elle s'entendit déclarer :

— Cela me paraît faisable.

— Très bien, dit-il. Ne vous inquiétez pas. Je vous ramène en ville vite fait, avant que toute volonté m'abandonne.

Il se pencha vers elle et, sans lui laisser le temps de réagir, lui embrassa légèrement les lèvres.

Puis il se détourna et se mit à rassembler les assiettes et les verres.

- 5 -

Le lendemain, dimanche, Chloé passa une bonne partie de l'office du matin à rêvasser, expédia son déjeuner à toute allure et trouva le temps très long jusqu'à l'arrivée de Thad. Celui-ci lui avait proposé de l'accompagner dans une randonnée pédestre au pied des Appalaches, et elle avait accepté. Elle savait que le déjeuner de son père chez un de ses paroissiens se prolongerait tard dans l'après-midi. Elle se sentait donc libre de ses mouvements.

Enfin, à 13 heures, on sonna à la porte.

Les papillons de son estomac prirent leur envol. Elle se précipita pour ouvrir et, la main sur la poignée, respira à fond.

« Chloé Miller, ce n'est qu'un rendez-vous pour une promenade en forêt ! Pas une demande en mariage. Alors, on se calme. »

Un Thad souriant attendait sous le porche.

Elle lui sourit en retour, frappée encore une fois par la stupéfiante beauté de son visage. Il portait un T-shirt vert foncé sur un jean impeccable, et par contraste ses yeux paraissaient encore plus bleus. Elle était consciente de la force qui émanait de lui, de son corps musclé, sans pouvoir détacher son regard de ses yeux. Elle entendit à peine sa question, tant elle était troublée par l'agitation intérieure qui s'emparait d'elle.

— Prête pour la balade ?

Elle regarda ses lèvres former les mots et se retint de se hausser jusqu'à lui pour sentir contre sa bouche le mouvement qui les animait.

Devant son silence, le sourire de Thad s'élargit, révélant une dentition étincelante, et il rit tout bas.

Elle réalisa un peu tard qu'elle était censée répondre à la question. Thad savait parfaitement ce qui lui passait par la tête. Elle rougit et détourna le regard.

— Je prends un anorak et je suis prête.

Elle referma soigneusement la porte derrière elle et le suivit jusqu'à son camion qui les emmènerait rejoindre le départ de la piste.

Il faisait un temps superbe, chaud et ensoleillé. Le sentier de grande randonnée qu'ils suivaient serpentait à travers la forêt, longeait des cours d'eau rendus tumultueux par la fonte des neiges. Le printemps était partout. Sous le couvert des arbres, le soleil de cet après-midi de mai était étonnamment chaud.

Elle enleva son anorak qu'elle posa sur ses épaules. Thad en fit autant pour le pull qu'il avait enfilé au départ et le noua autour de sa taille.

Tout en marchant, Thad la questionnait sur ses études, ce qui l'avait motivée à se destiner à l'enseignement. Ils reparlèrent du jardin d'enfants à venir. Il lui demanda quel genre de financement elle envisageait, fit des suggestions astucieuses. Son intérêt était sincère. Deux heures s'écoulèrent à marcher, à discuter sans qu'elle vît le temps passer.

— Arrêtons-nous ici, dit Thad. Cela nous permettra de reprendre des forces pour le retour.

Il montrait un gros rocher plat fiché de travers au sommet du sentier.

— Bonne idée, approuva-t-elle. Je n'avais pas réalisé que j'étais en si mauvaise forme.

Ils avaient grimpé pendant une bonne partie du trajet, et elle était à bout de souffle.

Un sourire éclatant accompagna la réplique de Thad.

— Laissez-moi juger de votre forme, dit-il.

Elle claqua de la langue pour le remettre à sa place.

— Tenez-vous convenablement, dit-elle.

Il poussa un énorme soupir et la prévint.

— Attention aux serpents.

— Serpents ?

Elle se figea sur place, à mi-chemin dans l'escalade du rocher.

— Il y en a dans ces parages. Un jour comme celui-ci, ils pourraient avoir envie de se chauffer au soleil. Mieux vaut s'assurer que ce n'est pas le cas.

Elle sauta du rocher et atterrit près de lui.

— Je vous en prie ! Faites donc.

Il rit et fut d'un bond sur le plateau, où il fit assez de bruit pour en chasser une meute de reptiles.

— Cela ira, dit-il.

Elle prit la main qu'il lui tendait et se hissa à côté de lui, examinant la pierre d'un regard soupçonneux avant de s'asseoir.

— Je ne connais rien à ces bestioles, dit-elle. Vous croyez qu'elles peuvent venir nous ennuyer ?

Il s'assit à son tour, les coudes sur les genoux.

— Cela m'étonnerait. Elles sont plutôt du genre à fuir si on ne les attaque pas.

— Comment le savez-vous ?

Il sourit.

— Quand j'étais jeune, ces montagnes étaient l'endroit idéal pour faire des superboums. Il y a plein de petites clairières et de sentiers abrités. On ne se faisait jamais prendre. Et si je voulais qu'une fille se sente en confiance, il valait mieux qu'il n'y ait pas de serpents.

— Parce que c'était là que vous ameniez vos… flirts ?

— Cela m'arrivait, avoua-t-il avec une grimace de gamin. Jalouse ?

— Non. Je me demandais combien d'autres filles vous aviez séduites sans qu'elles vous laissent le moindre souvenir.

Elle n'avait pas fini sa phrase qu'elle se sentit rougir et, relevant les genoux, baissa la tête entre ses bras. Elle sentait le regard de Thad sur elle et savait qu'elle n'y échapperait pas. Il lui demanderait des explications. Elle l'avait cherché !

— Redites-moi cela.

Sa voix était basse, menaçante.

— A qui faites-vous allusion ? enchaîna-t-il. Quelle fille aurais-je séduite et oubliée ?

Elle respira à fond et baissa un peu plus la tête, la poitrine aplatie contre les genoux.

— N'y pensez plus, dit-elle. C'était une remarque idiote.

— Comment cela ? s'indigna Thad, furieux, se redressant brusquement pour la regarder.

Il avait l'air si inquiétant qu'elle souhaita disparaître sous terre et se demanda qui découvrirait son corps, s'il lui prenait l'envie de l'étrangler et de la balancer du haut de la falaise.

— Vous ne pouvez pas me jeter des accusations à la tête et espérer vous en tirer sans plus de précisions. De quelles filles parlez-vous ?

La tête toujours entre les genoux, elle avoua :

— De moi.

— Hein ?

Il avait sursauté et ouvrait de grands yeux ébahis.

— Je parle de moi, redit-elle en relevant la tête.

Stupéfait, il dit :

— Qu'est-ce que vous racontez ? Quand aurais-je bien pu vous séduire et vous oublier ?

Il se déplaça sur le rocher et vint se mettre à genoux

devant elle, la forçant à poser ses mains en arrière pour garder l'équilibre.

— Jamais une femme n'a autant occupé mon esprit, croyez-moi.

Elle sentit le rythme de son cœur s'accélérer.

— Expliquez-vous, juste ciel, insista Thad en se penchant vers elle.

Elle avait du mal à respirer. Il était si près qu'elle voyait les éclats de lumière dorée qui émaillaient le bleu de ses yeux. Elle se détourna, fuyant son regard du mieux qu'elle pouvait.

— Nous nous sommes déjà rencontrés, dit-elle. Il y a trois ans. C'était au mois d'août, lors d'une soirée quelque part dans Frey Street. Je n'ai jamais su chez qui cela se tenait.

— Vous voulez me faire croire que vous étiez à une soirée bière et… autres substances ? s'écria-t-il, incrédule. Si c'est bien celle à laquelle je pense, la drogue circulait librement, et ce n'est pas vraiment votre genre.

— Exact. Ce soir-là, je m'étais disputée avec mon père et je voulais me prouver mon indépendance. Une ancienne amie de lycée m'avait entraînée. Margie Adams. Je ne la connaissais pas très bien, je ne sais pas pourquoi je l'ai suivie…

— Et alors ? interrompit-il. Comment nous sommes-nous rencontrés ?

— Je ne me sentais pas vraiment à ma place et…

— On s'en serait douté !

Elle lui lança un regard noir.

— Vous voulez savoir la suite ?

— Et comment donc ! Tout ! Je veux tout savoir.

— J'étais plantée là, à me demander comment j'allais faire pour rentrer parce que Margie avait disparu, quand vous êtes venu vers moi. Nous nous sommes assis dehors, sur le perron, et nous avons commencé à parler.

— Oui ? Et alors ?

— Et alors, dit-elle d'une voix à peine audible, vous… m'avez prise dans vos bras et… caressée…

— Caressée ? Vous êtes sûre ?

Quelle question !

— Oui. Vous avez caressé… mes seins…

Il ne dit rien, et elle lui jeta un œil pour voir sa réaction. Il fronçait les sourcils.

— J'ai été… brutal ? finit-il par demander. Je vous ai fait mal ?

— Mal ? Non. J'ai été surprise, choquée, et je me suis enfuie. Je suis rentrée à pied chez moi.

— A pied ? De Frey Street, au milieu de la nuit ? Quelle imprudence !

— Je n'allais pas rester là à attendre la fin des réjouissances !

— Non, évidemment, admit-il, reprenant place à côté d'elle.

Il haussa les épaules.

— Je ne sais pas quoi dire, sinon que je suis désolé. C'est vrai que cette nuit ne m'a pas laissé beaucoup de souvenirs. En fait, ce fut la dernière partouze à laquelle je sois allé. Je venais de revenir en ville et j'étais un peu déboussolé. Par la suite, j'ai vite compris que si je voulais gagner ma vie et asseoir ma réputation d'artisan, il me fallait adopter un style de vie différent de celui de mon adolescence.

— Et pourtant, vous avez été à cette soirée.

— Disons que j'avais besoin de m'étourdir. J'avais été tenter ma chance ailleurs, là où on ne me connaissait pas et j'étais bien décidé à ne pas remettre les pieds dans cette ville. Cela commençait à marcher quand ma mère m'a appris qu'elle était malade. Je suis son seul parent et j'ai estimé que je devais être auprès d'elle. Or, le jour même de mon retour, ce jour-là, je suis tombé sur la mère de Jean à la sortie d'un magasin. Elle a été aussi surprise que moi de me voir. Je l'ai saluée et j'ai un instant espéré que les années avaient gommé l'horreur de la mort de Jean. Qu'est-ce que vous croyez ? Elle m'a traité d'assassin et autres qualificatifs flatteurs qui m'ont mis le moral à zéro. Ce soir-là, je n'avais qu'une ambition : me noyer dans l'alcool. Pour oublier.

Il la regarda avant de déclarer :

— Mais j'ai changé depuis cette époque, Chloé. J'ai acquis une certaine maturité. Je ne bois plus qu'un ou deux verres de temps en temps. Le lendemain de cette fichue partouze, quand je me suis réveillé avec la gueule de bois et pas la moindre idée de ce qui s'était passé, je m'en suis terriblement voulu.

Il esquissa un sourire malicieux avant d'ajouter :

— Je le regrette plus encore, maintenant.

Elle se sentit rougir et dut se forcer à poursuivre sur le ton de la conversation.

— Je crois qu'à votre place, j'aurais aussi cherché à oublier. En employant d'autres moyens.

Ils restèrent un moment en silence.

— Il faut qu'on rentre, dit-elle enfin. Je dois penser à préparer le dîner pour mon père.

Thad se leva et s'étira. Il sauta du rocher avec la grâce fluide d'un lion de montagne et lui tendit la main. Elle sauta à son tour et, main dans la main, ils redescendirent jusqu'à l'endroit où ils avaient laissé la camionnette.

Quand ils arrivèrent devant chez elle, il s'arrêta sans couper le moteur, fit le tour du véhicule et vint lui ouvrir la portière. Elle descendit sans qu'il s'écarte d'un pouce, de sorte que leurs corps s'effleurèrent.

Elle sentit ses seins se dresser sous son chemisier et ses genoux ployer sous elle quand Thad la prit par la taille et la serra contre lui.

— Merci d'être venue avec moi, marmonna-t-il d'une voix rauque.

— C'était très agréable, réussit-elle à dire, le souffle court, les yeux fixés sur les mouvements de son cou.

Comme il la retenait, elle dit sans grande conviction :

— Il faut que j'y aille.

— D'accord.

Il pencha la tête, et elle se haussa sur la pointe des pieds pour un baiser qu'elle appelait de tout son corps. Elle accueillit l'intrusion de sa langue, l'étreinte de ses bras qui la pressaient contre lui, ses hanches se collaient à elle. Elle se sentait alanguie, pénétrée d'un sentiment d'attente qui l'irradiait totalement, envahie de sensations troublantes qu'elle ne connaissait pas.

Il l'embrassa encore et encore et elle ne fut pas en reste, jusqu'à ce qu'il s'écarte avec un soupir et qu'elle se sente délaissée.

Incapable de bouger, elle restait là, à se demander ce qui se passait ensuite. Elle avait besoin de lui, de ses mains sur elle, de ses baisers. Elle voulut lui nouer de nouveau les bras autour du cou, mais il la prit par les poignets et la maintint à distance.

— Chloé, dit-il.

Elle cligna des yeux comme au sortir d'un rêve, les jambes en coton.

— Oui ?

— Rentrez chez vous, maintenant, dit-il doucement. On se verra demain.

Et il la poussa vers la porte.

Elle fit un pas puis deux puis se retourna. Elle aurait pu s'asseoir par terre tant elle avait du mal à se mouvoir. Non, pas s'asseoir par terre. S'allonger à côté de Thad, le sentir sur elle, prolonger cette merveilleuse sensation de bien-être.

Mais Thad était déjà remonté dans sa camionnette.

Elle tenta de le faire revenir par la force de son regard. En vain.

Avec un vague geste de la main, il démarra et prit le tournant sur les chapeaux de roues.

Heureusement pour Chloé, le lundi était un jour calme. Car dans l'état d'esprit où elle se trouvait, son efficacité au travail laissait à désirer : il suffisait qu'elle pense à Thad pour qu'un grand trouble l'envahisse et qu'elle se meure d'anticipation à la simple perspective de leur prochaine rencontre. C'était tout ce qu'elle était capable de faire : penser à Thad. Ce qui ne manquait pas de l'inquiéter.

Elle lui était reconnaissante d'avoir su s'arrêter à temps. S'il ne s'était pas arrêté, ce n'est pas elle qui aurait réagi, car dès qu'il mettait les mains sur elle tout son bon sens la désertait. Thad s'en était rendu compte, estima-t-elle. En homme d'honneur, il avait pris la bonne décision et n'avait pas profité de la situation.

Un petit frisson la parcourut.

Les gens ne connaissaient pas cet aspect de sa personnalité. Cependant, il avait agi en gentleman vis-à-vis de Jean, alors que d'autres, à son âge, auraient fui leur responsabilité et laissé la fille se débrouiller toute seule. Et maintenant, il mettait toute son énergie à se faire une réputation pour asseoir sa petite entreprise, sans se laisser impressionner par l'antagonisme de certains.

Quoi qu'on puisse dire, c'était un type bien. Tout au fond de lui-même, c'était un être vulnérable, encore blessé de ce qui lui était arrivé, se reprochant à tort de n'avoir pas su empêcher l'horrible accident. Elle avait eu la chance de découvrir le vrai Thad, celui qu'il dissimulait sous ses apparences désinvoltes de rebelle. Et ce Thad-là…

Elle l'aimait.

Elle ne pouvait plus l'ignorer, c'était de l'amour qu'elle ressentait pour lui.

Toute la nuit, elle avait pesé et analysé ses sentiments et en avait conclu qu'il ne s'agissait pas seulement d'attirance sexuelle, même si cela comptait pour beaucoup : au-delà des désirs de son corps, c'était d'amour qu'elle brûlait pour Thad.

Depuis quand ? Comment cela était-il arrivé ?

Elle n'en savait rien et redoutait que ce soit à sens unique, comme cela avait été le cas pour la pauvre Jean. Hélas ! Elle savait d'instinct que son cœur s'était enflammé une bonne fois pour toutes, que ce sentiment ne périrait qu'avec elle. Elle l'aimerait jusqu'à la fin de ses jours.

Cela lui fit l'effet d'une douche froide. Elle avait toujours pensé qu'elle tomberait amoureuse d'un homme qui l'aimerait en retour. Que, forts de leur amour, ils se marieraient et vivraient heureux, entourés de la famille qu'ils auraient fondée. Devait-elle renoncer à ce rêve de jeune fille ? Ou bien devait-elle garder l'espoir qu'un jour, elle rencontrerait un homme qu'elle aimerait et épouserait malgré le souvenir indélébile de cet amour impossible ?

Elle s'immobilisa, tenant en mains la liasse de papiers qu'elle était en train de classer.

Cela allait être dur de renoncer à Thad, à ses étreintes troublantes, au bonheur qui la transportait quand il la prenait dans ses bras. Résister à son attirance pour cet homme allait lui demander une force de caractère qu'elle doutait de posséder. Toutefois, elle était déterminée à réserver sa virginité pour celui qui deviendrait son mari, qu'il sache sans ambiguïté qu'il était le premier et le seul. Bien que, tout récemment, une petite voix lui suggérât tout autre chose et qu'elle fût prête à balancer son bonnet par-desssus les moulins…

Non, se reprocha-t-elle. Ce ne serait pas juste.

Malheureusement pour elle, le visage sans nom de son futur époux n'était pas un stimulant très convaincant. En fait, elle répugnait à imaginer d'autres mains que celles de Thad sur elle. Elle ne se voyait pas bouleversée, chavirée par le contact d'un autre homme.

Alors, quoi ? Renoncer au mariage ? Etait ce la solution ?

Elle ne savait qu'une chose : elle ne reverrait pas Thad. Si, bien sûr, en ville, dans la rue, mais elle n'accepterait plus aucune invitation à sortir avec lui. Ce serait jouer avec le feu, car elle savait que si l'envie en prenait à Thad, elle finirait dans son lit ou ailleurs sans même qu'il eût besoin de la forcer. Pas question de tenter le diable !

Elle avait plus ou moins terminé son classement et restait assise à son bureau, le regard dans le vague, quand la porte s'ouvrit. Croyant son père de retour de ses visites à ses paroissiens, elle sourit par habitude.

Son sourire se figea.

Thad.

— Bonjour, dit-il en refermant la porte. Je suis heureux de vous voir là. Hier soir, j'ai bien cru que vous vous transformiez en statue de sel.

Elle se sentit rougir et s'en voulut aussitôt.

— Bonjour, dit-elle aussi froidement qu'elle le pût.

Loin d'être rebuté par cet accueil, Thad plaisanta.

— Oh ! Je vois que j'ai droit au sourire officiel, dit-il. Cela me réjouit, sachant que je peux vous faire perdre ce beau sang-froid quand je veux.

Sous ses airs taquins, il l'observait attentivement.

— Vous vouliez quelque chose ? demanda-t-elle, bien résolue à ne pas se laisser déstabiliser.

— Oui. Je dois me rendre à l'entrepôt de bois, et en revenant, j'aimerais vous inviter à déjeuner.

— Désolée. J'ai trop à faire. Je compte déjeuner au bureau, déclara-t-elle.

— Vous avez apporté ce qu'il faut ? demanda-t-il, parfaitement conscient qu'elle s'inventait une excuse.

La clochette de la porte tinta et elle se fit la remarque

que jamais l'expression « sauvée par le gong » n'avait été aussi juste.

— Bonjour, madame Fitzworth.

— Bonjour, ma chère. Je vous apporte le compte rendu de la réunion du cercle des Missions.

La nouvelle venue se tourna vers Thad.

— Bonjour, monsieur Shippen. C'est bien vous le spécialiste du bois ?

— Exact, madame.

— Parfait. Certaines de mes boiseries ont été détériorées par les précédents occupants de ma maison. Cela ne vous ennuierait pas de venir voir, me dire ce que vous en pensez et me faire un devis ?

— Avec plaisir, dit Thad.

Après un geste de la main à Chloé, il ouvrit la porte à la bonne dame et lui emboîta le pas, prêtant l'oreille à son bavardage.

Elle les suivit des yeux, se retenant de se lever et de coller son visage à la vitre, déçue malgré elle que Thad soit sorti presque aussi vite qu'il était entré.

N'était-ce pas ce qu'elle souhaitait ? Qu'il sorte de sa vie ? Elle aurait dû se sentir légère et soulagée. Or, elle était comme un enfant que son professeur préféré aurait sévèrement réprimandé. Quoique, Thad en professeur…

Assez ! se reprocha-t-elle. Il fallait qu'elle arrête de penser à lui.

Elle se mit résolument au travail, accueillit plusieurs visiteurs en quête de renseignements, fit part à son père des événements de la matinée quand celui-ci revint de ses visites, comme si de rien n'était. Chaque fois que la stupide clochette tintait, son cœur s'arrêtait de battre… Mais pas de Thad.

Elle était occupée à la photocopieuse, le dos tourné, quand le carillon retentit encore une fois.

— Je suis à vous dans un instant, dit-elle tout en glissant un paquet de feuilles vierges déliassées dans le tiroir de la machine.

Quand elle se retourna, il était là, les yeux brillants de malice.

Elle ne put refréner un sourire quand il lui brandit un grand sac en papier, une grimace de gamin qui a réussi son coup lui relevant les coins de la bouche.

— Puisque votre travail vous empêche de sortir, j'ai apporté le pique-nique, claironna-t-il. Vous n'avez pas encore déjeuné ?

— Non. Pas eu le temps. Merci.

Après tout, quel mal y avait-il à partager un sandwich avec lui dans un endroit public comme celui-ci, où elle ne risquait pas d'oublier ses principes.

Il s'assit sur une chaise devant le bureau, et elle repoussa divers objets pour faire de la place.

— Vous me faites une sacrée publicité, dit-il.

Elle tressaillit en le regardant sortir plusieurs sandwichs de leur emballage.

— Pardon ?

— Je dis que vous me faites une sacrée publicité, répéta-t-il, lui faisant signe de choisir.

Il ouvrit deux canettes de soda et les posa devant eux.

— Mme Fitzworth vient de me confier la réfection de ses boiseries.

— Je n'y suis pour rien, protesta-t-elle. C'est grâce à vous. Une fois que les gens vous connaissent, ils prennent confiance.

— Il n'empêche ! Ils sont beaucoup plus disposés à prendre le risque, sachant que Chloé Miller m'inclut dans ses relations.

— C'est ridicule, dit-elle. Vous n'avez pas besoin de moi pour être embauché. Sur quoi travaillez-vous en ce moment ?

Elle réussit à entretenir la conversation pendant qu'ils dévoraient leurs sandwichs et se détendit peu à peu. Tout se passait bien. Elle se surprit à regarder son cou, l'échancrure de sa chemise qui laissait voir une fine toison de poils bouclés. Elle se souvint de lui, torse nu sur son échelle le premier jour où elle l'avait vu, et sa gorge se serra d'émotion.

Pas de ça ! se reprocha-t-elle, elle n'était pas censée être troublée par un ami.

Un ami ? A qui voulait-elle faire croire une telle bêtise ?

Elle débarrassa le bureau des reliefs du repas et se leva.

— Merci pour le pique-nique, dit-elle.

— Ce n'était pas grand-chose, rétorqua-t-il en contournant le bureau, les yeux brillants.

Elle était clouée sur place et n'aurait pu faire un pas, l'eût-elle voulu.

Il lui prit le visage entre ses mains et posa ses lèvres sur sa bouche, comme une affirmation tranquille de leur intime complicité.

Elle lui mit les mains sur les poignets dans l'intention de le repousser, mais quelque chose en elle court-circuita le message, et le « repousse-le » devint « accroche-toi » ! La bouche dure et ferme de Thad se fit plus exigeante, sa langue explora, chercha la sienne, et elle s'abandonna tout entière à la caresse, éperdue.

— Dînons ensemble, grommela-t-il contre sa bouche.

— Je…

— Oui ?

Sa bouche déversait un chapelet de petits baisers le long de sa mâchoire, mordillait son oreille, s'attardait sur un point sensible juste derrière le lobe. Elle retint son souffle, transportée par ces attouchements subtils.

— C'est « oui », n'est-ce pas ? insista-t-il.

— Oui, murmura-t-elle malgré elle.

— Bien.

Il recula d'un pas, gardant leurs mains enlacées.

— Pas chez vous, réussit-elle à dire, frustrée, se cramponnant tant bien que mal à ses résolutions.

— D'accord. Je viens vous prendre chez vous, alors. A 18 heures.

Il eut un sourire malicieux, ravi de l'équivoque.

— Détendez-vous. Je vous emmènerai dans un endroit où nous ne serons pas seuls.

Il l'embrassa rapidement sur les lèvres et se dirigea vers la porte.

— A ce soir.

— A ce soir, dit-elle à la porte refermée.

Elle porta une main tremblante à ses lèvres encore chaudes de ses baisers. Oh ! Mon Dieu !

— Chloé ?

Elle sursauta et trouva face à elle son père qui regardait par la fenêtre Thad s'éloigner sur le trottoir.

— Qu'est-ce que cela veut dire ? Tu veux bien m'expliquer ?

C'étaient les mots qu'il employait quand elle était plus jeune pour lui faire avouer ses désobéissances. Cette fois, elle refusa de se sentir coupable.

— Thad est venu déjeuner avec moi. Nous avons partagé les sandwichs qu'il a apportés.

Elle se mit en devoir de remettre de l'ordre sur son bureau.

— J'ai l'impression que vous ne vous êtes pas contentés de partager des sandwichs ! remarqua son père.

— Papa ! Je te dispense de tes réflexions. Je suis adulte et c'est moi qui décide de mes fréquentations. Je fais ce que je veux avec qui je veux.

Le visage de son père s'enflamma de colère.

— Dans la Bible…

— Je sais parfaitement ce que dit la Bible, coupa-t-elle.

— Sais-tu aussi que j'ai célébré les funérailles de Jean Lawman ?

Elle faillit se laisser déstabiliser mais contre-attaqua aussitôt.

— Tu veux dire Jean Shippen ?

— Pas pour sa famille, qui maudit encore le jour où elle a rencontré cet individu.

— Parce qu'ils n'ont jamais cherché à le connaître, rétorqua-t-elle. Il ne l'a pas abandonnée, lui, quand ils l'ont mise à la porte de chez elle. Sache que Jean ne lui avait pas dit qu'elle était diabétique et qu'il n'est pour rien dans ce qui est arrivé. Tu sais comment ils le traitent quand ils le rencontrent ? En criminel ! Pour des chrétiens, on fait mieux ! Et tu les soutiens ?

Son père leva les mains en signe de reddition.

— D'accord. J'ai peut-être été trop rapide dans mes jugements à cette occasion.

Il s'arrêta et marmonna :

— Malgré tout, je ne lui fais pas confiance.

Elle sourit, heureuse d'avoir tenu tête à son père sans que cela ait été trop loin.

— Et à moi, dit-elle, ne me fais-tu pas confiance ? C'est toi qui m'as élevée. Tu crois que j'oublierais les principes que tu m'as inculqués ? Si c'est le cas, c'est trop tard et il n'y a plus rien à dire.

Le pasteur ouvrit la bouche pour répliquer mais se

tut, à court d'arguments. Il baissa les bras et sourit de mauvais gré.

— Tu es bien la fille de ta mère, reconnut-il non sans humour. Elle savait me remettre à ma place quand je montais sur mes grands chevaux et s'en tirait toujours avec les honneurs de la guerre.

Elle lui sourit avec affection, satisfaite de sa réaction.

Thad vint la chercher à 18 heures comme promis. Le pasteur était à la maison, et ce fut lui qui répondit au coup de sonnette. Nul doute qu'il se tenait en embuscade près de la porte, parce qu'elle eut beau se précipiter, il l'avait devancée.

Elle ralentit l'allure quand elle entendit leurs voix et comprit qu'il n'y aurait pas d'affrontement.

— Bonsoir, Thaddeus.

— Bonsoir, révérend.

Elle fut soulagée qu'il n'ait pas sacrifié à sa manie d'appeler son père « rev' », terme que ce dernier détestait. Elle soupçonnait Thad de le faire exprès pour l'agacer.

— Bonjour, Thad, dit-elle. Je suis prête.

Elle passa devant son père et embrassa Thad sur la joue.

— Papa, dit-elle, si tu es couché quand je rentre, on se verra demain au petit déjeuner. Bonne nuit.

Ce n'était pas la chose à dire ! Son père aurait pu

croire qu'elle avait l'intention de passer la nuit dehors. Heureusement, il ne réagit pas.

A sa grande surprise, ce fut Thad qui le rassura.

— Nous ne traînerons pas, annonça-t-il. Chloé et moi devons être au travail demain matin de bonne heure.

— Merci d'avoir fait un effort envers mon père, observa-t-elle en le suivant vers la camionnette.

— Normal, dit-il en l'aidant à monter dans le véhicule.

Elle n'osa pas lui demander où il l'emmenait et le laissa traverser la ville. Mais quand il emprunta une certaine route qu'elle connaissait, elle lui en voulut : n'avait-il pas promis de ne pas l'emmener chez lui ? Dépitée, elle se préparait à lui intimer l'ordre de la ramener illico quand ils dépassèrent l'embranchement qui menait à sa propriété.

— Vous avez raté le tournant, remarqua-t-elle sèchement.

— Nous n'allons pas chez moi.

— Oh.

Il lui prit la main, mêlant ses doigts aux siens.

— Je vous avais promis de ne pas vous emmener chez moi, dit-il. Me croyez-vous capable de vous mentir ?

Elle aurait voulu rentrer sous terre, des larmes de honte lui montèrent aux yeux.

— Désolée, Thad, dit-elle.

— Ce n'est rien. Je comprends que vous ne me fassiez pas confiance. C'est ma faute.

Un instant, il détourna les yeux de la route pour lui décocher un regard malicieux.

— Chaque fois que je décide de... me tenir tranquille, je ne tiens pas dès que vous êtes avec moi.

Elle ne releva pas, trop émue, et se contenta de meubler le silence qui planait dans l'habitacle.

— Où m'emmenez-vous ?

— Chez ma mère.

Thad l'emmenait chez sa mère !

Elle réfléchit rapidement et se refusa à y voir autre chose qu'un simple désir de les mettre en présence. Ce qu'elle avait souhaité.

— Mais n'est-ce pas trop fatigant pour elle de nous recevoir à dîner ? s'inquiéta-t-elle.

— Je me suis arrangé.

Il lâcha sa main pour s'engager dans une allée qui menait à une maison de style ranch, entourée d'un jardin bien entretenu.

— J'ai préparé un bœuf mode, il suffira de réchauffer, et j'ai mis la table avant de partir pour qu'elle n'ait à faire que le minimum. Cela lui donne l'illusion qu'elle peut encore fonctionner normalement.

Il coupa le moteur et ajouta :

— N'en dites rien, surtout.

— Bien sûr, dit-elle, un peu vexée.

Il rit et lui prit la main pour remonter l'allée.

— Je sais. Je voulais vous détendre.

Elle lui donna un léger coup sur l'épaule, un prétexte pour être en contact.

Avant qu'elle ne retire sa main, il l'attrapa au vol et la serra contre lui.

— Un baiser pour la route, exigea-t-il.

Et il l'embrassa passionnément jusqu'à ce qu'elle le repousse, à bout de souffle.

— Arrêtez ! Votre mère va nous voir.

Il rit.

— Si vous croyez que deux personnes en train de s'embrasser sur sa pelouse peuvent la choquer !

Il sortit une clé de sa poche et, ouvrant la porte en grand, s'effaça, disant en français avec un accent effroyable :

— *Après vous, mademoiselle.*

Ils entrèrent dans un grand salon très élégant où Thad la laissa, le temps d'aller chercher sa mère. Tout au fond, une grande arche communiquait avec une salle à manger dans des tons sobres où le couvert était mis pour trois personnes avec sets de table et verres en cristal.

Chloé parcourut les lieux du regard, surprise. Ce n'était pas du tout ce à quoi elle s'attendait. Pas de gravures olé-olé, pas de rideaux de velours rouge… A la limite, elle était déçue !

Thad revint avec à son bras une petite femme fragile vêtue d'un long caftan violet spectaculaire.

— Bonjour, dit celle-ci pendant qu'il l'installait sur le canapé.

— Ma mère, Chloé, les présenta brièvement Thad. Le dîner sera prêt dans dix minutes, ajouta-t-il avant de disparaître dans la cuisine.

— Chloé. Quel joli nom ! dit la dame.

Le rouge de ses pommettes assorti à son rouge à lèvres contrastait avec la pâleur transparente de son teint.

— Merci, dit Chloé, un peu mal à l'aise.

Comment devait-elle l'appeler ? La vieille dame avait relevé ses cheveux en chignon, mais des mèches bouclées s'en échappaient, lui entourant le visage d'une auréole mousseuse. Elle lui chercha une ressemblance avec Thad sans en trouver. Toutefois, il était évident que cette femme avait été une vraie beauté.

— Je m'appelle Margareta, dit-elle en souriant. J'imagine que vous avez entendu parler de moi par toutes les commères de la ville. Divisez tout par deux ou par trois, et vous approcherez de la vérité.

Elle rit doucement, et Chloé se détendit.

— J'ai été heureuse de rencontrer le révérend Miller, poursuivit Margareta. Nous avons beaucoup parlé lors de sa première visite. En revanche, la semaine dernière, je n'étais pas très bien et il n'est resté que quelques minutes.

Chloé ouvrit de grands yeux. Elle ignorait que son père avait renouvelé sa visite.

— Mon père aime beaucoup rencontrer les gens de sa paroisse, dit-elle. Il reviendra certainement et j'espère que vous pourrez reprendre vos discussions.

— Je l'espère aussi. Maintenant, parlez-moi de vous, ma chère petite. Je meurs de curiosité, car c'est la première fois que Thad me présente une de ses amies. Sauf cette pauvre Jeannie, évidemment.

— Il m'a parlé de Jean, dit-elle aussitôt.

Margareta leva les sourcils, étonnée.

— Cela, c'est nouveau. Il n'en a plus jamais parlé après son décès. Comme si ça lui était impossible.

Elle marqua une pause et reprit.

— Je suis d'autant plus curieuse de vous connaître, ma chère.

Chloé n'eut aucun mal à la satisfaire, tant elle rayonnait de bienveillance. Elle lui parla de ses études, de ses projets, se laissa aller à exprimer sa frustration de se sentir coincée dans son job de secrétaire.

Puis Thad vint les chercher pour passer à table, et ils évoquèrent l'explosion de l'église et l'incendie, imaginèrent la reconstruction. Margareta parla de sa maladie en toute simplicité, exprima le désir de se subvenir à elle-même aussi longtemps que possible. Chloé fut frappée de la lucidité qu'elle affichait, sans larmoiement ni commisération.

— Ne vous méprenez pas, déclara Margareta, je ne baisse pas les bras. Mais sachant d'expérience les effets négatifs de la chimiothérapie et le peu de chance d'amélioration de mon état, je refuse de passer mes derniers jours chauve et nauséeuse. Il me reste beaucoup à faire. Evidemment, mon plus grand souhait serait de tenir dans mes bras mon premier petit-enfant avant de m'en aller, mais je n'ai pas l'impression que cela soit en voie de réalisation, ajouta-t-elle avec un regard pensif en direction de son fils.

Chloé s'amusa de voir Thad rougir.

— Si on parlait d'autre chose ? grommela-t-il.

Elle vint à son secours.

— Je m'occupe de la vaisselle et du rangement pendant que vous bavardez avec votre mère et l'aidez à se préparer pour la nuit.

— D'accord, dit-il. Merci.

Elle débarrassa la table puis fila dans la cuisine où elle s'employa à tout remettre en ordre.

Thad s'occupa de sa mère. Quand ce fut fini, il vérifia que la maison était sécurisée, puis ils dirent bonsoir à la vieille dame et remontèrent en voiture.

- 6 -

— Votre mère est remarquable, dit-elle en s'installant.

Thad sourit.

— N'est-ce pas ?

Il lui prit la main et l'attira vers lui.

— Rapprochez-vous, protesta-t-il. Vous êtes trop loin.

Il lui fit mettre la main sur sa cuisse et la recouvrit de la sienne.

A travers le tissu du jean, elle était en contact avec la chair ferme de ses muscles qu'elle sentait bouger avec les mouvements de la conduite. Ils se turent tout le temps du trajet jusqu'à ce qu'il se gare devant chez elle, moteur coupé.

— J'ai passé une excellente soirée, dit-elle. J'ai été ravie de faire la connaissance de votre mère. Elle est adorable.

Il détacha sa ceinture puis la sienne, posa sa main sur sa nuque et remonta sous les cheveux.

— C'est aussi le mot qu'elle a employé pour vous décrire. Vous nous avez ensorcelés.

C'était une nuit sans lune. L'intérieur du véhicule dégageait une atmosphère d'intimité chaude et réconfortante. Elle entendait le bruit de leurs respirations et les pulsations de son sang dans ses veines. Une simple pression de la main de Thad, et elle se rapprocha de lui, oubliant toutes ses bonnes résolutions du matin.

Il l'entoura de ses bras et la tint aussi étroitement enlacée que leur position le permettait.

— Qu'est-ce que je vais faire de vous ? murmura-t-il comme s'il se parlait à lui-même.

Elle avait renversé la tête en arrière contre son bras et distinguait à peine son visage, toutefois elle comprit qu'il souriait. Elle prit ce sourire comme un appât que le pauvre poisson, elle, en l'occurrence, happait, se laissant séduire par les promesses implicites qu'il représentait.

Elle souleva légèrement la tête et lui posa un baiser chaste sur les lèvres.

Il s'immobilisa, son corps aussi dur que le marbre d'une statue. Puis il respira à fond et pencha la tête vers elle, ses lèvres courant le long de sa tempe jusqu'à sa bouche.

Elle l'attendait. Elle le connaissait maintenant, savait le goût de sa bouche et l'impatience de ses mains sur ses seins.

Il passa la main entre eux et défit son chemisier. Sa bouche quitta la sienne et descendit le long de sa gorge, plongeant vers sa poitrine. A peine si elle s'en rendit compte, car ses doigts titillaient le bout de son sein, envoyant des décharges électriques dans tout son corps, la propulsant vers lui, hanches levées, comme si ce geste pouvait apaiser le feu intérieur qui la balayait tout entière.

Il prit un sein dans sa bouche, et elle cria de surprise et de plaisir, un son aigu qu'elle eut du mal à identifier comme venant d'elle.

— Oui, oui, s'il vous plaît ! s'entendit-elle dire sans qu'elle sache exactement ce qu'elle demandait.

La bouche de Thad continua de sucer ses seins tandis que sa main descendait, se glissait dans le jean dont il avait défait la fermeture. Elle sursauta, se portant en avant tout contre lui.

Il grogna et, la prenant par la taille, l'assit sur ses genoux. Elle sentit son membre dur entre ses jambes, et ce fut lui qui vint à sa rencontre, prêt à exploser.

— Non, dit soudain Thad d'une voix rauque.

Il s'affaissa sur le siège et retira ses mains comme si elle le brûlait.

— Vous rendez-vous compte que vous avez été à deux doigts de perdre votre virginité, là, dans ce camion ? demanda-t-il, visiblement furieux.

— Quoi ? Je…

Elle émergeait lentement de la tempête qui l'avait submergée.

— Oui.

— Oui, quoi ? demanda-t-il brutalement, posant

les mains sur ses hanches. « Oui, terminons-en », ou « oui, j'en suis consciente » ?

— Je… je ne sais pas. Je ne…

Elle n'eut pas le temps d'achever sa phrase. Thad l'avait soulevée et déposée sur le siège à côté de lui.

— J'ai besoin d'une douche froide, déclara-t-il, le visage tourné vers le plafond.

Elle faillit éclater de rire, mais le son de sa voix l'avertit que ce ne serait pas indiqué.

Il ouvrit la portière et descendit, l'attrapa par la main et lui fit franchir la distance qui les séparait. Quand elle fut sur ses pieds, il la plaqua contre le véhicule.

— Ecoutez-moi bien, dit-il en lui prenant le visage dans ses mains. Pas question que vous alliez proclamer au monde entier que je vous ai séduite malgré vous. Alors, ou on finit ce qu'on a commencé de votre plein gré, ou on arrête de se voir. Car vous me rendez fou et je ne réponds de rien.

Pour Chloé, ces mots suffirent à lui faire retrouver sa lucidité.

— Jamais, je ne… Aucune importance.

Elle se concentra sur l'essentiel.

— Vous avez raison. Arrêtons de nous voir.

Elle caressa le visage de Thad en dépit de la colère qui se lisait sur ses traits.

— J'aimerais penser que je vous aurais arrêté à temps, mais je n'en suis pas sûre. Or, je veux arriver au mariage sans avoir rien à cacher à mon futur mari. Pour la première fois de ma vie, je suis au bord de céder à la tentation et je ne suis pas certaine d'avoir assez de volonté pour vous résister. Alors, vous avez raison, cessons de nous voir.

Il ne répondit pas, tourna la tête et lui mit un baiser au creux de la paume.

— C'est fou, murmura-t-il contre sa main.

Par contraste avec la douceur de son baiser, sa voix était dure, coupante.

— C'est complètement fou, répéta-t-il, et je suis fou de me laisser troubler par vous. Partez.

Il s'écarta et lui tourna le dos.

Elle hésita.

— Allez-vous-en, redit-il sèchement.

Ce qu'elle fit, les larmes aux yeux, fouillant dans son sac à la recherche de ses clés.

Derrière elle, elle entendit le camion démarrer et sentit son cœur se déchirer.

Elle entra, s'écroula derrière la porte, la main sur sa bouche pour étouffer les sanglots qui la secouaient, et pleura toutes les larmes de son corps.

Enfin elle réussit à se calmer. Elle se mit debout et s'appuya contre la porte, essayant de contrôler les derniers sanglots qui l'étranglaient. Heureusement pour elle que la chambre de son père était située à l'arrière de la maison ! S'il l'avait vue dans cet état, il serait mort de saisissement.

Un coup frappé à la porte la fit sursauter et tourner sur elle-même comme si le panneau de bois l'avait projetée en arrière. Elle ouvrit la porte sans se préoccuper de savoir qui était derrière et se rua dans les bras de Thad.

Soulagée, se sentant revivre, elle s'abandonna à son étreinte et… sanglota de plus belle.

— Là, là, murmura-t-il, la berçant comme un enfant. On se calme. Désolé, je n'aurais pas dû partir comme je l'ai fait.

Il l'embrassait sur le nez, sur les tempes, couvrant son visage de petits baisers réconfortants. Puis il prit sa bouche, et elle répondit à son baiser de toutes ses forces. Quand il la sentit se détendre entre ses bras, il releva la tête et marmonna :

— C'en est trop pour moi.

Il respirait difficilement, et sa poitrine se soulevait comme celle d'un cheval qui vient de gagner la course.

— Désolée, murmura-t-elle à son tour.

L'instant d'après, elle se rebiffa.

— Pourquoi vous présenterais-je des excuses ? C'est vous qui êtes revenu !

— Ce n'est pas ce que vous vouliez ?

— Si, bien sûr, reconnut-elle.

Elle lui passa les bras autour du cou et se colla à lui, se délectant de sentir ses muscles sous ses mains, d'être en contact étroit avec ce grand corps solide, plus que jamais désireuse de se fondre en lui.

— Malgré cela, je ne reviens pas sur ce que j'ai dit, déclara-t-elle tant qu'elle en était encore capable.

J'aimerais être… différente, répondre à vos attentes, mais je ne peux pas renier mes principes.

Elle crut le voir sourire.

— Je sais, ajouta-t-elle très vite, c'est d'une autre époque.

— Alors, marions-nous, proposa-t-il.

— Ce n'est pas ce que je voulais dire, protesta-t-elle, reculant d'un pas, le cœur battant à cent à l'heure.

— C'est ce que j'ai dit, moi, articula Thad.

Il grimaça, se moquant de lui-même.

— Si on m'avait dit qu'un jour…

Il lui prit la main et mettant un genou à terre, il demanda :

— Chloé Miller, voulez-vous m'épouser ?

Stupéfaite, elle tenta de le remettre debout.

— Thad, arrêtez. Ce n'est pas ce que vous voulez…

Il la fit taire en l'asseyant sur son genou.

— Je sais très bien ce que je veux, et c'est précisément cela : vous épouser. J'ai besoin de vous, et si c'est le seul moyen de vous avoir auprès de moi, je suis preneur. Ce n'est pas la mer à boire ! Je peux imaginer pire épreuve que d'être marié avec vous pour le restant de mes jours !

Pour une demande en mariage, c'était loin d'être romantique.

Les yeux gonflés de larmes, le nez comme une patate à force de se moucher, Chloé était dépassée. Elle aurait dû protester, se sentir insultée alors qu'elle n'avait qu'une envie : crier « oui » et réveiller son père pour qu'il les marie sur-le-champ !

Néanmoins, une petite voix lui soufflait de se méfier.

Thad ne l'aimait pas. Ce sera comme avec Jean.

Oui, mais il la désirait à ses côtés, il disait avoir besoin d'elle…

Est-ce qu'elle était prête à épouser un homme qui ne l'aime pas dans l'espoir qu'un jour il l'aimerait ?

La réponse était « oui », sans aucun doute.

Elle se mit debout.

— Je vais y réfléchir, dit-elle aussi calmement que possible. Ne précipitons pas les choses.

— Cela me va, dit Thad en se levant et la reprenant dans ses bras. Elle était consciente de son désir bien qu'il se contentât de la câliner avec douceur et tendresse.

— Ne compliquez pas tout, dit-il. Ne vous en faites pas un monde.

— J'ai peur que ça ne marche pas, avoua-t-elle.

— Pourquoi ? s'inquiéta-t-il aussitôt. Je peux subvenir à nos besoins et je prendrai soin de vous. Je suis sûr que… notre relation au lit sera grandiose. Je vous promets d'être fidèle et j'aimerai nos enfants.

« Nos enfants. »

Il savait trouver les bons arguments. Instinctivement, il jouait sur sa corde sensible. Déjà, elle se voyait entourée d'une marmaille exubérante, les cheveux en bataille, les joues creusées de fossettes.

— Pourquoi moi ? demanda-t-elle, repoussant cette image par trop tentante.

Thad ne répondit pas tout de suite, et elle crut mourir d'angoisse. Allait-il reprendre pied dans la réalité et revenir sur sa proposition ?

— Vous êtes la seule à avoir dépassé la réputation que je traîne derrière moi. Même Jean, je crois, n'est sortie avec moi au début que pour choquer ses parents. Vous, vous me faites confiance. Qui plus est, je me dessècherai sur place et mourrai de frustration si vous ne voulez pas m'épouser.

Elle fut heureuse de la pénombre qui les entourait, car elle rougit violemment.

— Laissez-moi un peu de temps, dit-elle. Là, maintenant, je serais capable de dire « oui » à tout. Je veux prendre ma décision dans le calme.

N'était-elle pas en train de lui avouer son amour ?

— Je ne vous ferai pas attendre longtemps, s'empressa-t-elle d'ajouter.

— D'accord. Allez dormir, dit-il d'un ton bourru. Mais vingt-quatre heures, ce sera encore trop long. Une éternité.

Toutefois, il n'avait pas l'air trop malheureux.

Il l'embrassa légèrement, s'attarda un instant à la regarder puis s'écarta.

— C'est ainsi que tout a commencé, dit-il en hochant la tête. Au premier coup d'œil. Bonsoir, Chloé. A demain.

Le dimanche suivant, Chloé s'éveilla toute émoustillée. Elle s'étira comme un chat et sourit de bonheur : Thad devait venir avec elle assister à l'office !

C'est lui qui l'avait proposé.

— Je vais épouser la fille d'un pasteur, avait-il dit. Autant m'habituer tout de suite à fréquenter l'église.

Ce à quoi elle avait répliqué :

— Je n'ai pas dit que j'étais d'accord pour vous épouser !

— Pas encore, avait-il répondu avec un petit sourire entendu.

Elle soupira. Elle n'avait effectivement pas encore pris sa décision. Elle ne pensait plus qu'à cela, qu'à lui, qu'à son grand corps si tentant. Pour la première fois, elle comprenait que le désir sexuel pouvait obnubiler le jugement au point de vous faire perdre tout contrôle, vous pousser à renoncer à vos principes, oublier qui vous étiez.

Comment prendre une décision aussi importante pour l'avenir quand elle ne désirait qu'une chose : se blottir dans les bras de Thad ?

En sa présence, son souffle s'accélérait, ses jambes tremblaient, tout son corps lui envoyait des signaux impératifs auxquels elle n'avait ni l'envie ni le courage de résister. Elle lui avait dit qu'elle avait besoin de réfléchir en dehors de sa présence, mais à moins qu'il ne s'exilât à l'autre bout de la planète, le seul fait de le savoir à proximité l'empêchait de raisonner normalement, ce qui expliquait qu'elle ne sache toujours pas où elle en était.

Assurément, épouser un homme qui ne l'aimait pas d'amour était une bêtise qui ne pouvait que les conduire à la catastrophe, les faire souffrir tous les deux. D'autre part, lui dire non les ferait souffrir tout autant. Alors, pourquoi ne pas tenter l'impossible et courir le risque ? Pourquoi ne pas se faire plaisir ?

Second problème : l'antagonisme flagrant entre son père et Thad. Dès qu'ils étaient mis en présence, on aurait dit deux chiens cherchant la bagarre, tournant l'un autour de l'autre à l'affût du point faible qui assurerait la domination du plus fort. Or, elle aimait son père et son père l'aimait. Ils étaient tout l'un pour l'autre, en dépit de leurs petites disputes. Si elle épousait Thad, lui faudrait-il choisir entre les deux ?

Elle rejeta les couvertures et sauta du lit. Elle n'en pouvait plus de retourner la question sous tous ses angles. Si seulement elle avait un moyen de lire dans l'avenir !

Thad l'attendait dans le hall de l'église.

Elle n'avait pas prévenu son père de sa présence et vit les yeux du pasteur s'écarquiller quand il le vit. Il en perdit le fil de sa conversation avec l'un des bedeaux.

Sans attendre, elle prit Thad par le bras, lui donna un livre de chants et un bulletin paroissial et l'entraîna à l'intérieur.

Leur arrivée ne passa pas inaperçue. Murmures,

chuchotements les suivirent pendant qu'ils remontaient l'allée et se glissaient dans un banc. Elle espéra que Thad ne se rendait pas compte que c'était tout à fait anormal.

Derrière eux, elle entendit une voix de femme qui s'étonnait.

— Ne me dites pas qu'elle sort avec lui ! Vous en êtes sûre ?

— Chut. Oui.

— Enfin ! Avec la mère qu'il a !

— Je sais. Chut.

— Je me demande quand cela va commencer à se voir… C'est sûrement la raison pour laquelle il se montre avec elle.

— Taisez-vous, intima l'autre voix entre ses dents. Ils vont vous entendre.

Chloé était folle de rage. Comment osaient-elles ? De quel droit se permettaient-elles de juger ? Elles devraient avoir honte de tenir de tels propos dans une église !

Elle n'était pas du genre à faire du scandale, mais là, elle dut faire un effort surhumain pour ne pas se retourner et remettre vertement la mégère à sa place.

Elle jeta un œil à Thad. Sa mâchoire contractée lui fit comprendre qu'il avait tout entendu. Spontanément, elle posa la main sur la sienne. Un instant elle crut qu'il n'allait pas réagir, mais il finit par retourner sa main et la serrer.

Elle souffrait pour lui. Quel calvaire il avait enduré !

De savoir que la rumeur publique l'accusait de coucher avec toutes les filles qu'il fréquentait. Après leur mariage, elle utiliserait la pilule pendant un certain temps. Juste pour leur montrer !

« *Après* leur mariage » ! De le dire dans sa tête, elle en frémit. Pourquoi le faire attendre ? Pourquoi refuser de regarder la vérité en face ? Elle l'aimait. Il la désirait. Cela devrait marcher. C'était un bon début, non ?

Tout le temps de l'office elle garda la main de Thad dans la sienne, ne la lâchant même pas quand ils se levèrent pour chanter les hymnes.

Toutes ces commères pouvaient s'en mettre plein les yeux ! Cela alimenterait les conversations pendant un bon moment.

Son père donna la dernière bénédiction, et l'organiste entama la sortie. Les langues se délièrent et le murmure des bavardages emplit l'église pendant que les paroissiens quittaient leur place pour se diriger vers la porte.

Elle se leva et Thad en fit autant.

N'était-ce pas le bon moment ?

Thad la précédait et allait suivre la foule, quand elle lui posa la main sur le bras.

Il se retourna, un regard interrogateur dans les yeux.

— Oui, dit-elle.

Il la regarda sans comprendre.

— Oui, quoi ?

Elle ne retint pas plus longtemps l'énorme sourire qui disait son bonheur.

— Oui, je suis d'accord pour vous épouser.

Il plissa les yeux, et elle sentit les muscles de son bras se contracter. Il respira à fond avant de dire :

— Vous y avez mis le temps !

Puis il se détendit, sourit.

— Vous savez ce que j'aimerais faire ? marmonna-t-il à voix étouffée. Ce à quoi je pense ?

Elle enregistra le désir qui assombrissait ses yeux et en eut le souffle coupé.

— Je crois, oui, murmura-t-elle.

Il lui caressa la joue avec un petit rire.

— On va ménager ces gens. Ils en ont eu assez pour aujourd'hui. Alors, gardez vos vilaines pensées pour vous jusqu'à ce que nous soyons seuls.

Ce soir-là, Thad s'encadra dans la porte d'entrée après le dîner, l'air grave.

Chloé entraîna son père dans le salon où ils s'assirent tous les trois. Et, là, Thad annonça au pasteur leur intention de se marier.

Un lourd silence suivit sa déclaration.

— Papa, j'espère que tu comprends mon bonheur, dit Chloé qui se lança dans la description de leurs projets pour meubler le silence.

Le pasteur était pétrifié.

— Vous savez ce que vous faites ? finit-il par demander. Vous vous connaissez à peine.

— Nous nous connaissons suffisamment pour savoir que nous partageons ce qui est important, dit-elle avec force.

— J'espère que vous réalisez que vous prenez un engagement définitif, dit son père fermement. On ne défait pas les liens du mariage, quoi qu'il arrive.

Thad s'éclaircit la gorge.

— Nous n'en avons pas l'intention, répondit-il. Je m'en porte garant. Je prendrai soin de Chloé et elle n'aura jamais à regretter sa décision.

Il marqua une pause.

— Je comprends parfaitement que je ne suis pas celui que vous auriez choisi, mais…

— C'est *mon* choix, enchaîna-t-elle. Et je te demande, papa, de comprendre et de me donner ta bénédiction.

Le pasteur parut s'enfoncer encore plus dans le fauteuil. D'un seul coup, il avait vieilli de dix ans et paraissait plus que son âge.

Il se redressa enfin et hocha la tête.

— Tu auras ma bénédiction, dit-il.

Sur ce, ils allèrent chez la mère de Thad lui faire part de la nouvelle.

Margareta en fut aussi heureuse qu'on pouvait s'y attendre. Sa joie sincère, son enthousiasme, leur fut d'un grand réconfort après l'attitude pour le moins réservée du révérend Miller.

Ils ne s'attardèrent pas pour ne pas la fatiguer.

— Comment vois-tu les choses ? demanda Thad sur le trajet du retour. Où veux-tu t'installer ? Je ne me vois pas cohabiter avec ton père.

Elle pouffa de rire.

— Ah bon ? Moi qui avais l'intention de débarrasser la chambre d'amis à ton intention.

Il lui posa la main sur la cuisse, et elle frémit au contact de sa chaleur.

— Si tu crois que tu vas dormir seule dans ton lit une fois que tu auras la bague au doigt, tu peux faire une croix là-dessus, dit-il. Quoi qu'en pense ton cher papa…

Ils allaient dépasser le sentier qui menait à sa caravane, quand il prit le tournant d'un coup sec, disant :

— On peut vivre ici quelques mois, le temps de trouver une maison.

— Une maison à acheter ?

— Oui.

Il gara la camionnette et lui posa un baiser sur le bout du nez, puis il descendit et vint lui ouvrir la portière.

— Allez, viens. Tu jettes un coup d'œil et tu te fais une idée de l'ensemble. Tu vois ce qu'on peut garder, ce que tu veux changer, etc.

Il la laissa dans la minuscule cuisine en lui signifiant de tout ouvrir et de tout regarder à son aise pendant qu'il vérifiait quelque chose dans ses papiers.

Elle obéit et prit sur elle d'ouvrir les placards pour

se faire une idée de leur future installation. Ce faisant, elle avait l'étrange sentiment de pénétrer par effraction dans la vie de Thad. Pourtant, très bientôt, ils n'auraient plus de secrets l'un pour l'autre, puisqu'ils partageraient… tout.

Ils n'avaient pas fixé de date pour le mariage, mais elle savait que Thad ne voudrait pas attendre. Ils n'avaient pas non plus discuté de la cérémonie… Elle voulait quelque chose de simple, d'intime pour ce grand jour. Autrefois, elle s'était vue remontant la nef de l'église au bras de son père, entourée de demoiselles d'honneur, passant au milieu d'une foule de visages connus. Mais il était hors de question d'imposer cette épreuve à Thad, et le poids de l'organisation d'une telle cérémonie lui paraissait soudain insurmontable.

Elle fit un rapide inventaire de la pièce principale. Pas de place perdue ! Son père insisterait pour qu'elle emporte certains meubles, mais cela attendrait jusqu'à ce qu'ils emménagent dans une maison.

Une maison ! Leur maison ! Déjà, elle en rêvait.

Deux mains s'abattirent sur ses épaules, et elle hurla de frayeur.

— Je t'y prends à rêvasser ! dit Thad, la tournant vers lui pour scruter son visage.

Elle lui mit les bras autour du cou et lui fit baisser la tête pour l'embrasser sur les lèvres.

— Je suis si heureuse ! dit-elle.

Il fit un pas en arrière, comme s'il était renversé par son exubérance.

— S'il ne tient qu'à moi, cela se reproduira aussi souvent que possible, dit-il en lui entourant la taille de ses mains.

Elle lui caressa les épaules, les bras, laissant libre cours à son amour, grisée de savoir qu'elle pouvait se l'approprier. Elle avait les yeux à la hauteur de sa gorge, là où les poils bouclés sortaient de sa chemise. Sans réfléchir, elle embrassa le petit creux duveteux.

Thad ne broncha pas.

Stimulée par ce coup d'audace, elle renouvela son baiser, s'attardant, léchant du bout de sa langue la peau au goût de sel.

Thad émit un grognement.

— Ma petite, murmura-t-il, si tu veux arriver vierge le jour de ton mariage, tu ferais mieux d'arrêter tout de suite ce genre de manège.

Mais elle était trop exaltée pour entendre raison.

— Oh, Thad ! protesta-t-elle. On peut flirter un peu, non ?

— « Un peu » ? Autant demander à un serpent de mordre « un peu » !

Il la fit asseoir sur le canapé en la tenant au creux de son bras.

— Quand je pense, soupira-t-elle, que bientôt on pourra faire tout ce qu'on veut, tous les soirs ! Je ne le crois pas !

Il posa ses lèvres sur les siennes.

— Moi non plus, marmonna-t-il.

Il ouvrit ses lèvres, explora sa bouche, la taquinant

de sa langue, tandis que sa main libre lui caressait le dos, revenait vers sa gorge, sa poitrine, cherchait le bout d'un sein sous le chemisier. Pour l'aider, elle en défit les boutons. D'une main experte, il lui ouvrit son soutien-gorge et s'en donna à cœur joie, titillant, léchant, suçant.

Des frissons de plaisir parcouraient Chloé, tendue vers lui.

La main de Thad descendit, se glissa sous sa ceinture.

Elle gémit de plaisir, tout entière tournée vers la caresse. Il reprit sa bouche pour un long baiser enivrant. Elle plongea les mains dans ses cheveux tandis qu'il lui embrassait le buste, le ventre. Il releva la tête pour la contempler, et elle réalisa qu'il avait ouvert son jean. Qu'importe. Elle ferma les yeux. Quand la main de Thad, descendant toujours plus bas, atteignit le nid de boucles, elle trembla entre ses bras, les joues en feu.

Sa main se glissa entre ses cuisses jusqu'à un point sensible qui la fit sursauter et vibrer comme la corde d'un arc. Quand il introduisit un doigt puis le retira et répéta le mouvement, elle ouvrit des yeux effarés.

— Détends-toi, chuchota-t-il. Laisse-toi faire.

Le son rauque de sa voix agit comme un détonateur, et quelque chose explosa en elle, la précipitant contre lui, contre cette main miraculeuse qui la transportait encore et encore dans un univers de sensations inouïes.

Elle suffoqua, cria de plaisir et enfouit son visage dans l'épaule de Thad.

Affalée contre lui, elle le sentit qui respirait difficilement.

— Mon cœur, je vais me consumer sur place, murmura-t-il dans ses cheveux.

Lentement, elle reprit pied et réalisa qu'il était tendu, rigide.

Elle faillit s'étrangler de honte. Il l'avait touchée, caresssée de façon intime ! Elle venait d'avoir un orgasme sans même qu'il y ait eu rapport !

Elle en avait entendu parler, mais cela ne lui était évidemment jamais arrivé.

— Désolée, balbutia-t-elle, le nez dans sa chemise. Je n'aurais pas dû…

Il éclata de rire et elle leva la tête, inquiète. Etait-il furieux qu'elle l'ait devancé ? Non, il souriait.

— Pas de quoi être désolée. Tu as aimé ?

Sa timidité revint en force. Quelle question effroyable !

— Oui, murmura-t-elle.

Thad plissa les yeux de rire et elle allait se blottir dans ses bras, plus détendue, quand il poussa un grognement de protestation.

Elle se redressa, paniquée.

— Que se passe-t-il ? Je t'ai fait mal ?

Il rit et se dégagea pour se lever.

— Non. Rien. Si ce n'est que je souffre d'un… inconvénient momentané.

Cela devint très clair pour Chloé, de là où elle était assise. Que dire ?

— Désolée. Je ne voulais pas qu'on en arrive là.

— Aucune importance, dit-il en la prenant par la main pour l'aider à se lever. Toutefois, sortons d'ici avant que je ne t'emporte dans ma chambre, te dépose sur mon lit, te déshabille complètement et que…

— Assez, dit-elle, lui mettant la main sur la bouche. J'ai compris.

Elle se rhabilla à la hâte et dit à mi-voix :

— Merci… de patienter encore un peu.

— Garde tes remerciements pour plus tard, quand nous serons mariés, grimaça-t-il.

Dans la camionnette, elle l'entendit qui riait tout bas.

— Qu'est-ce qui te fait rire ? demanda-t-elle.

— C'est ton histoire de flirter « un peu ». Je me demande ce que ce sera quand nous flirterons vraiment !

Le lendemain, Thad se décerna une mention très bien avec les félicitations du jury pour sa conduite de la veille. Il avait bien failli craquer et oublier l'importance que Chloé attachait au fait d'arriver vierge au mariage. Il la soupçonnait de l'avoir, elle, tout à fait oublié, s'il en croyait l'abandon total qu'elle avait manifesté. Heureusement, ils n'avaient pas « consommé » ! Une expression qu'il n'aurait jamais employée de lui-même, et cela le fit rire.

Il se mit à siffloter au volant en s'insérant dans la circulation du centre-ville.

On était lundi, jour où le pasteur n'allait pas au bureau, et il espérait le trouver chez lui. Apparemment, c'était le cas. Il sonna longuement tout en se disant que l'entretien avec son futur beau-père n'allait pas être du gâteau. Mais cela en valait la peine.

Au souvenir de Chloé alanguie entre ses bras, il sourit de bonheur.

Comme la porte s'ouvrait, il se hâta de reprendre un air sérieux.

— Bonjour, révérend, dit-il, estimant qu'il était un peu tôt pour l'appeler… Comment ? Père ?

— Thad ! Il se passe quelque chose ? demanda M. Miller sans l'inviter à entrer.

— Non. Je suis venu vous demander un service. Si vous permettez…

Et il franchit le seuil.

Cinq minutes plus tard, ils étaient assis de part et d'autre du bureau du pasteur et se toisaient. Le visage assombri du père de Chloé ne présageait rien de bon.

— Impossible de préparer un mariage en une semaine ! s'indigna-t-il.

— Nous n'avons pas besoin de grands préparatifs pour une simple cérémonie, répliqua Thad.

— J'avais toujours imaginé qu'elle se marierait dans

la vieille église, dit le pasteur. Bien sûr, c'est hors de question. Néanmoins, je ne veux pas priver ma fille d'une cérémonie dans les règles avec autour d'elle tous ceux qui l'ont vue grandir.

— Chloé ne veut pas d'un grand mariage, affirma Thad. Une cérémonie intime, toute simple, fera son plus grand bonheur.

— Sait-elle seulement ce qui fera son bonheur ? rétorqua sèchement le père.

Sous-entendu, l'épouser n'était pas la meilleure garantie d'un avenir sans nuages.

Thad prit le temps de respirer à fond. Il ne voulait pas s'énerver des critiques gratuites de l'homme qui lui faisait face. Il avait besoin de son aide pour mener à bien son plan. D'ailleurs, où donc étaient passées les belles exhortations à pardonner et oublier ?

Il changea de stratégie.

— Etes-vous certain, demanda-t-il, de vouloir marier votre fille à un vaurien de mon espèce en présence de toute la communauté, devant tous vos fidèles et amis ?

Le pasteur ne répondit pas, et il sentit qu'il avait visé juste. Il décida d'employer un dernier argument. Pas très honnête sans doute, mais les réticences de l'autre ne lui laissaient pas le choix des armes.

— D'autre part, dit-il avec un regard appuyé, il serait préférable que nous nous mariions le plus tôt possible.

— « Le plus tôt » ? répéta le pasteur, les sourcils froncés et le rouge aux joues.

Il croisa nerveusement les mains sur son bureau et se tut avant de dire :

— Je comprends.

Du point de vue de Thad, rien n'était moins sûr. Il espéra que le révérend n'avait pas connaissance des pensées concupiscentes qui l'envahissaient chaque fois qu'il s'imaginait marié à sa fille. Soulagé que son interlocuteur ne le presse pas de questions, il le laissa tirer ses propres conclusions. Lui, il n'avait rien dit de compromettant. Ce ne serait pas sa faute si le père de Chloé pensait que sa fille était enceinte. Après tout, il aurait dû mieux la connaître et lui faire confiance. Qu'il se rassure ! Elle avait tout à fait assimilé les principes qu'il lui avait inculqués. Enfin… Avant de le connaître et qu'ils soient arrivés au point de non-retour.

Il réalisa brusquement que le pasteur attendait qu'il parle. Il comprit soudain l'inquiétude, légitime après tout, de ce père pour sa fille.

— Révérend, dit-il, je vous promets de prendre soin d'elle, de la rendre heureuse. Elle représente tout ce que j'ai de plus précieux. Sachez également que vous serez toujours le bienvenu dans notre foyer.

Le pasteur le dévisagea longuement. Que pouvait-il bien penser ? Avait-il brandi en vain le rameau d'olivier ? Alors qu'il désespérait, le père de Chloé toussota.

— Merci, Thaddeus. Je vous en suis reconnaissant.

Il se força à sourire pour déclarer :

— A nous de faire en sorte que tout soit parfait pour ce jour unique dans sa vie. Ce n'est pas un événement qui se reproduira.

- 7 -

— Que dirais-tu si on se mariait demain ?

Thad était venu rejoindre Chloé au bureau, car le vendredi elle ne sortait pas pour déjeuner. Son père faisait des visites jusqu'à 2 heures de l'après-midi, et elle se sentait responsable de l'accueil des paroissiens.

Elle le regarda, interloquée, et son cœur faillit jaillir de sa poitrine. Avait-elle bien entendu ? Elle s'efforça de le prendre sur le mode humoristique et rétorqua :

— Ce serait super. Où et quand ?

— La cérémonie est fixée à 16 heures. Cela te laisse la journée pour t'organiser. Tu voudras peut-être faire quelques courses ?

Il avait l'air si sérieux qu'on s'y serait laissé prendre.

— Tu plaisantes ?

Il sourit.

— En ai-je l'air ?

— Oui. Du moins, je l'espère.

Malgré tout, elle avait un doute. Avec Thad, tout était possible.

— Je me trompe ?

Il fit le tour du bureau et lui prit une main entre les siennes.

— Je suis on ne peut plus sérieux.

Elle crut s'évanouir, de bonheur, d'appréhension, d'excitation.

— Mais… Ce n'est pas possible…

— Si ça l'était, qu'en dirais-tu ?

Les yeux écarquillés, elle n'eut pas besoin de réfléchir pour savoir ce qu'elle en pensait. Toutefois elle ne voulut pas qu'il sache qu'elle était prête à accepter sa proposition.

— Ce serait la plus grande folie de ma vie, dit-elle en levant les yeux au ciel.

Il grimaça.

— Quel enthousiasme !

— Ce n'est pas ce que tu crois… Je…

Il se pencha vers elle et lui mit un doigt sur les lèvres.

— Ecoute-moi, dit-il. Il y a une ravissante petite église à une heure d'ici, dans le Maryland, qui nous attend pour 16 heures, demain, si tu le veux bien. Tout est prévu : les fleurs et le pasteur.

Elle pensa que cette fois, son cœur allait s'arrêter de battre pour de bon. Devait-elle croire Thad ? Il était capable d'avoir tout concocté. Comme elle, il ne supportait plus d'attendre et n'en voyait ni la raison ni l'utilité. Ils en avaient parlé et c'était la solution qu'il avait trouvée : brusquer les événements. Ce fut le désir de mettre fin à cette attente insupportable qui l'emporta. Elle plongea son regard dans le sien.

— Si c'est ce que tu veux, murmura-t-elle, d'accord. Oui.

— Bien.

Un seul mot. Mais il parut se détendre, et elle se rendit compte qu'il avait redouté sa réaction.

— Nous irons cet après-midi chez le juge nous procurer la licence de mariage. Il n'y a pas de délai imposé dans le Maryland.

— Je ne peux pas quitter le bureau ! s'écria-t-elle, dépitée.

En réponse à son objection, et comme s'il l'avait entendue, son père fit alors son apparition.

— Je me débrouillerai sans toi cet après-midi, Chloé. Je suis sûr que, Thad et toi, vous avez des tas de choses à faire.

Elle le regarda et vit qu'il lui souriait. De son côté, Thad réprimait une grimace de satisfaction. Les deux hommes avaient l'air très contents d'eux-mêmes.

Ils avaient comploté derrière son dos !

— Vous êtes complices ? Vous deux ? demanda-t-elle avec un hochement de tête incrédule. Je n'aurais jamais cru que vous vous seriez mis d'accord pour me mettre devant le fait accompli !

Sans se concerter, les deux larrons prirent un air penaud.

Thad fut le premier à réagir.

— Alors ? Qu'en penses-tu ?

Elle écarta les mains devant elle comme pour repousser le vertige qui la prenait, la flambée de joie qui l'inondait.

— Puisque vous avez tout prévu…, dit-elle, feignant une résignation qu'elle était loin de ressentir.

Elle rangea rapidement les deux ou trois choses qui traînaient sur son bureau et prit son sac.

Brusquement, elle se figea, des larmes de déception aux yeux.

— Désolée. Impossible, balbutia-t-elle. Je n'ai pas fait retoucher la robe de maman.

— Oh, dit son père. Je ne t'ai pas dit ? Barbara Halteran sera à la maison dans une demi-heure pour voir ce qu'il y a à faire. Elle m'a promis que ta robe serait prête pour demain.

— Oh, papa, dit-elle, se jetant dans ses bras en pleurant. Merci. Tu ne peux pas savoir le plaisir que tu me fais.

Son père l'embrassa avant de la relâcher.

— Je n'ai qu'une fille, dit-il. Puisque tu as décidé de te marier, je veux que tout se passe pour le mieux.

Thad s'éclaircit la gorge.

— Tu es prête ? demanda-t-il. Pas de temps à perdre. Après ton essayage, on fonce dans le Maryland.

Debout près de l'autel, jouant nerveusement avec sa cravate, Thad attendait pendant que l'organiste jouait un morceau approprié. Plus vite ce serait fini, mieux il se porterait, soupira-t-il. Il n'avait qu'une idée : passer la bague au doigt de Chloé avant que quelque chose ou quelqu'un ne la fasse changer d'avis. N'était-ce pas un vrai miracle qu'elle ait accepté ? Il craignait qu'une plus longue attente ne la fasse revenir sur sa décision, or, vivre sans elle à ses côtés n'était plus envisageable.

Il n'avait pas regardé d'autre femme depuis leur première rencontre. A ses yeux, personne ne pourrait jamais remplacer Chloé, la très sage jeune fille qui se transformait en bombe sexuelle dans l'intimité. Si son père savait ! Et ce n'était pas tout. Il y avait beaucoup plus. Sa façon de prendre son parti, calmement mais avec obstination, sa gentillesse à l'égard de sa mère, la tranquille confiance en lui qu'elle affichait en toutes circonstances, tout cela donnait à sa vie un autre éclairage, insufflait du sens à ses moindres gestes. Il ne pouvait plus s'en passer et ferait tout pour garder auprès de lui cette merveille.

Si, trois mois auparavant, on lui avait dit qu'il se tiendrait là, devant l'autel, de son plein gré, attendant que sa future épouse vienne le rejoindre, il aurait sauté au plafond ! Une expérience malheureuse lui avait suffi, et il ne se voyait pas réitérer la tentative de sitôt.

Jusqu'à sa rencontre avec Chloé.

L'organiste fit une courte pause puis entama la marche nuptiale : Chloé faisait son entrée. Thad se tourna vers le fond de l'église et retint son souffle.

Une main sur le bras de son père, l'autre tenant la

légère composition de roses qu'il avait commandée, elle s'avançait dans la nef, merveilleusement belle. Il n'avait pas vu la robe avant la cérémonie. Elle était de satin ivoire, avec un bustier ajusté qui mettait en valeur sa taille mince. La longue jupe, bouffante dans le bas, tombait jusqu'au sol et allongeait sa silhouette. Ses cheveux relevés étaient retenus par quelque chose de blanc, de très décoratif. Elle était splendide, rayonnante et… vulnérable.

Quand il lui prit la main, il sentit qu'elle tremblait et en fut ému. Son père les quitta pour se rendre à l'autel, et elle sursauta légèrement, car personne ne l'avait prévenue que ce serait son père qui les marierait.

Il la rassura d'un sourire.

Puis tout alla vite, très vite, et en l'espace de quelques minutes, il devint l'époux de Chloé Miller, la femme qui lui était tombée du ciel.

Au moment où il lui passa l'anneau au doigt, il pensa à sa mère. Margareta n'avait pas été en état de se joindre à eux, et il lui avait promis qu'ils iraient lui rendre visite après la cérémonie. Elle tenait à voir Chloé dans sa robe de mariée.

Son baiser à celle qui était désormais son épouse fut tendre et léger, par égard pour le pasteur qui leur donna une dernière bénédiction solennelle.

Voilà, c'était terminé.

Ils signèrent le registre. Thad remercia et dédommagea les témoins, le couple grisonnant qui s'occupait de l'église. Ils descendirent la nef sous les flashes du photographe enrôlé pour immortaliser ce moment crucial : Chloé, resplendissante, au bras de Thad Shippen, son époux pour la vie.

Thad avait retenu une suite luxueuse dans un grand hôtel. C'est là qu'elle eut droit à quelques instants de précieuse solitude pour se remettre des émotions de la journée. Thad et son père s'étaient donné beaucoup de mal pour faire de ce jour un moment exceptionnel, constata-t-elle, reconnaissante. La petite église était inscrite au registre des monuments historiques et elle se doutait que le pasteur avait dû user de son influence pour qu'elle leur soit ouverte. Cela la consolait de ne pas avoir pu se marier dans la vieille église de son enfance. C'est ce que son père avait compris. Qui plus est, il avait été… remarquable. Calme, affable, souriant. S'il avait encore des doutes sur la valeur de son tout nouveau gendre, il n'en avait rien montré et s'était comporté très courtoisement.

Elle se mit à défaire les premiers boutons de sa robe, soudain pleinement consciente que, ce soir, ils feraient l'amour pour la première fois en toute liberté. Elle avait eu tant à faire ces dernières vingt-quatre heures qu'elle n'y avait pas pensé jusqu'alors.

Elle s'immobilisa et se reprit : *Elle* ferait l'amour.

Thad, lui, satisferait le désir qu'il avait d'elle. Elle savait à quoi s'attendre en prenant sa décision et en avait accepté le risque. Pas d'amertume. Peut-être qu'un jour... Mais ce jour n'était pas encore là. Chaque chose en son temps.

Tout au fond d'elle-même, elle savait qu'il avait précipité leur mariage parce qu'il n'en pouvait plus d'attendre. Seul le désir sexuel l'avait poussé à agir. Toute la journée elle s'était bercée d'illusions romantiques, mais en réalité elle doutait fort qu'il l'eût épousée si elle avait accepté de lui céder. Malgré elle, un petit vent de déception l'effleura, qu'elle repoussa aussitôt.

Elle l'aurait épousé où que ce soit, et même à l'improviste, à Las Vegas, s'il le lui avait demandé. Elle l'aimait assez pour cela. Maintenant, ils étaient mari et femme, liés pour la vie, pour le meilleur et pour le pire. Elle quittait le cocon familial pour créer une nouvelle famille avec Thad Shippen, son époux.

— Chloé ? As-tu besoin d'aide pour te sortir de cette robe ? demanda la voix de Thad de l'autre côté de la porte.

Bien qu'un peu intimidée par les moments à venir, elle ne voulut pas rester seule avec ses pensées et lui ouvrit.

Il portait encore le costume sombre de leur mariage, mais la journée avait laissé ses traces : sa cravate était défaite et le col de sa chemise ouvert. Il s'était débarrassé de sa veste et était en chaussettes.

A sa vue, ses yeux prirent une teinte plus sombre.

— Viens, ordonna-t-il. Approche-toi.

Sous ses lèvres, elle oublia toute réticence, toute crainte

pour l'avenir. Elle était dans les bras de Thad, l'amour de sa vie. Le reste viendrait en temps voulu.

Ils s'écartèrent pour reprendre leur souffle.

— Tourne-toi, dit-il, les mains sur sa taille.

Elle sentit la chaleur de ses doigts dans son dos au fur et à mesure qu'il défaisait les boutons. Puis Thad glissa ses mains sous le tissu et lui caressa le dos, se rapprochant inexorablement de sa poitrine. Une de ses mains se referma sur un sein tandis que, de l'autre, il la collait contre lui. Ce faisant, il embrassait sa nuque, ses épaules, repoussant le tissu du menton.

Puis il enleva ses mains et la fit se retourner. Ses doigts habiles se glissèrent dans l'encolure de la robe qu'il tira en douceur pour lui pemettre de dégager ses bras des longues manches. La robe ne fut bientôt plus qu'un nuage de satin affalé à ses pieds. Le soutien-gorge avait suivi, et elle réalisa qu'il l'avait détaché. Instinctivement, elle croisa les bras sur ses seins du geste immémorial des femmes protégeant leur féminité.

Un petit sourire se joua sur les lèvres de Thad. Il lui prit une main et embrassa chacun de ses doigts. Jamais elle n'avait pensé aux doigts en termes érotiques, mais les lèvres de Thad, la caresse de sa langue dans les creux lui firent oublier toute modestie et elle se sentit fondre comme neige au soleil. Il se saisit de l'autre main et lui maintint les bras le long du corps, exposant pleinement son corps à sa vue.

En silence, il la contempla, et elle sentit son regard tracer sur elle un sillon de feu. Quand il leva les yeux, elle vit qu'ils avaient cette teinte sombre qui promettait la satisfaction et réclamait un abandon total.

Elle n'avait plus sur elle qu'un slip dérisoire et ses bas que retenaient des jarretelles de dentelle. Jamais, elle ne s'était sentie aussi nue.

Il lui fit poser ses mains sur son torse et entoura sa taille, ses hanches, disant d'une voix rauque :

— Comme tu es belle !

Il plissa les yeux et lui prit un sein, puis l'autre dans sa main, traçant des cercles et les titillant jusqu'à ce que les bouts se dressent d'excitation et que tout son corps vibre de désir. Elle soupira d'aise et posa les mains sur les larges épaules musclées. Elle mourait d'envie qu'il continue, qu'il… Elle sentit ses mains descendre dans son dos, sur ses fesses, et frémit quand il caressa le creux qui les séparait.

Il s'agenouilla devant elle. Elle contempla sa chevelure bouclée, tremblant d'anticipation à l'idée des sensations inconnues qu'elle pressentait. Lentement, il défit ses jarretelles, caressant l'intérieur de ses cuisses au point qu'elle retint son souffle. Puis il passa les pouces dans le mini-slip qui connut le même sort.

Elle était nue devant Thad, toujours à genoux. Il lui encercla la taille et la rapprocha, posant la tête sur la douceur de son ventre avant d'embrasser son nombril, la zone délicate de son pubis.

Elle crut que ses jambes allaient la lâcher.

Il s'en rendit compte et, se relevant, la dégagea de sa robe et la prit dans ses bras pour la déposer sur le grand lit nuptial, le temps d'enlever chemise, chaussettes et pantalon.

Elle le regardait faire, à la fois gênée et fascinée de le voir moulé dans un slip qui ne cachait pas grand-chose de son excitation. Sa passion pour lui fut la plus forte, et toute gêne la déserta au souvenir des sommets qu'il lui avait déjà fait atteindre.

— Dépêche-toi, murmura-t-elle, d'une voix qu'elle ne reconnut pas comme étant la sienne.

Thad eut un rire de gorge et se défit de son slip.

— Ce soir, nous avons tout le temps, dit-il, mettant un genou sur le lit et s'allongeant à ses côtés.

Il posa sa grande main sur elle puis passa au-dessus d'elle, prenant sa bouche avec autorité, prémisses d'une possession qu'elle appelait de tous ses vœux.

Elle lui entoura le cou de ses bras pour le rapprocher encore et se mit à remuer sous lui, les seins contre son torse.

— Une vraie panthère sauvage ! murmura-t-il. Tu me rends fou. Comment croire que tu n'as jamais fait cela avant ?

Elle sourit contre ses lèvres puis haleta en sentant la main de Thad descendre entre ses cuisses. Instinctivement, elle serra les jambes, enserrant encore plus la main… bienvenue. Il l'embrassa de nouveau, et elle s'absorba dans son baiser, oubliant la main qui caressait, se faisait plus insistante, préparant la suite. Elle se détendit, et une sensation de besoin irrépressible la poussa à remuer les hanches.

Les yeux de Thad brillèrent dans la pénombre.

— Es-tu prête ? demanda-t-il en la recouvrant entièrement de son corps, ne laissant aucun doute sur ses intentions.

Son membre rigide frappait à la porte de sa féminité, et l'excitation de Chloé était à son comble.

— Oui, murmura-t-elle.

Lentement il avança, et elle gémit de bonheur. Il baissa la tête, embrassa son cou tandis qu'elle s'arquait contre lui.

Il accentua la pression, hanches projetées vers elle, jusqu'à ce qu'elle se détende et lui donne accès. Une dernière poussée, et il était là, en elle.

Elle cria de surprise, de douleur, et se contracta tout entière, refusant l'agression de l'intrus.

Il sourit et la rassura.

— C'est toujours difficile la première fois. Je te promets que ce sera beaucoup mieux par la suite.

Il restait parfaitement immobile, et peu à peu Chloé sentit son corps s'adapter à sa présence. Elle lui caressa le dos et commença à se détendre. La douleur décrut rapidement et elle reprit confiance. Ses mains descendirent se refermer sur les fesses de Thad, qui grommela :

— Ce n'est pas le moment.

Elle eut un sourire malicieux.

— Oh ?

Il souleva les hanches, et elle crut qu'il se retirait.

Elle s'apprêtait à le rassurer, à lui dire que cela allait, quand il revint en force.

— Peux pas attendre.

Il se mit à aller et venir en elle, et cela faisait mal. Elle tenta de le repousser, des larmes de douleur jaillirent de ses yeux. Au moment où elle allait lui crier d'arrêter, qu'elle n'en pouvait plus, il la cloua sur le lit par la force de son explosion. Elle crut être écartelée, blessée à tout jamais. Il s'imposait, occupait tout l'espace dans une complète intimité jamais éprouvée.

Malgré elle, elle lui prit la tête dans ses mains, enfonça les doigts dans ses cheveux. Quelques spasmes, et il retomba sur elle épuisé, haletant.

Au bout de quelques instants, il releva la tête.

— Désolé, murmura-t-il.

Elle aurait voulu lui dire que cela allait, mais ce n'était pas le cas. Elle avait mal, elle était mal, très mal.

— Je sais, se contenta-t-elle de répondre.

Il s'appuya sur les coudes et, la regardant dans les yeux, dit :

— Non, Tu ne sais pas. Tu n'as encore rien vu.

Il se retira avec précaution et, quittant le lit, se rendit dans la salle de bains.

Le cœur au bord des lèvres, elle le regarda s'éloigner. Les fesses rondes, le dos musclé, la taille bien marquée, un bel athlète. Elle soupira et bâilla, blessée dans sa chair, déçue, démoralisée. Elle remonta le drap sur elle.

Thad revint, un gant de toilette à la main.

Il repoussa le drap et elle tenta de se couvrir de ses mains.

— Non, dit-il.

Il avait raison. Ridicule de se cacher à celui qui était son mari et après ce qui venait de se passer entre eux. Malgré cela, elle se sentit rougir.

Thad lui caressa la joue en la contemplant.

— Tu rougis ! Je ne le crois pas !

— Je sais. C'est un peu tard pour jouer les timides, reconnut-elle.

Elle retint son souffle quand Thad lui écarta les jambes et, avec beaucoup de douceur, temponna son sexe brûlant avec le gant de toilette humide. Elle détourna les yeux, encore troublée par leur nudité et l'intimité du geste. Il lui faudrait du temps pour s'y habituer.

Il lança le gant en direction de la salle de bains et s'assit sur le lit.

— Comment te sens-tu ?

— Bien.

Elle bougea pour s'en assurer, et c'était vrai. Pour son corps, en tout cas. On ne pouvait pas dire qu'elle souffrait. Un peu meurtrie, mais rien d'insupportable.

Il en allait autrement pour son moral. Elle était triste, dépitée. Ses illusions en lambeaux.

Thad s'allongea près d'elle, la prit contre lui et ramena le drap sur eux.

— Tu verras, ce sera autrement mieux la prochaine fois.

Elle l'espérait de toute son âme, sans y croire.

Néanmoins, elle était heureuse d'être dans ses bras, pelotonnée contre lui. Elle allait sombrer dans le sommeil quand elle releva brusquement la tête, paniquée.

— Nous n'avons pas utilisé de contraception ! s'exclama-t-elle.

Thad se raidit, lui aussi soudain réveillé.

— Cela t'ennuie ? demanda-t-il d'un ton froid.

Soudain, elle ne sut plus que dire.

— Disons que... qu'on a besoin de s'habituer l'un à l'autre avant de fonder une famille.

— On a toute la vie devant nous pour ça, dit-il d'une voix plus chaleureuse. Je serais content que tu sois enceinte. Cela ne m'ennuierait pas. Au contraire.

Elle réfléchit.

— Moi, oui. Je ne me sens pas prête. Je n'ai pas encore réalisé que j'étais une femme mariée. Je ne me vois pas déjà en mère de famille. Pas tout de suite.

La main de Thad sur elle se détendit.

— On a tout le temps d'en parler si cela se produit, dit-il, rassurant.

— A partir de maintenant, déclara-t-elle, je prends la pilule. Dès demain, j'irai voir le docteur...

— Non, dit-il sèchement. C'est moi qui m'occupe de

la contraception. D'ici à quelques mois, on en reparlera et on décidera de l'avenir.

Il se souleva sur les mains et l'embrassa.

Bien qu'elle sût le risque qu'elle prenait, elle ne put s'empêcher de répondre à son baiser.

Ce fut Thad qui la bascula sur le côté et la blottit contre lui, le dos tourné. Etrange comme elle se sentait bien ! C'était la première fois qu'elle dormait avec quelqu'un, et cependant cela paraissait tout naturel.

A l'abri, protégée, elle repoussa les doutes qui l'assaillaient et ferma les yeux.

Thad était étendu sur le ventre, la tête enfouie dans l'oreiller. Lentement, il ouvrit les yeux, conscient de la présence d'un corps féminin à ses côtés.

Chloé. Son épouse.

Il se releva sur les coudes pour la regarder.

Elle dormait tournée vers lui, les poings sous le menton, une jambe allongée, l'autre repliée. Les joues roses, la peau lisse, l'ombre d'un sourire lui étirait les lèvres dans son sommeil. Le drap avait glissé, dénudant le haut de son corps. Un bras lui dissimulait un sein, mais l'autre pointait son bout rose foncé à la pliure du coude.

Fasciné, il ne se lassait pas de la regarder et la contempla longuement, tout à son aise, à la lueur de l'aube qui éclairait la pièce.

Un vrai miracle ! Il n'arrivait pas à croire que tous

les matins, désormais, il se réveillerait avec Chloé à côté de lui.

Un seul point noir : il n'avait que la caravane à lui proposer. Elle méritait mieux. Dès qu'elle aurait fixé son choix sur une maison, il se porterait acquéreur et ils emménageraient le plus vite possible. Cela renforcerait le lien entre eux.

En toute honnêteté, il n'avait pas fait exprès de ne pas utiliser de protection la nuit dernière. Tout simplement, il n'y avait pas pensé. Pour lui, cela n'avait pas d'importance. Ou plutôt si, au contraire, admit-il. Plus vite elle serait enceinte, mieux ce serait. Il avait été surpris de se sentir ému quand elle avait mentionné la possibilité d'avoir un enfant. Etait-ce parce qu'il espérait qu'alors, il ne risquerait plus qu'elle ouvre les yeux, s'avise de qui il était et décide de le quitter ?

Non. C'était autre chose, la réalisation d'un rêve enfoui très profondément au fond de lui-même : avoir une vraie famille. Il s'imaginait rentrant à la maison, accueilli par les cris d'une joyeuse marmaille, les doigts collants de confiture, se pourchassant dans le salon jonché de peluches. Un immense désir le saisit de voir leur enfant grandir, se transformer. Il se voyait déjà scrutant le petit visage à la recherche d'une ressemblance. Il voulait fêter les différentes étapes de cette vie nouvelle : les premiers mots, les anniversaires, l'entrée à l'école…

Jusqu'à ce que cela se produise, qu'il puisse mettre les mains sur le ventre de Chloé et sentir l'enfant bouger, il ne se débarrasserait pas de l'appréhension qui le minait. Etait-ce parce qu'elle n'était pas sûre de lui qu'elle ne souhaitait pas être enceinte et repoussait la décision à plus tard ? se demanda-t-il.

— On a l'air bien sombre, ce matin, dit une voix moqueuse tandis qu'une main chaude lui caressait la joue.

Sans réfléchir, il se souleva, lui embrassa les doigts, perdit l'équilibre et tomba sur elle. Elle lui mit les bras autour du cou et l'attira encore plus près.

— Eh !

— Eh, toi-même ! dit-elle en souriant, visiblement satisfaite de l'avoir fait prisonnier.

Elle n'eut guère le temps de se réjouir de sa victoire. D'un mouvement souple, il la fit basculer et elle se retrouva allongée de tout son long sur lui.

— C'est mieux comme cela, déclara-t-il.

— Oh oui, approuva Chloé, remuant des hanches contre son membre déjà rigide.

— C'est de la torture, se plaignit-il. Un vrai suplice chinois !

— Mais non.

Elle s'accroupit devant lui et, de l'index, caressa un mamelon durci.

— Pas d'accord, protesta-t-il. Moi qui m'étais résigné à me tenir tranquille ce matin pour te laisser récupérer !

Baissant la tête, elle lécha le mamelon à plusieurs reprises et dit d'une voix voilée :

— Je n'ai pas besoin de récupérer.

Il ne se le fit pas dire deux fois. Roulant sur le côté, il inversa leurs positions pour mieux la caresser.

Dans la lueur du matin, sa peau prenait une apparence lumineuse, admira-t-il, comme éclairée de l'intérieur. Il embrassa sa bouche, son menton en forme de cœur, son cou, s'attardant dans le creux où battait son pouls sous la mince protection de la peau délicate. Ses seins avaient des reflets de porcelaine translucide, laissant apparaître le léger réseau de veines. Il prit un sein dans sa bouche, le sentit se durcir. Il enfonça les doigts dans ses cheveux et titilla l'autre sein. Il entendit son souffle s'accélérer, et elle remua inconsciemment des hanches.

— Tu aimes ? demanda-t-il, relevant la tête pour la regarder.

Elle avait les yeux fermés, mais un petit sourire se joua sur ses lèvres.

— Oui, dit-elle.

Il reprit la caresse jusqu'à ce qu'elle halète et se cramponne à ses épaules.

— S'il te plaît…

— S'il te plaît, quoi ?

Il était prêt, excité par la vue de Chloé, par son odeur, son abandon, mais il se contrôla, attendant le bon moment pour elle.

— Caresse-moi comme tu l'as déjà fait, murmura-t-elle, lui prenant la main et la posant sur son ventre.

Il s'efforça d'ignorer les pulsations douloureuses

de son membre qui réclamait satisfaction et glissa ses doigts dans le nid de boucles. Elle ouvrit les jambes en un mouvement imperceptible et il descendit, caressa les contours de sa féminité pour se poser sur le point sensible.

Elle arqua les reins, remua sous lui. Il explora en douceur et se rendit compte qu'elle était prête, qu'il pouvait poursuivre sans lui faire mal.

Il se déplaça, s'insérant entre ses cuisses. Elle remua les hanches de façon différente, l'aidant à se rapprocher du point où elle savait maintenant que se situait le plaisir. Mais il savait qu'il ne pouvait pas continuer et se retira.

— Non ! protesta-t-elle.

— Je ne veux pas te faire mal, dit-il.

Elle se contenta d'ouvrir les jambes et d'enfoncer ses talons dans le matelas. Il mit toute sa maîtrise à se contrôler, entrant doucement en elle pour que son corps prenne la mesure de sa taille et s'y habitue.

— Qu'est-ce que tu attends, demanda-t-elle ?

Rêvait-il ? Y avait-il de l'impatience dans sa voix ?

— J'y vais progressivement pour ne pas te blesser.

Les seins de Chloé lui caressaient le torse, accentuant encore l'imminence de l'explosion.

Elle mit ses jambes autour de sa taille et, de ses talons, le poussa vers elle inexorablement.

— Maintenant.

De toute façon, il n'aurait pu attendre plus longtemps. Il avança les hanches et fut en elle. Cette fois, elle ne protesta pas. Il n'eut pas le temps de savourer son exploit. Le cœur battant, la tête en feu, il se mit à aller et venir, incapable de refréner l'instinct qui le poussait vers la pleine satisfaction de son corps.

La tête rejetée en arrière, Chloé se tendit comme un arc, et il la sentit frissonner et trembler sous lui. Elle cria, un long cri de gorge, et ses muscles se resserrèrent autour de lui, pressant son membre, le menant vers la délivrance finale.

Il crut que ses cheveux se dressaient sur sa nuque. Son corps prit les commandes, un spasme gigantesque le parcourut de la tête aux pieds, et il fut submergé par le choc violent, énorme, de l'explosion libératrice.

Quand la tempête se fut apaisée, il ne souhaitait rien d'autre que fermer les yeux et dormir, là où il était, sur elle, en elle.

Mais ce n'était peut-être pas de son goût à elle, pensa-t-il aussitôt. Soudain, il redouta les instants à venir. Il avait essayé de se contrôler, y avait presque réussi, mais…

Angoissé, il leva la tête pour regarder Chloé.

Elle souriait.

Hésitant, il demanda :

— Cela va ? Tu as l'air… heureuse.

Ce n'était pas vraiment le mot. Elle avait l'air alanguie, satisfaite, rassurée.

Le sourire de Chloé s'agrandit. Tout son visage parlait pour elle.

— Tu avais raison, dit-elle.

Elle lui caressa la nuque, remonta la main dans ses cheveux.

— A propos de quoi ?

— C'est plus agréable après la première fois.

— Si on fait les choses bien, c'est normal, dit-il, rassuré lui aussi. Autrement, comment un homme pourrait-il convaincre une femme de recommencer ?

Elle rit, preuve qu'elle se sentait tout à fait à l'aise, qu'elle appréciait cette intimité entre eux, cet échange décontracté. Ils avaient atteint un palier important de leur toute nouvelle vie de couple.

Quant à lui, il découvrait une nouvelle façon d'être et se dit qu'il se sentait bien. *Très* bien.

- 8 -

Chloé tourna dans l'allée et vit Thad en train de tondre la pelouse.

Pour tout vêtement, il portait un vieux jean coupé aux genoux et ses plus vieilles baskets. Celles qui, sales, déchirées, avaient l'air de remonter à Mathusalem, au point que la semaine dernière elle avait voulu les mettre à la poubelle. Mais Thad avait poussé de hauts cris, affirmant qu'il n'en avait pas de plus confortables pour travailler dans le jardin. Elle avait donc renoncé, tout en pensant qu'il exagérait.

Il sourit quand il la vit sortir de la voiture. Elle lui fit un grand signe de la main et se dirigea vers la caravane.

Ce simple échange muet avait suffi pour accélérer le sang dans ses veines et lui mettre le rouge aux joues. C'était fou ce que cet homme pouvait provoquer en elle, s'émut-elle. C'était sûrement un péché de désirer une relation sexuelle avec autant d'avidité, même s'il s'agissait de son mari. Depuis un mois qu'ils étaient mariés, elle vivait en permanence sur un nuage, repassant en esprit leurs exploits nocturnes. Au bureau, son père devait souvent répéter ses phrases pour se faire entendre.

Elle entendit la tondeuse s'arrêter et prépara un grand verre d'eau glacée. Elle ouvrit la porte de derrière et rejoignit Thad à l'ombre du grand arbre, où il essuyait la sueur qui lui ruisselait sur le front et le torse avec un vieux T-shirt qu'il avait dû enlever un peu plus tôt.

Elle lui tendit le verre.

— Merci, dit-il. Il a fait chaud, aujourd'hui.

Il porta le verre à ses lèvres, et elle parcourut d'un regard admiratif les muscles de son cou, de ses épaules. Stop, s'ordonna-t-elle. Il ne fallait pas tenter le diable.

— Bien, dit-elle. Je vais préparer le dîner.

— Pas maintenant, répliqua Thad. Il fait trop chaud pour penser à manger. On se trouvera bien quelque chose de froid à manger un peu plus tard, à notre retour.

— Retour ? Où m'emmènes-tu ?

Il avait posé le verre au pied de l'arbre et la tirait par la main en direction du bois, derrière la maison. Elle résista, plaidant qu'elle était encore en habits de ville.

— Il faut que je me change !

— Tu es très bien comme cela. Ne t'en fais pas pour tes vêtements, ils ne craignent rien.

Sans autre commentaire, Thad prit un sentier qui serpentait dans le sous-bois.

Il y faisait plus frais car le soleil ne perçait qu'à demi la voûte dense du feuillage. Rengainant ses questions, elle le suivit, consciente qu'il n'ouvrirait pas la bouche s'il en avait décidé ainsi.

Ils marchèrent en silence pendant quelques minutes. On entendait maintenant le bruit d'un cours d'eau, et ils débouchèrent bientôt dans une clairière. A quelques mètres de là, la rivière s'élargissait et formait une boucle autour d'un promontoir descendant en pente douce vers la rive.

— Oh, c'est joli comme tout ! s'exclama-t-elle. Je ne savais pas que la rivière passait par là.

A y bien réfléchir, il devait s'agir de l'Antietam, qui traversait le sud du comté avant de se perdre dans le Maryland, la célèbre rivière qui avait vu plus d'une bataille sanglante lors de la guerre de Sécession. Pour se rendre en ville, elle passait tous les jours sur le vieux pont de pierre qui l'enjambait, vestige d'une autre époque et jalousement sauvegardé par la municipalité.

— C'est là que je venais me baigner quand j'étais gosse, dit Thad.

Il s'arrêta au bord de l'eau, enleva une basket puis l'autre, debout sur une jambe comme une grande cigogne.

— Personne ne vient plus ici, ajouta-t-il. Les gens

préfèrent d'autres endroits plus accessibles et mieux aménagés.

Il passa les mains dans la ceinture de son jean dont il ouvrit la fermeture avec un petit « pop ».

— Tu viens te baigner ?

Voilà pourquoi il lui avait affirmé que ses vêtements n'avaient rien à craindre ! Il avait l'intention de se baigner nu et s'attendait à ce qu'elle en fasse autant.

— Je… je ne crois pas, dit-elle, incapable de s'imaginer nue en plein air.

Rien que d'y penser, elle en rougissait.

— Je vais m'asseoir là, dit-elle en montrant un rocher plat au bord de l'eau.

Thad haussa les épaules, le visage impénétrable.

— Comme tu voudras, mais tu ne sais pas ce dont tu te prives, dit-il.

Il enleva short et caleçon et marcha vers l'eau.

La gorge sèche, elle le suivit des yeux et le regarda entrer dans l'eau.

Oh, si ! Elle savait ce qu'elle se refusait. Le contact de ses épaules bronzées par le soleil dont la puissance la surprenait chaque fois qu'il enlevait sa chemise, le désir irrépressible de les caresser, le jeu impressionnant des muscles de ses longues jambes, son membre au repos dans son nid de poils blonds.

Depuis leur mariage, ils avaient eu tout loisir de s'explorer mutuellement, et le corps de Thad n'avait plus de secret pour ses mains, mais c'était la première fois qu'elle le regardait aussi complètement, aussi délibérément. Une idée saugrenue lui vint en tête. Elle se demanda si, mêlé à d'autres, avec un sac sur la tête, elle le reconnaîtrait ! Cela la fit rire.

Thad se retourna.

— C'est moi qui te fais rire ? cria-t-il.

Il baissa les yeux vers son membre très… sage, étant donné la température de l'eau, et admit.

— J'imagine qu'on peut trouver ça drôle.

Elle rit de plus belle.

— Non, non ! protesta-t-elle. Ce n'est pas cela !

— Alors ? C'est quoi ?

— Rien, dit-elle, trempant sa main dans l'eau et l'agitant pour faire des vagues.

Jamais elle n'aurait l'audace de lui expliquer ce qui la faisait rire. Près de lui, au creux de ses bras, elle avait perdu sa timidité. Toutefois, il lui était encore difficile de parler ouvertement de sexe. C'était pourtant ce qu'elle était en train de faire, reconnut-elle.

— Le jour où une femme rira ouvertement d'un homme sans avoir une idée derrière la tête, déclara Thad, je veux bien être pendu !

Sur ces mots, il plongea et disparut sous l'eau.

Elle prit appui sur ses bras et offrit son visage au soleil. Il faisait encore chaud, et soudain l'eau fraîche lui parut tentante. Pourquoi ne se baignerait-elle pas ?

Parce que en dépit de ses envies, elle n'était pas du genre à se mettre nue en plein jour au bord de la rivière. Si quelqu'un venait à passer ?

Thad refaisait surface, fendant l'eau d'un crawl magistral, les muscles de ses bras en pleine action.

Thad, son mari ! Elle n'en revenait toujours pas. Elle, Chloé Shippen, avait tous les droits sur ce beau mâle en train de nager. Elle pouvait le caresser, le toucher comme elle le voulait et autant qu'elle en avait envie. Un rêve devenu réalité.

Un rêve ? Pas tout à fait, puisque si Thad l'appréciait, la désirait, il ne l'aimait pas d'amour.

Une voix tout près d'elle la sortit de sa rêverie.

— L'eau est super !

Elle sursauta et se redressa en portant la main à sa poitrine.

— Tu m'as fait peur !

De soulagement, tout son corps se relâcha aussitôt.

Thad grimaça comme un gamin et, prenant appui sur le rocher, croisa les bras et y posa le menton tandis que son corps flottait dans l'eau.

— Alors, demanda-t-il, comment s'est passée ta journée ?

Elle haussa les épaules.

— Comme d'habitude. Sauf que, maintenant, tous les fichiers que nous avions sauvegardés sont entrés dans les ordinateurs, ce qui facilite le travail.

— Cela te plaît ?

Elle lui jeta un regard en coin qui ne laissait aucun doute sur ce qu'elle pensait de sa question.

— J'aimerais beaucoup mieux m'occuper d'enfants, je te l'ai déjà dit.

— On peut y remédier très rapidement, dit-il. En tout juste neuf mois.

D'un doigt mouillé, il lui caressait l'intérieur de la cuisse, relevant haut la jupe.

Un enfant. Oui, elle voulait des enfants, des bambins aux boucles blondes qui se poursuivraient en criant à travers la maison. Mais elle n'était pas encore prête. Avant de mettre au monde des enfants, elle voulait s'assurer que leurs parents partageaient le même amour, pour la vie.

Il glissa les doigts sous son panty, et elle se détendit, prête à le laisser poursuivre son exploration, jusqu'au moment où elle prit conscience de l'endroit où ils se trouvaient. Au bord de la rivière, à la merci d'un promeneur !

Elle resserra les jambes, lui interdisant d'aller plus loin.

— Non. Pas ici. Tu sais très bien de quoi je parlais. Pas de notre future famille.

— D'accord, admit Thad en retirant sa main. Mais si c'est si important pour toi, qu'est-ce que tu attends ? Donne ta démission et lance-toi, Chloé. Vas-y.

C'était dit d'un ton sec, comme s'il la mettait au défi de se prendre en main. D'un coup de reins, il s'éloigna du rocher et se remit à nager.

Elle se redressa et rabaissa sa jupe sur ses genoux, soudain indifférente à la beauté de cette fin de journée.

Pourquoi ce changement dans l'attitude de Thad ? Qu'avait-elle bien pu dire qui l'avait vexé ?

Elle crut comprendre de quoi il s'agissait. Leur conversation n'y était pour rien. Ce n'était pas ce qu'elle avait dit, mais ce qu'elle avait fait : lui interdire de l'entraîner à faire l'amour là, en plein air. Thad n'avait que faire de ses désirs, de ses projets. Tout ce qui l'intéressait, c'étaient leurs rapports sexuels. Il ne pensait qu'à ça. Elle le savait en l'épousant mais avait cru que la vie en commun les rapprocherait, créerait entre eux des liens autres que purement sexuels. Hélas ! Il n'en était rien.

Or, elle ne se contentait pas de cette relation physique, elle avait besoin de plus.

Elle se mit debout, défroissa sa jupe et se dit qu'elle devait prendre patience. Il n'y avait qu'un petit mois qu'ils vivaient ensemble. Une vraie relation ne surgissait pas subitement du néant, cela prendrait du temps.

Du milieu de la rivière où il était allongé sur le dos, Thad vit Chloé prendre le chemin du retour. En quelques brasses, il revint vers la berge, sortit de l'eau et enfila son short, enfouissant son caleçon dans sa poche.

Les sourcils froncés, il s'inquiétait. Et si elle avait décidé de ne pas avoir d'enfants ? Qu'adviendrait-il de leur couple ? Il la connaissait suffisamment pour savoir que s'ils avaient des enfants, elle ne le quitterait pas. Avait-elle peur qu'il ne soit pas capable d'être un bon père ? En ce cas, il ne pouvait pas lui en vouloir, puisque lui-même se posait la question. Il n'avait aucune référence en ce domaine.

Il courut pour la rejoindre, se disant qu'il se perdait en conjectures inutiles. De toute façon, une relation amoureuse ne durait jamais très longtemps. Il était bien placé pour le savoir. La fidélité à une femme ou à un homme, l'amour éternel… Fadaises !

Cependant, n'était-ce pas ce qu'il avait espéré possible quand il l'avait rencontrée ?

Quand il sortit du bois, il vit Chloé se diriger vers la maison. Elle marchait tête baissée, les épaules affaissées, comme accablée d'un grand poids.

Qu'est-ce qui la perturbait ? Le fait que son école restait à l'état de projet dans les cartons ?

Chloé fut agréablement surprise de la réaction de son père quand elle lui annonça qu'elle démissionnait de son poste de secrétaire. Elle s'était attendue à ce qu'il proteste et cherche à la retenir, mais non.

— Nous savions l'un et l'autre que ce n'était que temporaire, dit-elle.

Le pasteur eut un bref ricanement.

— Si on veut !

Il écarta la lettre et remarqua.

— Je comprends que tu auras autre chose à faire dans les mois qui viennent.

— C'est vrai, acquiesça-t-elle. T'ai-je dit que nous avons trouvé une maison qui nous plaît ? Thad doit y aller cet après-midi avec un entrepreneur pour avoir son avis sur l'état des bâtiments et une idée des travaux à effectuer. C'est une vieille ferme, avec un hangar fermé derrière la maison. Thad pourrait y faire son atelier. La cuisine est énorme, à l'ancienne. Il y a cinq chambres, deux cheminées, une salle de bains à rénover en priorité…

— Pas mal. J'imagine que vous voulez faire au plus vite et emménager avant la naissance.

— Et je… Quoi ? s'interrompit-elle, bouche bée. Qu'est-ce que tu dis ?

Son père sourit et se voulut rassurant.

— Ne t'inquiète pas, dit-il. Je suis au courant. Je le savais avant votre mariage.

Chloé en resta muette d'étonnement. Jamais elle n'avait pensé avoir ce genre de conversation avec son père. Elle reprit ses esprits et dit :

— Tu crois que je suis enceinte ?

— Oui. Et j'en suis enchanté.

Elle allait de surprise en surprise !

— Alors que tu penses que cela m'est arrivé avant le mariage ! Cela ne te gêne pas ?

— J'ai été surpris et déçu, reconnut-il, la regardant par-dessus ses lunettes. J'avais espéré que l'éducation que je…

— Figure-toi que cela me gêne, moi, rétorqua-t-elle. Sache que je ne suis pas enceinte.

Elle marqua une courte pause, rougit légèrement et ajouta :

— Enfin, je pourrais l'être, maintenant, mais je n'étais pas enceinte quand nous nous sommes mariés.

Son père leva les sourcils et la regarda d'un air interrogateur.

— Non ? Cependant, quand Thad est venu me voir, il m'a bien dit que…

— Thad est venu te voir ? coupa-t-elle. Quand cela ?

— Eh bien, quand il est venu me demander ta main.

— Te « demander ma main » ? Thad !

Elle était de plus en plus dépassée par ce qu'elle apprenait et perdait pied.

— En réalité, il ne m'a pas demandé ta main. Il m'a déclaré que vous vouliez vous marier rapidement et m'a enrôlé pour organiser la cérémonie.

— Il t'a dit que j'étais enceinte ?

Le pasteur réfléchit un instant.

— Pas explicitement, dit-il lentement. Il a insisté sur le fait que vous vouliez vous marier dans les plus brefs délais. J'en ai déduit que… j'ai cru que…

Il marqua une pause.

— Je suis sûr pourtant que c'est ce qu'il voulait insinuer, reprit-il comme pour se justifier.

— Je comprends.

— Alors ? Je ne vais pas être grand-père ?

— Non. Pas tout de suite.

Elle était crispée au point qu'elle dut faire un effort pour se détendre.

— Il faut que j'y aille, dit-elle. Je rédigerai l'annonce pour la recherche d'une secrétaire dès que j'en aurai le temps.

Elle effectua le trajet de retour à la caravane sous l'emprise de la colère.

Il était tard, mais quand elle gara sa voiture, celle de Thad brillait par son absence. Elle prépara le dîner en claquant les portes des placards et en refermant bruyamment les tiroirs. Elle ne décolérait pas.

Qu'est-ce qui lui avait pris ? Pourquoi faire croire à son père que… ?

Elle mit son plat au four et allait se changer quand la porte s'ouvrit.

Thad entra et referma derrière lui, et aussitôt l'espace parut se rétrécir.

— Bonsoir, dit-il d'un ton enjoué. Nous avons le feu vert pour la maison…

Il s'approcha pour la prendre dans ses bras, mais elle le repoussa, furieuse, fuyant son contact.

— Espèce de… sale menteur, siffla-t-elle, pourquoi avoir dit à mon père que j'étais enceinte ?

Il la regarda comme si elle était devenue folle, ce qui n'était pas loin de la vérité. Il s'écarta lentement, sans la quitter des yeux.

— Je n'ai rien dit de tel, répondit-il. Je n'ai pas menti à ton père. S'il le pense, c'est lui seul qui a tiré ses conclusions.

— Ne fais pas semblant et arrête de me prendre pour une idiote, cria-t-elle, s'avançant vers lui et pointant un doigt vengeur sur son torse. Tu l'as mené en bateau en insistant sur la nécessité d'un mariage rapide. Tu savais très bien ce qu'il allait s'imaginer, et tu ne l'as pas détrompé. Tu savais aussi l'importance que j'attachais au fait d'arriver au mariage sans avoir eu de contact… intime. Et maintenant, mon père croit que…

— Pour autant que je m'en souvienne, répliqua-t-il, il y avait eu « contact » et cela ne t'avait pas déplu.

— Merci de me le rappeler ! grinça-t-elle, les dents serrées. J'avais failli oublier que j'avais affaire à tout sauf un gentleman !

Elle voulut passer devant Thad pour se rendre dans la chambre, lui claquer la porte au nez et s'y enfermer, mais il l'attrapa par le bras et la retint fermement.

Comme elle essayait de se libérer, il lui maintint d'une main les poignets dans le dos, et de l'autre lui leva le menton.

— Puisque tu es en colère contre moi sans raison, dit-il entre ses dents et la mâchoire contractée, je vais t'en donner, moi, une bonne raison de m'en vouloir.

Elle se tordit sous son emprise, essayant désespérément de dégager sa bouche quand il l'immobilisa contre lui, la soulevant de terre pour mieux la contrôler. Elle se démena de plus belle et réussit à lui décocher un coup de pied dans le tibia qui le fit sursauter et relever la tête.

Ils se dévisagèrent un moment l'un l'autre, furieux.

Chloé, la première. Malgré cela, malgré elle, son corps ne réagissait pas comme elle l'aurait voulu. Pressée contre Thad, elle était envahie du désir de le toucher, d'être touchée. Elle sentit l'excitation monter en elle, accélérer les battements de son sang dans ses veines. Elle réalisa très vite qu'il en allait de même pour lui. Et cela ne fit qu'accentuer sa faiblesse. Elle cédait, se liquéfiait, se laissait aller entre ses bras ! Elle essaya vaguement de ranimer sa colère, mais son cerveau s'y refusait, obnubilant toutes ses velléités de défense. Ce n'était pas ce qu'elle avait voulu en déclenchant la bataille, mais le résultat était là : elle n'aurait de cesse qu'il la possédât.

Quand Thad se pencha sur elle, elle ne détourna pas la tête. Sa bouche s'ouvrit pour lui, sa langue chercha la sienne, avide, affamée. Quand il la reposa à terre, elle enroula une jambe autour de sa cuisse, se frottant contre lui. Il lâcha ses mains et lui empoigna les fesses, la collant à lui. Des deux mains, elle tira sur sa chemise, et il leva les sourcils de surprise en voyant un bouton rouler par terre.

Il devait ressentir la même urgence, car il l'aida en s'en débarrassant. Comme elle luttait avec la fermeture de son jean, il prit la relève, se libérant de ses vêtements. Elle le prit dans une main, gémissant de plaisir anticipé, et il gronda d'excitation.

La chambre était trop loin, c'était maintenant, tout de suite.

Thad la souleva, l'appuya contre la porte et releva sa jupe tandis qu'elle se cramponnait à ses épaules. D'un coup de genou il lui écarta les jambes, et d'une seule poussée il entra en elle. Il la maintint contre la porte et se mit à aller et venir.

Elle se rejeta en arrière et lui fit lever la tête en le prenant par les cheveux. Elle le dévorait, leurs bouches n'en faisaient plus qu'une. Elle était comme tétanisée par une marée d'émotions. Thad ! Elle sentit monter en elle la vague du plaisir, cette boule de feu prête à exploser. Elle lâcha sa bouche et projeta ses hanches vers lui, qui accéléra le rythme jusqu'à ce qu'elle crie contre lui, transportée dans un autre monde, vibrant d'un interminable frisson.

— A moi, maintenant, marmonna Thad avec un sourire qui avait tout de la grimace.

Elle crut mourir, électrifiée, à chaque poussée de son membre, et pensa ne pas survivre au second orgasme qui la saisit quand il se raidit et trembla de tout son corps, secoué par les spasmes répétés de l'ultime libération.

Quand ce fut fini, ils restèrent écroulés contre la porte, respirant à grands coups, attendant de retrouver des forces.

Thad se retira lentement et, d'un pas mal assuré, emmena Chloé vers le canapé. Ils s'assirent, encore haletants, et malgré son désir de se laisser aller contre les coussins, il la prit dans ses bras.

Il repoussa ses cheveux sur son front en sueur et la regarda avec un petit rire.

— Je vote pour de nombreuses batailles du même genre !

Elle sourit dans son cou.

— C'est la première fois qu'on se dispute.

Elle lui caressa le torse, et il en eut aussitôt la chair de poule.

— Je suis désolée d'avoir perdu mon sang-froid, murmura-t-elle. Je ne sais pas ce qui m'a pris. J'étais folle de rage.

Il soupira.

— Moi aussi, je regrette. Je n'aurais pas dû laisser ton père s'imaginer des choses.

— Mais, pourquoi ?

Sa colère avait disparu, elle semblait simplement intriguée.

Il hésita. Comment lui expliquer ? Pouvait-il lui avouer qu'il avait peur qu'elle ne revienne sur sa décision s'il lui laissait le temps de réfléchir ?

— Je te désirais trop pour attendre plus longtemps, se contenta-t-il de dire.

Chloé ne dit rien, lui caressa la joue.

Sans le regarder dans les yeux, nota-t-il.

Il lui embrassa la paume de la main, demandant :

— Tu me pardonnes ?

Elle hocha la tête.

— Ce n'est pas tant ce que pense mon père, dit-elle. C'est l'idée que les gens puissent croire que tu as abusé de moi, alors que c'est faux.

Il se sentit rasséréné. Une fois encore, elle s'inquiétait plus de sa réputation que de la sienne. N'était-ce pas un signe qu'elle projetait de faire durer leur mariage ?

Un bon signe.

— Pas terrible, mais je m'en contenterai pour le moment.

Chloé examinait d'un œil critique la cuisine de leur nouvelle maison.

Le matin même, chez le notaire, ils avaient signé les papiers qui faisaient d'eux les heureux propriétaires et cela lui avait fait tout drôle de voir son nom associé à celui de Thad sur des papiers officiels. Pas désagréable.

La pièce était immense et n'avait subi aucune transformation depuis au moins cinquante ans ! Peu de placards et pas de surfaces de travail. Un grand évier en pierre comme elle en avait vu chez certains paroissiens âgés au cours de ses visites.

— Pas question de vivre dans cette cuisine délabrée, dit Thad fermement. Nous avons les moyens de rénover la salle de bains du premier, d'en installer une autre au rez-de-chaussée et de transformer la cuisine.

Pour le reste, cela attendra, et on fera ce qu'on pourra par nous-mêmes.

L'idée qu'il était prêt à investir toutes ses économies pour son confort la mettait mal à l'aise.

— Cela ne m'ennuie pas d'attendre. Emménageons et…

— Chloé ! coupa Thad. Qu'est-ce qui te gêne ? Je préfère de beaucoup que tous les gros travaux soient faits d'un seul coup et sans nous. Franchement, je n'ai pas envie de vivre au milieu des allées et venues des ouvriers, du bruit, de la poussière…

Il s'approcha d'elle par-derrière et, les mains sur sa taille, la serra contre lui. Il pencha la tête, et son souffle chaud lui chatouilla l'oreille, ce qui eut pour effet prévisible de la détendre.

— Cela me gêne que tu mettes tout ton argent dans cette maison, dit-elle en se laissant aller contre lui.

— Pas *mon* argent, corrigea-t-il. *Notre* argent.

Ses lèvres couraient sur son cou, couvraient sa nuque de petits baisers.

Une grande onde de chaleur l'envahit.

— Thad, arrête, protesta-t-elle sans grande conviction.

— Pourquoi ? C'est la première fois que nous sommes seuls tous les deux dans *notre* maison. Tu ne crois pas qu'on devrait fêter cela ?

Elle sourit.

— Tu n'as pas l'impression qu'on a beaucoup fêté tout et n'importe quoi, depuis notre mariage ?

— Et alors ? Pourquoi pas ?

Que répondre à cela ?

Leur relation physique atteignait des sommets fabuleux, chaque fois proches de la perfection et cependant toujours plus extraordinaires. Dans les bras de Thad, elle découvrait une autre Chloé, aussi passionnée que lui, prête à répondre à la moindre sollicitation. Ses journées se passaient à attendre le soir, le retour de Thad, comme si, éloignée de lui, elle ne vivait qu'à moitié et ne redevenait elle-même qu'avec ses bras autour d'elle.

— Nous avons beaucoup à fêter, reprit-il, la bouche derrière son oreille et les mains sur sa poitrine. Demain est ton dernier jour au bureau. Après cela, tu pourras te consacrer entièrement à la maison et imaginer ce que tu aimerais y faire.

— Ou préparer mon avenir d'enseignante !

— Si tu veux. Tu sais que tu n'as pas besoin de travailler. Si tu choisis de rester à la maison pour élever nos enfants, pas de problème.

Nos enfants ! Pas encore. Autant le prévenir tout de suite.

— Thad, on ne peut pas faire la fête pendant quelques jours. Je sais depuis ce matin que je ne suis pas enceinte.

Thad se figea. Ses mains cessèrent leur exploration de ses seins, retombèrent à ses côtés.

— D'accord, dit-il. Tu me diras quand…

— Oui, dit-elle très vite.

Pourquoi cessait-il de la caresser ? se demanda-t-elle, déçue. Etait-il anormal de sa part d'avoir envie de caresses, de tendresse, de contact charnel même s'ils ne pouvaient faire l'amour ?

Cela lui rappelait brutalement que Thad ne l'avait pas épousée par amour mais par désir de la posséder physiquement. Depuis quelque temps, il lui paraissait plus réservé, plus sur ses gardes, sauf quand ils faisaient l'amour — ce qui occupait le plus clair de leur temps, reconnut-elle.

Déjà, il s'était écarté et parcourait la cuisine.

— Si on discutait de ce qu'on veut en faire ? proposa-t-il.

Il se mit à arpenter la pièce, discourant sur la disposition idéale entre les différents éléments, évier, cuisinière, lave-vaisselle, plans de travail, pour les rendre aussi opérationnels que possible.

Elle le regardait et l'écoutait, mais le cœur n'y était plus.

— A toi de décider, dit-elle. Je suis sûre que cela me conviendra.

Depuis qu'ils étaient mariés, Thad accompagnait Chloé à l'église tous les dimanches. Ce jour-là, il faisait très beau et très chaud. A l'intérieur, l'air était imprégné d'une humidité lourde. A la fin du sermon, les femmes s'éventaient avec le bulletin paroissial.

En quittant sa place, Chloé eut un vertige et se

raccrocha au banc. Elle se serait écroulée si Thad ne l'avait retenue.

— Que se passe-t-il ? demanda-t-il, inquiet.

— Je me sens un peu bizarre.

Il la prit par la taille et la fit rentrer dans le banc.

— Assieds-toi.

Aussitôt, elle se sentit mieux et l'église s'arrêta de tourner.

— Tu veux un verre d'eau ?

— Oui, merci.

C'était autant pour lui permettre de se sentir utile que par nécessité.

— Reste tranquillement assise. N'essaie pas de te lever, dit-il. Je reviens.

— Oui, chef.

Ce qui ne dérida pas Thad le moins du monde.

Elle le regarda s'élancer parmi les paroissiens et se dit une fois de plus qu'elle ne le comprenait pas. En public, il était plein d'attentions, en privé, toujours aussi passionné, mais il ne partageait rien avec elle de ce qui le touchait personnellement.

— Qu'est-ce qui vous arrive ?

Tournant la tête, elle rencontra le regard intéressé d'une paroissienne qu'elle connaissait de vue.

— Rien de grave, dit-elle. C'est cette chaleur qui m'incommode. Thad est parti me chercher un verre d'eau.

— C'est vrai qu'il fait très chaud, dit l'autre.

Se penchant vers Chloé, elle continua d'une voix doucereuse.

— Je n'ai pas eu l'occasion de voir votre bague de fiançailles.

Chloé soupira à part elle. Encore une de ces commères qu'elle redoutait et fuyait comme la peste !

— Je n'en ai pas, dit-elle, mais mon alliance est une merveille. Choisie par Thad.

Et elle mit sa main sous le nez de la dame.

— Très joli ! concéda celle-ci. On peut dire que vous nous avez étonnés, ma petite. Personne ne savait que vous vous fréquentiez. Et voilà que vous partez vous marier sans crier gare !

Elle se contenta de sourire, ce qui eut le don de déstabiliser la dame qui lui lâcha la main.

— Bien sûr, on vous souhaite tout le bonheur possible.

Elle baissa soudain la voix avant de murmurer :

— J'ai connu sa première femme, la pauvre. J'espère que vous aurez plus de chance.

Chloé se redressa sur son banc et regarda la dame bien en face.

— Madame Goode, dit-elle d'une voix assez claire pour que toutes celles qui se tordaient le cou pour suivre leur échange entendent ce qu'elle avait à dire, vous me surprenez ! Si ce sont là vos vœux de bonheur, vous feriez mieux de vous abstenir. Je m'en passerai.

La femme rougit jusqu'aux oreilles.

— Mais… Je…

Chloé n'avait pas fini sa phrase qu'elle eut des remords. Elle tenta d'adoucir la dureté de ses paroles.

— Je viens, nous venons tous ici, dans ce lieu béni, pour nous débarrasser de nos mauvaises pensées et renoncer à juger les autres sur les apparences, dit-elle. Ce n'est pas toujours facile, mais c'est ce que j'essaie de faire. Et vous aussi, j'en suis sûre.

Elle sourit à la femme et pria le ciel pour qu'elle soit capable de mettre ces belles paroles à exécution. Rien n'était moins sûr !

Entre temps, Mme Goode avait repris ses esprits.

— On dirait que votre père n'est pas le seul à savoir faire des sermons ! répliqua-t-elle sèchement. Vous avez raté votre vocation, ma chère.

Avec un mauvais sourire, elle lui tourna le dos et s'éloigna.

— Chloé ?

Thad arrivait de l'autre côté, un verre d'eau à la main, le visage sombre.

— Tiens. Bois.

Elle lui sourit et but.

— Cela va mieux, dit elle. Nous pouvons rentrer.

Il avait l'air crispé, pinçait les lèvres et ses yeux lançaient des éclairs. Avait-il entendu sa conversation avec Mme Goode ? Pourvu que non.

Elle se dirigea en silence vers la voiture. Elle sentait confusément qu'un mot de travers pourrait provoquer une explosion.

Thad ne dit rien non plus pendant le trajet de retour. Il se gara et coupa le moteur.

— Tu as encore des vertiges ? demanda-t-il froidement.

— Non. Je vais très bien.

— Parfait.

Il claqua la portière et monta les marches du porche, tellement tendu qu'elle s'en rendait compte de là où elle était, clouée de surprise sur son siège.

Il avait disparu dans la maison avant même qu'elle soit descendue de voiture. Qu'est-ce qu'il lui prenait ? Elle sentait la moutarde lui monter au nez à elle aussi.

Elle défit lentement sa ceinture, s'efforçant de contrôler la colère qui menaçait de la submerger. A supposer que Thad ait entendu Mme Goode, il n'avait pas le droit de s'en prendre à elle, qui n'y était pour rien !

Elle alla directement dans la chambre où Thad enfilait un vieux T-shirt.

— Je vais à l'atelier, marmonna-t-il en passant devant elle. J'ai du travail.

— Je croyais qu'on devait tapisser les murs de la salle à manger dans la nouvelle maison ?

— Cela attendra.

— Quoi ! s'écria-t-elle, indignée. Qu'est-ce qui te prend ? Tu vas me le dire, ou c'est à moi de deviner ?

A mi-chemin dans le couloir, il se retourna.

— J'ai commis des erreurs dans le passé, siffla-t-il entre ses dents. J'ai payé, largement, et je me moque de l'opinion des gens. Je te dispense de prendre ma défense à tout bout de champ comme un petit soldat !

— Il n'y a pas si longtemps, cela n'avait pas l'air de te gêner, rétorqua-t-elle, furieuse et blessée dans sa fierté. D'ailleurs, je croyais que c'était pour cela que tu m'avais épousée : pour asseoir ta réputation ?

Elle n'avait rien fait de mal, elle n'avait fait que suivre son penchant naturel à défendre ceux qu'on attaquait injustement devant elle. Elle n'avait pas un instant pensé que cela le mettrait dans tous ses états.

— Et alors ? grinça Thad. Ce n'est pas pire que toi, qui décides de m'épouser parce tu n'en peux plus d'attendre de coucher avec moi !

C'était si grossier, si révoltant, qu'elle en fût bouleversée jusqu'au tréfonds de son être. Elle eut l'impression que son cœur se déchirait en deux et en vacilla sur place.

Elle chercha en vain une réplique cinglante, mais avant qu'elle puisse ouvrir la bouche, il avait claqué la porte derrière lui.

- 9 -

La dureté des mots échangés planait autour de Chloé comme un nuage noir, menaçant, qui lui obscurcissait la vision, tout autant que les larmes qui débordaient de ses yeux et coulaient sur ses joues malgré ses efforts.

Elle s'assit au bord du lit, tremblant de tous ses membres.

Envolées les illusions qu'elle avait nourries quant à l'avenir de leur couple ! Elle qui s'était bercée de l'espoir qu'un jour Thad en viendrait à l'aimer comme elle l'aimait, elle qui se répétait que leur attirance mutuelle allait plus loin qu'une simple entente sexuelle, qu'une vie à deux toute de complicité amoureuse les attendait…

Elle s'était lourdement trompée. Par manque d'expérience. Par naïveté. Elle avait été flattée de l'impatience de Thad à la posséder tout entière, puis émue de son ardeur à la satisfaire. Elle avait pris le désir sexuel qu'il affichait pour les prémices d'un amour à venir. Quelle erreur !

Elle avait cru que se donner l'un à l'autre les rapprocherait, les souderait pour la vie. Or, elle comprenait maintenant que Thad ne supportait pas de vivre avec elle. Mise à part leur entente sexuelle, il ne voulait rien partager de sa vie avec elle, préservait jalousement son indépendance et la tenait en dehors de ses préoccupations.

Comment, dans ces conditions, continuer à faire semblant de croire qu'un jour il l'aimerait ?

Bouleversée, elle se renversa sur le lit et pleura toutes les larmes de son corps, laissant libre cours à sa déception, son amertume, sa rancœur vis-à-vis d'elle-même.

Quand elle réussit à se calmer, elle comprit qu'il lui était impossible de rester, de vivre avec cet homme qui ne l'aimait pas. Leur mariage était une erreur qu'elle se reprocherait et traînerait derrière elle le reste de sa vie.

Une vie sans Thad.

Cette idée la fit sangloter de plus belle, jusqu'à ce qu'elle prenne la décision qui s'imposait.

Elle alla au placard et en sortit sa valise qu'elle ouvrit sur le lit. Elle y entassa tout ce qu'elle put de ses affaires personnelles.

Heureusement, l'essentiel de son trousseau, les meubles qui lui revenaient, était resté chez son père, attendant leur emménagement dans la nouvelle maison.

« Où tu iras, j'irai… »

Sans prévenir, les mots du serment de mariage se

mirent à lui trotter dans la tête comme un refrain lancinant.

Elle s'arrêta, les mains crispées sur les vêtements qu'elle pliait. La tête rentrée dans les épaules, elle s'assit par terre contre le lit et ferma les yeux.

Que lui arrivait-il ? Etait-ce elle, Chloé Miller, qui fuyait ses responsabilités ? Thad et elle étaient mariés pour la vie, elle ne pouvait pas courir se réfugier chez son père au premier accroc, parce que tout ne marchait pas comme elle l'avait espéré ! Son père, inquiet de sa précipitation, l'avait mise en garde, il lui avait rappelé ce à quoi elle s'engageait.

Son père à qui elle avait juré qu'elle savait ce qu'elle faisait et ne le regretterait pas ! Son père à qui Thad avait forcé la main pour obtenir son consentement !

« Jusqu'à ce que la mort nous sépare… »

Les mots parlaient d'eux-mêmes. Son sort était scellé, et c'est elle-même qui l'avait voulu. Elle était liée par les liens sacrés du mariage et ne pouvait s'en prendre à personne d'autre qu'à elle-même. A elle donc, d'assumer les conséquences de ses actes, quoi qu'il lui en coûte. Son devoir était auprès de Thad.

Lentement, elle se leva et remit les vêtements à leur place.

Mariée elle était, mariée elle resterait. Si l'amour qu'elle portait à Thad ne suffisait pas à faire vivre leur couple, elle apprendrait à se satisfaire de cette situation qu'elle avait cherchée.

« Qui se précipite dans le mariage a toute la vie pour s'en repentir. »

Le vieil adage décrivait clairement ce qui l'attendait !

Elle renifla, se moucha une dernière fois et, le cœur lourd mais ferme dans sa décision, se rendit dans la cuisine pour préparer le déjeuner.

Dans l'après-midi, elle irait comme prévu tapisser la salle à manger de leur maison. Elle emploierait ce temps de travail manuel à penser à la lettre de motivation qu'elle projetait d'envoyer à différentes paroisses ou centres de loisirs pour proposer ses services, soit pour renforcer le personnel d'une structure en place, soit pour créer de toutes pièces un jardin d'enfants.

Et si elle se lançait toute seule, comme Thad le lui avait suggéré ?

Irréalisable, se reprit-elle. Elle ne savait même pas par où commencer ! Néanmoins, elle se mit à réfléchir sérieusement à la question.

Le premier problème était le local. Or, après l'incendie, on leur avait rapidement trouvé un endroit où s'installer. Si elle faisait appel à la chambre de commerce, peut-être qu'ils seraient intéressés ? Si ce miracle se produisait, il lui faudrait faire un emprunt auprès de la banque pour exécuter certains aménagements : des toilettes adaptées, la mise aux normes de sécurité du local… En espérant qu'un jour le projet devienne rentable et qu'elle puisse rembourser. Quant au mobilier et au matériel de première nécessité, elle devrait compter sur la générosité des uns et des autres.

Cela pourrait marcher, ou était-ce pure utopie de sa part ?

Thad passa l'après-midi à travailler dans son atelier jusqu'à ce que son estomac le rappelle à l'ordre. Mis à part la nécessité de se nourrir, pourquoi serait-il rentré à la maison ? Personne ne l'y attendait.

Par la fenêtre, il avait vu Chloé partir peu de temps après leur discussion orageuse, conséquence prévisible de son comportement grossier : il avait gâché toutes ses chances de la retenir auprès de lui. Au plus profond de lui-même, il avait la certitude qu'elle était partie pour ne plus revenir. Toutefois, il avait remarqué qu'elle n'emportait aucun bagage… Ce qui ne voulait rien dire, car beaucoup de ses affaires personnelles étaient restées chez son père.

C'était sa faute. Il l'avait désirée, avait voulu se l'approprier dès l'instant où il avait posé les yeux sur elle du haut de son échelle. Il la revoyait assise à son bureau, très droite sur sa chaise, un peu tournée vers la fenêtre. Sa jupe était un peu remontée sur ses cuisses sans qu'elle prît la peine de la rabaisser, puisqu'elle pensait que personne ne la regardait. Il avait salivé comme un ado en contemplant sans remords les longues jambes élégantes et les pieds cambrés chaussés d'escarpins. Chloé savait-elle combien ces chaussures la rendaient sexy ?

Pas à l'époque. Maintenant, oui.

Cette pensée l'accabla encore plus et accentua son malaise.

Il l'avait poursuivie de ses assiduités, l'avait pratiquement contrainte à sortir avec lui, l'avait harcelée d'attentions. Il avait tout mis en œuvre pour la séduire et l'enivrer de caresses. Il lui avait tout appris des relations entre un homme et une femme. Il l'avait révélée à elle-même, lui avait fait découvrir sa vraie nature, la passion dont elle était capable sans le savoir.

Et voilà que maintenant, il avait bafoué sa confiance ! Il l'avait éloignée de lui, brutalisée moralement. Oh, bien sûr, il pressentait que c'était trop beau pour durer. Chloé était trop bien pour lui, il n'était pas à la hauteur de son désir de la conquérir. D'ailleurs, l'opinion publique ne s'était pas privée de le lui faire savoir. Combien de fois avait-il entendu Chloé prendre sa défense, justifier son engoûment pour lui ? C'est ce qui l'avait miné, irrité.

Malheureusement, c'était à elle qu'il s'en était pris ! C'était elle qui avait fait les frais de sa colère !

D'autres que lui sauraient mieux s'y prendre, à n'en pas douter. Un de ces jours, Chloé referait sa vie. Un autre homme lui volerait en riant un baiser lors d'un pique-nique, l'accompagnerait à l'église et lui construirait un foyer confortable.

Un autre que lui éviterait de la tarabuster avec

son désir d'enfants, conscient de ne pas être prêt à la partager avec quiconque, fût-ce avec leur bébé !

Un autre que lui la tiendrait dans ses bras la nuit, lui ferait l'amour, remerciant le ciel de leur amour partagé et l'aimerait comme elle le méritait.

Cet homme l'aimerait d'amour... Comme lui l'aimait.

Ce fut comme un éclair.

S'il n'avait déjà utilisé sa dernière planche, il se serait tapé avec à grands coups sur la tête pour se punir de sa bêtise.

Imbécile qu'il était ! Evidemment qu'il l'aimait ! Comment avait-il pu l'ignorer ? Pourquoi avait-il refusé que le mot « amour » franchisse ses lèvres ? Le sexe était une chose, l'amour en était une autre. D'après son expérience, le premier n'impliquait pas forcément le second, voilà pourquoi. Jamais il n'aurait admis être tombé amoureux. Par peur du ridicule, par crainte d'être repoussé. Qui plus est, ce n'était pas dans sa nature de faire des déclarations. Même à la femme qu'il... qu'il aimait.

Malgré lui, pour la première fois, il était obligé de reconnaître son erreur : il aurait dû mettre son orgueil dans sa poche et laisser parler son cœur, quoi qu'il lui en coûtât. Au lieu de ça, il s'était vengé sur elle des frustrations qu'il avait subies au fil des années.

Oui, c'était trop tard ! La seule femme qui lui importait, celle avec qui il voulait passer le reste de sa vie, s'en était allée.

Il replaça les outils en ordre sur son établi et balaya le sol avant de se diriger vers la maison, la tête basse.

L'intérieur de la caravane était plongé dans l'obscurité, le silence oppressant. Il alluma, s'attendant à trouver un mot d'adieu en évidence sur la table, parcourut la cuisine du regard.

Rien.

Rien non plus dans la chambre.

Il revint dans la cuisine et, se souvenant qu'il n'avait rien mangé de la journée, sortit un reste de poulet qu'il mit au micro-ondes. En attendant, il pela une orange et la mangea, debout devant l'évier. Il allait ouvrir le four quand il entendit une voiture s'arrêter dans l'allée.

Chloé ?

Il jeta un coup d'œil par la fenêtre et crut rêver : c'était bien elle. Elle se gara à sa place habituelle et descendit de voiture. Ses vêtements étaient tachés et son vieux jean avait un trou au genou.

Il la vit marcher avec difficulté et même faire une grimace de douleur. Avait-elle eu un accident ?

Il s'élança et ouvrit la porte avant qu'elle mette la main sur la poignée.

— Que t'est-il arrivé ?

Chloé lui lança un bref coup d'œil mais détourna vite les yeux. Il avait eu tout juste le temps de détecter la tristesse de son regard.

Il savait qu'il en était responsable. Pourquoi diable

était-elle revenue, après ce qui s'était passé entre eux ?

— Rien de sérieux, dit-elle. J'ai passé l'après-midi à coller du papier peint, c'est tout.

C'était dit d'un ton neutre et, avant qu'il ait réalisé, elle s'était approchée du micro-ondes et regardait ce qui réchauffait.

— Hum ! Cela sent bon. Est-ce que j'arrive trop tard ?

Il secoua la tête.

— Non, répondit-il du même ton décontracté. J'allais me mettre à table. Je te sors une assiette.

— Je peux faire une salade, et il doit y avoir des petits pains quelque part.

Qu'est-ce que cela voulait dire ? Il y perdait son latin. Elle se conduisait tout à fait normalement. Elle lui sourit même pendant qu'elle se lavait les mains. Un sourire un peu crispé, mais au moins elle consentait à le regarder. Que devait-il en déduire ?

Une chose, essentielle : maintenant qu'elle était là, pas question de la laisser repartir.

Il chercha quelque chose de naturel à dire.

— Assieds-toi, suggéra-t-il. Je m'occupe de la salade et tu essaies de te rappeler où tu as stocké les petits pains.

— D'accord, dit Chloé. Merci.

Elle s'effondra sur une chaise et poussa un soupir.

— J'ai presque terminé deux des murs de la salle à manger. Je compte finir le reste demain. Tu vas être satisfait, la peinture va très bien avec le papier. Tu as bien fait de préférer la teinte la plus claire.

Apparemment, elle proposait une trêve et lui tendait le calumet de la paix !

Il le prit au vol.

— Question d'expérience, dit-il. J'ai appris à mes dépens que la peinture est toujours plus foncée sur un mur ou sur une porte que l'échantillon qu'on vous montre sur papier.

Le repas se passa presque en silence. Sous son calme apparent, il sentait Chloé tendue. Lointaine, comme enfermée dans sa tour d'ivoire, elle paraissait décidée à ne pas faire état de leur dispute.

Ce fut lui qui eut envie de poser des questions. Pourquoi ne pas en parler ? Cela lui donnerait l'occasion de s'excuser, de lui dire combien il regrettait de lui avoir fait du mal.

Hélas, elle n'était pas de celles auprès de qui l'on s'excuse. S'il s'y risquait, il pressentait que les mots ne feraient que glisser sur la surface lisse de la cuirasse de réserve qu'elle avait endossée.

A la fin du dîner, elle se leva, et il remarqua qu'elle se mouvait avec précaution. Il en eut des remords. S'ils avaient travaillé à deux, elle n'aurait pas fait autant d'efforts pénibles.

— Je vais prendre un bain, dit-elle. Cela me détendra. Mets les assiettes dans l'évier, je m'en occuperai plus tard.

Il lui désobéit, fit la vaisselle et rangea la cuisine.

Il finit par s'asseoir devant la télévision et regarda un match de foot.

Passionnant ! Cependant, il avait du mal à se concentrer sur le jeu. Il regardait sa montre toutes les deux minutes, inquiet de ne pas l'entendre.

Au bout d'une demi-heure, il n'y tint plus et alla vers la salle de bains.

— Chloé ?

Pas de réponse. Il tourna la poignée, s'attendant à la trouver fermée à clé, mais la porte s'ouvrit.

— Qu'est-ce que tu…

La pièce était chaude et humide, saturée de vapeur. La tête appuyée contre le rebord de la baignoire-sabot, Chloé dormait à poings fermés.

A la vue de ses traits si fins, de son visage détendu, son cœur se serra.

Si belle ! La perfection même. Si elle le quittait, il était fichu. Sans Chloé à ses côtés, il le savait, il sombrerait, il n'aurait plus aucun courage, sa vie irait à vau-l'eau.

Il se pencha et l'appela doucement. Quand elle battit des paupières, il dit :

— Mets tes bras autour de mon cou et laisse-moi faire.

Plus endormie qu'éveillée, elle lui obéit machinalement.

Il la souleva et la sortit de la baignoire puis la tint debout sur le tapis de bain, le temps d'enrouler une grande serviette autour d'elle, lui aplatissant les seins sans le vouloir. Il ne s'attarda pas sur le spectacle touchant qu'elle offrait et, indifférent à l'humidité qui transperçait ses propres vêtements, la porta sur le lit.

Sans qu'elle réagisse, il la débarrassa de la serviette et la recouvrit de la couette.

Lorsque, un peu plus tard, il vint se glisser auprès d'elle, elle avait déjà adopté sa position habituelle, tournée vers le mur.

Là, il hésita. Depuis la première nuit, ils dormaient blottis l'un contre l'autre, elle, le dos collé à lui. Ce soir, il ne se sentait pas le droit de lui imposer ce contact. Elle voudrait peut-être garder ses distances ? Il était prêt à respecter son besoin de liberté, si c'était son souhait.

Il lui posa une main sur la taille.

Instinctivement, Chloé se recula vers lui, et il soupira de soulagement.

Il glissa un bras sous sa tête en guise d'oreiller et posa la main sur elle, la rapprochant contre lui. Le simple contact de sa peau soyeuse provoqua la réaction prévisible de sa virilité, mais il l'ignora. Chloé dut aussi le sentir, telle qu'elle était placée, mais elle ne bougea pas.

De toute façon, l'heure n'était pas aux ébats physiques. Pour le moment, il lui suffisait de la tenir dans ses bras.

***

Chloé rêvait que Thad lui faisait l'amour. Sa langue habile léchait le point sensible derrière son oreille. Ses mains étaient partout, titillaient ses seins qui se dressaient sous la caresse. Ses lèvres descendaient dans son cou et une main s'insérait entre ses cuisses, prélude à l'accomplissement de l'acte. Elle s'ouvrit pour lui, prête à l'accueillir.

Mais alors qu'elle sentait monter le plaisir, une pensée terrible résonna en elle : il ne l'avait épousée que pour le sexe, pour la possession de son corps.

Elle se mit à pleurer. Des torrents de larmes coulèrent sur ses joues, sur le sol, transformant la chambre en un lac où elle allait se noyer…

— Chloé ? Mon cœur, réveille-toi.

Peu à peu, le cauchemar se dissipa et elle reprit pied dans la réalité. Elle ouvrit les yeux et rencontra le regard inquiet de Thad penché sur elle.

Du pouce, il lui caressa la joue.

— Qu'est-ce qui se passe ?

C'est alors qu'elle réalisa qu'elle pleurait. Cela, c'était bien réel. Elle s'assit et prit un mouchoir en papier dans la boîte sur la table de nuit.

— Un mauvais rêve.

— Tu veux me raconter ?

« Oui », faillit-elle dire.

Tout raconter à Thad, l'entendre éclater de rire et lui dire qu'elle était idiote, qu'il l'aimait passionnément, elle tout entière, qu'il l'avait épousée parce qu'il ne pouvait pas se passer d'elle, à tous les niveaux et sur tous les plans…

Un scénario de rêve qui ne deviendrait jamais réalité ! Inutile de se faire des idées.

Le mouchoir en papier n'était plus qu'une petite balle trempée qu'elle jeta au sol avant de s'allonger.

— Non, dit-elle. Merci.

Thad se figea.

— Comme tu voudras, finit-il par dire.

Tous deux s'enfoncèrent sous les couvertures. Il lui mit la main sur l'épaule et, quand elle se tourna vers lui, il la prit dans ses bras et la serra contre lui. Leurs jambes se mêlèrent, elle sentit son torse contre sa poitrine, son membre durci entre ses cuisses.

— Arrête, dit-elle brusquement. Pas ce soir…

— Je veux seulement te tenir contre moi, sans plus.

— Ce serait bien la première fois, dit-elle.

Thad accusa le coup.

C'était dit sans amertume, mais avec une certaine tristesse dans la voix.

Il ouvrit la bouche pour répliquer mais se retint, conscient que Chloé n'avait pas tort. Il avait tellement cherché à se protéger, n'osant pas s'avouer le besoin qu'il avait d'elle, un besoin bien au-delà des rapports sexuels, qu'il n'avait pas réfléchi à ce qu'elle pouvait déduire de ses actes.

Prudent, il insista.

— C'est tout ce que je veux.

Elle ne répondit pas.

Au bout d'un instant, il l'entendit soupirer et la sentit se détendre. Il se rendit alors compte de la tension qui l'avait habitée jusque-là.

Elle s'était attendue à quoi ? Au pire…

Il aurait voulu parler, s'expliquer, mais il sentit qu'elle n'était pas disposée à l'écouter. Un faux pas de sa part, et elle allait rentrer dans sa coquille, se braquer et, peut-être, se lever et… partir pour de bon.

Il avait l'impression de se tenir au bord d'un précipice, en danger d'y plonger et de tout gâcher s'il disait le mot qu'il ne fallait pas. Il se tut donc, remettant à plus tard l'aveu qui lui brûlait maintenant les lèvres.

Le lendemain matin, il fut réveillé par la chaleur qui régnait dans la chambre. Avant même d'ouvrir les yeux, il sut qu'il était seul.

Chloé n'était pas dans la cuisine, mais du café frais l'y attendait, ainsi qu'un pamplemousse découpé comme il aimait et de la brioche à la cannelle tout juste sortie du four.

Il s'emplit les narines de ces odeurs appétissantes tout en se demandant où elle pouvait être. Il regarda par la fenêtre et la vit accroupie près du massif de fleurs qui entourait la boîte aux lettres. Elle taillait la bordure trop exubérante et binait la terre.

Pourquoi se donnait-elle tant de mal, alors qu'ils devaient déménager d'ici à quelques semaines ?

Pendant qu'il avalait son petit déjeuner, il ne la quitta pas des yeux, se demandant quelle attitude elle aurait vis-à-vis de lui. Lointaine et détachée, comme hier ? S'il ne tenait qu'à lui, il préférerait qu'elle hurle et tempête. Il saurait au moins comment réagir !

Il lava sa vaisselle et sortit.

— Bonjour, cria-t-il.

Chloé agita la main dans sa direction et se remit au travail.

— Bonjour, redit-il en s'avançant. Tu démarres aux aurores, ce matin.

— J'étais réveillée et je n'avais plus sommeil. J'ai pensé que je ferais aussi bien de me rendre utile.

Jusqu'alors, quand ils se réveillaient de bonne heure... Des images explicites défilèrent dans sa tête. S'il en croyait la rougeur qui envahit la nuque de Chloé, elle pensait à la même chose.

Il bannit de son esprit et de son corps toute excitation sexuelle. Ce n'était pas le moment de mélanger les genres. Ce qu'il avait à lui dire ce matin appartenait à un autre registre, inutile de répéter les mêmes erreurs.

Lui parlerait-il là, dans le jardin ? Non, elle pourrait faire semblant d'être occupée, et il ne saurait pas si elle l'écoutait ni comment elle réagissait.

Il lui tendit la main.

— Si on allait marcher un peu ?

Chloé leva la tête, clignant des yeux dans le soleil puis se mit debout et s'essuya les mains sur le vieux short qu'elle avait enfilé pour travailler.

— D'accord, dit-elle.

Elle hésita un très court instant — hésitation qui serait passée inaperçue s'il ne l'avait aussi bien connue — avant de prendre la main qu'il lui tendait.

Au contact de sa main dans la sienne, il se sentit rassuré. Il écarta les doigts et les mêla aux siens avant qu'elle ne s'insurge contre cette prise de possession.

Il n'avait pas de but précis autre que celui de capter son attention. Ils prirent le sentier qui menait à la rivière et, dans le silence de ce début de matinée ensoleillée, il sentit nettement le mur invisible que Chloé avait établi autour d'elle. Elle était avec lui sans l'être…

Bientôt, ils aperçurent le miroitement de l'eau et débouchèrent dans la clairière, là où il avait tenté de la persuader de se baigner nue.

Il s'éclaircit la gorge.

— Je te dois des excuses, dit-il.

— Tu ne me dois rien, répliqua-t-elle d'un ton neutre.

— Alors, fais semblant de croire que cela m'amuse, dit-il, très nerveux.

— Pas moi.

Elle lui lâcha la main et alla vers l'eau. Elle s'accroupit au bord de la rivière, y trempa la main.

— Super, dit-elle en se relevant. On va se baigner.

— Ce n'est pas ce que…

La voix lui manqua en la voyant déboutonner le chemisier sans manches qu'elle portait. En un rien de temps, elle avait tout enlevé.

— Qu'est-ce que tu fais ?

— Je vais me baigner.

Elle s'efforçait de prendre un air décontracté, mais il la vit jeter un œil inquiet autour d'elle.

Il la regarda s'avancer dans l'eau. Vue de dos, elle était aussi belle que de face ! La ligne de sa colonne vertébrale soulignait la sveltesse de son dos, descendait de son cou gracieux à ses fesses en forme de cœur, d'un blanc de porcelaine. Et douces comme de la soie, il le savait d'expérience, ce qui ne manqua pas de le faire réagir.

Pour une fois, cela l'ennuya… presque.

Avant tout, il voulait mettre les choses au clair entre eux, s'excuser pour sa stupide grossièreté de la veille et l'entendre lui dire qu'elle lui pardonnait. C'était peut-être puéril, mais il avait besoin de l'entendre de sa bouche.

— C'est glacial ! s'écria-t-elle, s'éclaboussant pour s'encourager jusqu'à ce qu'elle soit entièrement dans l'eau.

Elle plongea une fois et ressortit la tête de l'eau.

— Génial quand on y est, hurla-t-elle en s'ébrouant. Allez, viens.

Incroyable ! Il avait rêvé de la voir se baigner dans ce qu'il considérait comme sa piscine personnelle.

Il avait été déçu la fois précédente qu'elle n'ait pas surmonté sa pudeur. Et aujourd'hui, c'était lui qui renâclait à y aller !

De mauvais gré, il défit sa ceinture.

Quand, enfin, il entra dans l'eau, Chloé ne l'avait pas attendu. D'un crawl énergique et efficace, elle s'éloignait vers le milieu de la rivière.

Il découvrait seulement maintenant qu'elle savait si bien nager ! Elle avait raison : ils ne se connaissaient pas encore assez pour mettre une famille en route. Il était trop tôt. Ils avaient besoin de temps pour tout apprendre l'un de l'autre.

Elle s'était retournée sur le dos et laissait le courant la porter. Quand il arriva à sa hauteur, il la prit par la cheville et l'attira vers lui. Poussée par le mouvement de l'eau, elle se retrouva les jambes écartées autour de sa taille. Il lui sembla que le contact intime de sa féminité contre lui faisait monter la température de l'eau, d'autant que les seins de Chloé, dressés à la surface captivaient son regard. D'instinct, il l'avait prise à la taille pour la maintenir à flot. Elle était douce et souple entre ses mains, et quand elle lui passa les bras autour du cou, il lui fallut faire un effort surhumain pour l'écarter légèrement.

— Attends, dit-il. Il faut qu'on parle.

— Non, répliqua-t-elle en riant du rire de la sirène auquel aucun homme ne peut résister. Pas besoin de parler. Il y a mieux à faire.

Elle se servit de la légèreté que lui conférait l'eau pour se positionner dans l'axe de son membre.

Il en perdit le souffle, renonça à toute résistance et s'abandonna à l'urgence de son corps. D'une seule poussée, il entra en elle, surpris de la chaleur qui l'accueillait.

Se forçant à rester immobile, il se pencha sur elle, saisit un bout de sein puis l'autre entre ses lèvres. Il lécha, suça, caressa jusqu'à ce qu'elle se torde sous lui de plaisir et qu'il ne puisse plus se retenir. Il la prit alors aux hanches et se mit à aller et venir en elle. Mais le poids de l'eau ralentissait son rythme. Il se rapprocha de la berge tout en l'embrassant, balayant sa bouche avec sa langue. D'un grand coup de rein, il la hissa sur l'herbe spongieuse, toujours accrochée à lui.

Chloé leva les hanches encore et encore, répondant à ses poussées.

Il la regardait, les joues roses, le souffle court, et s'émerveillait de tant de beauté. Son bien le plus précieux était là, sous lui, et rien d'autre ne comptait.

Elle avait les yeux ouverts et il la fixa, s'enfonçant en elle autant qu'il le pouvait. La sentant proche de l'extase, il la saisit aux fesses et accéléra le rythme. Les yeux dans les siens, elle gémit et s'arqua contre lui quand elle atteignit le point culminant. Il gronda sous l'effet de son propre plaisir tandis qu'elle se resserrait autour de lui. Longtemps, elle le tint enserré jusqu'à ce que, épuisé, il s'affale sur elle, la tête dans l'herbe.

Lentement, les battements de son cœur revinrent à

un rythme plus normal et ses poumons lui permirent de nouveau de respirer. Ils restèrent un long moment silencieux, enlacés. Elle lui caressait le dos, s'attardait sur ses fesses. Il releva le torse et l'embrassa.

— A croire que mon vote a porté ses fruits, chuchota-t-il.

— Ton vote ?

— Rappelle-toi, dit-il avec un sourire. J'ai voté pour que toutes nos disputes se terminent de cette manière.

Dans la seconde, elle se métamorphosa. Envolée, la jeune femme souriante, complice, qui l'avait accueilli en elle avec tant d'ardeur. Elle était redevenue la princesse lointaine, étrangère, inapprochable de la veille, le regard vide et fuyant.

Cette fois, décidé à en avoir le cœur net, il ne se laissa pas impressionner.

Il agita la main sous ses yeux, disant :

— Hello ! Il y a quelqu'un ?

Elle leva les yeux vers lui, surprise.

— Pardon ? dit-elle.

Oh ! Cette façon qu'elle avait de dire « pardon ». Un vrai régal !

Il se reprit à temps. Il y avait plus important que de s'occuper de balivernes.

— Tu t'étais absentée, dit-il. Où étais-tu ?

— Nulle part.

Elle haussa les épaules, et ce geste fit qu'un bout

de sein dru lui caressa le torse. Il refusa d'y prêter attention. Quoique…

— Faux, répliqua-t-il. Depuis hier soir, tu me traites en étranger. J'ai l'impression de faire partie des meubles. Pourquoi ?

— Désolée, dit-elle.

Il serra les dents.

— Arrête de t'excuser et de raconter des histoires. Dis-moi ce qui se passe. Je veux la vérité.

— Je ne mens pas ! s'indigna-t-elle.

Première vraie réaction depuis hier, nota-t-il, en dehors de sa participation… active à leur relation sexuelle.

— Je ne t'accuse de rien. Mais si tu es furieuse à cause d'hier, dis-le.

— Je ne suis pas furieuse, dit-elle, détournant les yeux. J'ai été blessée. Cependant, je préfère savoir à quoi m'en tenir sur tes sentiments, plutôt que de me bercer de l'illusion que nous vivons un mariage normal.

— Je m'excuse d'avoir été grossier, dit-il en lui caressant l'épaule. Je ne pensais pas un mot de ce que j'ai dit. Tes prises de position en ma faveur ont beaucoup compté pour moi et tu le sais. Disons que ça m'agace que tu sois forcée de me défendre en permanence. Je m'en veux d'être ce genre d'individu.

Sa tirade une fois terminée, il s'avisa de ce qu'elle venait de dire.

— Qu'est-ce tu entends par cette histoire de « mariage normal » ? Qu'est-ce qui nous en empêche ?

Chloé soupira, et il se mit sur les coudes pour la soulager de son poids.

Il restait conscient de leur étroite proximité, mais peut-être que faire l'amour n'avait pas le même sens pour elle que pour lui ? Même s'il n'avait pas prononcé les mots définitifs, elle devait bien se rendre compte de l'attachement qu'il lui portait. Rien qu'à la manière dont il la caressait, la désirait… Mais si elle n'y voyait pas tout ce qu'il cherchait à exprimer ?

Il en eut des frissons. Se méprenait-il ?

— Ne fais pas semblant de ne pas comprendre, dit-elle sèchement.

Au moins, elle s'impliquait dans la discussion. C'était déjà ça.

— Nous nous sommes mariés pour une seule et unique raison, ajouta-t-elle très vite.

— Tu ferais mieux d'éclairer ma lanterne, dit-il, perplexe.

Un doute horrible l'assaillait. Que cherchait-elle à lui faire comprendre ?

Il était si proche d'elle qu'il la vit prendre sa décision : il lui avait demandé de dire la vérité, il allait être satisfait.

Il en eut la chair de poule. Etait-ce vraiment ce qu'il avait voulu ?

*
* *

Chloé hésita.

Le corps de Thad s'était crispé et elle sentit la tension qui l'habitait. Quand il se releva et s'assit, elle se rendit compte qu'il se contrôlait à peine.

Elle s'assit à son tour, entoura ses genoux de ses bras et regarda l'eau.

Autrefois, elle aurait d'abord pensé à se rhabiller, de crainte d'être surprise dans cette tenue par des inconnus. Aujourd'hui, peu lui importait. L'essentiel était ailleurs. Elle se devait de parler à Thad, de tout lui dire. Hormis son amour pour lui, évidemment. Cet amour qui l'empêchait de le quitter alors qu'elle avait perdu tout espoir d'être payée en retour.

Voilà qu'elle donnait dans le misérabilisme ! Cétait à pleurer !

Prenant son courage à deux mains, elle dit :

— Tu m'as demandé de t'épouser parce que tu me désirais et que je refusais d'être à toi hors mariage. Tu m'as alors dit que tu ne voulais plus attendre et que tu étais d'accord pour m'épouser. Je savais en l'acceptant que le… sexe était à la base de notre entente. Si je voulais… être à toi, c'était dans ces conditions-là. Je savais ce que je faisais…

Thad se tourna vers elle. Ses yeux bleus lançaient des éclairs, et il lui décocha un regard brûlant de colère.

— Et tu penses que c'est la seule et unique raison qui m'a poussé à t'épouser ?

Que répondre à cela ? Elle se tut.

Thad respira bruyamment et rassembla leurs vêtements.

Ils s'habillèrent en silence. Elle mit un peu plus longtemps que lui. Elle terminait d'enfiler ses baskets quand elle le vit debout devant elle.

Il l'aida à se relever. Il n'avait plus l'air en colère, mais ses yeux exprimaient une étrange intensité qu'elle ne s'expliqua pas. Il lui prit les mains et lui massa sans rien dire les phalanges de ses pouces, la fixant comme s'il cherchait à saisir quelque chose qui lui échappait.

A la fin, elle n'y tint plus.

— Quoi ? Qu'y a-t-il ? demanda-t-elle à voix basse.

Les doigts de Thad s'immobilisèrent.

— Tu m'es… très précieuse, dit-il, cherchant ses mots. Que nous fassions l'amour ou non, peu importe. J'ai choisi de t'épouser parce que j'avais besoin de toi, et je veux rester marié avec toi. Hier, j'ai craint… J'ai cru que tu partais, que tu me quittais.

A la façon dont Chloé ouvrit des yeux stupéfaits, il devina qu'il avait frappé juste.

— Je ne suis pas partie, observa-t elle un peu sèchement.

Elle marqua une pause et reprit.

— J'y ai pensé, et j'avais même commencé à faire mes valises, mais je me suis souvenue de notre serment de mariage : « Pour le meilleur et pour le pire. » Quand j'ai prononcé ces mots, j'étais sincère, et… je m'y tiendrai.

Elle ne le regardait plus, les yeux dans le vague, comme absorbée par une vision intérieure.

— Moi aussi, j'étais sincère, dit-il.

Il attendit sa réaction, mais rien ne vint.

— C'est pour cela ? C'est pour cette seule raison que tu es revenue ?

Il fallait qu'il sache ce qu'elle avait au fond du cœur. Il espéra qu'il ne se trompait pas. Mon Dieu, non, il ne pouvait pas se tromper ! Faites qu'elle le dise, à voix haute et claire !

Chloé ne le regardait toujours pas. Ses mains tremblaient dans les siennes, et brusquement elle les retira. Elle croisa les bras sur sa poitrine et y enfouit ses mains comme pour les réchauffer. Un geste de défense s'il en était, observa-t-il, inquiet.

— S'il te plaît, réponds.

Elle soupira et le regarda.

— Tu veux vraiment savoir ce que je pense ? Je pense que j'ai eu tort de t'épouser aussi vite. Nous aurions dû prendre le temps de mieux nous connaître, de savoir où nous mènerait cette relation avant de…

— J'ai su ce que je voulais dès la première seconde, quand je t'ai surprise en train de me regarder par la fenêtre, coupa-t-il. Cela a suffi pour que je tombe sous le charme.

Chloé ne s'était pas attendue à une telle déclaration,

c'était clair. La bouche ouverte, les yeux agrandis, elle avait l'air complètement ahurie.

— Le tout premier jour ?

Il eut un sourire en coin.

— En fait, c'était notre deuxième rencontre, d'après ce que tu m'as dit. Ce qui m'amène à te poser la question : si tu te souvenais de moi comme d'un sale type prêt à abuser de toi, comment se fait-il que tu aies consenti à épouser ce sale type ?

— Il ne faut pas toujours se fier à une première impression, répliqua-t-elle sur la défensive.

— Et ma première question ? Tu ne t'en tireras pas comme cela. Pourquoi es-tu revenue ? Parce que c'est ton devoir de femme mariée devant Dieu et devant les hommes ?

Encore une fois, elle détourna les yeux. Honnête avec elle-même, elle murmura :

— Non. Pas seulement par devoir.

Il s'efforça au calme.

— Un de ces jours, observa-t-il, il faudra plus que le sexe pour alimenter notre relation. Tu sais cela ?

Chloé consentit à le regarder, et dans ses yeux il vit un désespoir plus profond que ce qu'il avait imaginé. Ses épaules s'affaissèrent et les larmes lui montèrent aux yeux.

— Oui. Je sais, dit-elle.

Il la prit doucement par les épaules, demandant :

— Pourquoi pleures-tu ?

S'il avait été du genre à prier, il aurait supplié qu'on lui donne la réponse.

Elle haussa les épaules et, fataliste, dit :

— Les rêves ne deviennent pas toujours réalité.

— Et notre mariage ne répond pas à tes attentes ? Tu es déçue ? C'est cela ?

Il ne récoltait que ce qu'il méritait, pensa-t-il.

— C'est que je...

Elle plissa les yeux pour retenir les larmes qui s'en échappaient.

Il ne put s'empêcher de passer son bras autour de sa taille pour la rapprocher de lui, mais elle le repoussa et lui échappa.

— Non. Pas cela ! cria-t-elle en se mettant à bonne distance.

Stupéfait, il resta sans voix. Il finit par dire :

— Pourquoi ?

— Parce que je ne veux pas de ta pitié. J'accepte les limites de notre relation, mais je refuse...

Elle lui tourna le dos, et il l'entendit sangloter.

— Pitié ? Tu crois que c'est la pitié qui me pousse à prendre dans mes bras la femme que j'aime ?

En un éclair, elle vira sur elle-même. Ses yeux agrandis le dévisageaient sans sourire.

— Qu'est-ce que tu as dit ? Répète. Tu parles sérieusement ?

Il mit une seconde à comprendre de quoi elle parlait.

— Oui, affirma-t-il avec force. Je dis que je t'aime et je le redis.

Il osa s'approcher et la prendre aux épaules.

— Pourquoi t'aurais-je épousée ?

Elle n'osait visiblement pas y croire.

— Mais, rétorqua-t-elle, tu ne m'as jamais dit que…

— Il n'y a pas si longtemps que je me le suis dit à moi-même. Alors !

Il la prit dans ses bras, et elle se blottit contre lui comme elle seule pouvait le faire. Il y puisa la force de continuer ce qui était pour lui un exercice difficile.

— Je te le déclare officiellement, Chloé Miller-Shippen, dit-il, essayant de donner un peu de légèreté à sa déclaration : je t'aime. Je t'aime d'amour, et pour la vie. A partir de maintenant, pas un jour ne s'écoulera sans que je te dise combien je t'aime et te chéris.

Voilà, c'était fait, et cela n'avait même pas été aussi éprouvant qu'il le redoutait.

Chloé sanglotait contre son épaule, et il s'inquiéta.

— Arrête de pleurer, dit-il. Tu es censée être follement heureuse, non ?

Il ne put réprimer la note d'anxiété qui perçait dans sa voix. Il venait de lui avouer son amour, et… elle n'avait toujours rien dit. S'était-il « bercé d'illusions » pour reprendre ses mots ? S'était-il fourvoyé ?

Elle leva la tête et il fut aussitôt rassuré. Elle ne pleurait plus. Ou plutôt si, elle pleurait, mais un sourire radieux brillait entre ses larmes, illuminant son visage.

— Maintenant, je peux répondre à ta question, dit-elle, si tu veux bien la répéter.

Un instant, il ne sut pas de quoi elle parlait. Puis il comprit.

— Je crois, j'espère… que je sais, dit-il. Mais je t'écoute. Pourquoi es-tu revenue, hier ? Qu'est-ce qui t'a empêchée de me quitter ?

Elle glissa sa main dans l'échancrure de son T-shirt et caressa son torse de ses doigts.

— Je suis revenue parce que je t'aime, Thad Shippen, mon mari. Parce que je veux passer ma vie avec toi, dit-elle, déposant un baiser au creux de sa gorge.

Il resserra son étreinte autour d'elle et lui fit exécuter un tour complet en vol plané. Il tenait entre ses bras tout ce qui comptait pour lui au monde, et même si les mots « pour toujours » et « à jamais » étaient nouveaux pour lui, il les faisait siens pour cette femme qu'il aimait.

Merci, mon Dieu d'avoir accordé au vaurien qu'il était ce cadeau somptueux, inégalable, cette femme amoureuse qui lui redonnait confiance en lui et qu'il ne décevrait pas.

Une vie nouvelle s'ouvrait devant lui.

Épilogue

— Et si c'est une fille ? dit Thad qui, à genoux sur le tapis aux pieds de Chloé, lui massait le ventre. On l'appelle comment ? Luc-rétia ?

— Très malin ! riposta-t-elle en riant. Ce sera Luke, affirma-t-elle. Et si par hasard c'était une fille, on l'appellera Ruth Anne, du nom de la femme de la Bible qui m'a servi de modèle et m'a empêchée de te quitter.

— Bénie soit-elle ! marmonna Thad en l'embrassant légèrement sur les lèvres.

Un énorme fracas en provenance de la cuisine les fit sursauter, et Thad se releva.

— Oui. Va voir ce qu'ils font, dit-elle. La dernière fois qu'ils se sont tenus tranquilles, mes boucles d'oreilles ont disparu dans les toilettes.

— Comme ça, tu ne laisses plus traîner tes bijoux ! la taquina-t-il avant de se diriger vers la cuisine.

Elle le suivit des yeux, aussi troublée qu'au premier jour, se sentant la plus heureuse des épouses. Déjà plus de deux ans et demi, et une vie bien remplie qui comblait tous ses vœux.

Matthew et Mark, les jumeaux, vingt mois, l'occupaient à plein temps. De vrais petits monstres, infatigables, trop imaginatifs pour la tranquillité de leur entourage. Ils avaient hérité des boucles blondes et du tempérament de leur père. Thad et elle avaient attendu suffisamment après leur mariage pour que les mauvaises langues fassent leurs comptes et comprennent qu'ils ne s'étaient pas mariés sous la pression des événements. Les bébés avaient à peine un an quand elle avait compris qu'elle allait de nouveau être mère. Thad avait été ravi, et elle aussi, une fois passé le choc de la surprise.

Son père, qui était le parfait exemple du grand-père gâteau, avait appris la nouvelle avec approbation. La mère de Thad s'était éteinte peu de temps après qu'elle lui eut annoncé cette nouvelle grossesse. Leur chagrin avait été adouci par le fait qu'elle ait été tellement heureuse de tenir dans ses bras non pas un premier petit-enfant, mais deux.

Quatre de ses anciens amants étaient venus aux obsèques et, à leur grande surprise, s'étaient mutuellement réconfortés. Le révérend Miller avait mis tout son talent dans une cérémonie digne et touchante, et par miracle les jumeaux ne s'étaient pas manifestés.

Et voilà que, d'ici peu, un ou une autre Shippen allait voir le jour ! La vie reprenait ses droits.

Thad revint, un enfant sous chaque bras, et elle se leva.

Elle eut le pressentiment qu'il se passait quelque chose, eut juste le temps de sentir un liquide couler le long de ses jambes et vit une flaque s'agrandir sur le parquet.

— Tu perds les eaux, s'écria Thad en posant les jumeaux sur le sol. C'est trop tôt !

— Explique cela à ton fils.

Les bambins contemplaient la flaque et se la montraient d'un doigt potelé, pouffant de rire.

— Maman, pipi par terre !

Thad tourna les talons et revint avec un rouleau de papier absorbant qu'il lui lança.

— J'appelle ton père pour qu'il vienne s'occuper des enfants, et on fonce à l'hôpital.

Du Sopalin ! Elle rit nerveusement. C'était tout lui.

Thad lui avait promis qu'ils passeraient leur vie ensemble, mais il n'avait pas spécifié quel genre de vie ! Elle aurait dû s'en douter, pensa-t-elle, le cœur gonflé d'amour. Avec lui, rien n'était prévisible.

Elle sourit, mais une première contraction la surprit par son intensité.

Ce serait bien d'un Shippen de ne pas attendre d'arriver à l'hôpital pour faire son entrée dans le monde !

Encore une infraction aux règles de bonne conduite, ne manqueraient pas de remarquer les mauvaises langues. Ces gens-là ne pouvaient rien faire comme tout le monde…

Quelle importance ? Il y avait longtemps qu'elle ne faisait plus attention aux critiques ni aux regards de travers. C'était si peu de chose, en regard du bonheur immense de partager sa vie avec Thad.

Thad, l'amour de sa vie, l'homme qui l'aimait comme elle en avait rêvé.

Passions

— Le 1er janvier —

Passions n°61

La baie des secrets - Susan Napier

Kate a tout fait pour retrouver Drake Daniels, le fameux auteur à succès qui a été son amant. Mais alors qu'elle s'apprête à lui avouer son secret, les mots se figent dans sa gorge. Car Drake n'est pas seul, et en apercevant la rousse plantureuse qui se tient à ses cotés, elle a soudain le sentiment que le sol s'effondre sous ses pieds...

Un mystérieux amant - Dixie Browning

A la mort de son père, Val apprend qu'elle est ruinée : elle qui a toujours vécu dans l'opulence et l'insouciance, voilà qu'elle va devoir vivre seule dans une maison délabrée, bien trop grande pour elle. Aussi accepte-t-elle avec soulagement d'héberger le séduisant inconnu qui se présente à sa porte un matin, sans se douter qu'il est sur le point de bouleverser sa vie...

Passions n°62

La promesse du désert - Jane Toombs

Dans le harem où elle attend le cheik Talal, Linda, parée comme une princesse des mille et une nuits, croit vivre un rêve. Car même si son mariage est imposé à Talal par le roi, son oncle, elle sait qu'il ne tiendra qu'à elle, bientôt, de séduire son époux. Cet homme si troublant dont le regard, quand il se pose sur elle, l'embrase comme un feu dévorant.

Séduisante invitation - Laurie Paige

Zia est abasourdie. Jeremy, l'homme qu'elle aime en secret depuis des années, mais qui semble l'éviter depuis le soir où ils ont échangé un baiser innocent, vient de lui proposer d'emménager dans son chalet. Pour quelques semaines seulement, jusqu'à ce qu'elle trouve un logement...

Passions n°63

L'héritière de Celestia - Day Leclaire

Grâce au mystérieux inconnu qui vient de l'aider à s'enfuir du palais, Alyssa échappe au mariage auquel le prince de Celestia voulait la contraindre. Mais quand elle comprend que son séduisant sauveur veut la retenir prisonnière à son tour, elle sent sa reconnaissance se muer en colère...

Mariage au palais - Day Leclaire

Décidé à tout faire pour sauver son royaume, le prince Lander s'est résolu à demander son aide à Joc Arnaud, son ancien ennemi. Mais quand celui-ci pose comme condition que le prince épouse sa sœur, Lander hésite : comment pourrait-il épouser une autre femme que la troublante Américaine qui hante ses pensées depuis qu'il l'a rencontrée ?

Passions n°64

La tentation d'un été - Karen Templeton

Jamais plus elle ne tombera dans le piège du mariage. C'est la promesse que s'est faite Karleen après son divorce. Aussi est-elle désemparée quand elle se retrouve enceinte après une nuit d'amour — nuit d'été si tentatrice — avec Troy son séduisant voisin. Comment ce dernier réagira-t-il en apprenant la nouvelle ? Lui qui, comme elle, prétend refuser tout engagement.

Souviens-toi de cette nuit - Wendy Warren

Adolescent, Gus, le mauvais garçon, aimait Lilah, la plus jolie fille de Kalamoose. Mais une nuit, Lilah l'a trahi et le cœur de Gus s'est empli de haine. Aujourd'hui, Lilah est de retour et Gus est anéanti. Déchiré entre la soif de vengeance qui l'a porté durant onze ans et l'a aidé à devenir riche, et le désir insensé qui le pousse à nouveau vers Lilah.

Passions n°65

L'enfant des Cavanaugh - Mary Lynn Baxter

Forcée de revenir au domaine des Cavanaugh pour aider sa mère qui y est employée, Molly sait qu'elle ne pourra pas y éviter Worth Cavanaugh, l'homme qui l'a séduite, cinq ans plus tôt, avant de la quitter sans un mot. L'homme à qui elle n'a jamais avoué qu'il était le père de son enfant...

Une proposition scandaleuse - Barbara Dunlop

Quand Alex Garrison, son rival en affaires, lui annonce ses conditions, Emma croit défaillir. Pourtant, elle n'a pas le choix : si elle veut sauver l'entreprise familiale, elle va devoir l'épouser, malgré l'aversion qu'elle éprouve pour les hommes dans son genre. Et malgré le trouble qu'elle ressent inexplicablement en sa présence...

Le 1er janvier

Jeux macabres - Erica Spindler • N°310

A La Nouvelle-Orléans, les meurtres se succèdent dans l'entourage de Léo Noble, inventeur fortuné d'un célèbre jeu de rôles. Pour Stacy Killian, ancienne inspectrice dont l'une des amies compte parmi les victimes, il ne fait aucun doute que le meurtrier s'inspire de ce jeu pour commettre ses crimes. Et qu'elle devra se plier à ses règles pour réussir enfin à l'arrêter...

L'Ecorcheur - P.D. Martin • N°311

A l'âge de huit ans, Sophie a brutalement eu la vision du meurtre de son petit frère. Ce drame l'a marquée à jamais. Devenue flic, elle est repérée par le FBI pour son flair hors-normes, et s'installe à Quantico pour exercer ses talents de *profiler*. Mais un jour, le cauchemar recommence quand elle « ressent » les meurtres commis par l'Ecorcheur de Washington, un monstrueux tueur en série traqué par le FBI. Et qu'elle découvre que ces crimes atroces la touchent de beaucoup plus près qu'elle ne l'imagine...

Hantise - Heather Graham • N°312

Une jeune guide de La Nouvelle-Orléans, un agent du FBI : tous deux sont retrouvés morts le même jour d'une overdose d'héroïne. Coïncidence ? Nikki DuMonde, qui dirige une agence touristique, est persuadée du contraire. Car les deux victimes viennent hanter sa vie, comme pour réclamer justice et l'avertir qu'elle court un grand danger. La police, sceptique, ne prend guère au sérieux sa déposition... à l'exception de Brent Blackhawk, un flic qui, découvre-t-elle, a les mêmes dons de médium qu'elle.

Souviens-toi du passé - Laurie Breton • N°313

L'ambitieuse Kate Winslow est chargée de la vente de l'une des plus belles demeures de Boston. Mais lorsque le client avec qui elle a rendez-vous s'introduit dans les lieux, c'est pour découvrir que Kate a mystérieusement disparu, laissant derrière elle sa mallette, son portefeuille – et le cadavre d'un inconnu, tué à coup de revolver.

Le pavillon d'hiver - Susan Wiggs • N°314

Suite à l'incendie de sa maison, Jenny s'installe au pavillon d'hiver du camp Kioga où, adolescente, elle passait ses étés... Là, elle est assaillie par un flot de souvenirs : le premier baiser de Rourke et, plus tard, la douleur muette dans ses yeux quand Joey, son meilleur ami, l'avait demandée en mariage... Rourke avait alors renoncé à la conquérir, et depuis la mort de Joey, il multipliait les conquêtes éphémères et faisait tout pour l'éviter... Pourtant n'avait-il pas promis de veiller sur elle durant son séjour au pavillon... ?

Lady Sapphire - Rosemary Rogers • N°315

Martinique et Angleterre, 1831

A dix-huit ans, Sapphire découvre qu'elle n'est pas la fille d'un riche planteur de Martinique comme elle le croyait, mais le fruit des amours d'une prostituée de La Nouvelle-Orléans et d'un lord anglais. Contraint par sa famille de rompre, ce dernier a regagné l'Angleterre après avoir épousé en secret sa maîtresse enceinte. Pour lui permettre de survivre, il lui a laissé un somptueux pendentif en saphir qu'elle n'a pourtant jamais vendu et a confié aux parents adoptifs de Sapphire avant de mourir. Décidée à retrouver son géniteur, Sapphire embarque pour l'Angleterre...

En lettres de sang - Meg O'Brien • N°316 *(réédition)*

Qui pouvait haïr Marti Bright au point de l'avoir assassinée de la manière la plus effroyable ? Car son bourreau n'a pas seulement dessiné « Menteuse » en lettres de sang sur le corps de la victime. Il l'a crucifiée. Et ce crime porte la signature d'un meurtre rituel. Sous le choc, Abby, son amie d'enfance, va peu à peu découvrir, en enquêtant sur les derniers jours de Marti, une femme qu'elle croyait connaître et dont elle ignorait la part d'ombre...

Faux diagnostic - Gwen Hunter • N°317 *(réédition)*

Rhea est l'amie de toujours de Marisa. Elle est aussi médecin urgentiste. Le jour où Marisa est victime d'un accident, Rhea met tout en oeuvre pour sauver sa vie. Tout, y compris une enquête secrète et illégale dans le service de son propre patron. Mais en cherchant à percer le mystère qui entoure Marisa, Rhea a orienté sur elle la cible qui va faire d'elle la victime d'une atroce machination.

Titres non disponibles au Québec.

Composé et édité par les
éditions Harlequin
Achevé d'imprimer en novembre 2007

par

LIBERDÚPLEX

Dépôt légal : décembre 2007
N° d'éditeur : 13226

Imprimé en Espagne